新聞學與大眾傳播學

鄭貞銘 著

三民書局

Communication

國家圖書館出版品預行編目資料

新聞學與大眾傳播學 / 鄭貞銘著. －－增訂六版一刷.
－－臺北市：三民，2010
面；　公分

ISBN 978－957－14－5274－6　（平裝）

1. 新聞學 2. 大眾傳播

890　　　　　　　　　　　　　　　　　98019472

© 　新聞學與大眾傳播學

著 作 人	鄭貞銘
發 行 人	劉振強
著作財產權人	三民書局股份有限公司
發 行 所	三民書局股份有限公司
	地址　臺北市復興北路386號
	電話　(02)25006600
	郵撥帳號　0009998－5
門 市 部	（復北店）臺北市復興北路386號
	（重南店）臺北市重慶南路一段61號
出版日期	初版一刷　1978年9月
	增訂六版一刷　2010年10月
編 　號	S 890010

行政院新聞局登記證局版臺業字第○二○○號

有著作權·不准侵害

ISBN　978－957－14－5274－6　（平裝）

http://www.sanmin.com.tw　三民網路書店

增訂六版序

　　新聞學之發展過程，一般分三個階段，即報學、新聞學與大眾傳播學。換言之，新聞學之研究，由狹義之報紙編採經營，延及其他新聞媒介，更擴而及於人類之所有傳播行為。

　　自從行為科學成為二十世紀科際整合的產物，新聞學之研究亦循此途徑發展。行為科學將新聞學之研究方向導引至傳播學的領域，並提供了新的研究方法。更重要的是，由於新聞與傳播活動皆以人為中心、為本體，遂相對提高人的價值研究，並擴大注重社會團體與個人行為關係的研究。

　　新聞教育創於 1908 年的美國密蘇里新聞學院，迄今已百餘年。欲期望在此短時間內，開拓一門內容充實的專門學科顯然是不可能的奢求。何況在此動亂的時代，學術思想亦深受其變動與雜亂之影響，且傳播科技不斷推陳出新，新聞學面對複雜的環境，深受衝擊，乃是無可避免的事實。

　　所幸由於中外學者的共同努力，新聞學之研究，今日已不局限於專業技術，且揉合各種科學的知識基礎，重新釐訂其研究領域。

　　新聞學研究之初期，既以傳播媒介為主題，則「媒介決定學理」的趨勢，亦屬事理所必然。事實上，傳播媒介日新月異，新聞學之內涵自亦隨著傳播方式的變革而改變。

　　由新聞學而大眾傳播學，其研究各有其方法。如依演變趨勢，施蘭姆 (Wilbur Schramm) 教授的看法是：

一、從定質分析到定量分析

一般而言，定量分析較具客觀性，因為它能以精確數字證明一個普遍的現象或事實；而定質分析則有其深度價值，但亦不免失之主觀，往往以特殊的部分代表普遍的全體。

二、從人文學方法到行為科學的方法

傳統報學是以哲學、文學為研究基礎，而大眾傳播學亦屬行為科學之一支，它是以社會學、心理學、統計學為基礎，走向實驗的階段。

三、從偉人研究到過程與結構研究

傳統新聞學只以文學方法對報業經營者做傳記性敘述，而大眾傳播則因受牽制的因素多端，致形成環環相連、交錯複雜的因果關係。

四、從區域性角度到國際性角度

由於國際傳播的發展，新聞學的研究範圍已不能局限於一國或一個區域，它必須伸展至國際的範圍。

上述四項趨勢，係施蘭姆教授於 1957 年，依據 1937 年至 1956 年間《新聞學季刊》的內容加以分類整理後，歸納而出。這種趨向，充分說明了新聞學與大眾傳播學的研究已面臨新的時代。

國內有關於新聞學概論與大眾傳播理論的書籍過去已有多種，但將二者列為一冊的還不多見。本書是一種嘗試，雖二者融為一起，但原則上仍是分別陳述，只在其發展的演變與相關性上加以敘述。因為新聞學的重點仍在研究其基本觀念與新聞處理實務，而大眾傳播學則重傳播行為之探討，並論及大眾傳播的效果等。

本書初稿於 1978 年，迄今已 30 餘年。這 30 多年間新聞學與新聞界的變化，自是十分巨大，尤以理論與實務間互為參照、互為補充、互為借鏡的結合，更為新聞學發展邁向了新的境界。很佩服三民書局當事者的眼光，為這本書做新的增訂與補修，使本書能隨時日以臻於至善。

個人從事新聞教學、新聞實務與新聞研究，逾 50 年，堅信新聞工作者應有信守不渝的準則，毋忘新聞倫理與社會責任，然後才能建立功在

社會、為人尊重的專業，也才能落實第四權的真正理想。

　　憶想起《大公報》張季鸞先生「報恩主義」的悲天憫人情懷，希望有志者能成為引領社會風氣的中流砥柱，營造優秀的新聞媒體，為社會做更進一步的服務與貢獻，也是筆者增補這本書的用意。

鄭貞銘

2010 年 10 月於臺北正維軒

新聞學與大眾傳播學

目　次

下部 大眾傳播學

上部

新聞學

第一篇
緒　論

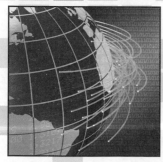

第一章　新聞的定義與性質

💆 第一節　新聞的定義與要素

　　新聞最原始的意義就是「消息」，我國早在宋朝時期就已出現過「新聞」二字。查諸《朝野彙要》:「朝報，日出事宜也，每日門下後省編定，請給事判報，方行下都進奏院，報行天下，其有所謂內探、省探、衙探之類，皆衷私小報，率有漏洩之禁，故隱而號之曰新聞。」但是，宋朝對新聞二字的意義，與今日稍有差異，而我們現在所用的「新聞」，是與英文中 news 一字相對照，意義也與之相近。

　　早期的《赫頓詞典》(*Haydn's Dictionary*) 曾經蒐集到一則新聞的定義，這個定義說: news 是 north、east、west 與 south 四個表示方向的字的第一個字母所組成，所以在乾坤四方所發生或發現的事情，就是 news。此一說竟有不少人深信不疑。事實上，這個定義只能說是巧合，而沒有學理根據。因為早期英文的 news 一詞，似出於拉丁文的 news，照此一發展看來，將 news 說成是 north、east、west 與 south 四字的第一個字母的組合，顯然不可採信。

　　美國密蘇里新聞學院已故前院長莫特博士 (Frank Luther Mott)，對「新聞」下的基本定義是:「新聞是新近報導的事情。」這個定義的重點在於「新近報導」，而不是「新事情」，這說明了不僅是新事情，即使是舊事情，只要從來沒有報導過，經過「新近的報導」也一樣可稱為新聞。譬如在幾十萬年前的生物遺骸，在最近被挖掘出來，並被報導於社會上而成為新聞，即為典型例子。

　　我國新聞學者錢震教授，認為莫特博士的定義很可取，但其缺點在

於並未說明哪種事情是值得或應該報導，因此錢震教授為莫特博士的定義做了以下的補充：

「新聞是具有重要性或趣味性的事情的新近報導，必須正確而適宜。」該補充說明了新聞所應具有的要點是：(1)重要性與趣味性；(2)新近報導；(3)正確；(4)適宜。

曾任政治大學新聞系主任的王洪鈞教授則認為：對一個足以引起讀者興趣的觀念及事情，在不違背正確原則下所做的最近報導，皆為新聞。

北京大學徐寶璜教授是中國新聞學課程創始的開路先鋒，他對新聞的界說是：「新聞者，乃多數閱者所注意之最近事實也。」美國新聞學教授白耶 (Willard Bleyer) 說：「新聞是任何具有時間性，並且能使人感到興趣的東西。最好的新聞是最多人感到最大興趣的新聞。」

我們甚且可以從報人以譏刺的口吻對新聞所下的定論，看出新聞的輪廓與特徵。美國報人華克爾 (Stanley Walker) 說：「新聞是三個 w，即 women（女人）、wampum（金錢）、wrong-doing（罪惡）。」曾任美國紐約《太陽報》(New York Sun) 採訪主任的丹那 (Charles A. Dana)，曾以「狗咬人不是新聞，人咬狗才是新聞」這句話說明「新聞」乃是發生了不尋常的事情。丹那又說：「新聞是使社會上大多數的人感到興趣，而且是第一次感到興趣的。」「凡能令人起反應的事件，都是新聞。」

根據以上各家對新聞不同的定義，我們可以歸納為幾項結論：

1.新聞的本身，無可否認地是屬於一種事實、一種觀念。可是它給人的一種意識模式，卻包含了不尋常的、驚人的、重要的等特性。

2.新聞的涵義，不必包含新聞報導在內，所以那些正確、客觀、完整的報導原則不應列入新聞的定義內。

新聞既要「新」，就必須把握報導的時效與正確性，但若想符合新聞的「引人注意」，則必須探討其中所包含的要素。

以世俗的眼光看世界，最能引發讀者興趣的事莫過於「酒、色、財、氣」及「七情六慾」了；我們可以將新聞引人注意的主要條件，歸納為

下列數項：

　1. 人情趣味

因為人類都有豐富的感情，舉凡具有人情趣味的新聞，都能對人類的友愛、憐憫、畏懼、同情、嫉妒、犧牲、仇恨等感情發生誘導力。

　2. 英雄崇拜心理

小人物大作為、大人物小花絮，都是構成人們引發興趣的新聞要素。

　3. 性

人類基於原始欲望，大都喜歡閱讀淫亂及富有浪漫情調的新聞。

　4. 個人利益

人們最關心的事情，莫過於涉及本身健康、財富、安全、聲譽與權益的事。

　5. 新發明與新發現

好奇是人類的天性，這類新聞當然也是人們所感興趣的。

　6. 不尋常

各種出人意外的事情，常能引發人們興趣，尤其是涉及神祕懸疑等因素的事物。

　7. 關係個人所屬團體的事情

人是社會群體的一分子，素有「歸屬性」，所以對於與自己有關的政黨、機關、學校團體的事件，常會感到興趣。

　8. 競賽

競爭或比賽的事件，含有無比的刺激性，如選舉、選美會、運動會，都能引發讀者興趣。

　9. 災難事件

天災、人禍等災變，越嚴重者，新聞性越大。

　10. 成就

此類新聞，常伴隨英雄崇拜事件而來。

不同的社會結構與不同的人群層面，對於以上所歸納的新聞構成要

素，接受程度也不相同。因此，對於新聞價值的評斷也就大異其趣，我
們在另節中將深入探討新聞的價值。

🎙 第二節　新聞的特性與分類

一、新聞的特性

　　本節所討論的新聞特性，事實上與第一節敘述的新聞構成要素，有
著唇齒關係；亦即須從構成新聞的要素中，才可窺探出新聞的特性；從
新聞特性上，發展成為新聞要素。

　　新聞的特性，可從(1)時間性；(2)重要性；(3)趣味性等三方面析論。

　　無論是美國新聞學教授白耶，或是我國新聞學教授錢震、王洪鈞等，
在他們對新聞學的定義中，都可發現「時間性」在新聞構成上占有極重
要的分量。時間性越強，新聞內容就顯得越新鮮，新聞價值也就越高；
電子傳播媒介一直使印刷傳播媒介感到沉重壓力，就是因為電子傳播媒
介能在時間性方面，取得領先地位。各新聞事業單位，也往往以出刊「號
外」，爭取報導時效，提高本身聲響。報社出報時間若有延遲，過去曾不
惜以巨金定專車、專機輸運報紙，無非是求得在時間性方面不落人後。

　　在構成新聞要素中的「不尋常」、「歸屬關係」、「成就」等項目，是
造成新聞重要性的關鍵。大凡司空見慣、見怪不怪的事件，提不起人們
的重視；與己無關、無切膚之痛的事，人們也並不覺得重要；因此，若
要顯出新聞的重要特性，就必須考慮到新聞構成要素中，是否承載足以
讓讀者重視的關鍵因素。

　　一件事發生後的影響力，也是測量它是否具有新聞性的主要因素之
一。影響力有縱、橫兩種，縱的影響力代表影響之深遠，橫的影響力，
代表其影響之廣泛。

　　涉及著名的人、物、地點的新聞，也是具有重要性的，新聞人物的

言行、古物名畫的展出、兩國交戰的慘烈、科學新知的發明，都可引起群眾的矚目。

與本身臨近的事物，其重要性也特別強烈。黃色新聞報人邦非爾斯 (Tred G. Bonfils) 曾說：「在街上一件狗打架的事情，比外國的一個戰爭更好。」真是一針見血之說。

除了「時間性」、「重要性」之外，「趣味性」也是構成新聞特性之一。趣味性的涵蓋範圍很廣，不同的社會層面，有不同的興趣取向；從新聞構成的要素中，我們可以列出幾項一般人類共通的興趣取向：

1. 競賽衝突

人類要發洩其感情、平衡其精神，往往對競賽衝突感興趣，人類最大的衝突是戰爭，最小衝突為一段小小的口角。古代羅馬競技場上人與人鬥、人與獸鬥；一般市集上的鬥雞、鬥狗、鬥蟋蟀；跑馬場上，場內人賽馬，場外人賭馬票，凡此種種都是典型的趣味性新聞。

2. 人情趣味新聞

莫特博士曾為人情趣味新聞下了一個定義：「人情趣味新聞，是一種新聞報導，這種報導之有趣，並非由於它所報導的一段特定事情或情勢的重要性，而是由於它是我們人類生活中可喜、動人、矚目或極有意義的一個小片段。」見義勇為、樂善好施、手足團圓等新聞是最具代表性的趣味新聞。

甚至於靈犬救主、雞孵鴨蛋，也可當作人情趣味新聞來閱讀，將動物人格化之後的人情趣味新聞，其可讀性往往更高。

3. 發現或發明

無中生有、化腐朽為神奇都是令人感到興趣的事情。哥倫布發現新大陸、阿姆斯壯登陸月球都曾轟動一時。諸如此類新聞，也都是極重要，又極富趣味性的。在現代社會中，新發現及新發明的事實不斷發生，關於這方面事實的報導，不僅是為吸引讀者，更是新聞記者之職責。

4. 美女、羅曼史

　　愛美是人類的天性，選美大會的國色天香、影視明星的絕代奇葩，常是新聞記者追蹤的對象；名人的羅曼史也是花邊新聞的良好素材。但這類新聞演變的結果，卻常會發展成低級趣味的黃色新聞，一個報社若要維持其高水準的風格，必須嚴格防止新聞報導流於低級黃色的窠臼。

　　5.神祕、懸疑

　　這類新聞常見於兇殺、犯罪案件；記者根據事實的發展，以剝繭抽絲的方法，製造連續新聞，自然吸引廣大讀者的好奇與興趣。媒體報導的焚屍案、箱屍案，正是神祕懸疑新聞的典型。

　　一般而言，新聞的構成，時間性是絕對不可少的，至於重要性及趣味性，則可兩者俱全，也可以僅具其一；很多新聞雖屬趣味性，但多少也具有重要性的成分，事實上，重要性與趣味性在很多新聞中是很難劃分清楚的。

二、新聞的分類

　　新聞的內容錯綜複雜，為了研究的方便與新聞編採實務的需要，我們可將新聞劃分為幾大類。

㈠依新聞發生的地區分類

　　1.國際新聞

　　為發生在本國領土以外地區的新聞。國際新聞之被重視，發源甚早，早期報紙上的戰事新聞，以及有關各國宮廷祕聞的報導，即可視為國際新聞的嚆矢。但當時因為新聞通訊只能靠火車、輪船運輸，時效性很差；直到電訊發明後，才使世界地域距離整個縮短，可謂「秀才不出門，可知天下事。」

　　國際新聞的來源，主要是國際通訊社、外國政府之新聞機構，以及該報社駐外國的特派員。各報因限於經費，駐外國特派員不但數量不一，而且新聞量供應也不多，因此目前仍以國際通訊社的電稿作為這類新聞的重要來源❶。

三種不同的國際新聞來源，因各處不同立場，所採取的報導角度也不一致。

國際性通訊社係為世界各地讀者服務，為使其新聞能得到大多數新聞機構採用，並滿足各地讀者之需要，常盡量求取客觀，減少個人或國家的色彩。

目前世界上大部分國家，不論是已開發或第三世界，國際新聞的來源大部分是由美國、英國、法國或日本的國際通訊社供給的。過去數十年來，諸如美聯社、合眾國際社、路透社或法新社等，利用高度的技術，將新聞傳進和傳出世界每一個角落。這些外國的通訊社，雖然在傳達其他國家，尤其是第三世界的新聞時，在主題和處理方式上沒什麼改變，但是他們所報導的人、事和物，都是以美國、英國國內讀者的興趣和對他們的意義為主，在這種情況下，時間一久，要求改變的呼聲便無可避免地發生了。第三世界參與國際活動的次數增加了，而它們本身也建立了通訊社，因此它們便要求建立一個國際通訊網，為了盡快「平等地控制和使用」國際新聞媒介，58 個自稱不結盟的第三世界國家於 1976 年 7 月在印度首都新德里集會，決定成立不結盟國家通訊社聯盟，以對抗西方通訊社的新聞壟斷。

不過，在這項會議中，參加的國家雖然自稱它們不跟東方或西方的強權結盟，但是事實上，有 22 個共黨國家和社會主義國家參加了會議，在與會的 58 國中，只有 4 個國家（甘比亞、牙買加、斯里蘭卡和千里達）享有較多的新聞自由，因此這個會議在一開始就變成了一個「反西方強

---

❶　《紐約時報》(*The New York Times*) 已故編輯艾德溫・詹姆斯 (Edwin James) 曾估計，《紐約時報》在 1983 年 11 月 13 日曾創下一份報紙 1,572 頁、重 4.5 公斤的驚人紀錄。其時每日收到的新聞約有 100 萬字，刊出約 12 萬字，所收的新聞，美聯社供應最多，每天約 10 萬字，其次為合眾國際社、路透社等。《紐約時報》的容量比絕大多數競爭對手都大得多，平日刊大多都超過 100 頁，星期天就更加龐大，比平日刊更多出一倍。

權，反殖民主義」的集合，等到它的聯盟章程通過後，很快地就受到共產集團的國際記者組織的控制。因此到今天為止，全球性的國際新聞，仍舊操縱在美聯社、合眾國際社、法新社以及路透社等幾個組織裡。

各國政府的新聞機構，其主要宗旨在於宣傳，並使其本國之政策、意見影響其他國家，其新聞雖不及通訊社之客觀中立，但也可由這些新聞中，明瞭該國政府之立場。

報社駐外特派員必須瞭解該報之立場，及該報讀者之特殊需要，所報導新聞的時間性或不及通訊社快速，但多能將事件的來龍去脈，及對本國之影響，做深入之報導，使讀者一目瞭然，所以更受讀者之歡迎。

　2.國內新聞

凡在國內各地發生者，皆稱為國內新聞；而發生於首都地區之新聞，對全國具有重要影響力，故可列為「國內要聞」。

「國內要聞」可能是一種歷史最古老的新聞，無論是古代或近代初期報紙，都以報導中央政府或王室、宮廷一類新聞為主。

國內新聞的來源為報社、通訊社駐國內各地的特派員、駐在記者、特派記者及通訊記者，他們利用電報、電話、交通或無線電來傳遞消息。這些派駐各地的記者，必須有獨當一面的能力、冷靜判斷的性格，以承擔報社或通訊社所交付的任務。

　3.地方新聞

乃指報紙出版所在地所發生的新聞，或稱本市（埠）新聞。報紙開始注重地方新聞，大體上是工業革命以後的事。因為這一時期，人口集中、都市膨脹，人們開始逐漸關心本身所處環境發生的事務，地方新聞自此大行其道。

地方新聞開始受到重視的當時，歐美即流行一種大眾化報紙——「一分錢報」(Penny paper)，一分錢報以都市膨脹後新興的平民階級為其讀者主體，所刊內容不外該城市法院中的小訟案、小糾紛、街坊鄰居的花邊新聞。

因為讀者對最接近自己的事物最感興趣，所以「一分錢報」大受平民歡迎；但是，當普立茲 (Joseph Pulitzer) 與赫斯特 (William R. Hearst) 兩報人發生報戰後，掀起「黃色新聞」浪潮使新聞發展變質，逐漸發生流弊。激情主義、有聞必錄盛行，製造新聞、濫用照片、虛偽欺詐、大字標題、虛偽同情弱者等誇張手法引起社會不滿。後來普立茲急流勇退，力挽狂瀾，才又將新聞導入正途。

地方新聞之採集，為報社採訪組最主要的工作，採訪組為適應需要，往往將工作分為固定採訪與臨時指派兩種，以負責預期新聞與突發新聞的採訪。

㈡依新聞的性質分類

1. 政治要聞

指發生在首都地區，影響全國人民的重大政治事件。一般新聞機構將中央政府黨政、軍事、外交與國會之有關新聞採訪列為政治要聞範圍。這類新聞趣味性雖少，但具有高度的重要性。

2. 社會新聞

廣義觀之，凡社會上人與物間所發生之種種事態皆可稱為社會新聞。但這裡所指的社會新聞是指狹義的社會新聞，即係專指描述人類日常生活中變態性、新奇性、趣味性的新聞。其中又包括有犯罪新聞、災禍新聞及人情趣味新聞。

3. 經濟新聞

這類新聞包括財政、金融、證券、行情、市場、貿易、工商業、農業、交通運輸等屬於經濟範圍以內的新聞。這類新聞具有專門性，負責採訪的記者必須具有良好的財政經濟學養。

4. 文教新聞

乃指有關文化與教育的新聞，其中並包括有體育、科學、醫藥衛生、文學、藝術及各級教育學術機構的活動等。

5. 軍事新聞

　　這類新聞不限於戰事新聞，其中亦包括備戰新聞、軍備競爭、演習、國防會議等新聞。

6.市（縣）政新聞

　　乃指與報紙出版所在地之地方政府有關的政治活動，實際上就是各地方報的「要聞」。內容包括民政、財政、教育、建設等有關市（縣）政治活動的報導。

(三)依新聞的對立性分類

1.公開新聞與祕密新聞

　　公開新聞是只要記者去採訪即可得到的新聞。祕密新聞則須循線追蹤挖掘的新聞，因此祕密新聞也往往是最可貴的新聞。

2.預知新聞與非預知新聞

　　預知新聞亦即預計必然發生的新聞，例如某項會議在何時何地舉行，由何人主持，記者可以預先瞭解。非預知新聞則是突發新聞。這兩類新聞，以非預知新聞更能比較出記者的應變、採訪、寫作等各方面的能力，而且更能吸引讀者。

3.預告新聞與實質新聞

　　報導將發生之事的新聞是謂預告新聞。報導已發生過的事，是謂實質新聞。預告新聞易流空泛，實質新聞易失時效，但是第一次且準確的預告新聞及無預告且時間性強烈的實質新聞，往往是最有價值的新聞。

4.軟性新聞與硬性新聞

　　軟性新聞顧名思義是輕鬆性質濃厚的新聞，具有高度的趣味性；硬性新聞則是指具有嚴肅性的新聞。這兩項新聞，若以重要性而言，自是硬性新聞強烈得多。

5.官方新聞與非官方新聞

　　新聞內容由官方正式發布，是謂官方新聞，如政府發布之新聞公報。由記者直接採訪報導，或政府首長、發言人私下透露消息而不公開露面，此類消息是謂「非官方新聞」。另外，所謂官方新聞，不一定是政府所發

表之新聞，即使私人社團所發布的正式文件，亦稱官方新聞。

官方新聞在時間性上常比不上非官方新聞，但新聞信度則比較高，然而官方新聞常在不知不覺中，對本身業務有揚善隱惡的缺點。

6. 靜態新聞與動態新聞

所謂靜態新聞是一問可知，伸手可得的新聞，例如各項重大建設的工程進度與計畫等，記者只要摘其重點下筆，即可成為一則完整的新聞。所謂動態新聞，是動盪多變的新聞，如戰爭的爆發、箱屍命案的發生，趨勢隨時變化，所以記者要有鑽、挖、追、訪的本領，才可得到新聞內容。動態新聞比靜態新聞之價值高出甚多。

7. 本體新聞與反應新聞

所謂本體新聞，自為新聞之本體，即一則可以獨立存在的新聞；反應新聞是對一件重大新聞事件的反應，是依附於本體新聞而產生的，反應新聞的可讀性往往很高。

8. 專有新聞與非專有新聞

專有新聞又稱「獨家新聞」，這種新聞足以表現報紙的特色與採訪人員的衝刺力，報社間的競爭，也往往以專有新聞的多寡來取勝負。非專有新聞，則為各報所共有，此類新聞雖非獨家，但仍以不同的角度作獨特的寫作表現，以求勝過他報。

第三節　新聞的產生過程與價值

人類需要新聞，是基於好奇的天性使然，人類因有好奇、求知的天性，不僅希望多見、多聞，更希望無所不見，無所不聞。然而，人的視界有限，以本身的能力而言，欲全覽外界發生的事，事實上並不可能，因此，不得不求之於「聞」，「聞」是聽別人之所見，並轉述其所聞；原始的新聞也就是基於這個道理而產生。

人類的好奇心，除「見」與「聞」外，還會對於事物的真象與前因

後果發生興趣，而做進一步的追問，引出其他的問題，這都是用以滿足人類對新聞的渴求，也就是滿足人類好奇和求知的天性。「新聞」受到人類這種天性不斷地啟發，其產生的層面也就越加的廣闊與深遠。

新聞的產生，歸因於人類對新聞的需要；隨著時代的進步，社會日趨複雜，彼此間的關係越趨密切，任何一種行業的變動，任何一種物價的漲落，任何一則法令的修改，皆可能波及整個社會，自然也影響個人的生活；個人禍福往往受到社會變動的影響，於是人就不得不注意周遭環境的變化，以及發生在世界各地的事件，以求自己生活的改善。而只有新聞才能即時地傳達社會發生變動的事實，新聞也就因此應運產生。

由於人類需要新聞，而傳播新聞又是所有群居動物的本能，所以新聞傳播的活動早就發生。我國古代以詩歌來表示民意，天子在春秋兩季派人到天下採風問俗，為中國新聞產生過程的濫觴。西方遠在西元前50年凱撒大帝時代，有《每日公報》的創辦，是西方新聞傳播產生的開始。

本節前段曾敘述：「聞」是聽別人之所見，並轉述其所聞。其中「轉述」就是新聞產生的過程，新聞事件若想傳播得更廣、更遠，其過程就越複雜，其所要運用的方法及機械也越多；新聞事件如果不經過「轉述」的過程，將失去新聞的意義，新聞亦無從產生。這些過程由古至今，可分五個時期演變：(1)口述時期；(2)手寫時期；(3)印刷時期；(4)廣播時期；(5)影像時期。

敏銳的新聞記者，皆會經常注意新聞的「市場」，他會瞭解社會需要知道哪一類的新聞，以及人們喜歡知道的消息；新聞市場經過研究後，記者很容易看出，關於驚險故事、言情小說、個人成功事蹟一類的新聞，在一般讀者心目中顯得特別重要。但是真正重要而且有價值的新聞，並不僅止於此；世界各地每日發生的事物，其數量幾乎無法估計，如何在許多新聞中知所權衡，有所取捨，就有賴於對新聞價值的衡量。

原則上，新聞價值是由新聞事件本體的特質而決定，故若其價值不變，則新聞的重要性就要取決於環境。所謂環境，即指每一報紙或其他

新聞事業特有的環境，譬如報紙的篇幅、所在地、出版時間、主要讀者的職業和知識水準等。

一般新聞學家認為新聞的價值，取決於下列幾項原則：

1. 事件的變動性

新聞之價值與變動程度成正比。變動越大、越深、越急，新聞價值就越高。例如：颱風的形成以至行蹤路線的詭異、中心範圍的擴大，極具變動性，新聞價值相對提高。

2. 事件的影響性

新聞事件發生後，受影響的人多、波及的地區廣、影響的程度深，自然是大新聞。如美伊戰爭發生，國際局勢頓形緊張。又如石油輸出國家提高石油價格，世界經濟幾乎陷於半癱瘓狀況。

3. 事件的臨近性

事件的發生地點與讀者越近，越能引起讀者的關切，重要性也越大。美國報人小賓納特 (James Gordon Bennett, Jr.) 發行《先驅報》巴黎版時，曾以譏諷的口氣說：「報社門前死了一條狗，會比遙遠的中國發生水災，更易引起讀者興趣。」人類對具有切膚之痛的事件，總是比較關心。

4. 事件的時間性

新聞必須報導剛剛發生的事件，時間越近，新聞價值越大。廣播、電視發明之後，曾一度威脅到報紙的生存，說明了新聞的時間性主宰著本身的價值。

5. 事件的真實性

新聞報導貴在確實。如果真實性不大，甚至根本是一件虛構的新聞，那麼新聞的價值將大打折扣，或根本毫無價值可言。

6. 事件的突出性

司空見慣的新聞，沒有突出性可言，新聞價值也就不高，不尋常的新聞則重要性、趣味性都會提高，譬如我國旅美棒球名將王建民在球場上的一舉一動都受到臺灣球迷的關注，自然是件典型的突出性新聞。

7.事件的人情趣味

所謂人情趣味，是指有關人類或其他動物的新聞，能使讀者深受感動的，都頗具新聞價值。這類新聞，尤以牽涉動物（如貓熊）、孩童或白髮紅顏的故事，最能引人興趣。標題雖不一定顯著，但加框處理後，其可讀性卻非常高。

具有新聞價值的事件，都是記者新聞採訪寫作良好的素材。這裡，我們要進一步研究新聞價值，如何在報端上表現出來。

1.標題的大小

大字號的標題，所占的版面也大，容易引起讀者的注意，足以顯示新聞的價值大。字體越小的標題，價值相對越小。

2.刊登的位置

通常正刊各版右上方的位置，安排的新聞都是最重要、最有價值的新聞，其次是左上方、左下方、右下方。刊登位置顯著與否，取決於新聞的價值大小。

3.加框

對於字數短小的重要新聞，常以加框來表現其價值。

4.圖片、漫畫配合新聞

用實際的影像，加強文字新聞的抽象觀念，也藉此加深讀者印象。

5.專欄特寫

重大新聞的本身，必有背景、內幕消息存在，若能利用專欄特寫的方式配合，新聞價值顯得越高。

6.號外

發行號外，是針對高度新聞價值的事件，為爭取時效而採取的方法，號外是表現新聞價值方法的一隻奇兵。但隨著目前廣電媒體、網路的時效性提高，報紙使用號外的方式也就相對減少。

決定新聞價值的要素，也可以說是決定新聞優劣的基本條件。

第二章　新聞史概述

🎙 第一節　外國新聞史概述

每一類事物的歷史，皆有其起源，西方報紙之起源，應溯至古埃及人之「紙草故事」(Papyrus tales)，「紙草故事」之發生，距今約有 5,000 餘年的歷史，亦即是西元前 3,000 年就有了。紙草故事的內容是將當時流傳於人群間的真實或非真實故事，記錄於埃及所產的一種寬葉草上，其主要目的在於流傳。其所流傳的故事，未必全有時間性，但是以其流傳的廣度而言，我們也不妨將它當作原始的報紙來看。

構成新聞報紙雛形居功至偉的，則要推古羅馬人的「新聞信」(News letter)。自羅馬共和時代起，一直到西羅馬覆亡，「新聞信」都很流行。

新聞信與我國的邸報非常相近，古羅馬政府，依例都將其政令公告，經人手寫，頒行全國，並貼在政府大門前的布告欄內。全國人民可以藉此公告瞭解國家大事，羅馬城邦外的非羅馬人，也可以獲悉羅馬政府的動態。

羅馬皇帝凱撒大帝 (Gaius J. Caesar) 頗為重視政令宣導，每天都發表「紀事公報」，拉丁學者稱「紀事公報」為「人民的紀事公報」(Acta Populi)❶。「新聞信」並非「紀事公報」，但「紀事公報」之內容源自「新聞信」。「新聞信」除了取材自政府公告之外，至貴族結婚、生子、怪異災變、體育活動也都無所不包。中世紀以後的歐洲，商業漸盛，威尼斯成為當時新聞信寫寄的中心，今日維也納國立圖書館中，還保存有十四、

---

❶ 紀事公報原文為 Acta，又稱為 Acta diurna。人民的紀事公報中的 Populi 為拉丁文，意即 Population。

五世紀時商業性的新聞信。羅馬教皇梵蒂崗圖書館中，也存有兩種十六世紀銀行家彙存之新聞信，一種從 1554 年到 1571 年；另一種從 1565 年至 1585 年，這兩種新聞信，都是來自歐洲各大城市。

　　繼手抄的新聞信時期後，歐洲也因改良中國發明的印刷術，發展至印刷新聞時代，十五世紀末，德國即有不定期的印刷新聞，大致刊登各地發生的水災、火災、火山爆發、地震、戰爭等事情。新航路與新大陸相繼發現後，印刷新聞更趨發達，在這段期間，算得上最古老的印刷品計有：1482 年奧格斯堡 (Augsburg) 發行的《土耳其侵犯歐洲新聞》；1485 年巴黎發行的《喀爾五世侵犯盧昂記》；1493 年西班牙發行的《哥倫布發現新大陸記》；1508 年奧格斯堡發行的《巴西探險記》等刊物。

　　另外，在十六世紀的《威尼斯手抄新聞》(Nofizie Scritte)、《德國特別新聞》(Exfraordinari-Zeifungen)、《法比新聞》(Mercurius Gallo-Belgicus) 等刊物，都能做長期但不定期的發行。這些不定期之新聞印刷紙，內容大致以國外新聞為主。

　　近代報紙的重要特徵之一，就是新聞出版的定期性，前述各種刊物，因為每期出刊所隔的時間太長，嚴格而論，不能算是正式的新聞期刊。時至十六世紀末，歐洲郵政驛站制度漸臻完整，出版商在新聞方面得有可靠來源，導致近代新聞定期刊物的產生。

　　在初期報業定期刊物的發展中，德國居於絕對的領導地位，十七世紀末期，郵政制度更趨發達，郵件當日即可送達，所以，世界上第一份日報最先誕生於德國。其中《萊比錫新聞》(Leipziger Zeitung) 在 1660 年創刊，最初是週刊，後來改為日報，一般認為，這是世界上最早的日報。

　　在十七世紀中，大多數的日耳曼城市，都有發行報紙，時至十八世紀，地方或中央政府感於報紙對執政者威脅日增，因此施行極嚴厲的新聞檢查，但是報業還是蒸蒸日上，英國、法國，甚至美洲的新聞事業也有長足進步。茲列出正式報業發展初期各國重要報紙之創立概況：

　　1. 法國《公報》(Gazette)：1631 年發行，是法國第一家報紙，後來

易名為《法蘭西公報》(*Gazette de France*)。

2. 英國《牛津公報》(*Oxford Gazette*)：1665 年，在英國牛津發行，是英國第一份正式發行的報紙，屬半週刊。後易名為《倫敦公報》(*London Gazette*)。

3. 荷蘭《科學新聞》(*Le Journal des Scavans*)：1665 年，在阿姆斯特丹發行。為世界最早之雜誌。

4.《丹麥新聞》(*Den Danske Mercurius*)：1666 年，在哥本哈根發行。

5.《墨西哥公報》(*Gazeta de Mexico*)：1679 年，在位於中美洲的墨西哥發行。

6. 英國《烏斯特郵差報》(*Worcester Postman*)：1690 年，在烏斯特發行。

7. 俄國《新聞報導》(*Viedomosti*)：1702 年，彼得大帝 (Peter the Great)在莫斯科發行，為俄國最早的報紙。

8. 英國《每日新聞》(*The Daily Courant*)：1702 年在倫敦發行，是英國最早的日報。

9. 奧國《維也納新聞》(*Wiener Zeitung*)：1703 年，在維也納發行。

10. 美國《波士頓新聞信》(*Boston News-Letter*)：1704 年，波士頓郵政局長於當地發行。

11. 丹麥《百林日報》(*Berlingske Tidende*)：1749 年，在哥本哈根創刊，為丹麥最早的日報。

12. 加拿大《哈力法克斯公報》(*Halifax Gazette*)：1751 年發行，是加拿大最早的報紙之一。

13. 挪威《基督教消息報》(*Christiana Intelligentssedler*)：1763 年，在波爾直發行，是挪威最早的報紙。

14. 法國《巴黎新聞》(*Journal de Paris*)：1777 年創刊，是法國最早的日報。

15. 日本《每日新聞》：1872 年在東京發行。該報為世界報業發展史

中後起之秀，創刊時即為日報。

　　在各國新聞事業發展中，萌芽最早的是德國，亦可謂為現代報業之
先驅，但是因為其國內之封建勢力在三十年戰爭後復活，政治制度壓制
報業幼苗的成長，而美、英兩國報業卻因政治制度對言論、出版自由的
逐漸開放，致大放異彩，後來居上。另一方面，從彼得大帝開始的俄國
報業，一度是獨裁者控制、利用的宣傳品，其報業發展，自又是另一種
典型。以下茲就德、英、美、俄、日之報業發展做一概述。

一、德國報業發展概述

　　十五世紀中葉，德人古騰堡 (Johannes Gutenberg) 發明活版印刷，德
國即有不定期刊物，十六世紀後期已發展成定期刊物。1660 年，《萊比
錫新聞》創刊，隨即改為每日出版的報紙，通常被認為是世界上最早的
日報。但是該報議論性文字多，封建勢力不允許其存在，常限制其出版。
自腓特烈一世登基到威廉二世退位 (1701～1918)，其間兩百餘年，報業
一直在專制政治下無法正常發展。其中 1740 年登基的腓特烈二世，雖然
曾頒布命令規定：「報紙有無限制的自由。」「欲使報紙生動有趣，不應對
其加以干涉。」但是這種新聞自由尺度只是曇花一現，而里西亞戰爭爆發
後，新聞事業又恢復過去的嚴格管制，並正式頒布新聞檢查命令，這類
命令直至 1848 年歐洲封建勢力崩潰後，報業才漸漸再度享有新聞自由。

　　第一次世界大戰後至希特勒 (Adolf Hitler) 當政前，德國報紙在《威
瑪憲法》的保護下，成就非凡。1919 年，德國公布該憲法，第 118 條中
規定：「人民在法律內，有以語言、文字、印刷、圖畫，自由發表意見之
權利，……並且人民施行此項權利，任何人不得妨害，並不得實行檢查
……」故在大戰之後的德國報業，雖然經濟情況非常困難，仍然呈現一
片光明的新氣象 ❷。

---

❷　當時報紙因經費無著，均依賴政黨或資本家支持，因此第一次大戰後，德國黨
　　報充斥，當時 4,700 餘家日報，黨報就占了 47%，言論相當分歧。

　　希特勒於 1933 年取得政權後，即對德國報業實施嚴格的控制。希特勒在《我的奮鬥》中記述：「即使最大的謊言，經不斷地重複敘述，亦可成為真理。」由他這番話可看出他極注重宣傳，重視報紙卻又嚴厲迫害新聞自由，1933 年 2 月 28 日在其公布的維護共和會中宣佈：「為了保障國家與人民的安全，《憲法》規定的新聞自由暫時中止。」此後更制定《新聞記者法》，取消社會主義政黨的言論與出版自由，暴力沒收異己報團，完全控制了德國的報業。

　　1945 年，同盟軍擊敗希特勒政權，同盟軍立即頒發《新聞管理條例》，以前的所有報紙一律停刊，新報紙必須得到同盟軍當局發給之許可執照，至 1949 年 5 月 4 日《新聞管理條例》登記制度取消後，新報紙才又紛紛成立。1950 年，西德報紙即增加到 1,000 家左右，這些報紙都能漸漸步上正常的新聞事業發展途徑。根據 1949 年 5 月西德頒布的《憲法》規定：「任何人可藉言論著作、圖書自由表示及發表他的意見，其可自由接近一般消息傳播媒介，使自己獲知必要新聞。」曾是報業早期發展領導者的德國，終於又發出希望之曙光。

　　今日德國報業概況，可約述如下：

　　1.德意志民族是非常愛看報的民族，德國人依賴看報獲得各類資訊仍具首位。目前德國有 1,500 多種報紙，其中日報有 370 多種，總發行量為 2,500 萬份，每人平均報紙擁有量占世界第四位，僅次於瑞典、挪威和日本。其特點主要為：私人所有，素質甚高，報紙數量眾多，很多日報設有地方版，地區性報紙實力雄厚，跨地區報紙較少，政黨報紙力量較弱，報刊依賴廣告，報業出現集中化傾向。

　　2.發行量最大的日報是《圖片報》，其他全國性報刊有：《南德意志報》、《法蘭克福全德日報》、《明鏡週刊》、《時代週報》、漢堡《世界報》。最大的地方性報紙是《西德意志彙報》。大報業施普林格 (Axel Springer Verlag AG) 報業集團則壟斷了全國報紙出版量的五分之一，擁有《圖片報》及雜誌等。

二、英國報業發展概述

　　1450 年，德人古騰堡發明活版印刷後，倫敦的出版事業也被帶動發達起來，1484 年，里查三世頒布詔令，鼓勵外人經營出版事業，出版商迅速增加。

　　時至 1528 年，英王亨利八世頒布命令，外國出版商不得在英國新設出版工廠，已設工廠者則限定不得收學徒超過二人以上。1530 年，他特許商人赫頓 (Thomas Hytton) 經售由廷德爾 (William Tydale) 所翻譯的《聖經》，成立「特許制度」。1534 年，他又頒布《保護國內出版商法案》，於四年後，正式建立「英國皇家特許制度」。瑪麗女皇時代，為便於控制異教邪說，特於 1557 年成立「皇家特許出版公司」(Stationers Company)。

　　伊莉莎白女皇登基後，頒布《出版法庭命令》，是英國新聞自由的最大剋星。此後，無論是克倫威爾專政時期，查理二世復辟時代，仍然以《出版法庭命令》為控制出版商的基礎。

　　從歷史上來看，爭取「新聞自由」是英國報業發展史上的主流。

　　早期提出新聞自由思想的是約翰‧彌爾頓 (John Milton)，他在 1643 年公布了重要文獻《論出版自由》，要求依照個人良知，自由享有獲知、陳述及辯論的權利。在《論出版自由》中，他猛烈抨擊出版特許制度。

　　在克倫威爾的清教徒革命時期，約翰‧李本 (John Lilburne) 是爭取出版自由的代表，他組成的平民黨，提出「成文憲法、權力限制、分權制度、出版自由」四大要點，雖然被國會以「叛國罪」審判，但結果宣布無罪。

　　1692 年，英國獨立出版商要求廢止《出版法案》，該法案是查理二世復辟後制定，內容與《出版法庭命令》雷同，嚴重妨害出版業之正常發展，因此獨立出版商再度提出「出版自由」的要求，此時因新商業勢力興起及兩黨政治漸漸形成，政黨可以明白利用報紙幫助黨之宣傳與攬權，故在不再管制出版後，《出版法案》之約束力自然也就消失了。

英國報業發展史中期，英皇室控制出版商有二大武器：其一是特許制度，第二是利用《煽動誹謗法案》來控制出版商，並以「知識稅」❸、「津貼制度」作輔助手段，其控制手段逐漸失效的演進可分為三階段，其間經過了無數新聞自由鬥士之奮鬥。

1. 1704 年～1730 年

任何誹謗、侵犯國會、國王的特權者立即招罪。

2. 1730 年～1760 年

陪審團對煽動罪之判決開始獨立，不受政府約束。

3. 1760 年～1780 年

英皇室兩位司法大臣，曼斯弗爾勛爵 (Lord Mansfield) 與約翰‧威克斯 (John Wilkes) 對誹謗罪引起爭論，最後威克斯得勝，「誹謗」一詞不再是專制、片面的決定，而是受到法律的保護。

綜觀英國報業爭取新聞自由，又可分為三個時期：

1. 要求出版自由時期

從 1538 年亨利八世建立出版特許制度開始，至 1694 年廢除《出版法案》結束。

2. 要求意見自由時期

《出版法案》廢除後，人民要求討論、批評政治之自由，政府採取「煽動、誹謗罪」壓制意見自由。至 1792 年制定進步的《法克斯誹謗法案》(Fox's Libel Act) 及 1861 年廢除印花稅，意見自由之原則從此確立。

3. 要求新聞自由時期

一次世界大戰後，英政府擴展機密消息尺度，消息發布困難，報業提出「人民知之權利」(The Right of People to Know) 之要求；二次世界大戰後，共黨國家限制新聞採訪，英美報業又及時提出採訪自由和消息傳

❸　知識稅 (Tax on Knowledge)，十八世紀初期英政府向廣告、報紙、出版商徵稅，以控制出版，起源於 1710 年英法戰爭時，政府為了財政開源，而制定此稅制，但最後變質為「寓禁於徵」之作用。至 1860 年，所有知識稅才予取消。

遞自由。

今日英國報業能享有充分新聞自由,除了歷代自由鬥士居功至偉外,完整的政治與法律制度也是保障報業平穩發展的重要因素。

英國報業的特點,略述如下:

1.近代以降,英國新聞業的發展是以經濟變革為主軸,經濟的進步直接影響著新聞業的發展。

2.英國報業明顯地形成大眾報紙和高級報紙的區分,在十九世紀和二十世紀上半葉領導世界新聞業新潮流。

3.英國是歐洲和英聯邦國家廣播電視體制形成、變化的先驅者。其會形成公營體制,以及後來形成公營、民營競爭與合作的局面,均濫觴於英國。

三、美國報業發展概述

美國最初之報業,其海外的消息大部分皆由海運郵包運到本土,然後分發各報錄用。當地第一份殖民時期的報紙是 1665 年,在倫敦刊行的《倫敦公報》。真正在美國本土發行的第一家報紙,是由班哲明·哈里斯 (Benjamin Harris) 創辦,在 1690 年 9 月 25 日於波士頓創刊的《波士頓內外新聞報》。

美國初期報業的特點是其內容主要為戰爭和政治消息,採訪方法皆以倫敦運過來的報紙作為藍本,有關歐洲的事件亦常有報導,廣告在當時很不被重視。

最重要的,也是世界各國報業發展中常遭遇的現象是:早期美國的報紙與政府間呈現對立的現象。

美國報業史中為爭取新聞自由而發生的較為重要的事件,是殖民時期的曾格爾事件。1733 年,曾格爾 (John Peter Zenger) 的《紐約新聞周報》出版,該報風格犀利,揭發當時總督柯斯貝 (William Cosby) 的罪行。柯斯貝遂派警察燒其報社,並判曾格爾入獄。曾氏之妻仍堅持出報,並請

律師漢彌爾頓 (Andrew Hamilton) 為曾格爾提出訴訟，強調新聞有說出與寫出真實，以揭露與對抗專制權力之自由。曾格爾最後獲判無罪開釋。

這個事件的意義在於阻止《誹謗法》在殖民地濫用，並確定了《誹謗法》之具體內容與適用範圍。

十八世紀中葉之後的殖民地報業，對美國獨立運動曾助有一臂之力；1756 年至 1763 年間，英國因七年戰爭，國庫空虛，開始對殖民地公布一連串稅法，諸如 1764 年的糖稅、1765 年的《印花稅法案》、1767 年的茶稅、《玻璃稅法案》，此舉激怒了殖民地人民。《波士頓公報》及《麻省偵察報》等，不斷著文反抗英國暴政，打擊英國政府威信，當時名報人潘恩 (Thomas Paine)，出版了一本名為《常識》(Common Sense) 的書，銷量達 50 萬冊，強調殖民地需脫離英國控制，促成了美國《獨立宣言》的完成，1776 年，殖民地革命軍一度告危，潘恩又推出《危機》(Crisis) 一書，影響情勢，轉危為安。

美國報業發展，一直與國勢發展有密切關係，美國獨立後，報業立即進入黨報時期 (1783～1860)，該時期報紙分為聯邦派與共和派兩系，聯邦派首領是漢彌爾頓，共和派則為傑佛遜 (Thomas Jefferson)，兩派報紙常對不同的政治問題持相反意見。

黨報時期進入末期以後，由於發生工業革命，政治色彩漸退，報業走向企業化道路。

1863 年南北戰爭爆發，美國報業開始黨報時期後的蛻變時期，這時的報紙，內容上的特寫資料取代了長篇贅言的政治新聞內容；新機器的發明更促進了新聞事業的發展。至戰爭結束，則進入「獨立報業時期」，但此時期的美國報業，因彼此的競爭而導致傳統新聞自由變質。十九世紀末期的新聞事業企業化，把服務社會列為次要，而以刊登黃色、刺激性新聞為主，侵犯隱私權，施行報紙審判，利用新聞自由的特權以圖非法暴利。最後，美國哈佛大學教授霍根 (W. E. Hocking) 在 1947 年著《新聞自由》(Freedom of the Press, a Framework of Principle) 一書，主張報業

應走向社會責任論的途徑，即不主張政府限制新聞自由，而主張新聞界實行新聞自律。

2000 年隨著網路的發展、美國經濟的逐步崩盤，報業開始受到重創，美國報業經濟的黃金期是 2000 年上半年，但從第三季開始，報紙廣告增幅開始縮減，到了第四季已經有報紙開始出現負成長。例如《紐約時報》(*The New York Times*) 2001 年頭四個月廣告收入就下降 16%。由於報業經濟衰退，裁員潮開始出現，例如全美報紙發行總量居第二的報業奈特‧里德集團 (Knight Ridder)，宣布裁撤 2,100 名的員工，占全體員工比例將近一成。連從 1982 年創刊至今從無裁員紀錄的《今日美國》，也在 2001 年解僱 6 名記者和 7 名網站員工。

美國報業長期以來係由家族企業所主導。到了 1950 年代，該國所流通的 1,785 份日報中，超過 70% 為家族所經營的報紙事業，這些大部分都屬於小型鄉鎮的日報。然而大都會區的報紙也是由同一家族世代相傳所經營，諸如《紐約時報》的 Ochs-Sulzberger 家族、《洛杉磯時報》的 Otis-Chandler 家族以及《華盛頓郵報》(*The Washington Post*) 的 Graham 家族。家族企業同時也主宰了跨越都會區的連鎖報社，例如於 1880 年代成立的 Hearst、Pulitzer、Scripps、Knight Ridder、Gannett 及 McClatchy 等公司。

造成這種產業經營權特殊現象的原因，除了發行者及家族成員本身的意願之外，也有一些其他的經濟性因素：勞力密集的印刷技術，使這些小規模、家族經營的效率並不會輸給大型的報紙連鎖業者。然而，從 1960 年代起，新式印刷技術的經濟規模及稅制改革，增加了報社的資產評估價值及相關稅賦，促使報社將獲利再行投資，也引發了一波報紙產業中的整合行動及公開上市發行。

在 1963 年及 1973 年之間，至少有 13 家報社掛牌上市，包括 1963 年的 Dow Jones、1967 年的 Gannett、1969 年的 NYT、Lee Enterprises、Knight Newspapers、Ridder Publications、1971 年的 Media General 及《華盛頓郵

報》。藉由公開發行股票的資金挹注，這些報社大部分都開始進行購併整合。在 1970 年代及 1980 年代末期，少數維持獨立營運的公司也必須在公開上市及讓大型報社集團收購兩者之間做一抉擇，而大部分的業者選擇了後者。到了 1996 年，流通在市場中的日報有 82% 為報社集團所發行，該比重遠超過 1960 年的 46%。

現在美國社會，有人憂心一城一報甚至大城無報的現象日趨普遍。因為西雅圖、舊金山、底特律、克利夫蘭與丹佛，即將沒有報紙。許多專家試圖為報紙找出路，但有人判斷停刊的報紙不可能起死回生。日落西山的場面令人憂心。

大部分的美國日報，在政治上採取獨立或中立態度，然普遍是保守立場，尤其以小報為著。

另外今天美國的報業，有半數以上隸屬在報團之下，其中較著名的有 Hearst Newspapers、 Samuel Newhouse Newspapers 以及 Scripps-Howard Newspapers。

今日美國新聞界享有充分自由，但報業兼併，觀念和意見交換的自由市場越見狹小，而經營也因面臨網路等新媒體的挑戰，日益困難，尤為該國報業的隱憂。

四、俄國報業發展概述

俄國是個高緯度的國家，貧窮、人口少、文盲多、民族性蠻強，先天性就使其報業發展無法正常。自彼得大帝在莫斯科創辦《新聞報導》，直到現在，報業一直受到嚴格的控制，雖然亞歷山大二世時期曾賦予報業相當的言論自由，但也只是曇花一現，其後又歸暗淡。

彼得大帝創辦《新聞報導》的主要目的是為了報導其拓展海權的戰爭消息，以後尚有《莫斯科雜誌》等之創刊，但在專制政府嚴格限制下一直無法發展。類此限制，經過亞歷山大一世，至尼古拉一世時期，從來沒有放寬過，甚至頒布《檢查法》，建立祕密警察制度。

　　亞歷山大二世時期，其副教育部長維亞佐本斯基親王 (Prince P. Viazemskii) 倡議廢除過苛的檢查制度，輿論界要求能夠有表達真正意見的權利。另一方面，亞歷山大二世受到輿論壓力，於 1858 年放寬了「不得在報紙上討論政治」的限制；1865 年又頒布《新報業法》，雖然實質上仍然壓制報業，但卻在表面上取消了預先檢查制。1866 年，亞歷山大二世險遭謀刺，遂一反寬大作風，加強對報業的控制。至亞歷山大三世及尼古拉二世時期，對輿論的壓制更是無所不用其極。

　　1917 年十月革命後，俄國報業在共產黨控制下，發生劇烈轉變，執政單位下命令「報紙具有完全自由權」僅三星期，列寧 (Vladimir Lenin) 即宣布全國報業之設備完全歸於共黨所有，從此俄國的報業成為專制政府的宣傳工具，誠如列寧所言：「報紙不僅是集體的宣傳者、煽動者，也是集體的組織者。」俄國報業在這種觀念的帶動下，實已失去報紙應具有的本質。

　　俄共宣稱他們也享有「新聞自由」，但是這種自由僅限於政府准許範圍內的自由，只有自由閱讀報紙，而沒有權利在報紙上發表意見。所以俄共所謂的新聞自由，無非只是一種對西方國家的欺騙而已。俄共的報紙只負有兩大使命，其一是強調共產主義的優越性，其二是鼓舞人民一致歌頌其領袖及政策。

　　就整個報業發展而言，俄國報業所受的阻礙實非自由世界報業所可比擬的。

　　但現代俄羅斯的媒體體制與經營，經過二十世紀以來，民主浪潮席捲後，也隨著社會、政治、經濟系統和機制的崩解，而呈現紛雜多樣的面貌；據邱瑞惠教授在所著《俄羅斯傳播體系：變遷與發展》中指出，過去對蘇聯等共產國家自由與不自由的二分法已不再適用；她歸結並印證出蘇聯自解體以來的媒體模式為：「工具—傳統」模式、「第四權」模式、「新威權—財團」模式、「金權政治媒體」模式、「獨立新聞媒體」模式、「國家控制的媒體」模式、「地區政府控制的媒體」模式、「商業化的

媒體」模式，而 2000 年媒體模式則為後四種模式的混合，可謂十分複雜。

五、日本報業發展概述

　　明治維新前，日本實行幕府統治制度，1862 年官方譯報《官版‧巴達維亞新聞》出版，這是日本最早的報紙。明治維新後，1869 年政府頒布了《報紙印行條例》，此為日本歷史上第一個成文的新聞法規。1870 年 4 月，日本首家日報《橫濱每日新聞》問世，日本進入近代報業時期。

　　十九世紀七〇年代日本經歷了短暫的政論政黨報紙時期；八〇年代，經由七〇年代的小報開始形成現代化的商業性報紙。1886 年《郵便報知新聞》率先仿照歐美模式進行改革。1888 年《朝日新聞》(*Asahi Shimbun*) 成為日本第一個跨城經營的報系。

　　兩次世界大戰期間，日本報業加速向企業化發展。三〇年代後，報業被納入軍國主義控制之下，史稱日本報業的「統制時代」。二戰後，日本新聞業按照美國模式經過改造，重新走上自由競爭的道路，隨著報業自由競爭帷幕重新開啟後，報紙的發行量出現了快速增長的趨勢，四〇年代末期即達到 1,418 萬份，而到 1952 年年底，則達到 2,273 萬份，創歷史最高紀錄。

　　目前，日本的報紙基本上都是商業報紙，一般採取股份公司的經營機制。在報社的各項收入中，廣告約占 40% 以上。就性質而言，日報有綜合性、專業性以及娛樂性報紙之分；在綜合性報紙中，又有全國性和地方性報紙之分。全國性報紙有五家——《讀賣新聞》(*Yomiuri Shimbun*)、《朝日新聞》、《每日新聞》、《日本經濟新聞》、《產業經濟新聞》，它們在日本輿論界居於主導地位。

1.讀賣新聞

　　1874 年創刊於東京。辦報方針是：「要敢於同左右兩翼的獨裁思想做鬥爭」，是以一般市民、中小企業勞工群眾為主要對象。著重社會新聞，有激情主義傾向，2003 年發行量超過 1,400 萬份，在全球日報發行量上

排行第一，被列入金氏世界紀錄。該報同時還辦有《週刊讀賣》和英文 *The Daily Yomiuri* 以及其他文化、體育事業。

2. 朝日新聞

1879 年創刊於大阪。辦報方針是：「本著不偏袒任何政黨的立場，實行言論自由，為建成民主國家和確立世界和平而做出貢獻，公正迅速地報導真實情況，本著進步的精神進行評論，以期達到公正目標」。該報以上層社會、中產階級為主要對象，職員 7,000 人。在大阪、東京、名古屋、西部分別發行，銷量約為 844 萬份。該報還辦有《周刊朝日》、《朝雜誌》、《科學朝日》等雜誌以及其他文化事業。

3. 每日新聞

1872 年 2 月 21 日創刊於東京，是日本歷史最悠久的報紙。它原名《東京日日新聞》，1911 年與 1882 年創刊的《大阪每日新聞》合併，1936 年又和《時事新報》合併，1943 年 1 月 1 日起改用現名。其辦報方針是：「獨立於一切權力之外，通過不偏左也不偏右的社論和報導，自由地為建立民主社會做出貢獻；通過為國際所關注的社論和報導，為建立和平的社會做出貢獻」。該報以中產階級為主要對象，總銷數約為六百萬份。該報還發行《經濟學人》、《每日畫報》、《每日年鑑》等 15 種刊物，附設商業廣播電視臺「東京廣播電視臺」和「每日電影社」。

4. 日本經濟新聞

該報前身是 1876 年 12 月創辦於東京的《中外物價新報》，1889 年 1 月改名為《中外商業新報》，1942 年 11 月 1 日與《日刊工業新聞》、《經濟時事新報》合併，定名為《日本產業經濟新聞》，1946 年 3 月起改用現名。其辦報方針是：「中正公允，以期實現日本國民生活的基礎——經濟的和平民主發展」。該報還辦有《日經商業》、《科學》等報刊。它的經濟訊息極具權威性。

5. 產業經濟新聞

該報前身是 1933 年在大阪創辦的《日本工業新聞》，1942 年 11 月

1 日起改為《產業經濟新聞》，1955 年 11 月與《時事新聞》合併，1958 年 7 月 11 日成為全國性報紙。1969 年 2 月，該報在日本新聞界最先把報紙、電視、廣播三者統一起來，成立了大眾傳播界第一個新聞中心。它主要反映日本財政界的意見和主張，還辦有《晚刊富士》、《正論》等報刊以及其他文化事業。其大阪本社與東京總社銷量共約 300 萬份。

上述五家全國性的報系，已居於日本報業的壟斷地位，其發行量已占全國日報發行量的 60% 左右。

地方性報紙又可以分為地區報紙、縣報和城鎮小報。地區報紙是在某地區數縣範圍內發行的報紙，目前有三家：《西日本新聞》、《北海道新聞》、《時事新報》。縣報基本上在縣內發行，城鎮小報多為非日報，只在某一城鎮發行。值得一提的是，日本著名教育家福澤諭吉以慶應義塾為陣地所辦的《時事新報》，強調獨立不羈，遵循不偏不倚立場，引導社會輿論。

綜合性雜誌在日本輿論界也有一定的影響。其中最富盛名的是《文藝春秋》月刊，該刊創辦於 1923 年，初期是文藝刊物，以後逐漸發展為涉及社會生活各種領域的綜合性刊物，經常刊登專家評論和調查性報導。除此之外，日本較有影響的雜誌還有《中央公論》（月刊）、《世界》（月刊）等。

「日本新聞協會」於 1946 年 7 月 23 日成立，為日本全國新聞事業的自律組織。其主要目的，在以新聞事業本身的力量「來建立自由而負責的新聞事業」，藉以確保新聞自由。日本新聞協會成立後，首先制訂《新聞倫理綱領》，以作日本新聞事業信條。1954 年 12 月 16 日，為避免各報之惡性競爭，日本新聞協會制訂《販賣倫理綱領》，規定各報要遵守約定，在協議範圍內推廣發行。非經各地區會員同意，不得增加篇幅、贈送免費報刊、附贈日常用品，強制推銷報紙或妨害他報之發行。

🎤 第二節　中國新聞史概述

　　中國幅員廣大，歷史悠久，許多歷史文物之確實萌芽年代，幾不可考。中國之「新聞史」源頭何在，實難下一定論，法國詩人伏爾泰 (Voltaire) 說過：「報紙誕生於中國，係於上古不可記憶之時代。」許多近代之新聞學者亦提出他們的論證，新聞史學者李瞻教授指出：「（中國）報紙之起源，絕不在有正式歷史記載之年代，而必在更久以前，從中國歷史文化之發展而論，春秋戰國時代，必已有報紙之雛形，王安石曾稱《春秋》一書為『斷爛朝報』」；曾任燕京大學新聞系主任的白瑞登也曾經表示：中國邸報之起源，一說在周襄王三十二年；一說在漢武帝元年。從正式的歷史記載資料言，我們只能說漢代確實已有「邸報」的刊物。

　　也有中國報業史的研究者將研究古代民意輿論之心得，列入中國新聞史中講述，譬如《詩經》、《孟子》、《困學紀聞》等古籍中提到「民」的章句，都列為當時的輿論。為什麼當時這些古籍與中國新聞史有關聯呢？其所持觀點是：目前報紙之具有重要地位，乃由於報紙對輿論及政治之影響力。因此，我國古代之輿論，在世界輿論發展過程中，就具有更高的地位了，雖然今日之報紙功能不只限於民意之反映，但是這些古籍中提到的「輿論」與今日之「民意」頗為類似，所以，自然就與新聞史有關。

　　在此就漢唐以降各朝代之報紙演進，分別做一概述：

㈠漢代的「邸報」

　　根據《說文解字》解釋：邸，屬國舍也。《漢書》：郡國朝宿之舍，在京師者率名邸。因此，邸即地方政府駐京師之辦事處。這種辦事處，一方面將地方政府之消息轉達於中央政府；另一方面，將京師的命令、動態轉報地方首長，成為「邸報」發行之源起。本來邸報只是純粹官方互通之消息，後來由於社會對新聞的需要，所以邸報也對外發行了。

㈡唐代的「開元雜報」

漢代邸報發展至唐朝之後，自唐玄宗開元至德宗年間，政府每日發布政府公報，即所謂的「條報」。而地方政府駐京師之「邸」，又根據政府公布之「條報」合計起來，稱為「開元雜報」。多記載皇帝的起居行事與朝臣議政。

孫毓修在《中國雕版源流考》中記載開元雜報的形式：湖北江陵縣楊氏藏「開元雜報」七葉，係唐人雕本，葉 13 行，每行 15 字，字大如錢，有邊線界欄，而無中縫，猶唐人寫本款式，作蝴蝶裝……。

㈢宋代的《朝報》、「小報」

宋代將「邸」改為「進奏院」，其性質與邸相似，地方與京師公文消息藉進奏院傳達，且將這些政府公報正式定名為《朝報》。趙昇在《朝野類要》一書記述：「朝報，日出事宜也。每日門下後省編定，請給事判報，方行下都進奏院，報行天下……」可知《朝報》是經過政府正式核示批准公布的公報。

宋代流行於民間的意見媒介物，稱為「小報」，也是宋代「邸報」的別稱，南宋官吏周麟在「論禁小報」一奏摺中曾下有定義：「……小報者，出於進奏院，蓋邸吏輩為之也，比年事有疑似，中外不知，邸吏必競以小紙書之，飛報遠近，謂之小報。……往往以虛為實，以無為有，朝士聞之，則曰：『小報到矣』。」由這一段文字中可看出小報的大致內容，有剿聞不實、不辨真偽之弊。小報對當時宋代政府的威信、國體曾構成相當程度的壓力。

㈣元、明兩代的「邸報」

蒙古入主中國，文化、政治大部分承襲中原，宋代之報紙既已普遍，元朝以降，當然因襲承傳，根據周密撰的《癸辛雜識》續集中記載，元代邸報在士大夫階級中仍非常流行，其中還有社會新聞流傳於讀者間。

明朝之邸報，在中國報業發展中是一大轉捩點，它具有三大特色：

1.改用活版印刷。據顧亭林〈與公肅甥書〉所載顯示，明代報紙改

用活版印刷始自明崇禎皇帝時。

　　2.刊載有關夷人之事。

　　3.確立新聞檢查制度。這種迫害報業發展的制度，始於嚴嵩父子當政之後。宦官魏忠賢當權時，變本加厲，邸報已成奸人利用之工具。

　　明朝士大夫階級閱讀的《宮門鈔》，源自宋代之《朝報》，大體上都是政府公報，有上諭、奏摺等，但仍無評論性文章出現。與《宮門鈔》相似的是各省城發行的《轅門鈔》，內容則是偏重省衙命令與人事動態。

㈤清代的《京報》與「官報」

　　「邸報」到了清雍正以後，被《京報》所取代。此後邸報即嚴禁發行。而《京報》係指清代北京報房發行之報紙。

　　《京報》沒有新聞標題，其排列順序首為宮門鈔，次為上諭，最後是奏摺。最初的《京報》仍為手抄，以後才改用鉛字排印，《京報》至二十世紀初仍有出刊。

　　光緒二十一年，康有為為救國圖強，發行《中外公報》、《強學報》，但先後被清廷以「誹議朝政」罪名查封，復由清廷接收官辦，此為清廷發行「官報」之始。光緒二十九年以後，中央與地方政府紛紛辦官報，官報遂盛行一時。

　　綜觀漢唐邸報至清末官報，歷史雖然悠久，但是一直沒有重大改變，內容與讀者無法普遍。真正把現代報業思想在中國播下種子的，還是外國人。外報不僅為我國現代報業之始，並對我國政治、經濟、社會、文化產生重大影響。其中《察世俗每月統記傳》是我國近代第一種雜誌，於嘉慶二十年 (1815) 八月五日，由英籍傳教士馬禮遜 (Robert Marrison) 與米憐 (William Milne) 在馬六甲創刊。其他著名的中文雜誌尚有《特選撮要》、《天下新聞》等十餘種。在中文日報方面，由外人首先發行的有《中外新報》、《上海新報》等，前者在香港發行，後者在上海地區發行，且為我國國內近代最早之中文報紙。

　　《上海新報》於 1868 年改革版面後，獨占上海報業，遂引起了《申

報》的創刊。未幾，全國各地方辦報風氣盛行，中國報業也走上現代化之途徑。

中國報業走向現代化後，適逢政局不穩，清廷腐敗，遂有報團對立之現象，大體分為革命派與維新派，各持不同政論，互相攻伐。至 1910 年、1911 年，維新派報紙亦紛紛轉入革命陣營，故辛亥武昌起義，建立中華民國，革命報刊應居首功。

維新派報紙計以《國聞報》、《時務日報》、《京報》、《時事新報》為最有名。革命派報紙則以《蘇報》、《神州日報》、《民呼》、《民吁》、《民立》等報為有名。

民國肇造，袁世凱陰謀篡國，因此，報業又分為擁袁派與反袁派；袁氏失敗之後，除重要都市原有之報紙，民營報紙也開始成長。重要之民營報紙為《申報》、《大公報》、《新聞報》、《時事新報》等。

國民黨黨營報紙，在中國報業史上居於重要地位，黨報發展分為四個時期：⑴自 1899 年發行《中國日報》至辛亥革命，為黨報萌芽時期；⑵自民國建立至北伐，為黨報黑暗時期；⑶自北伐成功至行憲，為黨報發展時期；⑷自行憲以後，為黨報企業化時期。黨報系報，以《中央日報》為中心，以各省《民國日報》為輔助，構成全國黨報系統。

1937 年 7 月，抗日軍興，因初期戰局迅速惡化，沿海新聞事業不及撤退，部分淪為日寇宣傳利用的工具。抗戰時期雖然物質奇缺，但我國報人表現高度威武不屈之精神。重慶各報社大都遷入山洞工作，渡過艱苦的一段時間。

抗戰勝利後，公民營報團相繼出現，公營報團有隸屬國民黨團系統及軍報系統的「和平報團」；民營報團有「大公」、「益民」、「世界」、「大剛」、「力報」及「星系」報團，報業發達迅速。其中《大公報》張季鸞倡導的「四不主義」（不黨、不賣、不私、不盲），展現報人精神，為世人稱頌。

臺灣自甲午戰後，被日本占據，日本對臺灣的一切刊物印行，均施

以嚴格管制。占領初期，報紙全用日文刊行。1932 年，才有臺灣人民第一次出資主辦的《新民報》出現，但最後還是被日本查封。

1945 年 8 月，日本投降，臺灣光復，臺灣報業重獲自由；政府遷臺後，臺灣成為自由中國報業復興的堡壘。

1956 年前後，臺灣報業之能夠迅速發展，水準遠超過臺灣光復初期的報業，至少有幾點原因值得注意：

1.臺灣光復後，人民讀報興趣增加，且交通發達，利於報紙發行之推展。

2.政府退守臺灣，報業人才集中，各展所長。

3.報紙內容因篇幅限制，新聞素材每多精簡精彩，樹立中國報紙優良風格。

4.評論政策，各報立場堅定，一致擁護政府，並負起對政府批評與監督之責，培養民主政治的自由風氣。

5.當年臺灣各報所需要之白報紙，均由臺灣紙業公司供給，可以不必仰給於外國。

6.新聞教育開始蓬勃發展，培養人才無數。

政府遷臺初期除《中央日報》外，《臺灣新生報》曾為臺灣最重要與暢銷之報紙，該報為日據時代《臺灣新報》改組，於 1945 年 10 月 25 日創刊。1947 年轉移為企業化組織後，銷行遍達全國各地，將臺灣報業帶到另一個新境界。

在民營報中，《聯合報》亦勵精圖治。自 1951 年 9 月 16 日由《全民日報》、《民族報》和《經濟時報》合併為一之後刊行，注重刊載社會新聞，且對政府施政，每多建議，是臺灣民營報一成功先例。

《中國時報》前身是 1950 年 10 月 2 日創刊的《徵信新聞報》，1968 年 9 月 1 日經更名為《中國時報》之後，與《聯合報》同為臺灣民營報紙的兩大支柱❹。八〇年代以後，《自由時報》與《蘋果日報》崛起，使

---

❹　《徵信新聞報》之所以改名為《中國時報》，該報於改名是日社論中有所說明，

臺灣報業成了各領風騷的年代。

　　臺灣的晚報集中於臺北，從 1950 年起，先後發行，計有 1950 年 2 月 1 日創刊的《大華晚報》、1950 年 12 月 1 日創刊的《民族晚報》、1947 年創刊的《自立晚報》。三報為臺灣的晚報奠立基礎，惜目前僅剩《聯合晚報》。

　　1949 年後，臺灣復發行英文報紙，其一是 1949 年 6 月 6 日創刊的《英文中國日報》(*China News*)，其二是 1952 年 9 月 3 日創刊的《英文中國郵報》(*China Post*)❺。其後《自由時報》發行《台北時報》(*Taipei Times*)。

　　此一臺灣報業之黃金年代，每天銷數可達兩百多萬份，廣告金額增加；而在印刷設備更新，犯罪新聞淨化，注重國際新聞報導，副刊多采多姿，各方面均有可觀的成就，而黨報、政府報、軍報亦不遑多讓，發揮報業功能。

　　而報人馬星野、謝然之、王惕吾、余紀忠等亦卓有貢獻。

　　可惜近年來因經濟衰退、網路興起、報業惡性競爭諸因素，使報份銳減、廣告降低、年輕讀者流失，不僅《中央》、《民生》、《中晚》等報關門，現在大報亦大都賠錢，報業前途引發疑慮。

　　略謂：「徵信新聞」四字，就辭意而言，已不足適應今日精神與實質，因此改稱《中國時報》，乃深感作為時代報人，對國家、社會、世界，即負有更大之責任，並在報導新聞的「質」方面，更求充實。

❺　另有《英文快報》(*Express News*) 屬中央通訊社英文部刊行，所報導中國新聞，每係官方所正式發表，甚為外國官員與記者所重視。（參見袁昶超，《中國報業小史》，第一〇七頁）

第二篇
新聞事業

第三章　特性與功能

第一節　何謂新聞事業

　　近年來，大眾傳播理論益趨完備，大眾傳播媒介也有快速的發展，「新聞事業」已成為一個很廣泛的名詞，亦被稱為「大眾傳播事業」(mass communication enterprise)。以狹義的立場來看「新聞事業」，則必須是從事新聞傳播工作或新聞評論業務者；以廣義的立場來看「新聞事業」，則凡是能夠促使人類思想、意志、知識等訊息交流的媒介，都可以歸屬於新聞事業。綜合廣、狹二義對新聞事業的解釋，則該等事業至少包括：報紙、新聞性暨一般性雜誌、廣播、電視、通訊社、資料供應社、圖書出版社、民意測驗機構、廣告公司、公共關係公司等。

　　新聞事業之成為一項規模龐大，且具有專業性及企業化的事業，是經過相當漫長的歲月演進而成的，其演進的過程，可以五個時期劃分。

(一)口述時期

　　原始時代之人類，文字尚未發明，一切傳播惟靠口傳，這是新聞傳播的原始形式。其新聞內容存真的程度甚低，傳播的範圍亦非常有限。

(二)手寫時期

　　文字發明之後，新聞傳播立即具備了持久性與廣達性，訊息的記載也有了相當的存真性；漢代以降的邸報與古羅馬的新聞信，都是手寫時期的產物。

(三)印刷時期

　　印刷術以及活字版發明之後，新聞事業即奠定了發展的基礎，傳播時效和發行數量都迅速提高，符合了新聞事業擴張的要求。

㈣電訊廣播時期

　　印刷媒介到今天為止，仍然無法完全克服空間問題，換言之亦即有其傳播上的死角；1895 年，無線電技術發明，電波傳訊克服了新聞傳播時空的困難，新聞事業終於在 1920 年美國 KDKA 電臺開播後，步入電訊廣播時期。

㈤影像時期

　　1926 年，英國人貝爾德 (John L. Baird)❶的電視播映實驗首次成功；1936 年，英國廣播公司即經常播送電視節目，現代電視事業開始在整個新聞事業中占有重要地位，其傳播效果遠超過在它以前的四個時期所使用的傳播媒介。

　　我們在此需強調的是，新聞事業之演進，從口述時期至影像時期乃是一種擴張的進展，也可以說是兼容並蓄的發展，不因為後者的發明而取代或淘汰了前者。直至今天，五種傳播新聞的方式，在新聞事業中皆有其重要的存在地位。

　　由於人類對新聞之渴求，新聞傳播事業遂成為人類不可缺少的精神食糧，加以民智的開化、印刷術的進步以及交通電訊的發達，新聞工作不僅更為重要，且更要求專業化，較其他行業具有更多突出的特性。從事新聞工作者必須瞭解新聞事業的特性，才能夠把持、努力於新聞事業的方向，以求有益於社會大眾，亦有利於本身業務的發展。

　　新聞事業的特性，至少可分七點說明：

㈠新聞事業是綜合性的事業

　　論新聞事業的業務，既屬工業又是商業，而它的基本性質又是文化事業；論其內容，凡人類所有活動，舉凡政治、經濟、社會、文化、軍事、藝術、宗教、體育等幾乎都在報導之列；論經營原則，無論是刊登廣告，銷售報刊，亦無異於商品。更重要的，新聞事業又是一種公益組

---

❶ 貝爾德是英國電器工程師，為研製電視的先驅。1928 年春，貝爾德研製出彩色立體電視機，成功地把圖像傳送到大西洋彼岸，成為衛星電視的前奏。

織和服務團體，它必須時時為讀者利益著想，這種種看似矛盾的現象，實則充分顯示新聞事業是一種綜合性的事業。

㈡新聞事業是具備高度政治性的事業

人脫離不開政治，這是由於彼此間的利害關係所致。人民為抗天災、禦外侮、謀福利、平爭訟，不得不有政府；而政府的每一措施，皆影響到人民的生活。因此，人民必須瞭解政府的功能。這些都有賴於新聞的報導、解釋，並提供意見，以供人民參考。此外，諸如影響政府政策、監督從政人員、發揚民族精神、指導人民生活等，都是媒體的監督功能，具備高度政治性的表現。

㈢新聞事業是具有教育性的事業

美國《獨立宣言》起草人傑佛遜 (Thomas Jefferson) 總統說：「報紙是啟迪人類心智最重要的工具。」但新聞事業的教育有別於家庭式或學校式的教育，且其時間也遠超過於家庭教育、學校教育的總和，影響所及自然更為深遠。由於新聞事業提供新知識、新思想，使得讀者日日受其潛移默化，不斷從中得到知識，無形中新聞事業就擔負起教育的責任。

㈣新聞事業是社會的公器

雖然新聞事業為求得獨立自主，必須賺得足夠的金錢，但它絕不僅僅是一種營利機構，它亦是一種社會公器，屬於社會、必須為公眾服務、反映公眾的意見，公眾也可透過它來表示他們的意見。因此，新聞事業必須領導正確的興論，提供正確的方向，表現出為公眾服務最高尚及最負責的精神。

㈤新聞事業成長於自由環境

新聞事業所要求的是公正無私與不偏不倚。如果在不自由的社會裡，言論受控制、新聞遭檢查，則不但不能使讀者獲知事物的真相，而且無法對時事痛下針砭，提供公允的主張，如此則新聞事業的存在價值就微乎其微了。同樣地，一個受暴民、資本家、社團等的支配或控制，成了部分人之宣傳工具的新聞事業，亦無法健全地發展；因此，唯有在自由

的社會中，才有真正健全的新聞事業存在。

㈥新聞事業肩負重大責任

第一是負有輿論的責任。雖然報紙的意見並非就是輿論，但卻可以時常反映輿論。第二是維護正義，對於社會的黑暗勇敢去揭發，對於善良風尚要加以保護，不畏任何惡勢力，不受金錢財物的收買，堅決地站在國家、民族的利益上，善盡社會的重責大任。

㈦新聞事業具有制裁的力量

新聞事業影響深遠，小自個人，大至團體，社會上如有違規、不合法的情事發生，經過新聞事業透過媒介的報導與評論，都能產生類似制裁的力量，對於社會的秩序、國家的法律，有極大的貢獻。

從以上種種新聞事業的特性看來，我們可以說，新聞事業是一項社會事業，如果違背公眾的利益，終將為社會大眾所唾棄。

🎤 第二節　新聞事業的功能

今日的「新聞事業」，如前節所述，已不能局限於報紙這單一的媒介，而必須以整體的大眾傳播事業來研究探討。本節所介紹「新聞事業的功能」，自亦包含大眾傳播事業的功能。

美國的新聞自由委員會 (The Communication on Freedom of the Press) 曾列舉了五項大眾傳播媒介的功能，分別是：

　1.提供關於當日事態正確、完備而明智的紀錄，而且不可忽略其背景，致使閱聽人 (audience) 無法明瞭事態的意義。

　2.形成一個交換評論與批評的場所。

　3.對社會中各組成集團，做具有代表性的描繪。

　4.闡明社會的目標和價值標準。

　5.使閱聽人能充分接觸當日的情報。

事實上，新聞事業在發展程度不一樣的國家，其功能也有所差異。

在政治制度不同的社會，其差異就更大了，至於使用的媒介種類、傳播的對象等因素，也會影響新聞事業的功能發揮。

但在理論上，新聞事業至少有四大功能，那就是：⑴傳播消息；⑵提供娛樂；⑶教育大眾；以及⑷溝通意見。尤其第四項功能，才是使新聞事業符合大眾傳播上所謂「回饋」(feedback) 的雙線溝通作用。

在新聞事業所包含的各種傳播媒介中，有的偏重於上述功能的其中一項或兩項，有的也可能四種功能都具備；今日的報紙，除了利用絕大篇幅報導消息，更有專門性的專欄具有教育大眾的功能，使讀者充分瞭解某些事物的演變經過、後果影響等。而副刊版、電影娛樂版最能代表報紙所提供的娛樂功能。「讀者投書」與「輿論版」是報紙「溝通意見」的典型代表。美國新聞自由委員會曾說：「報紙必須做大眾意見與批評的論壇。」報紙刊登讀者投書，不僅可以使報紙作為大眾意見與批評的論壇，健全輿論，鞏固民主政治，而且可以保障人民權益，達成公共監督，藉以防止政治與社會的腐化。

美國麻省理工學院國際傳播學者勒納 (Daniel Lerner) 博士指出：國家現代化，其人民必須經過媒介參與 (media participation)、政治參與 (political participation)，以及經濟參與 (economic participation) 三個過程，而讀者投書，就是使人民達成媒介參與及政治參與的具體途徑。

今日的新聞事業，其作用已不同於早期「個人報業」時代，「個人報業」時代那種自說自話的型態已難存在，但是在民主社會中，怎樣暢通人們對話的通道，應該比歷史上任何時期都來得更重要，這也就是本節所要強調的新聞事業在溝通意見上之功能的原因。

🎙 第三節　新聞事業的組織與管理

「麻雀雖小，五臟俱全」，小如麻雀若要維持其生命，必須有健全的內臟、強韌的羽翅；龐大的新聞事業能夠穩健發展，更必須借助其健全的組織、充沛的人力與物力。

一所沒有排印工廠的報社，一家演藝人員與新聞人員陣容不夠堅強的電視臺，我們都無法希求它們會有完善的表現，因為它們的組織不夠健全。

我們分析一家雜誌出版社之所以倒閉，除了經費問題之外，最主要的無非是沒有完整的組織制度。我們可以發現很多小規模的出版社成員，「身兼數職」的情況屢見不鮮，這並不代表該員能力超群，只能解釋其組織殘缺。

現代企業的發展型態，已步入專人專責的方向，細密的責任分工制度，像機器的齒輪緊密地銜接，推動業務的發展。新聞事業亦不例外，每一部門都是事業的生命線，這是我們研究新聞事業所不可忽略的。本節因篇幅所限，僅能就新聞事業的報社組織、廣播電臺組織及電視臺組織作扼要介紹。

一、報社的組織

報紙是服務大眾的公器。因此，報社組織必須發揮高度的效率和精密的合作；一般報社都具備經理部和編輯部兩大部門。經理部是報社的經濟動脈，編輯部則是報社的精神主宰，一切新聞、圖片、特稿，必須經由編輯檯發排，才能印成報紙；編輯部在整個報社組織中，居於最主要地位。美國一般報社的組織，均將編輯部列在首位，負責評論撰述的主筆室，亦隸屬於編輯部之下，主持新聞編輯及評論工作的總編輯，其地位與報社發行人是並駕齊驅的，甚或有時較發行人為高。這和我國報

社一般組織略異。我國報社的主筆室和編輯部是平行地位的，總主筆與總編輯地位相當，但受到更高程度的尊重。

在編輯制度上，我國報社的主要特點是：⑴新聞與評論分工，⑵編輯與採訪分工。在總編輯下，大致分下列各組：

1.編輯組：負責各版編輯處理任務。

2.採訪組：負責各種新聞的採訪工作。

3.校對組：負責新聞文字校勘任務。

4.編譯組：負責外電通訊稿編譯工作。

5.通訊組：負責聯絡指導各地區駐在記者之採訪工作。

6.資料組：負責參考圖書、新聞資料之蒐集、管理及資料性特稿撰述工作。

7.電訊組：負責國內外通訊、電訊的收發工作。

8.專欄組：負責專欄之設計策劃，深度報導及聯絡專家學者執筆等。

至於主筆室，是由總主筆、副總主筆、各主筆和撰述委員組成，報社對外之言論立場，主筆室足以代表。

報社的經理部門，設有總經理、副總經理，下設印刷廠、發行組、總務組、廣告組、祕書室、人事室、會計室、稽核室等部門。也有的報社將祕書室、會計室、人事室等部門獨立於經理部門之外，隸屬於社長之下。

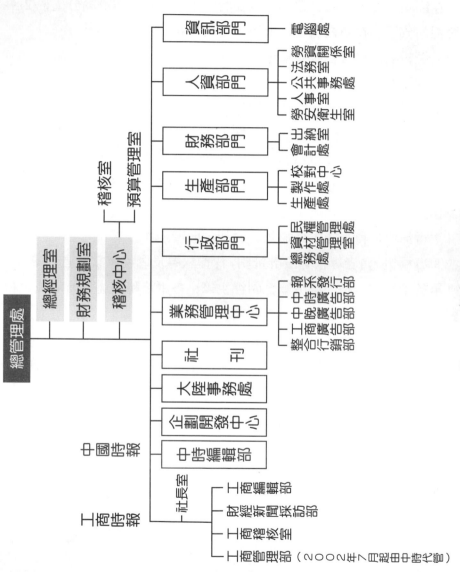

圖 3-1　中時報社組織圖

二、廣播電臺的組織

一家完整的廣播電臺，除一般人事、行政、總務等部門與其他機關類似外，最主要的不同處在於它有工程部、節目部以及新聞部。這三個部門或因經費問題，或因編制不同而有不同名稱，譬如工程部在某些小規模電臺僅以機務組或工程課代替，新聞部則併入節目部，成立「編訪組」，甚或只設立一員新聞編輯主事，但是這一類電臺之業務發展難與組織完備者抗衡。另外，在商營電臺方面，因為是以廣告收入維持經濟來源，亦有特別成立廣告業務部門者。

廣播電臺最主要的設備是無線電廣播儀器，包括成音傳送、發射系統等設備，都由工程部管理。

節目部是節目製作的負責部門，各類節目播出的成員，都由節目部管理。除若干特約人員外，必須有常任播音員。

新聞部是廣播新聞的負責部門；新聞節目是廣播中最主要的節目，新聞廣播稿的來源是通訊社之供應、廣播記者之採訪以及外電編譯之報導等。

由於我國電臺種類繁多，性質各異，其電臺組織各有不同，很難取一標準。茲以我國中國廣播公司之組織圖為例，以供參考。

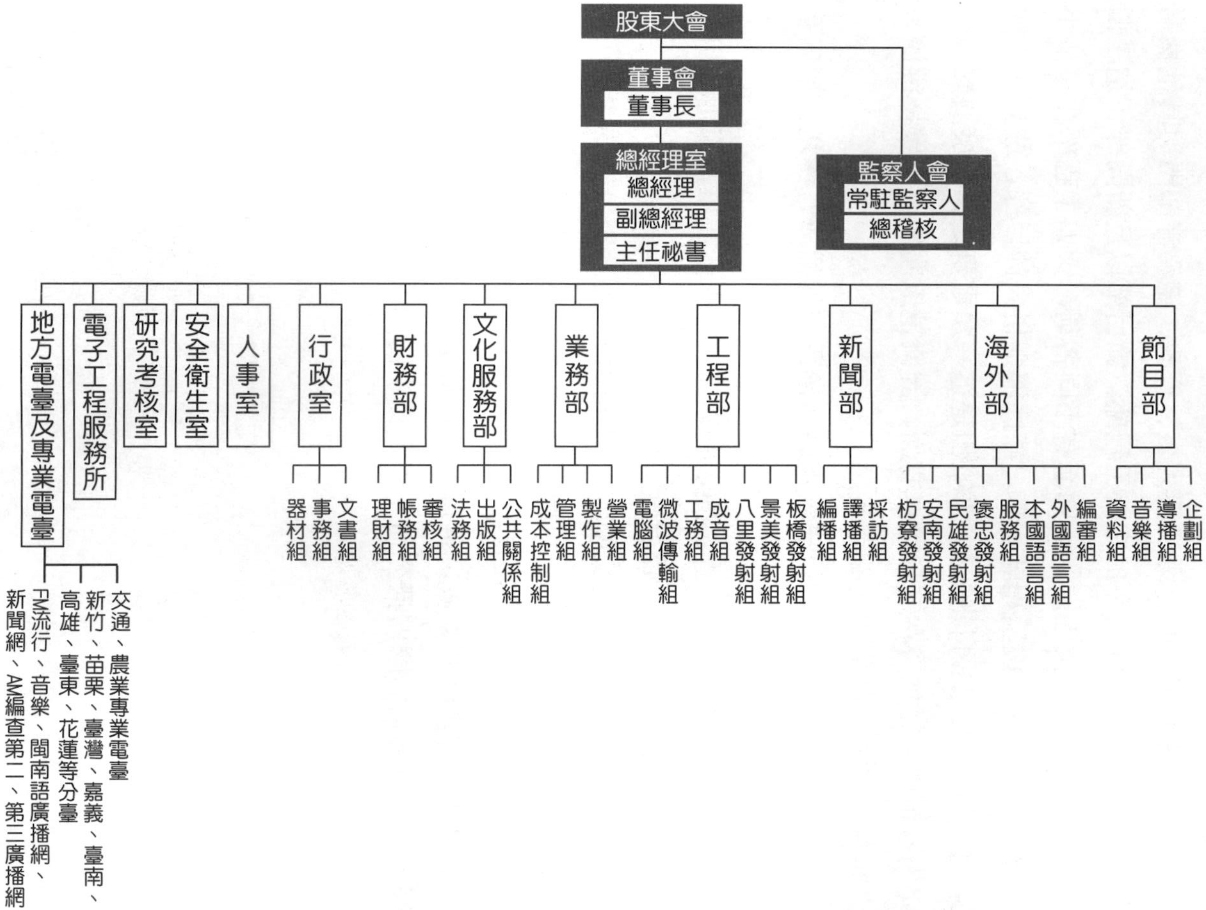

圖 3–2　中國廣播公司組織系統表（改繪自莊克仁《電臺管理學》）

三、 電視臺的組織

電視臺因業務需要，其組織更必須完備。一個具有代表性的無線電視臺，一般而言，必須有下列各單位：

1.董事會 (board of directors)： 為最高決策機構，除向股東負責外，並向政府負責。

2.總經理 (General manager)： 代表董事會執行一切決策及推行一般業務。下設新聞部、節目部、工程部、業務部及總務部。節目部又分別成立 11 單項組：節目會議組、節目發展組、播音組、新聞組、音樂組、編撰組、製作組、影片組、美術組、布景組、專門節目組。至於有線電視臺，以八大電視臺為例，組織圖如下：

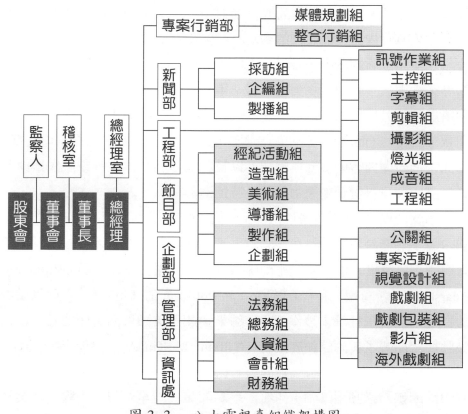

圖 3-3 八大電視臺組織架構圖

🎤 第四節　新聞娛樂化的思考

「娛樂」(entertainment) 一詞，經常帶有消遣的意味，就這個意義層面而言，娛樂和通常不被認為是娛樂的新聞、政治或者教育節目，應該是壁壘分明的。不過，如果以「娛樂」模式入侵「真實內容」的領域，尤其是新聞、資訊或者政治的情況越來越嚴重時，通常會被認為是一種不好的現象。

新聞娛樂化是市場經濟條件下產生的現象，但它帶來的弊端也日益明顯，過度娛樂化帶來的庸俗化傾向可能造成危害。娛樂化最突出的表現是軟性新聞的流行。即減少嚴肅新聞的比例，將名人逸事、日常事件及帶煽情性與刺激性的犯罪新聞、暴力事件、災害事件、體育新聞、花邊新聞等軟性內容作為新聞的重點。

在受限於新聞報導的產業、主角、主題趨於同質化的過程中，記者的專業性與自主性也就相對地減弱。畢竟許多活動、事件與消息是媒體與消息來源共同製造成的，於是「新聞廣告化」、「假事件」便充斥在新聞報導之中；久而久之，新聞記者便受控並習慣於消息來源不斷地餵養。因此，從新聞內容的多元與客觀性以及記者採訪的自主性來評鑑娛樂新聞的品質，可以發現新聞的品質亟待加強。

小報的歷史，可以追溯到 1830 年代，當時大眾化廉價報紙在美國興起，為了刺激銷路，紛紛在「狗咬人不是新聞，人咬狗才是新聞」的觀念導引下，搶報異常故事。到了 1890 年代，報業鉅子赫斯特 (William R. Hearst) 的《新聞報》和普立茲 (Joseph Pulitzer) 的《世界報》，更以聳動的標題、圖片和社論來炒作新聞，結果挑起了美國與西班牙的戰爭，還鼓動民眾暗殺了美國總統麥金利 (William McKinley)，終於引發人民反感；《世界報》懸崖勒馬，《新聞報》因不改作風而遭唾棄；希臘和土耳其也曾因媒體挑動兩國領土糾紛，差點開戰。時至今日，小報在歐美乃

至世界各國仍然風行，《壹週刊》在港臺的狗仔隊作風，就是從英國開始發展的。

　　英國的《太陽報》(*The Sun*)，在六〇年代末期已經開始將新聞娛樂化。1969 年，梅鐸 (Rupert Murdoch) 以低價格購入《每日先驅報》，並把它更名為《太陽報》，隨即開始走普及娛樂路線，意圖吸引工人階級和普通大眾。在內容上，《太陽報》「不扮高深，只求傳真」，追擊城市醜聞、祕聞，每每加插一些令英國人譁然的「第三頁女郎」❷，向讀者保證每天必有驚艷。《太陽報》很快就成為英國最暢銷的報紙，多年來在暢銷榜上名列前茅，並引發了小報潮流，在銷量上與傳統大報分庭抗禮。

　　綜合上述，新聞娛樂化可分成三點闡述：

一、市場經濟的產物

　　對於商業性或具有商業化傾向的媒介，市場成為主宰，發行量、收視率等標誌著受眾群之量的指標，已成為生命線。而媒介產品的銷售也不可避免地執行市場經濟商品的通用原則，即什麼商品最好銷、消費族群最大，就生產什麼。

　　在這樣消費邏輯引導之下的媒介自然表現出越來越明顯的娛樂化傾向：最初是純娛樂休閒內容的大幅上升，最終則發展到把距離娛樂性最遠的「新聞」，向娛樂強行拉近，使新聞與娛樂之間的界線變得日益模糊，即所謂的新聞娛樂化。

　　事實上，在近十餘年來的媒介商業化、大眾化浪潮中，媒介獲得了長足的發展，取得了突出的經濟效益，成為媒介市場的生力軍。有人認為：市場化＝大眾化＝通俗化＝娛樂化，娛樂化是媒介市場化的必經之路，是市場經濟條件下的當然選擇，中外皆然。其中也包括新聞產品。不僅小報化的新聞產品應當如此，嚴肅的主流媒介的資訊產品為與之爭

❷　英國《太陽報》的第三頁，向來以刊登清涼、甚至上空的美女照片為其特色。從這裡出道的女模或藝人，媒體習慣稱之為「第三頁女郎」(Page Three Girls)。

奪市場，也應向之靠攏；不如此，主流權威媒體難以與通俗媒體抗衡。

　　過於強調軟性內容的號召力，片面模仿國外媒介的某些做法，走娛樂化甚至是新聞娛樂化的道路；某些媒介或熱衷於炒作名人軼事，或熱衷於將鏡頭聚焦於名人八卦，或熱衷暴力色情的追逐以追求一時的收視率，這些做法皆使媒體成了市場的奴隸❸。

二、對新聞趣味性的理解爭議

　　趣味性是指新聞事實具有的引人喜聞樂見的特質。西方新聞學界對趣味性的追逐有時不免走火入魔。一直以趣味性作為新聞的價值基礎和試金石。因此，在他們看來，衡量新聞價值的真正要素是趣味性。

　　趣味性有高低之分。一些趣味性不高、反常的、富有刺激的內容往往為他們津津樂道，如「哎呀新聞」：能讓人叫出哎呀一聲的就是新聞，所以專門找尋有感官刺激畫面的狗仔隊成為了主力。

　　娛樂消費是人類正常的精神生活，但是，這並不表示我們可以對媒介的其他功能無動於衷。現在已經有不少媒體陷入自我設計、自我炒作的沼澤地，這是一種趣味性的墮落。

三、西方媒介的影響

　　新聞娛樂化在進入九〇年代後即步入高潮，但從整個媒介歷程角度而言，這並不是什麼新現象，這股潮流早在大眾報紙產生之時就已經出現並達到相當的程度。

　　而後，由於電視的普及與網路的興起，新世代的閱聽人逐漸習慣於五彩聲光與速食訊息，報紙為了爭取他們的青睞，故結合了電視與網路的特質，也造就了全球報導小報化的浪潮日趨洶湧。

---

❸　媒體可以將下流的醜聞提升為具有重大時代意義的新聞事件，在二十世紀九〇年代，辛普森 (O. J. Simpson) 案和柯林頓 (Bill Clinton) 的性醜聞即是最典型的例子。

英國學者史巴克 (Colin Sparks, 2000) 依嚴肅程度的低至高，將報紙分為五類：

　1.超市小報

以美國《閣樓雜誌》為例，其內容以情色資訊為主。

　2.新聞小報

如英國《太陽報》和《鏡報》強調醜聞、體育與娛樂。

　3.雅俗報紙

如《今日美國報》(USA Today) 強調視覺設計，醜聞、體育與娛樂為其主要內容，但也報導嚴肅報紙會報導的題材。

　4.半嚴肅報紙

如英國《泰晤士報》(The Times) 和《衛報》過去注重硬性新聞，如今則逐漸增加軟性新聞，同時亦日益強化圖像表現。

　5.嚴肅報紙

如《華爾街日報》重視政經新聞、結構性變遷，即使發生九一一事件也不刊登世貿大樓被飛機撞毀的震撼照片。

這五種報紙中，雅俗報紙和半嚴肅報紙就是善用近似小報作法來提升競爭力的實例。

批評新聞過於娛樂化的論點，多從菁英文化的角度，對《太陽報》的軟性色情、不尊重隱私、品味低俗等問題加以「世風日下」式的評價。但這種文化上的高級或低級的二分論點在英國已經沒有太多的市場。

進入二十世紀九〇年代初，由《太陽報》為代表的小報文化迅速地從文字媒介擴展到電影和電視，並很快被普通大眾接受。一些小報的從業人員認為，新聞記者只要在煽情的同時做到「傳真」，就算是守住新聞工作者的本分了。新聞真實並非是無可爭議的。

在經濟極度繁榮的社會中，新聞事業在資本主義營運下，「意見市場」也造成畸形的「托拉斯」，這與獨裁、極權制度下的新聞事業，可謂「殊途同歸」❹。所以，如何使社會的意見市場重新蓬勃發展、使媒介的意

見功能高度發揮，實在具有強烈的時代意義。如果新聞事業能充分發揮溝通意見的功能，增加人與人間、政府與人民間、讀者與新聞事業間的意見溝通，無形中，就能成為民主社會中意見自由的堡壘，且產生群體的凝聚力量與建設效果。

王洪鈞教授在發表的一篇題名為〈師道與大眾傳播〉的演說中指出：「二十世紀發生傳播革命，已出現了前所未有的大眾社會，在這個社會中，教育的型態及內涵都已發生劇烈的改變。」這就是新聞事業在今天的社會中所具備的「教育功能」，王洪鈞並舉出教育型態、內涵改變後的三項特徵：(1)教育對象已非 3,000 人或 3 萬人，而是 30 幾億人。(2)有形的教育、校牆以內的教育已失去從前的作用和影響。(3)大眾傳播事業，無論是印刷的媒介或廣播與映放的媒介，透過其神奇的傳播過程，發揮了無與倫比的教育力量。

新聞事業的教育功能是鉅大的、神聖的，但是如何避免「負」的教育作用而對社會大眾產生不良的影響，是新聞事業本身應該正視的問題。

「水能載舟，亦能覆舟」，新聞事業的力量是無可抵拒的，這種力量是否能利用得當，關係著其功能能否正常發揮。我們只有認定新聞事業是社會的公器，一切須以大眾利益、國家安全、民族保障為依歸，新聞事業的功能才能發揮得淋漓盡致。

---

❹　1890 年美國國會通過《反托拉斯法案》(*Anti-Trust Law*)，來防止企業壟斷市場、控制價格，破壞市場公平競爭的現象發生。

第四章　新聞事業與記者

第一節　記者可為與不可為

《紐約時報一百年》作者梅耶柏格 (Meyer Berger) 在該書描寫《紐約時報》創始人亨利・雷蒙 (Henry Jarvis Raymond) 寫稿時的神態：「他面孔埋在燭影中，每一滴燭淚的墜落，每一次燭影的搖曳，都使他表情有變化。」

你能想像出這幅圖畫嗎？你能揣摩亨利・雷蒙的心境嗎？或許你已經發現，一個成功的報人所需付出的代價。

恩尼派爾 (Ernie Pyle) 在《大戰隨軍記》中記述，他拒絕前往炮火漫天的比塞大港採訪時所說的話：「我曉得這邀請終究會要來的，但是我怕這邀請，如果不去，好像膽怯，去的話，或者是英雄，或者便是死亡……」這句話將一個記者在是否接受艱困的工作時所面臨的心理矛盾，刻畫得淋漓盡致！

記者可為？不可為？

新聞記者，是許多青年羨慕的一種職業，而其中絕大多數對於這種職業的認識，僅止於表面，他們看到記者享有很多方便、受到很多優待，而不曾想到新聞工作的艱苦。事實上，方便與優待只是記者生活的一面，另一面卻是充滿辛酸的。

已故報人于衡曾發表他從事記者工作數十年的感想：「一個新聞記者，為了獵取新聞，能夠磨鍊到和你自己所不喜歡的人周旋，能夠咬緊牙關和你所不願接觸的人物接觸。同時還要忍受一般人所不能忍受的冷酷待遇。」在在說明了「記者難為」。但是，「難為」並非意味著「不可為」！

　　記者隨時都在「備戰」狀態。世間突發事件太多了，而突發事件的新聞價值往往比較大。記者永遠不能把心情放鬆，不能安心地做一件事，因為任何時間都會有新聞發生，心情放鬆，何等優閒，則很可能發生新聞「獨漏」，這種「提心吊膽」的心境，又豈是常人所能體會的？

　　不過，新聞記者畢竟還是有他最得意與最快樂的時候，那就是：當許多人都還不知道這世界上一件重要的事情發生時，記者先知道了，而且還須以最快的方法讓讀者知悉；許多人都沒有機會參加一項有意義的活動時，記者可以優先地參與它。

　　報人歐陽醇生前曾經表示，記者是天生懷疑主義者，他指出：「一般的記者若是經常地接受他人或公私機構供應的消息，他等於隨人或機構的擺布，成了他人或機構的宣傳工具，他完全是被動的、沒有辨別的能力，人云亦云；負責任的記者，他會隨時採取主動攻勢，挖掘探詢，提出無數的疑問來探索真相。」誠然，如果一位記者以懷疑的眼光，挖掘出一件正確且深入的內幕消息，那將是他生活的一大「享受」。

　　元老記者于右任曾說過：「新聞記者，是時代最快活的人。世界如此之大，文物日新，人所不能到的地方，記者能到；人所不易見的人物，記者能見；人所急於要知的情事，記者先知；真可以說是無冕皇帝了。」

　　《美國新聞與世界報導》曾經每年就「美國最具影響力的人物」的這一問題做一民意性的調查。有一年調查的結果，哥倫比亞廣播公司（Columbia Broadcasting System，簡稱 CBS）新聞節目主持人華特·克朗凱 (Walter Cronkite) 再度上榜，名列全美最具影響力的十大人物之一。在這項名單中，甚至連國務卿或是國防、財經首長都未列名。另外，美國廣播公司也早以百萬美元的年薪，把芭芭拉·華特斯 (Barbara Walters)——一位傑出的女記者，從國家廣播公司挖角過來。這份年薪，創造了世界新聞史上記者最高待遇的紀錄之一。

　　擺在我們面前的記者生涯，有快樂、有痛苦，有挫折的沮喪，更有勝利的驕傲，有志於從事新聞工作的人，對新聞記者這一行應該先有深

刻的瞭解與充分的心理準備,否則對記者一職若只是存著好奇性的試探,
終將無法適應。

🎤 第二節　記者的法律地位及保障

在今日自由民主的社會裡,新聞事業乃是一種不可缺少的社會建制,
同時也是現代民主政治的基石,在憲法地位中,「新聞自由」也成為重要
的人民基本權利之一。由於「新聞自由」是經過無數新聞鬥士奮力不懈,
努力爭取而得有今日的局面,因此,記者在今天的社會中,自有其不容
忽視的法律地位及其應有的保障。

一、記者的法律地位

英國的著名政治學者漢特氏 (F. K. Hunt) 在十九世紀後半期,寫了兩
卷書,書名叫做《第四階級》(*The Fourth Realm*),宣稱記者乃僧侶、貴
族、平民以外的第四階級。因為他們發覺在國會記者席 (press gallery) 的
新聞記者,在國策制定等各方面同樣具有權威,乃稱記者為「第四階級」。
民權運動之後,記者之自由採訪、自由言論的權利,受到相當的尊重,
象徵記者的社會及法律地位益趨重要與崇高。

美國第三屆總統傑佛遜 (Thomas Jefferson) 曾說:「一個國家只有政
府而無報紙,或是只有報紙而無政府,我寧願選擇後者。」今日美國的新
聞事業極為發達,也已與行政、立法、司法三權並立。綜觀歐美民主先
進國家之新聞記者,已為本身的法律地位奠下相當穩固的基礎。

記者的社會法律地位一方面固然是長時期奮鬥之後,深植在社會大
眾心中的一種特殊地位印象,另一方面也須靠國家以及新聞事業本身立
法,行使約束、保障之權責,才能對記者之法律地位有明確的劃分,讓
新聞事業在法律的保障之下健全發展。

政治學教授呂亞力曾表示:新聞界的力量大,某些人可以利用新聞

媒介達到政治目的，基於維持政治秩序的觀點，他認為可以設立《記者法》；但在立法程序上要慎重，而且《記者法》一旦成立，要根據法來執行，不能在法外另做限制。但他也指出：假如有一天新聞自律的功能真能充分發揮，《記者法》也許就不需要了。

也有人對設立《記者法》可以保障記者權益，不抱樂觀看法，他們的著眼點是因為目前某些小規模的報社，在人事制度上非常不健全，記者毫無安全感可言。

徐佳士教授指出：新聞記者與律師和醫師不同，不能單獨執業，必須附屬於新聞媒介，而對於媒介應如何執行業務已有其他法律規定，所以對於記者不必像對待律師或醫師那樣，制定單獨的法律。只要透過記者自律措施，將能獲得符合其基本精神的解決辦法。徐佳士並提出三點方案，藉以提高新聞人員的水準，鞏固他們的社會與法律地位：

1.讓記者公會變成一個受僱之新聞人員的團體，使它具有集體議資的權利，並進一步保障會員相當穩定和超然的職業地位。

2.嚴格規定會員在學歷和經驗等方面應該具備的條件，慎重審查入會申請，與媒介資方組織協議，各媒介不得聘僱非記者公會會員從事新聞工作。

3.明確規定會員應遵守《中華民國新聞記者信條》、《中華民國報業道德規範》、《中華民國無線電廣播道德規範》及《中華民國電視道德規範》。嚴重違反者開除會籍。

因為新聞事業是大眾的耳目，也是人民的喉舌，沒有人不愛惜自己的耳目，也沒有人不保護自己的喉舌。因此，社會之所以尊重記者，純粹為了尊重社會的公益，記者若能善盡職責，自然會受到大眾的愛戴，而得以保持其高超的社會與法律地位。

二、記者的保障

中國的現代新聞事業發展初期，只是「文人辦報」，三五志同道合之

士湊在一起就可以出版報紙，不似今日報業企業化，記者與報社負責人形成勞資對立現象，彼此是僱傭關係，記者之健康與權益必須有保障，才能使新聞事業健全發展。

　　新聞記者在我國一般的認知中目前仍列為自由職業，與律師、醫師等具有同等地位，而事實上，新聞事業步向企業化的今天，新聞記者只擁有自由職業之名，卻是最沒保障的職業，因為新聞記者經年累月從事緊張、忙碌的工作，既缺乏職業保障，又少有休假制度，使新聞記者喪失了自由職業的精神。如何釐定一項保障記者職業自由與安全的「新聞記者法」確屬必要。

　　記者在物質、精神等基本的個人生活如能獲得保障，則其進一步的要求是工作進行時的職權保障。

　　新聞記者在行使職權時，至少應獲得：⑴自由採訪報導權；⑵事實證明權；⑶保守新聞來源祕密權。

　　記者在訪寫作業上，常常容易引起法律上之「侵權」問題，更容易因保守新聞來源而與檢察官涉訟。我國之《刑法》第 22 條、第 310 條第 3 項、《民事訴訟法》第 307 條第 1 項第 4 款，對於記者的三項職權保障，都可以分別在其間找到法律上之根據❶。

　　不過在國內外，都有記者因拒絕透露新聞來源而對簿公堂者，例如美國科羅拉多州丹佛城的一位女記者，曾在她服務的報紙上發表指責科州前首席法官於某案收取賄賂的一項法律訴願書，該法官對此項指控加以否認，最高法院乃迭次要她吐露消息來源終被堅拒，於是便以蔑視法庭罪名，判令入獄 30 天。

---

❶　《刑法》第 22 條：業務上之正當行為，不罰。
　　《刑法》第 310 條第 3 項：對於所誹謗之事，能證明其為真實者，不罰。但涉於私德而與公共利益無關者，不在此限。
　　《民事訴訟法》第 307 條第 1 項第 4 款：證人有左列各款情形之一者，得拒絕證言：證人就其職務上或業務上有祕密義務之事項受訊問者。

　　報業企業化之後，在僱傭關係上工作的記者，其職業、生活上所獲得的保障是很薄弱的，如何在既有的新聞自由和生活福利基礎上，更進一步追求完整的保障措施及法律，是今後新聞工作人員努力的目標之一。

🎤 第三節　新聞守則的實踐

　　新聞事業的服務，對社會所產生的影響，與律師、醫生相比有過之而無不及。然由於新聞從業人員大多缺乏嚴密的組織，難以像律師一樣，用嚴格的紀律對不良分子加以制裁。因此，世界各國新聞業者為提高報業標準，都經由新聞業組織訂定各種守則，以為共同遵守之圭臬。

　　對於整個新聞事業來說，1948 年 3 月 21 日聯合國新聞自由會議曾釐定了三項公約，其中第 3 條公約第 3 項稱：締約國可鼓勵本國境內從事將消息放播於眾私人者，成立一個或一個以上之非官方組織，使其等能遵守水準之職業行徑，尤其是：

　　1.報導事實，不存偏見，加評註而不存惡意。

　　2.便利全世界經濟、社會、慈善問題之解決，以及與此等問題有關之新聞的自由交換。

　　3.協助促進對於人權及基本自由之尊重，而無差別待遇。

　　4.協助國際和平與安全之維護。

　　5.消除足以挑撥離間，私人間或種族、語言、宗教不相同之集團間仇恨與偏見之虛構，或歪曲新聞之散播流行。

　　報業的各種守則不免籠統，但是其所能發揮的作用，我們不應予以抹殺。它是善意的人們所制定，也是有社會責任感的人們慎重處理的。

　　報業守則或信條，並未規定制裁的方法，它只是給新聞從業人員一種目標與努力方向。因此，近年來各國報業在履行對社會的責任上，紛紛組織了新聞自律的組織，對所屬的會員受理違反守則的案件，這是新聞事業邁向專業化途徑上的一大步。

　　在新聞專業中，記者是活動的中心，新聞事業之健全與否，其關鍵在於記者。因此，有一部分大陸法系的國家，除了《出版法》、《新聞紙法》之外，另外還有《新聞記者法》之頒布，對於新聞記者之權利與義務，均做明確之規定與保障，即便是海洋法系的國家，對於媒體之記者與資方的僱傭關係也有所規定，以保障記者之權益。

　　新聞事業在今天已成為一個社會企業，新聞記者成為社會企業之機構成員。雖記者之職業地位已有所變更，但記者對於社會所應負的責任依然存在。同時，記者的工作性質較普通一般行業之工作人員，尤為艱苦，編輯校對人員長年累月日夜顛倒，採訪記者則經常過著緊張奔波的生活，如無職業保障，實屬缺憾。由此看來，記者徒擁有自由之名，而實行上並不能像律師、醫生一樣單獨開業；即具有僱傭關係之實，而未必如公務員般享有各種保障。這等畸形現象，均待合理解決。

　　1948 年 3 月 21 日，在日內瓦舉行的聯合國新聞自由會議中，曾有兩項有關新聞記者保障的決議案，可資參考：

　　　決議案第三十八件：

　　　　聯合國新聞自由會議，鑑於收受與傳遞真實消息之新聞自由，常因新聞從業員之經濟環境，而有所限制。故建議：聯合國會員國及非會員國設法使新聞事業之僱主與僱員，透過自由協商適當方法保障，以採集和傳布消息和一件為主業之報紙、雜誌、通訊社、廣播或電視之從業生活。

　　　　此項保障辦法應包括下列各點：

　　　　1.職業記者之最低薪資。

　　　　2.記者自動年功加俸制度。

　　　　3.不得輕易解僱。

　　　　4.年老退休及退休金。

　　　　5.假期之薪俸。

6.由於工作及職業而生之疾病或不幸事件，應給予補償。

7.解決事業爭議。

如果用這樣的標準看我們的媒體工作，能算專業嗎？這點頗引人質疑。因為如以專業知識、專業範疇、專業道德等標準而言，我們的傳媒很難與醫師、律師或會計師等量齊觀。部分新聞學者就不認為新聞是一種專業。

新聞工作者要達到專業水準至少要達到下列要求：

1.新聞工作者在知識上要接受一定程度的專業教育。

2.建立新聞工作的自主權、建立資深記者與編輯制度，老闆不應在日常專業中任意干預。

3.建立健全的專業組織、執行專業道德與規範。如記者公會、編輯人協會與新聞評議會等自律機構，均應加強功能。

唯有真正專業理想的實現，在有品質的媒體中服務，人人以工作為榮，新聞專業才能維護專業的尊嚴，否則雖擁有眾多的媒體，但卻沒有太多真正的好記者，新聞事業是無法令人尊敬的。

臺灣新聞界人士為爭取新聞走向專業化，曾於1994年9月1日發起「我們為新聞自主而走」的街頭活動。這項由媒體新聞人員首發的活動，為的是推動「自主性新聞組織」，提出三項訴求：爭取內部新聞自由、推動編輯部公約、催生新聞專業組織。其中，簽訂編輯部公約是爭取內部新聞自由的有效工具，而成立新聞專業組織則是推動編輯部公約的前提要件。

由新聞工作者團結產生的專業組織，其最基本的功能在於保障作為受僱者的新聞工作者，免於遭受來自資方的精神及物質剝奪，維護一個心智勞動者的最起碼尊嚴。

新聞專業組織，作為社會有用職業的一環，將可聚合從事新聞傳播者的共同智慧，相對於社會的其他階層或行業，新聞專業組織在民主國

家的政策形成過程中，可以集體表達屬於新聞工作者的立場和觀點，並且確保新聞工作者的共同利益。

　　新聞專業組織提供一處絕好的處所，以檢討臺灣媒體內部關係，藉由自律以及對新聞養成教育的參與，亦得以提升新聞工作的專業水準，且因而鞏固新聞工作者在臺灣社會的地位和尊嚴。這些功能皆無可能由資方操控的非自主性專業團體來實現。

　　政大教授翁秀琪認為，「內部新聞自由」這個概念在五〇年代的德國就有人提起；不過，促成它成為社會追求的目標，卻是由於六〇年代的學生運動。

　　六〇年代的德國正經歷其報業史上最嚴重的「報紙死亡期」，大報兼併小報，特別是立場右傾的施普林格報團 (Axel Springer Verlag AG) 急速擴張（約有三成市場），不僅促使當時的國會成立委員會，調查其對新聞自由及多元言論市場所造成的影響，更使得走上街頭的學生高喊出「沒收施普林格」的訴求。

　　同時，不論是學界或輿論界，要求落實「內部新聞自由」的呼聲也越來越高。因為，如果言論市場的多元化由於報紙的兼併而受到了影響，則至少必須維持報紙編輯部內部的新聞自由，以新聞工作者專業的自主性來對抗言論市場的趨於寡頭。

　　另外，「內部新聞自由」的討論，亦具有憲法層次的意義。換言之，它是對「新聞自由」意涵的再檢討。到底「新聞自由」只是報社老闆免於受政府侵害及干預的自由，還是整體新聞工作者（包括記者及編輯）也應享有的新聞自由？

　　另有從「工業民主」的角度來討論「內部新聞自由」。德國從 1969 年至 1982 年由社會民主黨執政，在「工業民主」的落實上有相當大的進展，在各企業體內由受僱者所組成的「經營委員會」對公司的經營享有相當程度的參與權，換言之，公司的經營大計是由出錢的老闆和出力的員工共同來決定的。

　　以上對「內部新聞自由」的積極討論，也直接促成了七〇年代德國報界的「編輯室規章運動」，使得若干報紙都訂有《編輯室規章》，規範了報社的立場，以及編輯及記者在擬訂新經營方針及人事問題上可參與的程度及範圍。更有報社在《編輯室規章》中明定，廣告不得影響編輯部作業，以保持新聞報導及評論的客觀超然。

　　羅文輝教授也認為臺灣在報禁解除之後，新聞報導的自由大幅地提升，但是新聞從業人員的工作自主權還是無法完全地伸展；而唯有擁有新聞工作自主權，才能進一步提升臺灣的新聞自由。

　　羅文輝教授比較解嚴前後公、民營的《中國時報》、《聯合報》及《自立晚報》的社論，批評政府及其官員的比例大幅增加；而由政府或執政黨經營的《青年日報》及《中華日報》，無論在解嚴前或解嚴後，皆鮮少在社論中發表不利於政府及其官員的文章。此現象顯示出，民營報紙在解嚴後，大致擁有相當高的報導自由；而黨營報紙所享有的新聞自由卻極為有限，似乎扮演的角色只是政府與執政黨的支持者與政令的宣傳者。

　　因此，新聞人員在處理新聞時，仍然可能受媒體組織或媒介所有人的干涉而影響其工作自主權。為了防止這種現象，羅文輝建議，臺灣的新聞人員應該努力爭取「新聞室民主」(News Room Democracy)，落實「新聞人員治報、治臺」的理念，由全體新聞人員選出總編輯及新聞部門的其他主管，並自行決定編輯政策方針，才可能避免媒介所有人干擾新聞作業、控制新聞內容，使新聞人員擁有較充分的工作權。

🎤 第四節　新聞公信力與專業

　　如何建立傳媒的專業性，乃是取得傳媒公信力，加強新聞專業可信度的不二法門。唯其如此，新聞媒體才可以更穩固地被持續支持。

　　《美國百科全書》對專業的解釋，認為：專業必須提供高度特殊化的知識服務。專業化形象的建立，消極的必須從內在的自我充實做起，

進一步堅定、勇敢、專業、明斷，並時時求進步，不以現狀為滿足；積極的更要運用專業知識與方法，以從事工作的革新，謀求對社會人群的服務。

所以，新聞專業化的達成，必須循下列方式去努力。

第一，專業從事者必須接受完整的教育，並有專業的理念作為他的工作指導。由於新聞工作會影響他人名譽、生活安全乃至生命，所以專門教育和經驗的準備功夫是從事新聞工作者不可缺少的條件。

創辦哥倫比亞大學新聞學院的著名報人普立茲 (Joseph Pulitzer)，雖是由學徒出身，但他認為自己的事例「不足為訓」。他說：「當今培養醫生、牧師、軍官、工程師、建築師與藝術家，已有各種專門學院，唯獨欠缺一所用來訓練記者的學院……，在我看來是毫無理由的。」

他質疑說：「像負有這麼重要責任的職業，應該完全交付給自我教育的人嗎？或者應該交付給批評大眾、指導大眾，而他本身卻不需要被指導的人呢？」

第二，專業的從事者，非常重視自己的榮譽，所以都會以高度自治的方式去服務社會，以提高本業的水準，更能以組織團體的方式改良服務，促進會員的經濟利益。

專業的從事者具備並遵守一套道德規約與倫理規範，其目的在約束其成員的行為與操守。所謂「行規」，就是在避免害群之馬。這種規約，與其說是法律的，毋寧說是道德的。所謂「心中一把道德的尺」，就是最好的詮釋。

而專業團體，不僅有全國性與地方性組織，定期出版刊物、書籍，舉辦各種學術會議，以提升專業水準，更積極從事社會性服務。當有不利或有損他們權益的立法或輿論時，他們更會據理力爭，或是辯護、保障他們會員的權益。

美國著名的新聞學府如西北大學等，更會與專業團體舉辦暑假進修，與新聞專業團體或傳媒合作，強化在職進修，隨時為新聞在職人員充電。

　　大家應該都還記得，美國先後擔任總統的尼克森 (R. M. Nixon) 與副總統阿格紐 (S. T. Agnew)，曾因為水門案件與接受賄賂、逃稅而丟官。後來經過福特 (G. R. Ford) 總統之特赦與幕後安排，而免於牢獄之災。但他們所屬的州律師協會，卻不輕易放過他們，而以違反律師道德規約、敗壞專業名譽為由，先後吊銷他們的律師執照。

　　第三，被稱為專業者，都要求所屬的會員在從事專業活動時，不要只有匠氣，而要運用較為高級的心智。

　　勞心與勞力的區別，在於前者需要較高的心智活動，而後者則較低；後者需要運用技術，而前者則是把技術附屬於心理之下。所以專業與非專業之分，前者較重知其所以然 (know-why)，而不僅「知其然」(know-how)，前者更重反省與思考。

第五節　獨家新聞的代價

　　獨家新聞乃是民主社會必然的新聞競爭，而競爭正是媒體進步的不二法門。但競爭應該具有合法、合理的態度，記者應以自身的經驗與智慧，見人所未見，突破種種阻撓，給社會以真相。

　　但記者也有職業病：短視而又健忘，他們希望新聞內容最好是高潮迭起、危機四伏、出乎意料。但這種緊急情況往往不是好事：不是天災就是人禍；另一方面記者只見樹葉（而且是壞樹葉），未見一片大好森林（因為就記者而言，沒有新聞就是壞新聞）。再說，編輯也有語不驚人誓不休的毛病：有些記者若非渲染、誇張，就不能取悅編輯，新聞上不了版面。

　　因為獨家新聞的競爭過於激烈，所以犯錯就成了必然付出的代價。以美國為例，其報紙的錯誤率約為 40% 至 50%，其中主觀性錯誤約為三分之一或更少。

　　臺灣報紙新聞中有多少主觀性的錯誤？政大教授徐佳士曾從中央、

聯合、中時三家報紙中選擇了 200 則國內的純新聞，連同問卷分別寄給
這些新聞中提到的人物，請他們回答：

　　1.記者是用什麼方法採訪到這些新聞？

　　2.報導是否正確？

　　3.如有錯誤，原因是什麼？

　　徐教授接到了 139 封回信，結果發現：

　　1.在經過核對的新聞報導中，錯誤率約為 70%。

　　2.新聞不只有一個錯誤，共有 238 個錯誤的地方。

　　3.這些錯誤中屬於「過分強調」、「意義錯誤」、「遺漏」、「強調不夠」
等主觀性的共有 99 個，幾乎是所有錯誤的二分之一。

　　徐教授的研究還發現：採訪的方式會影響新聞的正確性：

　　1.電話訪問的新聞有百分之百的錯誤。

　　2.新聞記者不知道怎麼採訪的新聞有 90% 的錯誤。

　　3.記者在場，但未親身訪問的新聞有 75% 的錯誤。

　　4.親身訪問的新聞也有 64% 的錯誤。

　　只有新聞稿的新聞錯誤較少，但也有 30%。

　　若僅計算主觀性的錯誤，各種採訪方式的錯誤率依次是：

　　1.電話訪問：69%。

　　2.採訪方式不明：58%。

　　3.新聞人物發布的新聞稿：28%。

　　4.記者在場，但未親身採訪：21%。

　　5.親身採訪：12%。

　　至於主觀性錯誤的原因是什麼？研究結果發現（由與主觀性新聞有
關的 35 位記者與 53 個新聞中提及的人物選三項）：

表 4-1　主觀性錯誤的原因

錯誤原因	百分比
記者受了編輯政策的影響	35
缺乏背景知識	32
懶惰	14
聳人聽聞作風	12
能力不夠	3
偏見太深	0

　　面對獨家新聞在新時代的内涵轉變及業界競爭的諸多挑戰，西方新聞界率先推出一種新的獨家新聞——非事件性獨家計畫性報導，這種獨家新聞又被稱為策劃性新聞或者話題性新聞，它不止於已經發生的事實，而是以此為依據，有計畫、有組織地展開深入且全面的採訪報導。這種非事件性、獨家計畫性報導可以視為當代新聞策劃的濫觴。

　　這裡所指的新聞策劃不同於策劃新聞，其正確操作是依據客觀存在的事實，並且恪守新聞媒介的社會責任，對如何展開報導進行富有創意的設計，以求更全面、深刻地揭示客觀存在的事實，進而製造出真正的「獨家新聞」。

🎤 第六節　記者的新定義

　　今日為網路興起的年代，有人認為記者一詞應該重新定義。

　　2005 年，美國植物人泰瑞 (Terri Schiavo) 的事件，引起全球矚目，也喚起人們對植物人死亡權的討論。泰瑞在 1990 年成為了植物人，她的丈夫麥可是其監護人，在照顧她 8 年後，決定拔除她的插管、結束她的生命。這個決定讓泰瑞的父母與麥可對簿公堂，也在全美引發軒然大波。

　　部落格社群開始出現「起訴麥克，不要殺死泰瑞」的言論，他們以泰瑞會哭、會笑、會喊爸媽等，質疑並抨擊美國主流媒體的民調抽樣與

報導，並積極遊說司法判決，終於引起全美廣泛地討論與同情，甚至讓當時的美國總統布希 (G. W. Bush)，在國會通過延長泰瑞生命的法案上簽字。

藉由泰瑞的事件，我們發現人們可以利用簡單而強大的網路媒體，分享經驗、傳播訊息、監督媒體與推展行動。在廿一世紀的今天，傳統媒體已不再是意見市場的唯一守門人，面對網路媒體的進逼，主流媒體或許必須擺脫傲慢與偏見，才能重拾閱聽人的信賴與信心。根據美國報業協會的分析，25 歲以下的閱聽人，已習慣透過網路獲取新聞或延伸閱讀內容，而這些人將是未來媒體的主體，面對這樣的發展趨勢，傳統報業經營者不得不重視。

🎙 第七節　人才培養的新思考

無論傳播技術發生什麼變化，記者的任務與其核心價值應該不變。因此，新聞記者的專業訓練更為重要。美國著名報人普立茲曾說，一個人與生俱來的不過白癡而已，做一個成功的記者，必須預定目標，經歷艱苦訓練而成，他必須從學校、家庭、社會、事業以及水災、火災、戰爭等種種痛苦經驗中逐漸成長。

普立茲的話已為記者的條件樹立前提，記者至少包括勇敢、機智、忍耐、有恆、好奇、富想像力、樂觀、主動、進取、思想敏捷、有適應能力，乃至寫作技巧和寫作速度。尤其新聞採訪寫作進入解釋性新聞，記者的責任倍增，無論從哪方面來看，記者都是民主社會中重要的一員。他必須是個實用心理學家，一個深入的研究工作者，一個負責的觀察分析家，更要對大眾傳播事業，具有最高的職業熱忱。

新聞教育，起源於美國，直至目前為止，美國的新聞教育，在世界上仍居於領導地位。美國著名的傳播學者施蘭姆 (Wilbur Schramm) 認為，新聞事業和法律、醫學同為社會上的一種專業，因此，新聞記者也

必須與律師、醫生一樣接受專業性的教育。

美國對於新聞記者，沒有任何管理制度。人民從事新聞工作，不需要執照，也不用經過考試。一般認為，對於記者的任何管理，都將違背《聯邦憲法第一修正案》(*First Amendment*) 所規定的意見與出版自由的權利。因此許多報人與新聞學家，乃計畫制定一種新聞教育的標準，以保持新聞界的素質。

新聞人才的訓練主要有兩種方式：一是美國式的學院制，另一種則是英國式的學徒制。英國新聞事業，在世界上亦居有領導地位，然其正規的學校新聞教育，與其他國家比較仍見遜色。在英國，每一個新進報社的工作人員，事實上都在接受一種職業訓練，有許多報社是以對新進人員之嚴格訓練而出名。而凡欲接受訓練的人，必須先在報社獲得一份職業，入選後需要經過六個月的試用。職業訓練的目的，在使受訓練者獲得處理報紙工作中的必要知識而成為熟練的工作者，負責指導的有編輯、報社其他資深人員和訓練顧問。

在新聞從業人員的職業訓練中，英式的學徒制與美國的學院制兩者孰優孰劣？事實上，健全新聞人員的培養，必須實務與理論並重。一個無可否認的事實是，假如負新聞傳播責任的人，沒有接受過長期而嚴格的專業訓練，而將輿論導向歧途，則蒙受損害的是全體社會與整個國家，蒙受不利的是民主前途與公共利益。

也有人認為，新聞學院畢業的學生並不受老闆的歡迎，因為專業化的程度不如法學院和醫學院。這是由於新聞教育歷史太淺，傳播科技的變化日新月異的緣故。社會的分工乃是必然的趨勢，新聞從業人員固然離不開社會科學的背景，但如果沒有專業訓練，在新聞事業高度技術化的今天，他們將更難以適應。

另一方面，因應全球化的環境，媒體應強調「科學主義」，新聞教育應教導政治、經濟、科學等專業的根本概念，新聞從業人員也應對自己報導的議題有更深入的瞭解。

在討論媒體所扮演的角色前，哥大校長鮑林傑 (Lee Bollinger) 指出，現在民主社會的主權在民、法制以及照顧弱勢族群的權力制衡三個基本概念，加上自由市場機制所帶來的經濟發展，形成現代社會的面貌，並隨全球化浪潮往前邁進。

鮑林傑分析美國社會對言論自由的規範。他表示，美國雖然早在十八世紀便在《聯邦憲法第一修正案》中，規定國會不能制定任何有害言論自由的法律，卻遲至 1918 年，才真正將此項理念落實到法條裡，且到 1970 年代，此項法律才獲得社會認同切實執行。

第八節　新聞倫理

一、何謂新聞倫理？

在馬驥伸教授所著《新聞倫理》一書中，說明新聞倫理一詞是從新聞界的 code of ethics 衍變而來。code of ethics 中譯常見的有倫理規範和道德規範兩種，臺灣新聞界自律組織所定的共同守則則用道德規範，如《中華民國報業道德規範》、《中華民國無線電廣播道德規範》和《中華民國電視道德規範》等。

㈠新聞倫理之意義

所謂新聞倫理 (Journalism ethics)，是指媒體及媒體工作者出於自律的需求，而訂定的成文或不成文規範。它是非官方、非法律性質、無強迫性、無處罰條款的行為準則。由於媒體的影響力極為巨大，西方國家稱媒體為行政、立法、司法三權外的第四權。極權體制國家往往藉法律及政治力控制第四權，自由體制國家則提倡「社會責任論」，要求媒體自我規範，因而有倫理規範及新聞自律組織的出現。

新聞倫理的必要建立在五個基礎上：

　1.新聞媒體是在服務一個社會的公益 (public good)。

2.社會為了實現其社會的責任，需要具有倫理規範的報業。

3.媒介作為一種專業，從業人員必須具備道德的素養。

4.新聞自律為一種型態。

5.新聞倫理與道德，提供了基本標準與原則、批判對錯、善惡、負責與否的問題。

㈡新聞倫理之推理模式

新聞倫理是反求諸己的道德自省，與法律係由外而內的消極制裁有別。依據哈佛神學院波特 (Ralph B. Potter) 教授設計的推理模式，如圖：

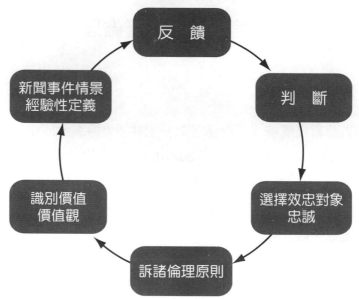

圖 4-1　新聞倫理之推理模式

㈢新聞人員專業自主權之比較

根據臺灣內政部對職業的分類，新聞人員並不與建築師、會計師、律師等行業並列「專業」。然而美國人口調查局把新聞工作者與會計師、建築師、醫師等行業並陳，共同歸屬「專業」。美國傳播學者丹尼斯 (Everette E. Dennis) 和莫瑞爾 (John C. Merrill) 在辯論上突破過去的格式，兩人的觀點表列如下：

表 4-2　新聞專業說

新聞專業說	同　意 丹尼斯	反　對 莫瑞爾
基本主張	1. 新聞事業致力於公共事務 2. 新聞事業有專業水準 3. 專業乃進展而來，只要具備部分特徵，便可完全	1. 新聞記者大多不知專業的意義為何 2. 新聞人員缺乏共同特質 3. 新聞事業難成為一門專業
資格取得	1. 各新聞單位有其晉升人才的方式，功能形同執照的發給 2. 新聞單位有其制裁部屬的法則，顯示對資格取得亦有形式	1. 執照制度不易建立 2. 專業組織沒有制裁力量 3. 新聞事業對從業員資格取得取消毫無辦法，與專業定義不合
道德規範	1. 新聞道德規範已相當普遍 2. 同業間早有無形的規範力量	1. 規範不具約束力，形同具文 2. 無一組織嚴格督導

二、新聞倫理進程

㈠新聞倫理始於美國

　　美國國會在 1791 年通過《聯邦憲法第一修正案》，明文規定不得制定剝奪言論自由或新聞出版自由的法律。該法令使美國成為最早實行新聞自由的國家之一，但也讓新聞界在行使新聞自由權利時，幾乎不受任何限制，導致媒體濫用新聞自由的現象橫生。

　　十九世紀三〇年代，美國報業在市場激烈競爭下，為求生存與利潤，置入性行銷與假新聞橫行。例如，1835 年 8 月，美國《紐約太陽報》(*New York Sun*) 刊登某天文學家在非洲好望角以特大天文望遠鏡觀測月球，報導中描述了月球的地形、山脈、湖泊、鳥獸，甚至說「月球人」是有翼能飛的「蝙蝠人」。其實，這些報導都是報老闆指使記者理查·洛克 (Richard A. Locke) 捏造的，但在當時，這一系列不實的報導卻使得該報銷量劇增。

　　十九世紀末，美國掀起黃色新聞浪潮，使創辦新聞教育的密蘇里大

學新聞教育學院創辦人華特‧威廉 (Walter Williams) 於 1911 年制訂「報人守則」八條，成為美國新聞職業道德規則的重要規約。威廉相信，新聞事業為神聖的職業，所以思想清晰、說理明白、正確而公允，是優良新聞事業的基礎。威廉認為廣告、新聞與評論都有理想的準則，一切均以為讀者服務為最高宗旨，應獨立不撓，態度傲慢或攀權附貴均足以使其動搖。

1923 年，美國編輯人協會也創定「報業信條」；1934 年，記者公會制訂「記者道德律」，成為美國新聞行業最重要的三則倫理道德規約。

美國的新聞職業行為準則，於 1974 年 6 月由全國新聞記者聯合會通過，強調努力減少對新聞報導的曲解、扣押和審查。準則中也強調保護祕密的消息來源，不可出於廣告或其他考慮，歪曲事實或故意隱藏真相。

而於 1997 年 11 月由美國報業投訴評議會批准通過的職業準則，既強調保護個人權利，也支持公眾知的權利。職業準則更列舉細則，提醒記者在執行工作時的注意事項：⑴準確；⑵答覆的機會；⑶隱私權；⑷騷擾；⑸對悲哀和驚愕的侵擾；⑹兒童；⑺性犯罪案件中的兒童；⑻監聽設備；⑼醫院；⑽無辜親友；⑾詐稱；⑿公開性攻擊受害人；⒀歧視；⒁經濟新聞報導；⒂祕密來源；⒃文章的酬勞。

1904 年，普立茲在《北美評論》(North American Review) 中撰文指出，報人應懷抱崇高的理想，並負有急公好義的使命，對本身所接觸的問題具有準確的知識和最誠摯的道德責任感，以造福大眾為目的，不應屈從於商業利益或追求個人的權利。這篇文章的立論基於報業的社會功能，進而強調報業的社會責任，被譽為新聞倫理的奠基之作，也是普立茲創辦哥倫比亞大學新聞學院的立基。

新聞倫理能夠在美國先行起步，與其政治制度和經濟發展有很大的關係，兩者的相得益彰，使美國在新聞倫理建設方面，相對於世界上其他國家顯得更為完善。

㈡歐洲國家的新聞倫理進程

由於歐洲國家長期片面地強調新聞自由，不斷擴大其範圍，導致媒體濫用新聞自由的現象叢生。新聞從業人員對自我約束、社會責任等問題的忽視，更使得該現象進一步惡化。

法國曾是新聞倫理嚴重淪喪的國家之一，主要是由於其報刊的企業化水準較低，需要接受政府或工商企業的經濟援助以維持營運，在宣傳、報導上傾向於饋贈者，因此忽略了新聞事業的獨立性和公正性。雖然1944年法國光復後，政府對新聞界的整頓使「津貼現象」大有改善，但有許多問題仍無法解決。例如從美國傳入的黃色新聞浪潮在法國新聞界氾濫成災，法文版的《花花公子》(*Playboy*) 十分暢銷；連著名的週刊《巴黎競賽畫報》(*Paris Match*) 和《快報》(*L'Express*) 等也不斷地向色情新聞靠攏。

德國、義大利在法西斯統治時期，新聞倫理的問題也十分嚴重，報紙上充斥著假新聞，新聞界幾乎無道德可言。1939年8月，德國各報紛紛大肆報導波蘭即將發動戰爭，納粹官方報紙《人民觀察報》的頭版標題甚至寫著：「波蘭全境處於戰爭狂熱之中！150萬人已經動員！軍隊源源送往邊境！上西里西亞陷入混亂！」，雖然這只是無稽之談，卻為納粹發動戰爭贏得了民眾的支持。第二次世界大戰爆發後，德、義兩國報上的假戰爭新聞更是有增無減。

1994年2月，由德國報業評議會修訂的「德國公共宣傳原則」，在報業準則方面條列16條，包括保證新聞自由（含新聞的獨立性、信息自由、意見表達自由和批評自由），強調尊重事實、忠於原文、錯誤更正、誠實手法、保守職業祕密、尊重個人私生活、禁止歧視（性別、種族、民族背景、宗教、社團、國別等）。

1918年，由法國新聞記者聯合會通過的「職業道德憲章」規定了甚多章別，以樹立報人的基本倫理。其中包括：(1)對所寫的全部內容負責；(2)不將自己的名字用於商業廣告；(3)不抄襲剽竊；(4)嚴守職業祕密；(5)

不利用相信新聞自由而謀私利等。

三、新聞倫理的契約

媒體可以說是正義的監督者和社會的啟蒙者，新聞工作者有義務去維護新聞倫理免於受侵害。總的來說，新聞倫理對新聞工作者、受眾、媒體業者與社會，有著環環相扣的契約關係：

1.新聞工作者本身的責任

當新聞工作者在正義與私利間做抉擇時，如何加強良心與道德對其約束，保持自身的正直，聽從良心的選擇，或許可以讓他們做出正確的選擇。

2.對受眾的責任

受眾在某種程度上而言，其實是付費在進行新聞消費，因此，新聞工作者就更不能對受眾的需求置之不理，應該對他們負責。

3.媒體業者與新聞工作者互相依賴

媒體業者與記者相比，前者會較看重利潤、機遇與生存，但從許多記者拒絕透露消息來源的案例中，我們便可以看出媒體業者、記者和新聞倫理建設之間密不可分的重要關係。

4.對社會的責任

新聞工作者在處理個人隱私之類的報導時，往往會遇到公利與私利衝突的問題。在新聞實踐中，媒體工作者必須充分考量公眾的利益，需留意報導是否會影響公眾利益，如菸酒廣告、暴力或情色新聞等。這種情況下，我們必須顧及媒體對社會的責任，而不只是著重在媒體業者或記者個人的私利。

四、新聞倫理的重要原則

新聞倫理的道德規範必須隨著社會環境的變化而修訂，由於新聞倫理本身並無標準尺度，因此人們必須從各個角度進行多方考量才能做出

決議。隨著新聞倫理內容的充實和發展，許多國家重新釐訂或修正了新聞倫理的表述形式和道德準則，而每一次的修訂，都是對新聞倫理的再認識，以及對新聞工作者的再教育。

雖然要確立新聞倫理的道德規範十分不容易，但這也正是它的重要性造成制定的艱難性。新聞工作中的任何一個環節，都與新聞倫理有關。例如，記者的採訪方式與手段是否符合規範？是否保護消息來源？是否接受饋贈？編輯審稿時是否謹慎查證事實？是否不受外界影響而發表針砭時弊的報導？廣告業務員是否招攬有損公益的廣告？諸如此類，所有的新聞工作者都必須具備新聞倫理的意識。

新聞工作者的主要職責是為社會大眾服務與謀福利，但這並非意味著需要諂媚受眾，利用煽腥色的文字或報導迎合部分受眾的口味，造成社會道德的惡化。因此，新聞媒體和新聞工作者必須正視新聞倫理，才能承擔起引導社會向上、向善的責任，充分發揮新聞倫理的內涵。

第五章　媒體的經營與管理

第一節　發行量與收視（播）率

我們研究新聞事業中的印刷傳播及電化傳播,其傳播效果是否成功,經營、管理方法是否完善, 往往可以從發行量與收視（播）率來測定。

以目前狀況觀察, 報紙在激烈競爭的大眾傳播媒介中, 已經不可能獨霸整個廣告市場, 亦即無法取得絕對優勢; 美國名報人普立茲 (Joseph Pulitzer) 曾說:「發行亦即廣告, 廣告亦即金錢, 金錢亦即獨立。」因此, 欲求報紙有充裕的經濟基礎, 真正成為大眾的公器, 推展發行乃是首要之務。因為報業經營的遵循途徑, 在於先發行而後廣告, 發行是報紙的命脈, 如果捨發行而不由, 光是偏重廣告來維持生存, 一旦廣告斷絕, 報紙勢必一籌莫展。況且現在的廣告主所利用的印刷媒介, 都選擇發行量高的。基此定則,「發行」應是報紙等印刷傳播媒介首當重視的業務推展目標。

同樣的道理, 廣告主必然也尋求收播率高的電化傳播媒介, 為其產品或理念做宣傳, 這在我們日常的電視、廣播節目中, 很容易求得證明。如何製作夠水準、收播率高的節目, 正如同報紙之重視內容一樣。

已故美國報人亞瑟·白萊斯本 (Arthur Brisbane) 對發行的看法曾說了一句很中肯的話:「銷路（發行）對於報紙, 猶如呼吸和血液循環之對於人體。」

發行量與收視（播）率對於新聞傳播媒介的盛衰存亡, 居於決定性關鍵地位, 茲分二點以資說明·

1.發行量多少、收視（播）率高低, 決定了媒介經營目的達成程度

的大小。

　　2.媒介發行量多少、收視（播）率高低，決定了廣告來源的暢滯，以及經濟情況的好壞。

　　3.媒介發行量多少、收視（播）率高低，大體決定媒介的社會地位、聲望高低，也決定了媒介前途的強盛、衰亡。

　　不過報紙發行的數量和它的聲望並非絕對成正比的。以臺灣的《蘋果日報》與《中國時報》、《自由時報》為例，在報紙銷售量上雖然《蘋果日報》多於另外兩報，可是論聲望、論水準，另外兩報都比《蘋果日報》高得多。當然這只是比較罕見的情形，一般說來，發行量和聲望往往還是成正比的。

　　我們再單獨介紹一般媒介，尤其是報紙的發行程序，如下圖所示：

圖 5-1　報紙的發行程序

　　至於報紙發行推廣的方法是否正確，也關乎發行量的多少；報紙推廣方法可分為「正常推廣」及「非正常推廣」兩種方法。

　　正常的推廣方法有四項重點：(1)徵求直接訂戶；(2)利用報販推銷和叫賣；(3)在城市廣設特約代銷處；(4)在外埠廣設分銷處。經由以上四條途徑建立一個嚴密的發行網，提高發行份數。

　　非正常的推廣方法主要有下列幾項方法：(1)減低報價或對讀者給予折扣優待；(2)以同一報價增加報紙張數，或定期附加刊物；(3)懸獎，譬如在報端出題徵答，提高訂閱興趣。另外，報社方面有時也可以針對當地居民的職業或生活習慣來推廣報紙。例如在美國肯薩斯州的《赫金森新聞報》(Hutchinson News)，鼓勵當地的農夫用小麥訂報紙，同時給予折扣優待。結果這個策略吸引了 1,424 個新訂戶；報社停車場上堆了 1,800

多蒲式耳 (Bushel) 的小麥，這是 122 位農夫的訂報費，之後報社自己再用卡車把小麥運到附近的穀倉去賣，另外的 1,302 位農夫則自行把小麥運到穀倉去，再用支票來訂報。

最早採用這種以物易物的方法是蒙大拿州的《比靈斯公報》。《赫金森新聞報》知道這件事以後，決定也這麼做，他們給用小麥換報紙的農夫八折優待，結果雙方皆大歡喜。

電化媒介的收視（播）率統計要比印刷媒介的發行量來得困難，它必須透過實際的社會調查，才能求得一較確實的數字。但是我們要強調的一點是，收視（播）率的高低不一定代表該節目內容的好壞，它只代表著該節目被觀眾喜愛的程度。

姑且不論節目水準如何，現今，電視臺若要提高電視節目的收視率，則製作方向多著重娛樂性的途徑。目前娛樂節目的內容不好，主要是不能把握「娛樂的原則」，非失之高雅即過分嚴肅。所以，要改良當前的電視節目，使收視率史加提高，應求電視事業在製作上多下功夫。

廣告客戶似乎對「發行」與「收視（播）率」很敏感。我國許多報社仍想將報紙發行量保密，這不僅沒辦法取得社會大眾的信任，更不能給廣告客戶選擇的明確指標。為解決此一問題，中華民國 ABC 組織的功能是有必要加強的。

ABC (Audit Bureau of Circulations) 在臺灣的名稱為「財團法人中華民國發行公信會」，1994 年 10 月 20 日正式設立登記。其業務主要為針對報紙及雜誌有費發行量的稽核，依行銷區域和通路做全國性的調查及認證。推廣此一機構至少有兩大好處：第一，使廣告客戶準確地計算出其廣告刊登的效果與範圍；第二，刺激報紙奮發進取，改善現狀。

ABC 不是政府公營機關，而是一個非政府、非營利的民間組織；它也為國際性組織，在國外已行之百年，目前全球共 33 個國家有 ABC 組織，包括美國、英國、日本、香港、馬來西亞、印度等國。與全球的 ABC 相同，ROC-ABC 之宗旨為「依據公平、公正、公開之原則，為廣告主與

廣告代理商爭取更合理的交易空間、使平面媒體有一個公開的經營指標，意即促進廣告及經營之合理化，以達成社會公器之誠信目標。」

　　原則上，ABC 組織是由購買廣告版面之廣告主、居仲介的廣告媒體代理商及學者專家三方面共同組成的，主要功能是依據業界所共識的標準來執行發行量稽核，並不加任何意見、客觀地公布稽核結果。

　　此外，稽核過程中，並不涉及成本資料及管銷費用；主要是針對媒體印製量、發行量及退報量實施稽核，採取必要之審計程序，包括各項發行量之統計紀錄及有費發行量的應收帳款收付之查核。

　　媒體加入稽核之作業流程：
　1.媒體簽訂受託稽核契約。
　2.媒體於完成退書及收款後提報發行量報表。
　3.稽核會計師進行實地稽核。
　4.審核委員進行工作底稿審核。
　5.提報 ABC 董監事會議。
　6.公信會提出「發行量稽核報告」及「稽核執行摘要」。

🎤 第二節　公共關係與新聞

　　公共關係是英文 Public Relations 的直譯，望文生義就知道公共關係就是和公眾發生關係的意思。人無法離群索居，所以任何一個人都無法與大眾脫離關係，在家庭或是在學校與工作職場，都存在著公共關係。因此，公共關係在我們的生活中是無所不在的。

　　現在大家所泛稱的公共關係是指一個機關或是企業、團體與公眾的關係，所以在複雜程度上遠高於人際之間的溝通。其次，公共關係也就是講求與公眾保持和促進良好關係的方法。有了良好關係，所推行的業務或是政令才可以順利發展；近代社會的發展使得公共關係成為一門專門學問；而目前我們所說的公共關係就是這種爭取公眾善意與瞭解為目

標的專門學問。

一、從專制到民主

　　嚴格地說，公共關係是近代的事情，為什麼說是近代的呢？原因主要有二，一個是政治上的，那是從專制到民主；另一個是經濟上的，從農業到工業。

　　專制政治是君主制度擁有至高無上的權威，王就是國家、就是法律，到了最近的三百年民主政治才開始興起，過去的專制制度百姓都是君王的奴隸，政府做事完全不需要溝通就直接進行，所以說是：「民可使由之，不可使知之」。又說：「民可與樂成，不可與慮始」。

　　為了保持權威不受懷疑，君王必須戴上神祕的面紗，許多事情都不說明清楚，住在皇宮中，所有人對君王都是下跪磕頭，這樣的制度底下不需要有公共關係的存在，但並不表示當時就沒有公共關係的概念。「遒人以木鐸徇於路」是一種上情下達的方式；「子產不毀鄉校」是下情上達的途徑，我國歷史上最有名的公共關係例子就是馮諼客孟嘗君，馮諼替孟嘗君焚券市義，孟嘗君還責備於他，以為馮諼亂來，連說「先生休矣」，最後孟嘗君逃難到外地且受愛戴，他方知馮諼的公共關係工作很成功。

　　但是，到了民主政治時代，又不同於過去君主專制時期，民主政治又稱為全民政治，顧名思義就是君王和國民的政治位置是相反過來的，這也是近年國內大選紛紛強調「人民是頭家」的宣傳語。為何在民主時期，需要公共關係呢？其實和民主選舉制度與政府機能有很大的關係。

　　第一，民主政治權力的取得是經由選舉，也就是公民的投票，用數人頭的方式表示人民意志，因此想要在政治上取得地位就必須和廣大的群眾維持良好的關係，否則就會在由人民決定的選舉中落敗。

　　第二，民主制度下的政府機能其存在的目的是為全民服務，也就是建立一個民有、民治、民享的政府，政府的一切施政都必須以全民的意見為準則，就是所謂的民意，此外更需要把政策的施政目的與利害讓全

民知道，以獲得大眾支持。而要如何達到上述的目的呢？就有賴於良好的公共關係。

二、從農業社會到工商社會

農業社會是一個自給自足的社會體系，人們的生活都固定在熟悉的小小生活圈，所以對於公共關係的需求不高，因為生活的重心在於農作，其生活變動很低，且維生是靠自己，因此與他人關係性較小。

然而，工商業社會則大大地不同，生產就以原料而言，就算是農產品也可能因為企業化經營而使產量大增，大增之後勢必是需要外銷推廣的，而推廣的規模也遠比單純的農業時代來得複雜。因此，在對外的互動變得頻繁之後，公共關係也顯得日益重要。

三、公共關係的分野

李艾維 (Ivy Lee) 和伯納斯 (Edward Bernays) 兩個人都是美國公共關係實務的先驅，開創了公共關係專業人員任職企業並且替企業獲致成功公共關係的先例，兩人因此被稱之為公共關係之父。伯納斯更進一步開設公共關係公司，也把這樣的知識帶進校園。現代意義的公共關係不只在美國誕生，更走向世界。

從歷史的發展角度來看，公共關係這門學問似乎是一門幫助商業進行販賣的學問，但是公共關係的定義並不如此狹隘。公共關係的定義相當多元，哈羅 (Rex F. Harlow) 在 1976 年曾經很認真地從問卷蒐集方式與分析去整理公共關係人士心中的定義，足足有 472 種之多。在哈羅研究之前，美國學者卡利普 (Scott M. Cutlip) 與先特 (Allen Center) 在其著作中就已經提出廣為接受的定義:「公共關係是一種管理職能，用以研究一個組織在其所處的社會環境中與其他組織、全體與個人之間的關係。」

而國際公共關係協會則認為公關有以下的目的:「保持與相關公眾之瞭解、同情與支持。」知名的公共關係學者古魯尼 (James Grunig) 進一步

提出知名的公共關係實務運作四模式❶。

㈠新聞代理 (press agent) 模式

此階段主要以宣傳為目的，通常不會主動去瞭解對象的認知，傳遞的資訊以告知為主，通常也不夠完全。

㈡公共資訊 (public information) 模式

公關主要目的是提供大眾所關心的資訊，仍屬於單向的溝通模式。

㈢雙向不對等 (two-way asymmetric) 模式

公關主要目的是促進資訊交流與傳播，在傳遞者與接收者之間有所交流，不過雙方並非是處於對等的位置，溝通結果通常只利於資訊傳遞者的單一方面。

㈣雙向對等 (two-way symmetric) 模式

公關的主要目的是為了促進瞭解，因此是一種雙向溝通，且希望溝通結果能讓雙方都能互惠。

必須要說明的是，前面四種公共關係的模式是可能出現的特性，這些模式絕非是分明的階段，不是單向之後一定是雙向的機械觀點。需要考量到不同的社會結構或是微觀的組織問題才能知曉。嚴格來說，公共關係的學派非常多，但是大體上可以區分成兩大類，第一派別就是具有商業導向的主流派，而另一派別就是強調社群而不重視商業導向的非主流派。

主流派中的公關本來就是為企業而服務，具有強烈的商業導向，後來不僅是為了維持良好企業形象，更希望是獲得實際的銷售成績，所以開始將行銷廣告與公共關係結合，成為一個整合行銷傳播學派，主流派中的管理學派，主要是以古魯尼夫婦提出的四個公共關係模式的學者為代表，學術重鎮在西北大學與科羅拉多大學。在臺灣，公共關係學者多數是受到美國主流學界的訓練，也因此以主流學派為多。在非主流部分，

❶　古魯尼教授界定說：「具備管理、溝通、組織、公眾、全球化運作等功能，主動影響公眾、為組織與公眾建立良好關係，協助組織更有效運作。」

主要是批判學派，批判學派在公共關係領域主要的學者代表人物是透斯 (E. L. Toth) 與西斯 (R. L. Heath) 等人，臺灣學者賴祥蔚曾經發表公共關係的論文，批判公共關係的哲學基礎，並且提出可以藉由美國新興的社群主義來重新打造新的公共關係哲學基礎。除了批判學派之外，還有一支是語藝學派，臺灣公共關係學者黃毅慧把管理學派和整合行銷傳播學派劃分成兩個不同派別，把公關分成三大派，一是管理學派，二是整合行銷學派，三是批判與語藝學派。

主流與非主流的分野大體上區分成重視商業與批判立場的，但是無論如何劃分，其實包含公共關係在內的所有社會科學都可以分成兩大主流，兩者最大的差異就在於看待社會現狀的態度，追根究底就是資本主義邏輯與社會主義邏輯典範上的不同，主流派對於社會現狀保持接受的態度，甚至不去思考要不要接受的問題，只有依循社會結構與秩序去追求最佳表現。至於非主流，也就是批判學派，對社會的態度就是一種充滿質疑的觀點，社會科學的批判學派多少都吸取了馬克思的社會主張。

四、政府機關的公共關係

公共關係學者卡利普認為政府公共關係就是：公共事務與公共資訊對不同程度的政治回應，協助人們瞭解政府在做什麼。因此，政府的義務是維護國家權益，是增進人民福利的權利組織，對外有國際間的接觸與發聲立場；對內則可推行各種政令與建設。在縱的方面，有從中央到地方基層的各級政府；在橫的方面，有分門別類的不同部門，其公共關係當然也是錯綜複雜，其主要目標在於：

㈠維持國際地位

今日世界上，任何國家在全球化的浪潮下皆無法獨善其身，所以，對國際發聲的公共關係就變得相當重要。事實上，政府的外交事務是屬於國際公共關係的性質，臺灣退出聯合國就是重要的案例。雖然當時許多國家的罔顧道義致我國退出聯合國，然而當時臺灣所使用的外交方式

是透過農耕隊的技術為友邦國家示範、建立友誼，以增進雙方政府的關係，因此後來我國雖然已經退出聯合國，但是在國際上仍有從農耕隊時期即鞏固邦交至今的國家。

㈡宣揚立國理想

各國有各國的歷史背景、傳統文化與政治理想。因此，讓全體國民深切瞭解國家目標是政府的基本工作，而這宣導的工作就是政府公共關係的責任。

㈢確定政策方向

政府需要依據國家目標，把國家目標與施政帶向正確的道路，而另一方面為了全體國民福利，政府就必須瞭解民間的心聲，所以政府與民間溝通的公共關係一定要暢通，而這也就是公共關係的作用。

今日的政府是較萬能的政府，任何事情都需要政府來推動與策劃，但是所有的工作都落在政府身上可以說是經緯萬端，而政府資源有限，難以一蹴而就，必須衡量輕重緩急，並且考察進度的施行，而要獲得這些資訊則必須擁有良好的公共關係以作為判斷。因此，政府公共關係的主要目的是在於建立與大眾良好的溝通管道以及宣達政策命令的執行。

而政府機關公共關係的對象，所謂攘外必須先安內，任何機關團體都必須加強向心力，政府亦如是。但是政府機關要搞好內部員工關係遠比私人機關團體更加困難，因為政府是屬於公家單位，支出是公家的費用，國人習慣私人利益的爭取，但是對公家事務卻往往不甚重視。在機關內如果主管是無為而治，自然可以馬虎過去，但這卻是浪費公帑的行為，而機關內有許多法令限制，不像私人機構由老闆決定，政府單位是必需透過複雜的考績或是銓敘過程而來。因此，常常發生不平現象，造成機構中的派系對立以及密告滿天飛，影響到工作氣氛與環境情緒，所以內部的公共關係更是重要，需要做到公平關懷和榮譽的鼓舞。

此外，政府公關除了內部公關的推行之外，對外的關鍵點就是傳播理論中的意見領袖，意見領袖在古代稱之為物望，就是地方上的領導人

物，他們多是教育程度高且公正的人。曾國藩曾說：「風俗之厚薄奚自乎，自乎一二人之心之所嚮而已」。這一二人就是領導者也是意見領袖，他們對政府的態度會對社會民眾產生影響力。今天的社會上，這群意見領袖主要還是高級知識分子，其中不乏是大學教授、媒體的編輯主筆和自由作家。一般來說，他們立場超然且清高，不受政府影響而改變發言的機會與立場，但是政府依舊必須與其維持良好關係，比如說事先徵詢意見、增加溝通，這自然會對政府的施政減少阻力、獲得幫助。

理想的公關人員，是否具備良好的條件，可以用七項標準來衡量：

1.口才：要能談吐動聽而不使人討厭，有說服對方的能力，並討人喜愛。

2.語言能力：語言能力強，則接觸範圍廣，公共關係效果自然增加。

3.品德：良好的行為，謙遜的態度，是高尚品德的表現，也才能得到一般人的讚許。

4.相當的教育程度：公共關係人員需有廣泛之文化背景，瞭解相關的知識，才能執行多角化的業務。

5.豐富的經驗閱歷：這是應付複雜問題的重要環節，美國目前企業界、政府及軍事部門的公共關係工作人員及顧問，大部分以前皆做過報人，因為報人在公眾事務中有較多的經驗與閱歷。

6.智慧：判斷能力及邏輯思考能力、創意、幻想力，都是公共關係工作所需具備的。

7.領導能力：領導能力是推展工作的重要因素。

臺灣各公私企業機構對於公共關係工作還是無法心領神會，在觀念及執行上時有偏差，譬如報社所收到的「人情稿」，發稿單位認為是公共關係，但卻增加報社編輯檯的困擾，報社如果被拘限於刊登類似公共關係的稿件，將會失去立場；因此，對於什麼是新聞事業單位真正應該服務、協助的公共關係工作，是新聞事業工作者所要檢討的。

🎤 第三節　廣告與新聞媒體

一、何謂廣告？

　　廣告無所不在，無論何時何地我們都會接觸到廣告。從家裡的電視、報紙、網路，一直到出門後的車體廣告、戶外廣告、電梯廣告等，我們都一直在接觸著廣告媒體所傳達的訊息。那究竟廣告的定義為何呢？現代廣告學者認為廣告是一種溝通的心理過程、一種行銷的過程、一種經濟和社會化的過程、一種公共關係的過程，或是一種訊息告知和說服的過程。儘管經歷了百年的研究歷史，但廣告廣泛而複雜的定義仍沒有一致的定論。在此，綜合許多學者對廣告不同切入角度的定義，分為心理學、行銷學、經濟學、傳播等四個面向，來說明廣告的定義。

㈠心理學面向

　　廣告研究源自於心理學，「廣告」(advertising) 這個名詞最早出現於拉丁文的 advertere，意為使人注意或左右大眾心意 (making known or to turn the mind to)；1894 年廣告人肯尼迪 (John E. Kennedy) 將廣告注入了「說服」的心理元素，定義為「廣告是一種平面印刷的銷售形式」；1905年，現代廣告之父布魯斯特 (A. J. Brewster) 偏重於心理的效果說，認為「廣告是銷售的宣傳，按照一定的計畫進行，使一般人依廣告人的意向去思考或行動」。

㈡行銷學面向

　　廣告被視為是行銷的一種手段，源自於行銷所強調「交換滿足需求」之說，美國經營學者耐斯特姆 (Paul H. Nystrom) 認為「廣告是對於所有顧客予以滿足的事情」；而日本學者小林三太郎教授也說明廣告目的與行銷目的皆然，在於滿足消費者或使用者，即滿足訴求對象的需求。

　　而現代最廣泛被使用的廣告定義即為在 1984 年美國行銷協會

（America Marketing Association，簡稱 AMA），以行銷學面向闡釋較周延的廣告定義：「所謂廣告，是由一位特定的廣告主，在付費的原則下，藉非人際傳播的方式，以達到銷售一種觀念、商品或服務之活動。」廣告須透過媒體，與人員親身銷售的人際傳播壓迫感不同。

(三)經濟學面向

知名的廣告人格勒納 (Otto Kleppner) 於 1993 年所著之 *Kleppner's Advertising Procedure* 一書開宗明義地指出，廣告屬於經濟活動的一環，認為「廣告是構成人類經濟體系不可或缺的部分，並直接與製造商、供應商、行銷和商品勞務之銷售產生關聯。廣告的發展與人類和商業文明活動一樣歷史悠久，必須將買賣雙方結合。商業活動需要廣告得以活絡，而廣告本身也是一種主要的商業行為。」日本廣告學專家栗屋義純教授也強調廣告的經濟學觀點，其著作《廣告戰略》一書中載明「廣告是企業為了達到經濟目的所使用的手段，與商品的大量銷售結合，意即為大量推銷商品或服務所實施有計畫的商業活動。」

美國學者莫里埃第 (W. D. Moriarty) 更言簡意賅地闡明「廣告是獲得市場的一種手段」。由此可知，廣告的定義以經濟學的角度切入，較強調商業廣告的營利性質。

(四)傳播面向

以傳播的觀點切入，廣告的定義具有下列意涵：

1.**廣告是一種告知或說服的傳播流程** (information & persuasion)

廣告的目的著眼於傳遞訊息，以影響消費者的行為。創立 DAGMAR（製訂廣告目標以測量廣告效果）理論的廣告學者卡利 (Russell H. Colley)，以廣告說服的觀點，說明廣告的目的在於促使消費者改變態度和引導購買行為。

2.**廣告具有約束力** (controlled)

廣告採付費原則，因此其訊息的內容、數量和刊播的時間皆可以為廣告主所控制，與其他公共報導不同。

3.廣告必須透過大眾媒體 (mass media)

廣告是行銷活動之一，行銷必須以目標市場 (Target Market) 作為其銷售或推廣的對象，而廣告必須以目標視聽眾 (Target Audience) 為主，傳播的過程就需透過大眾媒體，即電視、報紙、廣播和雜誌等。

4.廣告訊息傳遞給大眾 (mass audience)

廣告是將有關商品的訊息，由負責生產或提供該商品的機構，傳遞給市場上的大眾，即消費者或潛在消費者。

二、廣告發展進程

㈠英　國

在印刷術應用的初期，世界廣告興起的中心是在英國。十九世紀以後英國的廣告業迅速發展，現代英國倫敦以廣告創造性和其規模，足以成為世界三大廣告中心之一，與美國、日本並列。

隨著資本主義的發展，英國的印刷廣告開始出現，第一張用印刷方法製成的印刷廣告是 1472 年英國人威廉・坎克斯頓 (William Caxton) 署名的張貼式廣告。而在 1666 年的《倫敦報》正式開創了報紙廣告專欄，大大地擴展了報紙廣告的影響力，而後報紙廣告在各類媒體中的比例大為提高，成為報社最重要的經費來源❷。

十九世紀是英國經濟成長時期，工業革命後印刷技術不斷精進，凸版照相、彩色印刷海報、廣告函件等相繼誕生，報紙也有套色廣告出現。另一方面報紙的發行量也因為印刷技術的進步而大幅增加，而報紙的影響力增加，廣告量也不斷增長，邁向快速發展時期。

二十世紀七〇～八〇年代以後至今，英國廣告不斷注入科技技術，廣告業規模和水準也不斷提高，目前英國大約有近 32,000 家廣告公司，提供了全面化的廣告服務，總產值高達 53 億英鎊。全球至少有三分之二

❷　2008 年 7 月份倫敦三大免費報：《倫敦報》、《地鐵報》和《倫敦快報》，合計每日發行量 165 萬份，免費報改變讀者花錢買報紙的習慣。

的知名廣告公司選擇以倫敦作為其歐洲總部，其中最大的一家廣告集團為 Saatchi & Saatchi，這家國際性的大集團在世界各地都有其分公司，臺灣分公司稱為上奇廣告。英國廣告的總體風格是幽默、含蓄，體現了英國的傳統精神。

(二)美　　國

美國廣告是從近代報紙廣告開始發展。1704 年 4 月，美國第一份刊登廣告的報紙《波士頓新聞通訊》創刊，刊登了一則關於報紙發行量的廣告，目的是要向廣告商推薦報紙。美國新聞界人士把這則廣告稱為推銷訊息的「盲廣告」，儘管如此，美國廣告在此邁出了第一步。

1729 年，被稱為美國廣告之父的班傑明・富蘭克林 (Benjamin Franklin) 創設了《賓夕法尼亞日報》，在創刊號的頭版刊登了一則推銷的廣告，取代了原本新聞的重要版面。這則廣告的標題十分龐大，四周則大範圍地留白，十分醒目，開創了報紙廣告應用藝術手法的先例。不久之後，這份日報的發行量及廣告量皆躍居全美報紙的首位。

美國報紙廣告經歷了十七世紀末推翻英國殖民統治，十八、十九世紀資本主義盛行、廉價報紙《便士報》的出現❸，大大提升了報紙廣告在商業上的應用，一直到 1830 年，美國已有 650 份週刊、65 家新聞日報刊登了廣告。

1841 年，在經歷過了美國第一次經濟危機的背景下，商業更是需要求助廣告來刺激人們的購買力，於是第一家廣告公司便在費城設立，專為各家報紙兜售廣告版面，並自稱為「報紙廣告代理人」，從而宣告廣告自報紙經營系統中獨立而出，成為第一家廣告代理商。

接著廣告代理的層面除了報紙外也擴展到了雜誌，並且廣告占新聞版面中的比例越來越大，也有固定廣告版位的概念產生。而在 1869 年一個小學老師艾耶 (Francis Ayer) 在費城創立了「艾耶父子廣告公司」，為

---

❸　《便士報》的問世，以廣泛報導新聞、內容新穎生動、廣告增多、定價低廉、適合大眾閱讀為特色。

第一家具有現代廣告代理業雛形的廣告公司，開始了廣告設計、廣告文案等的廣告服務。

　　二十世紀是美國廣告業發展快速的年代，隨著更多的媒體出現，廣播、電視、電影等，也使得廣告邁向更全面的行銷宣傳服務，並且也衍生出了更為多樣化的廣告手段及策略，如形象廣告、選舉廣告以及到近期的置入性行銷手法，另外也發展出了許多跨國性的廣告公司集團及獨特的廣告魅力文化，例如知名的麥迪遜大道即是集結了美國廣告公司的大成，也成為很有魅力的知名景點。紐約是公認的世界廣告中心，位於紐約的麥迪遜大道曾有十多家美國著名的廣告公司，成為美國廣告業的代名詞。近年來，芝加哥、洛杉磯等也逐步發展為廣告業的重鎮。

　　隨著經濟全球化的進程，美國廣告業加快了集團化、國際化的步伐，積極向海外擴展業務，大型跨國公司紛紛建立起來。如智威湯遜廣告公司在 50 多個國家和地區建立了分支機構，麥肯環球公司在近 70 個國家和地區有分公司。經營理念也有所變化，加強了為客戶進行整合傳播的服務。

㈢日　本

　　日本廣告業的高度發展僅次於美國，其規模居世界第二位。以 2000 年為例，日本廣告費支出近 500 億美元，每人平均廣告費近 400 美元，支出占國民生產總值 1% 以上。日本廣告業分工明確，專業化程度高，平面廣告創作水平高超，進而大力推動日本經濟的發展。

　　日本近代廣告是隨著明治維新而興起的。1868 年日本明治天皇進行了一系列有利於資本主義發展的改革，為日本近代以後的廣告業發展奠下基礎。隨後報紙媒介開始大量出現，1871 年開創了第一份日刊報紙《橫濱每日新聞》，接著《每日新聞》(1872 年)、《讀賣新聞》(1874 年)、《日本經濟新聞》(1876 年)、《朝日新聞》(1879 年) 等大報紛紛創立，廣告量也隨之增加；到 1890 年時，廣告費的收入占報紙總收入的 30% 左右。

　　1880 年日本第一家廣告代理商「空氣堂組」在東京開業。而在進入

了二十世紀時期，日本的廣告業隨著經濟發展而同步發展起來，其真正崛起是六〇年代以後的事，六、七〇年代日本廣告業的廣告費每年增長率都在 10% 以上，而進入八〇年代日本廣告因經濟較為停滯，且進入科學技術現代化時代，因此廣告開始走向世界，向跨國的方向發展。

在九〇年代以後，有人把日本稱為商品之國、廣告之國，由於新科技技術在廣告中不斷地應用，新的媒介不斷地發展，以至於人們無論走到何處，總是處在廣告的包圍之中，但日本最有特色的地方在於可以將現代廣告精妙地融入傳統日式風格之中，成為了日本廣告的精髓。

㈣法　國

法國的廣告發展也是比較早的。中世紀時，叫賣廣告在法國就有一定的地位。1631 年法國最早的印刷週報《報紙》出版，出版人雷諾道特 (Théophraste Renaudot) 被稱為「法國報業之父」。而在十九世紀三〇年代，巴黎就出現了廣告代理商店。二次大戰以後，法國報刊廣告業得到充分發展，廣告篇幅占版面比例越來越多，廣告費所占的比例也日益增大，成為報業最主要的收入來源。

隨著報業的發展，報業為了吸引更廣泛的讀者，力求內容豐富、全面，滿足讀者一切需求，因此便逐漸增加報紙的篇幅版面，而這同時也擴大了廣告的版面，使得報業越趨依賴廣告收入作為主要營收來源。

1980 年代以後，法國廣告業就已發展至相當發達的程度，對法國經濟發展產生相當巨大的推動作用。而就廣告質量而言，法國在世界上也是名列前茅的，法國廣告注重藝術性，各類廣告畫面設計精心、製作考究，富有魅力且詼諧。此外，每年皆在法國坎城舉辦世界性的廣告金獅獎之大型廣告活動，充分地與世界接軌，成為世界廣告業發展領先國家之一。

㈤臺　灣

臺灣的廣告發展大致可分為五個階段：

1. 戰後萌芽期 (1945～1957)

1949 年趙君豪與丁宇人首創大陸廣告公司，推銷報紙廣告版面，是為掮客型廣告公司之始，接下來便陸續有廣告公司設立。當時報社業務員也同樣有推銷版面，並從中抽取佣金，因此臺灣的報業廣告在此有了初步架構。這個時期的廣告多以平鋪直述為主，並多由四個字組成，例如物美價廉、包君滿意、童叟無欺這類形式，並有促銷廣告的呈現。

2.廣告代理導入期 (1958～1965)

在此時期溫春雄創辦了臺灣第一家具有現代綜合廣告代理商雛形的東方廣告社，臺灣廣告業組織亦陸續地參與了國際的廣告會議交流，再加上日本最大的廣告公司——電通的社長吉田秀雄表示願意協助臺灣建立廣告代理制度，因此為臺灣奠定了廣告發展的良好基礎。臺灣早期廣告受日本影響極大，除了有日本統治的背景外，當時的主要廣告客戶也大多為鄰近的日商，因此我們可以看到國華廣告等早期的廣告公司，無論在組織或是管理風格等都具有日式色彩。

3.成長期 (1966～1975)

在這一時期有不少具有現代化規模的廣告公司成立,像是 1974 年聯廣的成立，而奧美廣告前身的國泰建業廣告也是在此時期設立的。由此可見這一時期臺灣的廣告發展漸漸邁向穩定的成長態勢。1975 年「臺北市廣告代理商業同業公會」成立，但因其規範的會員大部分是廣告工程、廣告看板製作業者，因此另又有較符合廣告業性質的「臺北市八家廣告代理業聯誼會」的成立，臺灣廣告邁入了成熟規範化的時期。

4.競爭期 (1976～1988)

這段時期因為經歷了戒嚴的解除，加上政府強調經濟自由化與國際化，鼓勵外商廣告業進入臺灣市場，而使得廣告業進入了競爭時期，業者透過與外國廣告公司合作或合併的方式，以促成國際化提高競爭力。例如國泰建業廣告與奧美廣告集團的合作,最後改組為現今的奧美廣告；華威廣告與美國葛瑞廣告集團,也成為了外資為主的華威葛瑞廣告公司。

此外，1984 年法商上奇廣告，以及李奧貝納、智威湯遜等資源豐富

之外國廣告集團相繼進入臺灣，使得本土性公司面臨強大衝擊，但往好處看，這段經歷也使得臺灣廣告的質量提高，在亞洲地區地位大幅提升，進而達到現今的發展。最後，在這一時期也是很多廣告活動的開端，例如 1978 年時報廣告金像獎、1992 年金犢獎、1993 年世界華文廣告獎、1979 年《動腦雜誌》成立廣告人俱樂部、1987 年綜合廣告業經營者聯誼會成立，簡稱 4A，為目前臺灣最重要的廣告社團。而文化大學也在 1986 年設立廣告系，為臺灣第一所大學設廣告系。

5. 多元期（1989～至今）

經過前一時期的外商廣告公司進入後，在這一時期又陸續有外商公司進駐，例如日本電通、美商麥肯廣告等等，這個過程給臺灣廣告業帶來了相當多元的國際化觀點，包括了廣告內容面、經營面、運作面等等。因此在這一時期媒體採購業務出現了集中購買的新趨勢，廣告業自此走向專業分工路線，也就是一直到現今我們所看到的廣告業發展現況，分為廣告、公關、媒體購買等專業分工化後的廣告傳播環境。

三、廣告維持媒體獨立

廣告與公共關係，都具有「宣傳」的作用，不過，廣告的主要目的在於銷售「產品」，而公共關係則係傳播「觀念」；廣告為的是加速推銷，而公共關係則在爭取公眾的支持和善意。廣告及公共關係是報社經營管理上的兩大重點，尤其是廣告，可說是維持報社獨立的支柱。

一家不受任何津貼的報社，要維持其經費的龐大支出，單靠發行收入是不夠的，因此，如何吸收廣告客戶，保持高額廣告費的收入，是報社維持財力獨立的不二法門。

沒有廣告，我們不可能每天看十元的報紙、聽免費的廣播、看免費的無線電視。媒介的生存一定要有龐大的財力支持，如果企業放棄廣告，支持媒介的來源將代以一個政治集團；商業廣告企圖影響我們的消費行為，而政治集團卻要改變我們的思想。因此在商業型態下的媒介還是較

為合理，而且也是一種壟斷性較小的制度。

我們或許有所顧忌：報紙會不會受廣告主的脅迫，像電視廣告一樣，使版面上的新聞變質，登載不實消息或省略重要報導，造成欺騙或矇蔽讀者，用以討好廣告主，爭取高額廣告費？這種顧忌雖然未必多餘，但是畢竟只有少數不知上進的新聞事業，才會受廣告主的擺布。事實上，新聞事業越是公正無私，越能取得讀者信賴，刺激大量的發行，然後廣告才會源源不絕，報社財力才能充裕，而提供更好的讀者服務。這應該是一項「良性循環」，報社、讀者、廣告主三者各得其利。目前電視臺的廣告政策如果能做若干修正，應該也會收到良好反應。

關於「廣告新聞化」及「廣告節目化」的問題，當然是我們所關切的。《中華民國新聞記者信條》第7條規定：「報紙對於廣告之真偽良莠，讀者是否受欺受害，應負全責。決不因金錢之收入，而出賣讀者之利益、社會之風化與報紙之信譽。」《中華民國報業道德規範》第7節也規定：㈠廣告必須真實、負責，以免社會受害。㈡廣告不得以偽裝新聞方式刊出，亦不得以偽裝的產品介紹、座談會紀錄、銘謝啟事或讀者來信之方式刊出。《中華民國電視道德規範》第8節第1條規定：節目與廣告嚴格劃分，故廣告絕對不得以節目方式播出，亦不得利用公共服務或工商服務名義播報。

從以上各種規範可看出，廣告新聞化與廣告節目化是違規的廣告宣傳方法，新聞事業本身對於廣告之管理經營應潔身自好，以正途推展廣告業務才是正策。

四、廣告人的創造思維

廣告業界有遼闊的天空，永遠有創作不完的議題。美國羅斯福 (F. D. Roosevelt) 總統說：「不做總統，就當廣告人。」當也是嚮往這個行業的天馬行空，可以讓人的聰明智慧有永遠揮灑不盡的天空。

人類現代文化最重要的特徵之一就是精神自由。因為思維被駕馭，

實是導致精神禁錮的結果，它如一把無形的枷鎖，套在人的頭腦裡。所導致的結果，不僅表現在思想上的無知，也表現在行為上的因循守舊和故步自封。

廣告人之所以是聰明人，乃是因為他具創造性的思維，而這種思維的價值奠基在人文關懷的基礎。

美國密西根理工大學工程系主任愛德華 (Edward de Bono) 夫婦，曾在《創造性地解決問題》一書中，總結創造性思維的七大障礙是：

1.認為自己沒有創造性：事實上，每個人都具創造性，尤其是經過訓練後；

2.相信只有一個答案：事實上，有創造性思維的人永遠有多元答案的可能性，所以要養成提出不同類型問題的習慣；

3.不要孤立地考察問題：要全面性地思考問題；

4.遵循規則：對確實存在的規則要明白其原理；事實上有許多規則已不存在；

5.消極的思想：評論事物要採取積極的態度；

6.逃避風險、害怕失敗：必須認取失敗與錯誤的價值；

7.避免多種情況：要把多種情況通盤思慮，不要視若不見。

但是，創造不是幻想，而是要奠定在廣博的知識背景下，才能不使創意成為一把傷人的利刃；以突出創意吸引消費對象；如不能以廣泛知識、關懷、瞭解、善意與智慧為背景，以尊重為出發點，則任何魯莽的創意只可能反映了廣告人的無知與粗鄙。

2004 年，耶誕購物季前，英國酒商帝亞吉歐公司在倫敦各大地鐵站推出醒目的廣告，上有毀損臺灣形象的字眼，不僅引起抗議，該公司還公開道歉，表示對原先廣告創意流露的「錯誤」與「愚蠢」要做些補償。

又如美國航空公司在千禧年為強調座椅的舒適性，以一個坐在直挺挺的飛機椅上的佛像為主角，佛陀臉上雖莊嚴但卻帶著悲苦，直到椅子放平才露出微笑。這個廣告因缺乏文化尊重與族群理解，而引起斯里蘭

卡佛教徒的不滿，航空公司也在公開道歉與撤除廣告後才擺平風波。

而臺灣在一則電暖器廣告中為了表示「向寒流宣戰」，採用了希特勒 (Adolf Hitler) 圖像，而被國際猶太人團體抨擊；美國也在一則反對歐元的廣告中採用同樣手法，而被斥為「粗俗、令人反感、完全不恰當」。這些都是因為廣告人缺乏歷史背景與國際關係知識所致。

這些事例說明廣告人不僅是一位行銷家、創意人，更應該是一位知識人。

在現今新傳播科技發展的潮流下，社會已然發展為大家所號稱的傳播時代；而廣告隨著新傳播科技的發達，更是無孔不入地滲透各個階層的生活層面。在如此發展情勢下，全民廣告學的素養，已然成為時代的潮流；良莠不齊的廣告設計，如無全民的基本素養做選擇、做判斷，廣告也可能成為毒蛇猛獸。

五、廣告迎向國際化

在廿一世紀，產業在日趨全球化 (globalization) 與自由化 (deregulation) 的衝擊與影響下，跨國廣告不僅主動展現了經濟與文化的相互交融與影響，更促成我們做進一步的思考與創新。

羅文坤教授認為，全球化與自由化，促使產業產生三大改變：

1. 競爭激烈，遊戲規則隨時改變。
2. 資訊暢通，消費大眾多樣。
3. 科技變遷，產品生命週期縮短。

所以廣告的未來也應該把握下列發展方向：

1. 掌握國際變遷與世界趨勢接軌。
2. 加強兩岸廣告教育的交流互動。
3. 洞悉廣告界需求落實建教合作。
4. 走入社會提升全民之廣告知識。
5. 整合資源建立廣告之專業模組。

職是之故，迎合國際化的廣告乃勢所必然的時代發展，加強國際學術合作、師生交流、交換出版、引介國外知識，乃是我國廣告必然走向。

經世致用，不僅是學術思想的方法和學風，它更含有異常豐富的精神內涵；它是一種情操、一種境界、一種博大的胸懷。

經世致用，不僅將做人和做學問合而為一，它又表現出一種「先天下之憂而憂，後天下之樂而樂」的襟懷；由經世致用再推衍出生生不息的豐富生命力而發展。發揮人文精神必須觀照歷史的觀點；同樣地，如果沒有創新，繼承便失卻意義；在相激相盪下，人文精神為我們激發了創新力，也才能為廣告文化奠定深厚的基礎。

🎤 第四節　民意測驗與讀者意見

新聞事業是社會大眾的公器，且應以「為民喉舌」自勉。但是新聞事業所反映的觀念、輿論，是否真正代表多數人的意見，恐怕新聞事業本身也沒有把握做肯定的答覆。本節就「民意測驗」與「讀者意見」在新聞事業管理經營上的關係做一論述。

一、民意測驗

什麼是民意？民意就是輿論，是代表大眾中各分子的個別意見，也是當一群大眾在面臨一個問題時，個人意見交互影響的綜合產品。這裡要強調的一點是，「民意」不見得完全客觀、合理，因為人類有盲目附從的弱點，意志不堅者常被「意見領袖」所左右，形成「意見獨霸」，這在研究民意時必須嚴加防範。而「意見領袖」若能具有良好的品德、熱心公益、有改善社會人群福利熱忱的特性，民意才能趨向於普遍化與理性化。曾任教於世新大學的賀照禮先生說：「我們必須注意，聲浪最響亮的意見，不一定是多數人的意見。」

民意測驗是一種用科學方法探詢多數人民意見的工作，這與報紙只

以新聞方式發表讀者投書、以專訪方式報導民眾意見，完全不一樣，它著重的是以科學方法精確地分析。為什麼民眾專訪、讀者投書，不能視作民意的普遍性與代表性，這乃是因為報紙企業化之後，所有權操諸少數權勢人物手中，人們對報紙的信任度早已減低，這在歐美已形成「報閥」的地區尤甚。

一份報紙若想站在民眾的立場，反映民眾對各項政治問題與社會問題的意見，除了舉辦民意測驗之外，似乎沒有其他辦法更可靠了。

目前，民意測驗工作也逐漸演變成專門性的職業，美國是民意測驗最發達的國家，其中最著名的是蓋洛普 (George Gallup) 所主持的民意測驗中心。

二、美國的民意測驗發展簡史

現代的民意測驗發源於三〇年代的美國，無論從組織、規模、設備與經驗來說，它都是世界第一流的。

㈠私人的民意測驗機構

最著名的當屬蓋洛普民意測驗中心 (The Gallup Organization) 以及哈瑞斯研究中心 (The Harris Research Center)。

1.蓋洛普民意測驗中心

由蓋洛普於 1935 年創立於紐澤西州的普林斯頓。他在校主修新聞，畢業後從事廣告工作。在進入民意測驗這一行之前，唯一與民意勉強沾上邊的，是他在愛荷華大學 (University of Iowa) 攻讀博士學位時，選擇以報紙讀者閱讀取向作為論文的研究題目。

蓋洛普民意測驗中心發展至今已經成為一個集團性的組織。它屬下分成幾家公司，分別在不同的領域從事密集而廣泛的民調活動。「美國民意機構」(American Institute of Public Opinion) 主司一般性的民意調查；「蓋洛普民意測驗中心」主要從事選舉民調與政治、社會議題民調為主。「民意調查」(Public Opinion Survey) 以教育問題為主；「普林斯頓調查研

究」(Princeton Survey Research) 則與多家工商企業簽約，提供它們所需的民意資料。另外，它在全球許多國家設有分支機構，或是與當地一些具有聲望的公司合作，從事本土問題的民調活動。

　　蓋洛普民意測驗中心與數百家報社及雜誌社訂有合約，定期供應它們一般性的民調資料，例如選舉、公共政策、外交政策、社會問題，以及政府首長的施政評價等。另外它還接受客戶的委託，從事特定議題的調查工作。該中心每隔幾年就把它的民意測驗結果集結成書，其中包括它在世界各地所從事的本土事務調查。《蓋洛普報告》(*The Gallup Report*)以及《國際蓋洛普報告》(*The Gallup Report International*)，成為各國傳播機構廣泛使用的資料來源。

　　2.哈瑞斯研究中心

　　路易‧哈瑞斯 (Louis Harris) 是民意界裡財富最多，也是對政治人物最有影響力的民意測驗領袖。不同於蓋洛普的業務範圍，哈瑞斯的民意測驗，一開始就是以政治選舉為主要對象。1956 年到 1963 年之間，他做過 240 餘次有關選舉的民意調查，也使他成為全國性的知名人物。1960年的美國總統大選，選前民主黨候選人甘迺迪 (J. F. Kennedy)，聘請他作為競選總部的私人民意測驗顧問。甘迺迪勝選後，哈瑞斯的聲望也隨之水漲船高。

(二)政府的民意測驗機構

　　1.農業部統計報告處

　　1936 年的下半年，美國聯邦政府的農業部，在華萊士（Henry Wallace，曾任羅斯福總統的副總統）的領導下，設立一項農村訪問計畫。在這項計畫下，該部派出一名社會學家前往各個農村地區，徵詢當地農民對於農業部許多農業計畫的看法。這項訪問計畫非常成功，所獲得的第一手資料，被農業部認為具有高度真實性，且能代表農民真正的意見。

　　2.美國人口普查局

　　隸屬商務部的美國人口普查局 (The Bureau of the Census)，成立於

1902 年，原附屬內政部，後改屬勞工部，1913 年才永久性地歸屬商務部。

㈢大學的民意測驗機構

1.國家意見研究中心（National Opinion Research Center，簡稱 NORC）

1941 年由費爾德 (Harry H. Field) 創立於丹佛大學 (University of Denver)。費氏出生於英國，一次大戰後移民美國。費氏後來應蓋洛普之請，成為「英國民意協會」(British Institute of Public Opinion) 的原始創辦人之一。

NORC 曾在國家科學基金會的支持下，從事過一項持續性的社會調查工作，涵蓋的範圍很廣，包括社會各個主要層面和活動，例如種族、收入、職業、家庭、教育、宗教……等，由於範圍很廣，因此它以專長編組的方式隸屬不同的中心。除此之外，它也經常接受美國政府或其他官方單位的委託，從事特定議題的民意調查工作。

2.密西根大學調查研究中心（Survey Research Center，簡稱 SRC）

二次大戰期間，原本在農業部主持農業經濟局的李克 (Rensis Likert)，因感於戰爭期間該局受重視程度不若以往，唯恐過去幾年凝聚的人才與經驗有流失之虞，有意將該機構遷到大學。密西根大學 (University of Michigan) 全力支持這個構想，「調查研究中心」乃於 1946 年成立於密西根大學之內。

該中心成立之初，主要的研究計畫包括經濟行為以及政治選舉的調查工作。後者並另行成立政治研究中心 (Center for Political Studies)，並且於 1962 年再度擴編為「校際政治研究總會」(Inter-university Consortium for Political and Social Research)，該總會現已成為全美有關政治選舉及政治行為的主要學術研究中心。

除此之外，該中心另一重大計畫是「底特律都會區研究計畫」。透過這一計畫，數以百計的專家學者得以親自參與調查、傳播、統計、分析的工作，並從中獲得寶貴的實務經驗。有鑑於該項計畫的成功，該中心

每年暑假提供密集的訓練課程，培養大批的研究調查人才，尤其是開發中國家，受惠於這項計畫特別多。今日該中心已擴大成社會研究所 (Institute for Social Research)，除了繼續執行多項龐大的研究計畫，同時也成為代訓全球其他國家民意調查人才的中心。

㈣傳播機構的民意測驗部門

美國主要電視網及報紙都有它們自己的民意測驗部門。除了向外界（如蓋洛普民意測驗中心）購買一些民意資料外，大部分的時間則從事特定題目的民意調查工作。若是碰到四年一度的總統大選，各大傳播機構的民意測驗，更是從年前就開始追蹤民意的表現及轉變。它們在這方面投下的人力、物力，較之專業的民意測驗機構不遑多讓。

㈤其他專業的民意測驗機構

1.美國民意研究協會（The American Association for Public Opinion Research，簡稱 AAPOR）

民意測驗發展到 1946 年，規模及組織已龐大到令學術界及實務界感到有整合的必要。1946 年，NORC 的創辦人費爾德，於科羅拉多州的中央市 (Central City) 召開一項民意研討會，出席的人包括來自學術界及實務界的代表數百人，會中各界咸認有必要盡速成立一專業性的組織。次年 AAPOR 乃正式於麻薩諸塞州的威廉學院 (Williams College) 成立。

AAPOR 的總部設在紐澤西州的普林斯頓，會員主要來自學術界、實務界、政府、商界及其他公私立機構。該會出版的《民意季刊》(*The Public Opinion Quarterly*)，定期介紹最新的民意測驗理論、研究方法，以及多項個案研究，是全美，也是全球民意界最重要的出版刊物之一。

2.美國統計學會（American Statistical Association，簡稱 ASA）

1839 年 11 月成立於麻薩諸塞州的波士頓，總部設於維吉尼亞州的亞歷山卓。

ASA 係一非營利機構，它是統計界的專業組織。學會的宗旨，除了作為學術界知識交流的媒介，同時也領導運用統計學的理論與方法，從

事解決實際的問題。

該學會定期出版有關商業、經濟、電腦、教育等各種不同領域的統計資料。ASA 在調查研究方法以及統計分析方面，與民意測驗界有密切的合作關係。

3. 美國市場行銷學會（American Marketing Association，簡稱 AMA）

是美國市場行銷界最高的專業組織。它於 1915 年成立於芝加哥，由「全美廣告學教師協會」、「全美市場廣告學教師協會」、「全美市場學教師協會」，以及「全美市場協會」合併而成。

AMA 在市場調查及廣告效果研究方面素負盛名。該協會定期出版九種有關市場行銷、市場調查、公共政策以及市場學教育的期刊，深為學術界與商業界所重視。

4. 尼爾森公司 (A. C. Nielsen Company)

尼爾森公司是全美，也是全世界最大的市場調查以及廣播電視收視率調查機構。

1939 年，尼氏公司在英國成立了第一個海外公司，1944 年成立了尼氏加拿大公司。八〇年代它為一家全國性的出版事業集團 Don & Bradstreet Corp. 所收購，2001 年被 VNV 集團收購，2007 年 VNV 更名為尼爾森公司，總部設於紐約附近。目前它在全球 100 多個國家設有分公司，直接從事當地的消費行為調查研究，同時還在歐亞及拉丁美洲積極擴充業務，成為全球最大的民意測驗與市場調查的跨國性企業。

5. 藍德公司 (RAND Corporation)

藍德公司是美國最重要的民間智庫 (think tank) 之一。雖然它屬於非營利的私人機構，但是它與美國政府，尤其是國防部和空軍，有極為密切的合作關係，美國政府及軍方經常委託該公司從事一些機密的國防及外交政策的研究計畫。藍德公司的機密調查報告，通常直接交給白宮、國防部或軍方，作為政策擬定最重要的情報來源之一。

　　藍德公司於 1946 年由空軍主導成立，主要由學界、政府及軍方退休的高級官員所主持，1948 年成為唯一獨立的民間公司，由於它的人事背景特殊，藍德公司一開始就將業務範圍定位在與國家重要軍事及外交政策有關的調查、研究、分析與諮詢工作。它在國家安全方面的研究報告，是白宮國家安全會議必備的參考文件之一，也是藍德公司最受人推崇的工作項目，1960 年之後，公司也開始將重要的國內問題列入業務範圍。如今，該公司運用其高素質的研究人員以及完善的軟硬體設備，繼續在經濟、外交、軍事、安全、教育、健保、犯罪與法律方面，提供政府及社會各界詳實的調查報告。

三、我國的民意測驗組織

　　我國從事於民意測驗的機構有許多個，主要有中華民國民意測驗協會、中華民國心理學會、中華民國政治學會，以及幾家報社自設的民意測驗部門。

㈠中華民國民意測驗協會

　　由前立法委員吳望伋先生於 1958 年 11 月創立於臺北。它成立的目的，以研討民意測驗學術、反映社會輿論為主要宗旨。在學術研討方面，除了定期出版《民意》月刊，以及一年四次的研究季刊外，尚不斷舉辦各項學術研討會，以及在大專院校舉辦論文比賽。在反映社會輿論方面，該協會歷年來不間斷地舉行過許多民調活動，主題包括選舉、政府施政滿意度、政府首長聲望調查、國民關心事務，以及各類文化、教育、社會、傳播等意見調查。惟吳委員病逝後該會已形同停止運作。

㈡新聞機構成立民意調查部門

　　以《台灣新生報》為濫觴。1956 年 6 月 1 日，《新生報》成立了第一個民意測驗機構。當時的社長謝然之先生，對這個新成立的部門所承擔的任務有一個很明確的說明：「《新生報》為什麼創辦這一項新事業？主要目的在希望為政府與民眾之間，建立起一座心理的橋梁，使上下情

懍得以順利溝通，其次則在為社會服務。」

1980 年代之前，由於《戒嚴法》及黨禁、報禁的關係，我國的民意測驗大部分是零星、缺乏規模的，同時在主題的選擇上也有很大的限制，真正能獨立作業，同時敢觸及高度政治敏感性的民意調查可說是絕無僅有。解嚴之前的將近四十年裡，我國的民意測驗，基本上就跟當時的新聞事業一樣，保持一種相當審慎、保守，不與官方對抗的立場。

這種情形到了 1981 年之後逐漸有了變化。1983 年《聯合報》開始系統性地舉辦與選舉有關的民意調查。1985 年底地方公職人員選舉，《中國時報》在當時即採任務編組的方式，成立民意調查小組。這兩大報在競選活動開始前，即展開一連串全省性的民調活動，主題也打破以往的禁忌，涵蓋了民眾對政府施政的評估、對生活環境的滿意度，以及投票的預測等。這是政府遷臺以來，第一次在深度及廣度上具有專業水準的民意測驗。

1986 年，《中國時報》政治經濟研究室將民意調查小組正式列入常規編制，同時聘請政治、經濟、新聞、社會各界人士協助選題、設計問卷，以及資料的分析處理。《聯合報》於 1988 年首創電腦輔助電話抽樣訪問，並且經常舉辦各種民意調查活動。《聯合報》爾後成立民意調查中心，並投下大量的人力物力去經營。該中心目前已成為我國最負盛名的私人調查組織之一。

之後，TVBS、中天電視也成立民調部或民調中心，積極推展業務，成績甚著，公正、客觀性也獲得肯定。

㈢私人的民意測驗機構

私人民意測驗機構在我國的發展起步較晚。解嚴之前，完全不受拘束的活動是不獲允許的。解嚴後由於民主化以及社會運動的蓬勃發展，朝野政黨乃開始委託一些學術單位為它們執行一些民調工作。政治大學設有選舉研究中心，中國文化大學、世新大學則設有民意調查部門。這些學術單位不定期地接受外界的委託，從事一些中小規模的調查活動。

除此之外，一些民間的基金會，例如二十一世紀基金會、山水民調公司，以及外國的民意機構，例如蓋洛普民意測驗中心，也不定期地接受委託，從事一些特定題目的民意測驗。

四、常用的抽樣方法

　　決定民意調查活動的品質，首要關鍵在於選擇正確的母體及樣本群，其次就是抽樣方法了。抽樣方法若是客觀公平，它所取得的樣本，通常具有代表母體特質的資格，反之亦然。

　　抽樣方法主要分二大類：

㈠機率抽樣 (probability sampling)

　　機率抽樣又稱隨機抽樣 (random sampling)，在所有的調查方法中，機率抽樣是最為廣泛使用的方法。

　　機率抽樣的基本觀念在於「隨機」(random)，也就是說母體中的每一個單位元素，都有相同的機會被抽中作為樣本。由於抽樣的過程是任意而且隨機的，因此每一個單位都有相同（而且大於零）的機會被抽中；同時每一次的抽樣與下一次的抽樣完全獨立，彼此沒有任何關係。

㈡非機率抽樣 (non-probability sampling)

　　又稱立意抽樣 (purposive sampling)，顧名思義，它是在有計畫、受控制的情形下完成抽樣程序。由於樣本的選出是經過刻意安排的，它在本質上具有強烈的偏祖傾向，是否能夠代表母體的大多數便有很大的疑問。一般只有在從事特殊的、專門性的調查研究，才會採用這種抽樣方式。例如母體中各單位元素具有很大的差異性，為了「確保」左右兩極以及中庸的元素都有接受調查的機會，因此採用這種計畫性的抽樣方式。

　　機率抽樣從理論上來說是沒有界限的，然而正因為它的涵蓋面過於廣泛，反而減低了它的實用價值。為了彌補這個缺點，在保持「隨機」這個特性的前提下，另外發展了幾種抽樣法：(1)簡單隨機抽樣 (simple random sampling)；(2)分層抽樣 (stratified sampling)；(3)系統抽樣

(systematic sampling)；⑷多段抽樣 (multistage random sampling)；⑸集群抽樣 (cluster sampling)。

　　隨著臺灣民意測驗機構紛紛設立，現今，他們引進現代化的民意調查工具，如電腦電話訪問輔助系統（Computer Assisted Telephone Interview，簡稱 CATI）是結合電腦、電話設備及通訊科技於一體的電話訪問系統。以自動化的電腦輔助設備進行各種科學性抽樣、電話號碼分配、題目管理、監聽錄音及資料處理和訪員管理等各項工作。此外，CATI系統更可透過電腦進行隨機抽樣，有效地降低抽樣誤差❹。

　　無論新聞事業是否有財力、人力舉辦民意測驗，如何有效運用既有測驗機構，透過本身傳播的力量，反映真正的民意而不歪曲利用民意調查，則是新聞事業應當肩負的道義責任。

五、讀者意見

　　讀者意見最常出現在報端上的，就屬讀者投書了，我國新聞學者李瞻教授曾謂：「讀者投書是充實報紙內容的重要資產。」由此可見，反映讀者意見的讀者投書，或是讀者對事務直接透露給記者的觀感，都將成為增強報紙權威、聲望的資產，在管理經營上不可不慎重處理，因為從報業史觀察，報紙本身毫無力量，只有反映輿論及維護讀者利益的報紙才具有權威，才是真正的社會大眾公器。

　　報紙若能大量登載讀者投書，反映讀者意見，不僅可使報紙成為意見的交換市場，強化輿論力量，邁向民主政治，更可以藉大眾的力量，達到對政治、社會等問題形成公共監督、防止腐化的效用。

　　讀者意見雖見諸報端，但是否為政策決定者或社會工作者所接受、發揮其意見功能，或者被扼殺盡淨、不為採納，有兩項因素足以影響之：一項是社會的民性，另一項是政治制度。若是社會民性沒有容納異議的

---

❹　CATI 能自動處理數值以備分析，當數值蒐集完整之後，就可以輸出到適當的統計軟體（如 SPSS、SAS、Minitab）做進一步分析。

雅量，沒有接受批評的風氣，讀者意見也起不了作用；再則政府公僕沒法容忍意見，否定民意政治理想，讀者意見也同遭扼殺命運，所以報紙能否高度發揮其媒介的意見功能，除了報紙本身對讀者意見的處理態度外，也要考慮以上所列的兩種因素。政大新聞學教授潘家慶對於新聞事業的社會責任，曾做如下的闡釋：「所謂社會責任，報紙不僅是要在言論的影響上向社會負責，更要讓人民有機會更充分、自由、而公開地發表意見。」

　　在大眾傳播理論中，讀者意見也可以視作「回饋」(feedback) 的一種形式；通常回饋在閱聽人的整個傳播活動中所占的比例不大，又因為各人的理解力不同，所以如果將他們的意見來作為共同意見處理，就可能發生偏差。為避免這種偏差，我們可以主動請閱聽人表達意見，譬如接受讀者投書等。如何把讀者意見處理得宜，不致發生偏差，使報紙能在反映真正輿論的情況下，達成社會公器理想，才能真的提高報紙的權威。

第三篇
新聞實務

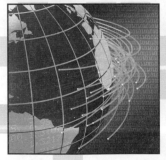

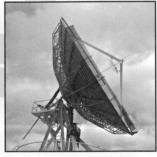

第六章　新聞編輯與處理

🎙 第一節　新聞編輯的定義

　　新聞編輯是指處理所有非關廣告內容的媒體素材者而言，他們主要的工作領域，包括處理新聞、製作標題、選擇圖片、版面規劃、版面編排、大樣校對等過程。

　　筆者與陳東園曾對「新聞編輯」做了如下定義：「蒐集資料，彙集在一起，加以鑑別、選擇、分類、整理、排列和組織。」我國新聞事業中所謂的編輯，可分為廣義的和狹義的兩種。凡包括新聞的蒐集和編排，如一般報社、通訊社、編輯部的業務，和總編輯、副總編輯的職責，即依廣義的解釋來規定；狹義的解釋，則指新聞的編排工作，如一般報社在編輯部之下所轄編輯組的業務，以及各版的編輯，即係依狹義的解釋來界定。

🎙 第二節　編輯的責任與條件

　　媒體每天呈現在讀者面前的新聞，在刊印之前就已經通過所謂「守門人」的過濾，這些守門人當中，編輯算是把守最後一道關卡者❶，任何新聞都要通過這一關，才能到達讀者之手。因此，編輯至少有雙重使命，第一，是利用技巧及智慧，傳播使讀者需要或發生興趣的新聞；第二，是憑其經驗與人格，使一切對社會大眾產生不良影響，或使大眾受

---

❶ 新聞學教授徐佳士認為在往昔，拼版工人也算是守門人之一，因為有時新聞字數太多、版面不夠，有可能被拼版工人切去最後一段文字。

騙受害的新聞，無法公諸報端。為了達成以上兩大基本使命，編輯遂負有重大責任，且需具備從事編輯工作之優良條件。

如果我們認真研究日常所見到的新聞，乃是透過無數守門人後所「產生」的這項事實，我們就更應該重視把守末關守門人——編輯的責任，因為新聞事件通過每一站守門人的時候，都會遭受若干程度的干預，這些守門人可能截留它不放行，也可能放行了卻將它歪曲，或許因守門人個人的感受、觀點而將事件擴大或縮小，新聞事件保有的真實面目，實已令人懷疑，如果編輯又基於自己的特別興趣，或局限於狹隘的知識領域，以及貪圖私利，在這種情形下處理出來的新聞，將十分令人擔心。因此，編輯要培養高尚的人格、豐富的閱歷與廣泛的知識，也就成為其責任之所在了。

《新聞標題的修辭藝術》一書著作人陳永崢，在該書中曾經提供社會新聞編輯必備的修養是：詩人般的熱情，哲學家的理性，宗教家的悲憫，教育家的耐性，幽默家的情趣；他更提出編輯的技術是：不無病呻吟，要言之有物，不硬雕苦琢，要節奏和諧，不用晦典腐詞，要通俗中帶雅，不諱病忌醫，要知所取捨。我們必需在品行修養、實際技術兩方面善自砥礪，才能言及責任之履行。

編輯——這位新聞事業的守門人——是否能夠盡忠職守，對放在編輯檯上的新聞素材真偽立辨，並做適當之處理，端看其有無恢宏之器量鑑識，以及嚴正之工作要求。

再就優良編輯人工作要求上應具備之條件析論於後：

㈠淵博的學養

新聞事業是綜合性之事業，所包含的層面與各種知識皆發生關係，若無淵博之學養配合本身之工作，無異瞎子摸象，表達不出整個新聞事業的全貌。

㈡洗鍊的文筆

編輯的工作之一是改稿，記者稿件或其他來稿，有不通順的地方，

皆有賴編輯人手上的紅筆予以更正；再則，下標題更非有深度的文字修養不足為功。因此洗鍊的文筆是編輯人重要的工作要求之一。

㈢純熟的編輯技術

不僅核稿發排要技術純熟，拼版更需要高度技巧，否則無法組版順暢，整塊版面也就生硬無比，甚至缺陷叢生。

㈣正確的時間觀念

記者有截稿時間 (deadline) 的限制，只要在截稿之前把稿子完成就行了；但是編輯除了受最遲發排的時間限制外，更不能太早將稿子發排，稿子太早打字浪費人力，因為越是後來的新聞，越是最新的新聞，早先打印的稿子很可能被擠掉，所以傳統的編輯永遠只能在出版前的三四個鐘頭把工作做好，所以，正確精準的時間觀念對編輯而言是很重要的。

第三節　編輯的具體工作

有人比喻記者是買手，編輯是廚師。買手採購回來的菜蔬（新聞素材）新鮮、漂亮（新聞的重要性、可讀性），廚師也懂得如何調配色香味（版面處理程序），則食客（讀者）必定讚口不絕。

編輯的具體工作，一般如下列程序：

㈠確立編輯政策

亦即確定編輯本身之意識型態。編輯政策是編輯在工作表現上的一項重要關鍵所在。一切行政措施、大小問題、其審度的標準，維繫於編者一念之轉移。

㈡審閱、整理新聞稿件

此一程序之作用，主要是審定新聞的價值，並附帶修正其中人、地、事、時等等誤謬之處。

新聞稿來源一般有五：本報記者、特派員之稿件、通訊社供稿、機關團體所發之稿件、社外人士投稿，這些稿件需加以選擇，平衡其新聞

價值之外，亦需預計其引起讀者興趣之程度，並鑑別其內容是否含有宣傳、誹謗或與法令抵觸；必先經過過濾處理、去蕪存菁，方為可用之材。

㈢稿件內容之證實與考據

有些稿件一看即知其內容真偽，但部分稿件卻需做特別之證實，否則後果嚴重。偶爾可以看到報上登載打高空的假新聞，即是缺少考據的結果。

錢震教授曾對考證新聞內容的可靠性，提出幾項衡量重點：(1)來源問題；(2)權威問題；(3)是否公正無私；(4)是否有漏洞或前後矛盾；(5)文字、文法、修辭等方面是否適當。

每日彙集到編輯桌上的新聞稿件，確有不少需要考證，編輯除了敏銳的觀察外，必須具有冷靜的頭腦和豐富的常識，否則難免出現錯誤的報導，甚且影響報紙之信譽。

㈣製作標題

進行到此一階段，可謂已進入編輯處理程序的中心工作了。

標題製作的神妙與否，存乎一心，同一則新聞，上了不同的編輯檯，遣詞用句、大小地位都不盡相同；不過，製作新聞標題，也並非無一脈絡可循，茲引介幾點意見供作參考：

1.應以最少的字數說明最多的事，但不能因字數太少致讓人誤解。

2.力求版面經濟，不要使標題的空格太大，浪費篇幅，但亦須留意不能完全不留白。

3.用字在可能的範圍內避免重複；字義更不可重複。

4.標題的辭句不能含糊也不能誇大，須給讀者明確的認知。

5.不可偏見、主觀，倘有批評，不應在標題表示，而應留給言論版。

6.關於字體的配置，需注重大小調和。

㈤版面設計

此乃表現編輯風格匠心獨運的重要環節；美國平面藝術設計家柏拉祖 (Peter Palazzo) 曾說：「任何使讀者方便的措施，對報紙都有好處，如

果編輯不能用一種讓人感興趣的方法來呈現他的報紙，就不會有人看它。」他也為美國部分報紙設計新的版面，他常用的方法是把傳統的八個欄❷改為六個欄，在第一版加刊新聞摘要，標題用統一的字體，留多一點空白等等。

為要樹立報紙優良風格，版面設計的改良不得不被編輯重視，但是改變版面也讓許多編輯擔心會使他們喪失領導的地位，很多報社寧可多花錢來買新印刷機，卻不肯花錢來改善報紙本身的面貌，情願墨守成規。但是，在美國，改變版面風格漸漸成了一種趨勢，現在他們的報紙編輯花在拼版的時間越來越多，慢慢忽略了編輯工作，這也是不適當的做法。

一般編輯皆在發稿之前，先設計新聞的布置，拼版時即可有大概的輪廓可循。版面的平衡，是版面美觀的基本條件。維持版面之平衡有幾項要求，茲分別敘述於後：

1.避免出現頂題：即上下兩個標題緊接頂撞，或排列在同一條線上。

2.避免出現併題：前文所謂頂題係上下直排的缺陷，而併題則是左右橫排標題併排的缺陷。尤其指的是同樣長短大小的標題放在同一條橫線上。

3.避免出現通欄：即是欄與欄之間的分隔線，自左至右不中斷的意思。分隔線不中斷，是造成併題的原因之一，也容易出現頂題現象。

4.避免兩個以上的闢欄❸上下重疊。

5.避免在同欄的兩則以上新聞同時轉行。

6.慎用加框、插圖、橫題與花式題：適當運用，妙趣無窮；若濫用，猶如屋子牆上裝滿了壁燈，不僅失去點綴效果，且不登大雅之堂，無所

---

❷　欄是指報紙版面上的區隔，是版面高度的計算單位。每個版面由上到下，平均劃分為若干欄，欄與欄之間的界線則稱為欄線。

❸　闢欄，又稱特欄、邊欄，指在報紙版面上劃出一個特別的位置刊登文章，例如社論、特寫等，藉以讓這些文章與新聞有所區隔。有時為了美化版面或方便組版，也會使用闢欄。

謂風格了。

㈥審查編輯大樣

　　拼版完成後，所印出的樣張，即所謂的大樣，其間有若干地方需要編輯適時修正，例如題不切文時，應另行補正，又如有重大突發性新聞發生，則立即挖版填充。另外如報眉日期是否正確，圖片說明是否與圖片吻合，都是編輯審查大樣時應該注意的地方。待大樣清校後，即可交付印刷，編輯處理程序，於焉完成。

🎤 第四節　政策與風格

　　在討論「編輯政策」與「報紙風格」之前，我們必須認識一項事實，那就是：即使一般研究新聞學理論的學者，如何鼓吹新聞內容必須根據實情，新聞報導必須客觀，但是，新聞是「人」去採訪、去寫，報紙是「人」去編，主觀乃在所難免，取捨之間，因人而異，標榜「客觀」、「中立」的報紙，仍有其獨立、主觀之成分。確定了這項事實之後，我們認為：左右報社記者採訪新聞角度和編輯對新聞取捨標準的就是報社負責人所立的「編輯政策」，而由該政策所表現在報紙版面上的特殊風貌，就是該報的風格。

　　更清楚的說明是：編輯政策是一份報紙在編輯上的指導原則。編輯人員按照既定政策，才能衡量新聞之輕重，決定新聞之刊載或去捨，從而指示採訪角度與落筆重點。進而確立報紙言論立場，開陳該報旨趣。

　　近代報紙因走向企業化經營路線，每以秉持獨立、自由之編輯政策為口號；因此，一份黨派報紙常諱言屬於某一政黨，一份政府報紙也不願明言其無可依違的官方立場。事實上，在西方報業發達的國家，似乎很難找到一份報紙為要維持「獨立」的風格，竟而不敢採取明確的政治立場。保持政治立場與維持獨立，在確定編輯政策上並不發生衝突，因為持有明確的政治立場，也可看成是獨立的編輯政策的另一種型態。因

此，每當美國在大選後，立即可以統計出有哪些報紙支持共和黨，哪些又支持民主黨，且從未有過一家報紙加以否認。

無論編輯政策以何種角度擬訂，對於以下的幾項要點，不得不在擬訂之前，做一考慮，使其成為一健全的編輯政策。

㈠以國家民族利益為前提

任何一種事業想要穩定發展，一定須有堅穩的國家做後盾，所謂「皮之不存，毛將焉附」，新聞事業企業化之後，報紙雖以賺錢為其目的之一，但是在營利之外，更應對增進國家民族利益盡一分力量，對於福國利民的新聞做適時、適宜的報導，應該比刊載個人恩怨、譁眾取寵的新聞以爭取銷數更為重要。

㈡以發揮社會教育功能為目標

我國新聞學者錢震曾對新聞的社會教育有中肯的闡釋，他說：「教育的主要任務，是傳授知識，作育人才；新聞的主要任務，則是供給人們以新知，以培育一個進步和善的社會，俾能產生公平、正確的輿論，而為民主政治的最高理想效力。所以，新聞也具有教育的目的，最低限度，它也應被視為一種社會教育的利器。」

新聞事業倡導社會教育，有其主觀的有利條件，其一是不必囿於學校教育的固定教材，而可把握社會教育的時代要求，隨時採擷傳播，達成社教功能。其二是富有彈性，不似學校教育的強迫性；因其具備教育之彈性，更能發揮潛移默化的功能。其三是能夠將社會教材適當處理，運用新聞本身的價值性，引起公眾的注意，達到教育傳播的目的。

報紙是社會的公器，也是促進社會進步的重要環節，應當與其他社團組織一樣，致力於社會教育，是無庸置疑的。

㈢以調和讀者興趣與需要為職志

一味地迎合讀者興趣，並不能提高報紙水準，更無法發揮社教功能，只為拓展發行而迎合讀者口味的報紙，也將失去應抱持的報格。這是擬訂編輯政策時必須考慮的事實。

讀者的興趣與需要有時是相一致的，例如通貨膨脹、聯考放榜，讀者不但感興趣，也確實需要知道其結果。有時讀者未必感到興趣的新聞，卻是他們需要瞭解的，例如防颱宣傳、交通安全宣導、法律常識、用電安全等等。讀者常忽略了什麼是他們所需要的，在這種情形下，報紙就要隨時提醒讀者，提供他們真正需要的事物，使讀者能在興趣與需要間得到調適。

㈣以大眾公益為重

報紙雖然步入企業化，以賺錢為目的之一，但報紙兼具文化事業的特性，且此一特性遠比營利特性為社會所看重。因此，報紙應以公益為重。美國《舊金山紀事報》(*San Francisco Chronicle*) 創辦人狄揚 (M. H. de Yong) 曾立遺囑道：「一份偉大的報紙，對於為公共利益的偉大目標所做的建樹，應該比對單純的賺錢，更加關切。」

如何看出一份報紙是否以公益為重？只要從其言論與新聞處理上即可觀察，大凡重視公眾利益之報紙，皆會表現出負責、慎重的態度。

編輯政策確立後所表現於版面上的，就是報紙之風格，當然，報紙風格之認定並不如此單純，它還涉及編輯、主筆團本身的素養、學識與見識。編輯政策影響所及的，只是確立編輯內容品質與新聞價值的評審角度。

🎙 第五節　建立風格與特色

一份報紙的靈魂，自是其編輯政策，以及隨政策而發展出的編輯方針，作為報導編採日常運作的方式。

《紐約時報》和《華盛頓郵報》的編輯方針最能代表美國主流媒體的編輯方針。

1851 年 9 月 18 日，《紐約時報》的創始人之一亨利‧雷蒙 (Henry Jarvis Raymond) 在該報的創刊號寫道：「我們的《紐約時報》將永遠站在

道德、工業、教育和宗教的立場上，報導世界各地的新聞，我們的目標是使《紐約時報》成為最好的報紙。」

從這一天起，《紐約時報》就標榜它是「獨立報紙」。他說，「公共報紙具有更高尚的職能」，「能夠取得公眾的信任，必須是超黨派而獨立的，它一定要讓人們感到它不是根據政黨的利益或是忠於政黨的需要，而是出於真正對公正、福利的責任心。」

從 1896 年起，該報在報頭刊登了如下新聞方針：「刊登一切適合刊印的新聞」(all the news that's fit to print)，其含義是：充分報導新聞；莊重報導新聞；「不汙染早餐的餐巾」。

《紐約時報》實行事實與意見分離的原則，新聞編輯部門與社論撰述部門分立，新聞要做到「客觀報導新聞」，它的新聞報導詳盡完備，勝於其他任何報紙，長期擔任著史料性報紙的義務。《紐約時報》的社論也標榜超越黨派性，他們認為，「社論版除非能去掉黨派性，力爭在國家事務中發生主導作用，否則它是沒有價值的。」

1933 年，尤金‧邁耶 (Eugene Meyer) 以 82 萬 5 千萬美元買下了瀕臨破產的《華盛頓郵報》。不久，他在給一位朋友的信中闡述了他對於《華盛頓郵報》編輯方針的看法，他說：「我唯一的興趣是要增加人們的知識和促進人們的思考。如果報紙不能凌駕於個人興趣之上，作為一個出版者，我一點也不會高興。」正是在這種要「凌駕於個人興趣之上」的追求，使《華盛頓郵報》成為當今美國最優秀報紙之一。

邁耶的孫子唐納德‧格雷厄姆 (Donald Graham) 對邁耶的思想做了更進一步的引申，他致力於使《華盛頓郵報》「講事實——可以確定的事實」，「在追求事實的時候，如果為了公眾的利益而必須要做的話，報紙應該準備犧牲其自身的物質利益。」

英國高級報紙的典範是《泰晤士報》。在二百多年前創刊時，該報就宣稱，「一份報紙應該成為時代和各種消息的忠實記錄者」。該報的第二任主持人強調，報紙出版人應以「公眾良心的獨立信託者」為其惟一的

榮譽。

英國的另一家報紙《衛報》(*The Guardian*) 以堅持自由主義為其編輯方針，強調自己的評論是自由的、事實是神聖的、宣傳是可憎的。報紙有權讓人民聽到反對的聲音，評論固然應該坦率，但評論公正更為可貴。

這些滿足讀者需求，為社會建立公是公非的標準永遠是理想報紙的不變標竿。此外，努力創造自己的風格與特色，也應是有志報人的追尋夢想。惟有如此，報業才有永恆價值。

🎤 第六節　託登新聞的處理

媒體的新聞報導不全然是記者的採訪，以編輯而論，他們常碰到兩件頭痛的事，一是託登新聞稿，一是新聞有關的當事人請求更正。

託登一條新聞稿的事情，在外行人看來，似乎只是賣個人情的小事，惠而不費，但就整個社會的讀者來說，卻會造成若干損失。因為以「拜託」方式求登的新聞稿，多數不外下列幾種：

㈠自我宣傳

如競選、開字畫展覽會、音樂會、歌舞會、出版新書期刊、銷售新發明或新創製物品（如幻燈機、萬年日曆等）。

㈡對外陳情

個人或是團體遭受某種冤屈、損害，或對政府某項措施表反對、不滿，於是招待記者請託發表新聞，或委由相識之報社有關人士託發新聞。這類稿子有攻擊性的、有建議性的，因性質之不同，處理的方法亦應有區別。

㈢工作報告

這也屬於自我宣傳新聞之一類。有許多機構為了對外宣傳自己的工作成績，甚或以誇張的紙面文章來掩飾本身工作的缺點，就不惜利用新聞記者，自吹自擂。更有些社團學會，平時一點工作都不做，他們的主

持人專以發新聞作為自己的成績表現。

㈣喪葬新聞及其他

外國人的習慣，喜歡為喜慶的事情鋪張，如結婚、做壽，甚至生兒子，都希望在報上社交欄中出現或登張照片；中國人則喜歡替死人擺闊，來一次身後哀榮，於是過去報紙上就不斷出現遺像、靈堂、祭文、弔客……一大堆令人喪氣的文字和圖片，使千千萬萬和死者一無關係的讀者也跟著皺眉頭。這些新聞對於一般讀者實在是種虐待，但是在「人情壓力」下，工作人員又不得不應付一番。

上述四類託登稿件，也並非完全毫無新聞價值，有時它本身往往就是一條很好的新聞。若干陳情訴苦或工作報告的場合，具有「新聞鼻」的採訪記者，也往往可循著一條極為微細的線索，而發覺到重大的新聞事件。

因此，站在編輯的立場，處理託登新聞時，有些原則是他的「最後防線」，必須遵守：

㈠內容歪曲事實者不登

新聞從業人員最崇高的職業道德信條，就是「不能違反自己的良心」。他是對全社會負責的，雖然讀者不會對他進行直接制裁，但是他自己的良心就是最高制裁者。做一個新聞編採人員若不想遭受良心譴責，那就只有一切根據事實。

㈡內容欺騙讀者者不登

凡在媒體上播載的文字，內容絕不可帶一絲一毫欺騙性。今天的倫理連廣告內容都要求真實，何況新聞報導？假如編輯人員受了江湖醫生的重託，為他發表一則新聞甚或一篇特寫，內容寫得天花亂墜，則貽害讀者，可以想見。

㈢內容為意氣攻訐或損及第三人權益者不登

報紙不是法院，記者不是法官，我們要維護司法獨立的精神，不應當替法院受理案件，更不要企圖以興論去影響法官的判決。

　　含有攻訐性質的託登新聞，往往牽涉法律問題，而且是各執一詞，編採人員絕不可輕信一方面的意見；假如這件事確實具新聞價值則應該刊登，並必須深入調查、廣泛採訪。下列原則，應該牢記：

　　1. 不能有偏見或武斷詞句。

　　2. 不能使用可能形成不公平的褒貶之詞。

　　3. 對於事件未來的演變，不可驟下判斷。

　　4. 作為一個記者只能報導事實，是非應由社會去判斷，曲直應歸法院去審理。

　　基於上述限制，我們對於託登新聞的處理，實不能不慎重。披露於傳媒的新聞，原則上每一條都應該有它的新聞價值。如果編採人員「不當地」賣一個交情，登一條與閱聽人毫不相干甚或可能有不良影響的「託登新聞」，實在是對不起廣大社會。登一條新聞以博得少數人甚或一個人的交情，而遭受萬千讀者的「無言指責」，良心上的責備也將是無窮盡的。

🎤 第七節　媒體更正制度

　　在新聞競爭激烈的媒體環境中，或因搶先或因求證不足，或因其他技術性的原因，媒體報導的錯誤勢不能免，但媒體錯誤並非不可原諒，而在報導錯誤處，媒體應該有一種謙卑的態度，承認錯誤。

　　媒體的更正制度，不僅表現新聞從業員的一種態度，更避免因可能牽涉的法律而走上司法之途，如果死不認錯，對記者的形象與媒體的公信力都是一種莫大的損失。

　　《紐約時報》自艾布‧羅森索 (Abraham Rosenthal) ❹ 1975 年擔任執

---

❹　由於《紐約時報》版面風格古典嚴肅、拘謹保守，因此有「灰貴婦」(The Gray
　　Lady) 之稱。1977 年，艾布‧羅森索對《紐約時報》的版面做了歷史性的改變，
　　將報紙分為 A、B、C、D 四個單元，針對不同讀者，設計了多種專刊，顛覆
　　了讀者對灰貴婦的印象。

行總編輯之後，就把散布在各個新聞版面的「更正」項目集中起來，自成一個「更正」欄目，有它固定和顯著的地方，到 1983 年，羅森索又創設「編者的話」園地，並將其與「更正」欄目放到同一個固定的位置；《紐約時報》的「更正」欄，每天都有一大塊，從二、三個項目到五、六個項目不等，承認自己的錯誤，把對於新聞事實上錯誤的更正，當作是一種正常的作業，也是一種負責而公允的辦報態度。

在報刊林立的北京，2003 年 11 月 11 日創刊的《新京報》之所以給人們帶來一些新觀感，其中之一便是一個固定的「更正與說明」欄目。

自創刊的第二天起，《新京報》就在 A02 版，也就是報紙的第一個單元，於社論、投書區旁開闢了「更正與說明」欄目。《新京報》由 A、B、C、D、E 等不同的單元組合而成，「更正與說明」欄目位於 A02 版，足見其地位的顯著。整個欄目由三部分組成：「事實糾錯」、「文字更正」、「解釋說明」，就前一天報紙出現的事實、文字等方面的問題進行糾正和解釋，並且天天都用黑體字聲明：「本報謹就以上錯誤和疏漏向讀者和相關單位、人士致歉」。這是報紙把「更正與說明」作為一種制度的堅持，難能可貴。

臺灣的《蘋果日報》自創刊以來，雖褒貶不一，但該報亦有同樣性質的專欄，接受當事人或讀者的來函或指正，該報也多有回應。該報並設有讀者電話專線、傳真或是 E-mail 接受讀者的反映，該報並稱「你的鞭策，是《蘋果日報》成長的動力」。

真實是新聞的生命，客觀公正、真實地提供報導和評論是任何新聞媒體都應遵循的首要原則。因此，當媒介在運作中出現差錯，危及新聞的真實性的時候，立即予以更正，恢復客觀事實的本來面貌，以維護新聞的真實性原則，並向有關方面致歉，便是媒介必須執行的規範，應該成為媒介日常工作的一部分。

按照有關國際規定，這也是媒介必須履行的義務。比如，作為聯合國國際新聞道德規約之一的《國際新聞道德信條草案》❺ 第 2 條明確規

定:「對公眾忠實,是優良新聞事業的基礎。任何消息發表後,如果發現嚴重錯誤,應立即自動更正。」而規約之二《記者行為規約宣言》的第 5 條也明確指出:「任何已發表的消息,發現嚴重的錯誤時,將盡最大的努力予以更正。」

---

❺　《聯合國國際新聞道德信條》(*International Code of Ethics*) 的宗旨: 描述及評論另外一個國家事件的人,有責任獲得有關這個國家的必需知識,俾使自己得以做正確而公正的報導和評論。

第七章　新聞採訪

第一節　新聞來源與人際關係

　　每天出現在報端的新聞，包羅萬象，小至街聞巷議，大至世界大勢，報社蒐集如許新聞，當有其新聞之來源。一般報社之新聞來源計有：記者採訪、通訊社供稿、資料室或資料供應社供稿、機關社團主動供稿等。茲分述如後：

一、記者採訪

　　不明就裡的人會倍覺記者神通廣大，他們真懷疑，難道記者的鼻子如許靈光，真能嗅出哪裡發生了新聞事件？誠然，新聞是記者靠著「新聞鼻」「跑」出來的，但是「跑」要有路線，要講求建立良好的人際關係，「跑」字是形容記者為達成任務，不斷地活動，爭取新東西的意思，並非毫無目標的瞎闖。

　　為了編輯上的需要，一般報紙皆把新聞予以分類，根據這些新聞分類，我們就能將相關機構，看作是該新聞來源的採訪對象，然後分配新聞路線給各採訪記者，確實掌握新聞事件的產生與發展。以下就新聞分類以及與其有關的機構，做簡略的歸納：

　　1.黨政新聞：總統府、行政院、各政黨黨部所在、內政部、蒙藏委員會等單位。

　　2.外交新聞：外交部、各使領館及國際組織、僑務委員會等。

　　3.軍事新聞：國防部、陸海空聯勤總部、警備及憲兵司令部、各軍事學校及各部隊、金馬及澎湖等外島。

4.國會新聞：立法院、監察院、各級議會等。

5.市政新聞：市政府及各附屬單位、市議會、市黨部等。

6.文教新聞：中研院、考試院及附屬單位、教育行政單位、學術團體、救國團、各級學校、宗教團體、科學文化活動、各種體育團體及活動等。

7.影劇新聞：影劇藝術團體、影藝電視人員、社交活動、一般娛樂性活動等。

8.經濟新聞：經濟部、經建會、金融機構、生產力中心、外貿會、各國營企業、財政部、稅捐單位、證券市場、市場行情、各級工商團體、物資局、商品檢驗局等。

9.交通新聞：交通部、鐵路局、公路局、郵政電信、氣象局、航運、空運、觀光局暨觀光事業、公共工程局、高速公路工程局等。

10.法院新聞：各級法院、司法行政部、司法院、調查局各站等。

11.社會新聞：警備總部、警務處、市警局、各分局、刑事警察局、鐵路警局、公路警隊、消防隊、慈善團體及救濟機構、各社會服務單位或組織等。

記者依照所分配到的採訪路線，不斷地勤跑、勤寫，自然可從上述的新聞來源獲取新聞資料。其間當然還得有良好的人際關係。

二、通訊社供稿

現今世界上的五大新聞通訊社，分別是路透社、美聯社、合眾國際社、法新社與塔斯社。但以對國際的影響力而言，前四者較為重要，塔斯社只在東歐國家有較大的市場。

㈠路透社 (Reuters)

路透社於 1851 年成立於英國,創辦者是在德國出生的普魯士銀行職員保羅‧路透 (Paul Julius Reuter)，其服務範圍除了提供新聞、特寫、體育消息與新聞圖片外，還以經濟及金融消息見長，為世界之權威。路透

社在 1992 年 7 月全資購入世界上最大的電視新聞通訊社維氏新聞社 (Visnews)，1993 年 1 月正式易名為「路透社電視」。

㈡美聯社（Associated Press，簡稱 AP）

美國聯合通訊社簡稱美聯社，為一私人合作形式的非營利機構，總部位於美國紐約，為世界最具規模的通訊社。它是由美國報紙共同合作、互相提供消息，逐步發展起來的通訊社。這些美國報紙既是美聯社的老闆，亦是用戶。除了發布新聞外，它還與美國的道瓊公司合作提供財經資訊服務。

1848 年，紐約 6 家報紙：《紐約先驅報》(*New York Herald*)、《紐約太陽報》、《紐約論壇報》(*New York Tribune*)、《紐約商業日報》、《快報》、《紐約信使及問詢報》的代表舉行聯席會議，決定在紐約成立兩個合作性新聞蒐集機構。第一個是「港口新聞聯合社」，另一個是「紐約報業聯合會」，但未成型。

1857 年，港口新聞聯合社改稱「紐約聯合新聞社」。除了向自己會員服務，也開始向其他地方拓展。不過，它並不直接向各地報紙供稿，而是向各地組成的報業團體集體供稿。由於這些團體類似於紐約聯合新聞社的二級機構，所以也都冠以「聯合新聞社」的名稱。

1900 年伊利諾州法院做出裁定，聯合新聞社必須將稿件提供給所有客戶，不得有所歧視。敗訴後，為了規避伊利諾州的法律，創辦者便解散伊利諾聯合新聞社，同時在紐約成立一家新的通訊社，就是今天的美聯社。其名稱 AP 也是在這次重大改組中正式固定下來，沿用至今。美聯社服務遍及全球，也與道瓊公司合作提供金融貿易消息。

幽默大師馬克吐溫 (Mark Twain) 曾說：「世上只有兩種力量帶著光亮，普照於地球上的每一角落，其一是天上的太陽，另一就是地上的美聯社。」該社影響力之深遠可想而知。

㈢合眾國際社（United Press International，簡稱 UPI）

合眾國際社❶曾是美國第二大通訊社，是以美國為基地的國際通訊

社，但它與美聯社的不同之處在於它是純商業謀利的機構。合眾社由著名報人斯克理普斯 (E. W. Scripps) 創辦於 1907 年，在二次世界大戰之間，發展快速，並在 1958 年 5 月與赫斯特 (William R. Hearst) 創辦的國際新聞社組成了合眾國際社。七〇年代以後，由於管理不善，經濟上長期虧損，所有權幾度易主。1992 年 6 月被設在倫敦的中東廣播中心公司買下，後又由韓國文鮮明集團所購。

㈣法新社（Agency France Press，簡稱 AFP）

法國新聞社成立於 1944 年，是與路透社、美聯社和合眾國際社齊名的西方四大世界性通訊社之一。前身是由夏爾‧哈瓦斯 (Charles Havas) 於 1835 年創建的「哈瓦斯通訊社」。

第一次世界大戰期間，哈瓦斯社的業務迅速發展，第二次世界大戰期間，巴黎淪陷，但哈瓦斯社並未停止工作。1944 年 8 月，巴黎解放，為戰爭所迫而離開新聞社的工作人員紛紛返回。後哈瓦斯社與在抵抗運動中成立的幾個通訊社合併，在哈瓦斯社原址上成立了法新社。同年 9 月，法新社以法令的形式獲得臨時公共機構地位。法新社名義上是獨立的報業聯營企業，實際上是法國的官方通訊社。受政府影響重大，但所發新聞觀點也代表了官方立場。

㈤塔斯社（簡稱 TACC）

成立於 1925 年 7 月 10 日，為前蘇聯的國家通訊社，總社位於莫斯科。1894 年，俄國於聖彼得堡成立全國第一家通信社：俄國通信社。1904 年該社與另一家通信社合併為彼得格勒通信社。十月革命勝利後，彼得格勒通信社和蘇維埃中央執行委員會的新聞局合併為俄羅斯通訊社，簡

---

❶ 新聞天地社印行的《合眾國際社採訪實錄》英文書名為 *Deadline Every Minute*，意為：每一分鐘都是截稿時間。作者 (Joe Alex Morris) 在書中說：對於通訊社裡的男女記者而言，每一秒鐘都是截稿時間。書中並介紹合眾社負責人白理 (Hung Baillie)，在主持社務時，以能搶先迅速爭取第一個消息，為對讀者最大的服務與貢獻，而且時刻與合眾社的勁敵美聯社的採訪報導內容做比較。

稱羅斯塔 (ROSTA)。1925 年，根據蘇聯部長會議命令，成立塔斯社。蘇聯解體後，塔斯社仍繼續運作，其大部分發展成為俄通社－塔斯社，並向私有化發展。

在 1992 年 6 月，它與美國的「公關新聞社」(PR Newswire) 簽訂獨家合約，替該公司的商業客戶向獨立國協內逾千的訊息據點散發消息。此外，在 1989 年作為塔斯社對手而成立的「互傳社」(Interfax) 亦日趨活躍，它於 1992 年初與美國新聞社 (U.S. Newswire Corp.) 合作，將獨立國協的政經新聞及新聞特寫，提供給美國新聞社的用戶。

(六)中央社（Central News Agency，簡稱 CNA）

中央通訊社（簡稱中央社），於 1924 年創辦於廣州，由中央宣傳部主持。1932 年，主持人蕭同茲將該社遷出宣傳部，以獨立姿態從事採訪，1949 年遷至臺灣。其後服務於該社之曾虛白、馬星野、葉明勳、魏景蒙、沈宗琳、林徵祁、王應機、黃肇珩、汪萬里、施克敏、冷若水、唐盼盼等皆為我國新聞界名人，筆者亦曾服務於該社 9 年。現任該社董事長為洪健昭、社長為陳申青。

(七)新華社

新華通訊社（簡稱新華社），1931 年成立於江西瑞金，原名紅色中華通訊社（紅中社），1937 年在延安更名為新華社。1949 年新華社確定為中華人民共和國的國家通訊社，1982 年 8 月 23 日全國人民代表大會常務委員會第二十四次會議決定，新華社為國務院的一個部級機構，1988 年改為國務院直屬事業單位，總社設在北京。

新華通訊社的主要任務是：蒐集發布國內外重要新聞，提供適時文字新聞、經濟訊息、新聞圖片、圖表等，同時也是中國大陸法定新聞監管機構，向中央和各級領導幹部提供國內外各方面的資訊和參考材料。

新華社在世界各地有 100 多個分社，在中國大陸的每個省、直轄市、自治區都設有分社，有的還設有支社。新華社是中文（漢語）媒體的主要新聞來源之一，同時使用英文、法文、西班牙文、俄文、阿拉伯文和

葡萄牙文向各國發稿。

(八)共同社

共同通信社（簡稱共同社），是一個總部位於東京港區的非營利合作通訊社，1945 年 11 月成立，由建於 1936 年的同盟通信社改組而成。是日本最大的通訊社，發布新聞給日本幾乎所有的報章、電臺與電視網。

共同社是代表日本的國際性通訊社。獨立於政府，致力於為社會服務，擔負著傳媒中樞重任的共同社以「促進世界和平、確保民主、實現人類幸福」為目標。

報紙因限於本身的財力、人力與物力，絕大多數沒辦法在世界上的每一點都設置採訪人員，但是為了蒐集世界各地的新聞，以最迅捷的方法獲取並刊於報端，乃不得不仰賴各國際性通訊社電傳供稿，通訊社也因各報紙的需要應運而生。

各著名通訊社間，為爭取新聞的時效性，競爭得相當激烈，也促使其新聞報導各具特色，各報社若予以妥善處理、靈活運用，可使新聞報導更形完整無缺。因此，通訊社之存在，提高了各報素質，並減少了報社的負擔，使報社對新聞，尤其是國際新聞之來源，不虞匱乏。

通訊社不失為提供報紙新聞的重要來源，但是如果報紙一味地倚重通訊社供稿，將對報紙特色發展構成很大的阻礙。因為，依賴通訊社過深，則會發生：(1)抹煞報紙風格；(2)報社記者發揮的餘地相對減少，失去報業特性與功能；(3)若通訊社未能完全正確、完整地報導新聞，則受害之報社與讀者將無可數計。

三、資料室、機關社團供稿

今日新聞報導趨向於解釋性新聞，因而形成新聞與資料供給間日益密切的關係；資料室及資料供應社乃亦成為新聞的主要來源。

有人認為，資料室最大效能在於它的教育價值，它所提供的背景新聞（包括人物、時空、事件、問題之解釋性新聞）能充實讀者的知識，

並且能以追述、比較、闡釋等方法，讓讀者對於一則新聞有明晰的瞭解。資料供應社所提供的新聞特寫、新聞照片及漫畫，往往也成為充實報紙內容的一大力量。

機關社團為宣傳本身的業績或政策，往往也主動發布新聞稿件提供報社刊登。這些稿件有時會被人認為是宣傳品，但是若能做妥善選擇、慎重處理，強調稿件中的新聞部分，或深入發掘其可提供的線索，亦不失為報紙新聞的來源之一。

四、記者人際關係的建立

記者雖然是在採訪工作上分配到自己的路線，但並不意味著就能掌握新聞線索，在採訪理論、工作熱忱的後面，還有一關鍵性的問題左右著記者能否圓滿達成任務，那就是健全的人際關係。

記者要在他們的採訪路線上，耐心地和有關人員建立友誼、贏取合作，以便必要時獲得可靠的、有價值的新聞，然後向廣大的讀者報導。記者建立廣泛的社會關係，非一朝一夕之功，他必須經常地、不斷地與採訪對象保持聯繫，日常所下的功夫若足夠，必要時可以收到意想不到的效果。

同時，記者對外代表所服務的新聞事業從事聯繫工作時，良好的工作態度，不僅可以使自己獲得新聞線索，並可為報社建立良好的聲響。一家讀者多、影響大的權威報紙，往往得自讀者提供的新聞線索特別多，建立良好的人際關係，正是記者成功的主要條件。

名記者樂恕人，抗戰時期服務於四川的《僑聲報》，平時即注重建立健全的新聞人脈；1941 年 12 月 8 日凌晨，珍珠港事件爆發，國際廣播電臺一唐姓工友，首先聽到電訊，乃立即趕往《僑聲報》通報樂恕人，《僑聲報》因此搶先在陪都重慶印發此一驚天動地的新聞號外。由此可昂，人際關係的培養多麼重要，其中，有幾項重要的原則必須把握：

1. 重諾：重諾乃是記者尊重別人，具有誠意的高度表現，記者要切

記，在任何情況下，都不可隨意失去朋友。

　　2.慎行：切記與採訪對象保持禮節，切忌嬉笑戲謔。務必在言行上識時務，知分寸，贏得他人信任。

　　3.切忌倚勢欺人：有些記者認識政府要員後即犯了「狐假虎威」的毛病，忘其所以。名記者徐鍾珮在一次對文化大學新聞系同學演講時指出：「記者在開始飄飄然的時候，就是他失敗的開始。」

　　4.避免受人之惠：以免損害記者的中立立場。

五、訪問的方式及準備

　　同樣是新聞採訪，但因為訪問的對象、訪問的內容、訪問的場合不同，因此，訪問也分成好幾類方式，其事前的準備工作也互異，記者應多做功課，在出勤之前瞭解該次訪問的特質，以做適當的處理。

　　總括而言，訪問方式不出四種：(1)訪問事實；(2)訪問意見；(3)人物或特寫訪問；(4)記者會。這四種訪問的方式又可分為有形、無形的訪問，以及動態、靜態的訪問。有形的訪問譬如演說、歌唱、藝術展覽、建設工程皆是，無形訪問譬如探詢政治家對世局的見解、經濟學者預測通貨膨脹等。靜態訪問則多有事先預告，如人事更易、政令改革皆屬之；動態訪問則如突發事件、火災、戰爭、搶劫、自殺皆是。

　　無論採訪的內容偏重於事件發展或是意見發表、人物動向，訪問時總不能脫離「人」為訪問對象，也不能缺少訪問時需要用到的工具，記者本身的心理狀況更要健全，針對這些問題，記者在進行訪問之前，就必須做充分之計畫準備，凡事豫則立，不豫則廢，乃放諸四海而皆準的做事原則，新聞採訪亦不例外。茲將訪問前的準備列述於後：

㈠注意日常布線

　　許多新聞事件的發生，最初只是一些不完全的支架，或是拼湊不全的影子，記者要在最短的時間掌握新聞的全貌，平日就得注意布下新聞眼線。任何一個不起眼的地方，都可能是日後挖掘新聞的礦藏所在。布

線的對象，當然以「人」為中心，從院部長、局長要員，至司機、茶房、接線生、醫院看護，都是獲取新聞資料的重要線索。

㈡建立適當的自尊心與自信心

採訪記者常各趨極端，有的因各方磨難而變得妄自菲薄，有的因職務關係與顯要接觸而變得趾高氣昂。事實上，驕傲與自卑，都沒辦法把訪問工作做好，不卑不亢的態度和充沛的自信心，才能表現出可敬可親的力量，既不妄自尊大，也不喪失職業的尊嚴。

初出道的記者，總認為訪問對象接受訪問，是他給予記者的恩惠；因此，不自覺地，訪問時就採取了「低姿勢」，事實上，大可不必有如此心理；記者進行訪問，應該是職業上的一種權利，只要這項訪問對國家、社會、讀者有利，記者應該可以挺起胸膛，要求受訪者接受問答。

㈢認識訪問對象，瞭解問題背景

關於這一點，應該是訪問前最重要的工作，往往因為記者缺乏這項準備工作，使得訪問無法進行，終於敗興而返。

認識訪問對象主要是要先知道其年齡、個性、學歷、經歷、社會關係、活動場所等等，如果他有著作，最好也要先對該作品做大概的瞭解，以免臨時失言，觸犯他的忌諱。

另外，對於訪問所談的問題，也要事先瞭解，發生的年代、牽涉的人員、側面的反應等等資料，能在事前蒐集瞭解，則提出的問題，簡明扼要，掌握事件的骨幹，受訪者在回答時也能有所遵循；其他方面而言，記者需對問題瞭解深厚，則受訪者所發表的內容，記者本身才不至於聽不懂，而使訪問稿寫得毫無頭緒。

㈣攜帶周全的工具

筆之於記者猶槍之於戰士。一枝筆一本冊子，是記者最基本的工具。另外，我們要視訪問的場合需要，決定應攜帶的物品，譬如需要拍照的場合，就得背照相機，再不可忘了充電；需要錄音的所在，就攜帶錄音器具，其他附屬品如電源線、麥克風、鎂光燈、乾電池，也常是粗心大

意的記者容易忘記的。甚至有記者出發訪問，竟忘了訪問地點在何處，而地址電話也忘了帶在身邊。

第二節　誹謗罪與新聞報導

一、何謂誹謗？

新聞事業往往容易涉及誹謗罪，侵犯隱私權，而法院或安全單位也常對記者保持新聞來源之機密性，構成若干程度的困擾。從事新聞工作者，首先需要瞭解有關法律的責任及保障問題，才不會在工作上，造成損害到本身或社會公眾的行為。美國最高法院對於誹謗的定義是：「誹謗乃對於尊嚴之損害，如無其他正當原因，而故意刊布有害於某個人之記載，此種記載又為虛偽的，或對他人屬實，而對此受害人之個人則否者亦應負一般的違法責任。」菲律賓對於誹謗的行為，在其《刑法》第 357 條規定：對於揭露他人私生活之事實，並破壞其名譽、道德者，記者、編輯人或發行人均得處以 200 至 2,000 元菲幣之罰金。我國《刑法》第 310 條對誹謗罪有明確的認定：「意圖散布於眾，而指摘或傳述足以毀損他人名譽之事者，為誹謗罪。」

我國新聞法規教授呂光博士並指出，在廣義的誹謗罪方面，我國《刑法》第二十七章「妨害名譽及信用罪」都是屬於研究的範圍。

在我國，誹謗罪的罰則規定如下：《刑法》第 309 條：「公然侮辱人者，處拘役或三百元以下罰金。」第 310 條：「意圖散布於眾……為誹謗罪，處一年以下有期徒刑、拘役或五百元以下罰金。」第 312 條：「對於已死之人，犯誹謗罪者，處一年以下有期徒刑、拘役或一千元以下罰金。」第 313 條：「散布流言或以詐術損害他人之信用者，處二年以下有期徒刑、拘役或科或併科一千元以下罰金。」

誹謗罪成立，但不罰的規定如下：《刑法》第 310 條：「……對於所

誹謗之事，能證明其為真實者，不罰。但涉於私德而與公共利益無關者，不在此限。」第 311 條，以善意發表言論，而有下列情形之一者，不罰：

1.因自衛、自辯或保護合法之利益者。

2.公務員因職務而報告者。

3.對於可受公評之事，而為適當之評論者。

4.對於中央及地方之會議或法院或公眾集會之記事，而為適當之載述者。

新聞文字偶或肇因主觀，在遣詞用字上，無意中觸犯誹謗罪，尤其是使用到暗示罪名的文字，傳布使人以為某人有不道德、不名譽行為的文字，以不潔、不貞的文字歸諸婦女，都可能是觸犯誹謗罪的原因。例如新聞報導上不用兇嫌犯，而直接用兇殺犯，如果涉嫌者平反冤情，該報免不了吃上誹謗罪的官司。

要避免觸犯誹謗罪，除了要熟知有關法令外，新聞工作人員尤須注意落筆用字，不可下意識地用了不恰當的字眼，報導事件更需有事實根據，除非基於公益，不可涉及私德，最重要者，是非經法院認定罪名，不可任意使用肯定的罪名於羈押待審的人身上。

誹謗可分為：書面誹謗 (libel) 與口頭誹謗 (slander) 兩種。這兩種誹謗，一向係以其是否具有恆久性及可見性作為區別標準的。通常，「書面」一詞包括手寫、印刷的文字、畫片、照片等可以看到，且又可長久保存者而言；「口頭」則除言詞之外，其他暫時形式如手勢等亦包含在內。

但有時在某些特別的誹謗案中，照上述標準殊難區別其究為「書面」抑或「口頭」誹謗。所謂恆久性，有其不同的程度與意義，並非可以純粹印刷媒體之表現而遽加論定。

隨著網路傳播行為的擴張，法律層面的考量也越形重要。然而，綜觀世界各國，幾乎都是網友的行動走在政府的規範之前，而政府的規範又走在現有法令之前，即使在有「網路祖國」之稱的美國，也不例外。

英、美法律處理書面與口頭誹謗之原則，其特別重視的是：(1)真實；

⑵公平的言論；⑶「特權」，原文為 privilege，指在某些情況下，為公眾利益或為保護個人權益，雖做誹謗性之陳述，但可免負法律責任之謂。

先言關於「真實」(truth) 之負責規定。普通法上，真實言詞之散布，縱係惡意傳述，損人名義者，亦不發生民事責任問題。其所以如此，蓋由於任何人均無權使其名譽較眾所周知之真相更佳，且社會上成員對相關之他人，亦有知悉其真實情形之利益。美國許多州的憲法或法律都有一項規定：大致謂報人所為之陳述除非被證明係具有不良的動機與不適法的目的而發表者外，只要能證明其為「真實」即可為誹謗之免責條件。

次言「公平的評論」(fair comment)。在這一免責條件中，最重要者，厥為評論須與公眾利益有關。公平的評論，其適當之題材包括人物或團體易影響社會大眾福利之特性及行為。該項評論之對象，多係關於公務員、公職候選人、有力之利人團體領袖及身任公職事關大眾之人物。亦有係大眾得以欣賞之事物，如文學作品、音樂演奏、戲劇演出、體育競技等。對公務措施之批評權利，無論在英國或在北美殖民地，均係由報界不惜犧牲力爭而得。至於有關個人在藝術上的成就，早有此種評論權利之存在。茲將公平評論之要件析述如下：

1.其所評論的事實須與公眾利益有關。至其是否為與公眾利益有關之事，由法官裁決。

2.須為就前述事實所發表之意見，而非為事實之陳述。需主張「真實」為其免責條件，而不能引用「公平評論」之條件。

3.所為之評論必須公平。此點先由法官考慮，若認其為在法律許可範圍內對事實所發表的誠實意見，則不須再交陪審員裁決；否則當即交付陪審員決定之。

4.須無惡意。如果評論經證明確係公平，最後之爭點即為是否含有惡意的問題。惡意 (malice)，即具有不良之動機，又無適法目的之意。其舉證責任由原告負之。

至於「特權」，則有「絕對特權」(absolute privilege) 與「有限特權」

(qulified privilege) 兩種：

㈠絕對特權

1.法官、陪審員、事件當事人、立誓的證人、律師等在審判程序中所做的陳述，就程序做有關的陳述。

2.兩院議員在議會中所做之陳述。

3.政府公務員在履行職務時，對另一公務員所做之陳述。

4.在報上所發表，對當時公開的司法程序做公平而正確的報導。

5.議會指定發表的報告、文件、表決紀錄、議事紀錄，以及重新發表已經發表過的任何此種文件。

㈡有限特權

1.在履行職務時所做的陳述。

2.在保護某項利益時所做的陳述。

3.對於有關公共利益事項的公平評論。

4.關於議會的、司法的，以及其他某些公共議事的報告。

此兩種免責「特權」區別之實益乃為：對「絕對特權」之陳述，通常不得提起訴訟。而「有限特權」之陳述，僅在未經證明為有惡意的情形下，方不得提起訴訟。

但此兩種免責「特權」，亦非可截然劃分者，如審判程序中有論述，雖被列為「絕對特權」，然若有過於淫穢的細節，就不得據載述為當。

在為誹謗案件而辯護時，電視與新聞紙、雜誌、廣播等傳播媒介享有同樣的權利，前已述及；但因其本身之傳播特性，亦有需要特別注意之處。

電視在報導新聞時，因有活動畫面的配合，故如在犯罪案件中，攝有犯罪現場情形或犯罪之證據時，其證據力不可言喻，自可避免誹謗責任。但也正因為如此，電視攝影機在取鏡頭時，亦應益為慎重。否則，會較其他傳播媒介容易惹上誹謗官司。

疾惡如仇，固是新聞記者應該具有的氣質，但為避免誹謗官司的纏

繞，我們必須時時刻刻想到法律的立場。

在若干英美法的誹謗案例中又提到，在法院偵查、審訊等場合，往往禁止記者進入攝影，因之常在事後再以訪問方式，補拍當事人的鏡頭，這種對話與攝影，並無前述「特權」免責之適用，故須加以注意。

二、誹謗罪以外的法律問題

記者為新聞惹上官司，除《刑法》的誹謗罪，如果不慎，還可能涉及其他法律問題，試舉數例以茲參考：

㈠著作權

根據《著作權法》第 87 條，有 7 款視為侵害著作權，其中與記者最有關係的有下列兩款：

1. 未經著作財產權人同意而輸入著作原件或其重製物者。

2. 明知為侵害著作財產權之物而以移轉所有權或出租以外之方式散布者，或明知為侵害著作權之物，意圖散布而公開陳列或持有者。

至於在什麼情況下可引用他人著作而不侵犯其著作權，則如下述：

1. 著作財產權人投稿於新聞紙、雜誌或授權公開播送著作者，除另有約定外，推定僅授與刊載或公開播送一次之權利，對著作財產權人之其他權利不生影響。（《著作權法》第 41 條）

2. 以廣播、攝影、錄影、新聞紙、網路或其他方法為時事報導者，在報導之必要範圍內，得利用報導過程中所接觸之著作。（《著作權法》第 49 條）

3. 為報導、評論、教學、研究或其他正當目的之必要，在合理範圍內，得以引用已公開發表之著作。（《著作權法》第 52 條）

4. 揭載於新聞紙、雜誌或網路上有關政治、經濟或社會上時事問題之論述，得由其他新聞紙、雜誌轉載或由廣播或電視公開播送，或於網路上公開傳輸。但經註明不許轉載、公開播送或公開傳輸者，不在此限。（《著作權法》第 61 條）

5.以上利用他人著作者，均應明示其出處。（《著作權法》第 64 條）

6.政治或宗教上之公開演說、裁判程序及中央或地方機關之公開陳述，任何人得利用之。但專就特定人之演說或陳述，編輯成編輯著作者，應經著作財產權人同意。（《著作權法》第 62 條）

7.著作之合理使用，不構成著作財產權之侵害。（《著作權法》第 65 條）

(二)證券交易法

《證券交易法》第 155 條第 1 項第 6 款：「意圖影響集中交易市場有價證券交易價格，而散布流言或不實資料。」依同法第 171 條規定：「處三年以上十年以下有期徒刑，得併科新臺幣一千萬元以上二億元以下罰金。」。

有兩個構成要件：一是意圖影響證券交易價格，其次是散布流言或不實資料。記者及分析師在報上或電視上的分析，如果是就事論事，根據證券走向而分析，沒有問題，如果是別有居心，因自己炒作股票而散播不實的資料叫散戶跟進拉抬股價，就另當別論。

(三)公職人員選罷法

《公職人員選舉罷免法》第 104 條規定：「意圖使候選人當選或不當選，以文字、圖畫、錄音、錄影、演講或他法，散布謠言或傳播不實之事，足以生損害於公眾或他人者，處五年以下有期徒刑。」

值得注意的是，誹謗罪是告訴乃論，被害人提出告訴法院才會受理，但《公職人員選舉罷免法》第 104 條卻是公訴罪，任何人都可以檢舉，須留意的是該罪一經告發不得撤回，而且被判有罪除非緩刑，否則就要坐牢，因為依《刑法》第 41 條規定，不能易科罰金。

觸犯《公職人員選罷法》第 104 條，除應受刑事處罰之外，被害人還可以請求民事賠償。

(四)刑法第 153 條

《刑法》第 153 條規定：「以文字、圖畫、演說或他法，公然為左列

行為之一者，處二年以下有期徒刑、拘役或一千元以下罰金：一、煽惑他人犯罪者。二、煽惑他人違背法令，或抗拒合法之命令者。」

六合彩「登陸」臺灣後，不少賭徒迷上了它，一些報紙、雜誌，為了增加發行不擇手段，不但刊出開獎號碼，並鼓吹六合彩獎金高、有公信力，當時有一家雜誌報導說：「比股票更受大眾歡迎的是六合彩，因為股票不是人人玩得起，六合彩倒是男女老幼人人玩得起，主要由於六合彩獎金多，公信力亦極高」，該雜誌的黃姓女負責人，因此被臺北地檢處提起公訴，罪名是觸犯《刑法》第 153 條第 1 項之罪。

㈤尊重友邦元首

《刑法》第 116 條規定：「對於友邦元首或派至中華民國之外國代表犯故意傷害罪、妨害自由罪或妨害名譽罪者，得加重其刑至三分之一。」

派駐中華民國的「外國代表」，只是指足以全權代表該國的大使，而不是使館的一般人員，有關此事也有一個案例：

1935 年，上海《新生周刊》因刊載「閒話天皇」，日本上海領事館提出抗議，認為汙辱他們的天皇，在其壓力之下，檢察官即以誹謗友邦元首名譽罪，將該周刊執筆者提起公訴，引起法界人士的強烈批評，前最高法院檢察署檢察長趙琛即為文指出，依司法院廿一年院字第 753 號解釋：「《刑法》（舊）第 127 條之請求，須外國政府或足以代表外國政府者為之，領事自動請求，不能視為代表外國政府。」

🎙 第三節　採訪權與隱私權

一、隱私權的起源

隱私權又名「寧居權」。自有文明以來，不論其名字為何，即存在著「隱私」概念。所為隱私權，大致可認係個人的私生活。主張對個人私生活加以保護，而提起「隱私權」(right of privacy) 概念者，則是 1890 年

的美國人華倫 (Samuel D. Warren) 與布蘭岱 (Louis D. Brandeis)。

他們在哈佛大學的《法律評論》發表一篇著名的文章〈隱私權與新聞報導的爭論〉，指黃色新聞侵犯了「個人私生活的神聖界限」後，這時隱私權才真正受到廣泛的承認。

隱私權的基礎在於「單獨而不受干擾的權利」，它是從個人的自由權、財產權、追求幸福等權利中演化出來的，因為一個人生活在世界上，除了參與公共事務與公共生活的部分外，他還應該能夠保有自己的私生活，不受他人干擾。

二、新聞報導與隱私權

在民主社會裡，人民有「知的權利」，新聞事業為了滿足人民的「知的權利」，設法取得消息，供應讀者。因此，新聞自由受到法律的保障。但是，如果新聞報導涉及私人事物，而與公共利益或公共興趣無關，其報導侵犯了個人生活的安寧，引起個人精神上的痛苦或不安時，則其報導即超出了新聞自由的範圍，不能得到法律上的保障。

與公共利益及公共興趣無關的私人事物，報紙不應刊登。換句話說，與公共利益及公共興趣有關的事物，是可以刊登的。

而非志願公眾人物，在新聞報導中，他們的隱私權是要受到限制的。但是，這必需是新聞的必要部分，如果不是的話，還是應該尊重個人的隱私權。

在保障隱私權方面，我國雖無法律上明文規定，但有關法律條文可做適當引用：

《憲法》第 10 條：人民有居住及遷徙自由。第 12 條：人民有祕密通訊之自由。

《刑法》第 306 條：「無故侵入他人住宅、建築物或附近圍繞之土地或船艦者，處一年以下有期徒刑、拘役或三百元以下罰金。」第 307 條：「不依法令搜索他人身體、住宅、建築物、舟、車或航空機者，處二年

以下有期徒刑、拘役或三百元以下罰金。」第 316 條：「醫師、律師……或其業務上佐理人，或曾任此等職務之人，無故洩漏因業務知悉或持有之他人祕密者，處一年以下有期徒刑、拘役或五萬元以下罰金。」

《民法》第 18 條：「人格權受侵害時，得請求法院除去其侵害；有受侵害之虞時，得請求防止之。前項情形，以法律有特別規定者為限，得請求損害賠償或慰撫金。」第 19 條：「姓名權受侵害者，得請求法院除去其侵害，並得請求損害賠償。」

我國法學專家呂光博士在 1974 年 5 月 11 日就「大眾傳播與隱私權」為題發表演說。他指出，隱私權已漸漸受到法律界的重視，尊重個人隱私權的條文具體明列，是立法當局遲早應做的事。他並且認為，大眾傳播人員要避免侵害隱私權，應注意下列事項：

1. 大眾傳播往往容易涉及隱私權，因此新聞從業人員需要具備崇高的新聞道德和正確的新聞觀念，在報導過程中，必須事前多加審慎，不致構成損害被報導者的權益。

2. 大眾傳播教育，應該多注意並重視基礎法律教育，新聞記者的報導，固應受法律的保障，但亦應負不得侵犯他人法益的責任，因此新聞學系的課程，在必修課目中，應有新聞法、民法要義、刑法要義等學科。

一件事情在發生的當時，具有新聞價值，可以刊布。但是，過一段時間之後，將這件事情重新刊登，是否侵犯當事人的隱私權呢？

1924 年美國加州的一位女士，對一家電影公司提出了侵犯隱私權的控訴，因為電影公司根據她早年做娼妓和被控為女兇手的經歷拍成了一部電影。她的謀殺控訴於 1918 年被宣判為無罪。後來她結了婚成為家庭主婦，結交了許多不知她以往經歷的新朋友。於這部片子上演時，廣告上宣傳為其真實生活，而影片自始至終都使用她的本名。法庭判決原告勝訴，判決中表示，從她被宣告無罪到影片攝製完成，已時隔 6 年，原告的消息新聞價值已減少。

在新聞報導方面，究竟哪些事項可以刊登，根據美國新聞法學者潘

伯 (D. Pember) 的研究，可以歸納出下面幾點：

1.合法的公共利益與公眾興趣事項。

2.關於捲入有新聞價值的個人事項，有刊登的特權，但是刊出的資料，必須是與新聞有關的事項。

3.公眾人物的個人事項，通常有刊登的特權。

4.純粹是採自公開紀錄的事項，有刊登的特權。事項中有變動，則減少特權。

5.如果將事實小說化，不可確證其人。

6.個人照片與新聞無關時，使用時要小心。

7.實情只是隱私權法中的部分辯護，在涉及私人事務時，如果所刊者無新聞價值，雖實情亦不可。

潘伯的看法只是一般法則，他也認為在這七條準則範圍中，並不保證不致有隱私權的訴訟。一個新聞工作者，在處理有關個人隱私權的事件時，除了這些準則外，還應該隨時注意：如非新聞所必要，不要造成別人精神上的痛苦。

三、新聞圖片與隱私權

文字與圖片是構成新聞報導的兩大主幹，事實上，就隱私權而言，新聞圖片所產生的糾紛比文字還多。茲分別就兩部分來討論，一是圖片的取得，一是圖片的刊登。

㈠圖片的取得

以往，一般皆認為人們有權將他所看到的一切攝入鏡頭內，但是今天由於牽涉到兩個其他因素，以往的說法已經需要澄清。以下重新思考這兩個有關的因素：⑴攝影者必須站在合法的地位去拍攝；⑵攝影的對象應該是處於公開或半公開的場合。

攝影者站在公眾的場合，可以對任何發生在公眾場合的情事加以攝影，這是沒有疑問的，它可以拍攝發生在路上的車禍、遊行，甚至人在

街上追趕被風吹掉帽子的窘態；在公眾場合攝影，就如同在公眾場合獲得一條新聞一樣，照片或新聞的主題，在公眾場合，都喪失隱匿的權利。

當突發的意外事件發生在私人產業時，業主個人的隱私權就要受到限制，因為公眾對突發事件有興趣是毫無疑問的，如火車出軌、飛機遇難等都很有可能發生在私人產業中，這時記者為採訪新聞或攝取照片，而侵入私人財產，通常都不會被認為侵犯隱私權。

在美國費城，一家私人公司僱用了兩位守衛，防止記者對這家公司失事的私人飛機攝影，這兩個守衛後來被控告侮辱和毆打記者，但是記者們在行政區助理發言人和法官對守衛的申斥後，取消了控告。

行政區助理發言人說：由公眾服務來看，既然攝影記者攝得的照片是為公眾所關心的，則不論其在公共財產或私人財產上攝得的照片都沒有分別；在這種情況下，雖然攝影記者是在私人財產上拍照，但他的基本權利是不應受到阻礙的。

法官解釋說：這個案件表現了法律的基本原則，守衛應該瞭解，他們是侮辱了新聞記者的基本權利，只要記者沒有濫用特權，他們有自由採訪的權利。

火車站、甲板、旅館大廳、辦公室的會客室，和人們可以自由來去的類似地方，都可以被視為半公開的場所，如果有新聞價值的人出現於此，攝影者可以攝取照片。但是，攝影者攝取照片，可能對於被攝影者產生騷擾，這是否侵犯了被攝影者安寧生活的權利？美國已故的第一夫人賈桂琳 (Jacqueline Kennedy)，曾經控告攝影師為攝取她的照片而不停地追逐她，騷擾她和她的兩個孩子，要求美金 150 萬元賠償，事實上這就是一項侵犯隱私權的控訴。法院要求這位攝影師不得接近總統夫人的公寓房間 100 碼之內，同時在總統夫人和她的兩個小孩外出時，必須遠離他們 50 碼以上。

一般來說，法庭認為攝影記者拍照時，與文字記者的採訪權利是相同的，如果文字記者可在現場採訪消息，攝影記者也享有同樣的特權。

㈡圖片的刊登

圖片取得後，報紙是否可以刊登，也是一個值得注意的問題。實際上，許多場合刊登照片，應該特別注意：商業性照片館為人拍照後，可以保有照片的底片作為檔案資料，但在未得到本人允許前，不得將其售予他人作為公開使用，因此從照相館得來的照片不得隨意刊登，在美國許多報社，尤其一般規模較小的報社，喜歡刊登一些商業性照相館所供應的照片，諸如地方上的婚禮、紀念會、畢業典禮及一些有社區新聞價值的照片；在技術上來講，報社在刊登這些照片時，應先獲得當事人之同意。

照片和文字在隱私權方面所受的限制大致相同，最清楚的界限即照片不得作為商業用途或廣告用途，紐約州、加州、維吉尼亞州都有成文法和法院的判例規定，照片在未經當事人同意前，不得作為商業或廣告用途。

但是，在新聞報導中，不能因為當事人僅為了不願自己的照片出現於報端，而控告報社侵犯隱私。在洛杉磯，一位妻子自殺的丈夫，控告報社刊登他妻子自殺的照片，是侵犯隱私權，法庭也因這是一件引起公眾興趣的事件，而批駁了這項控訴。

與新聞無關者的照片，刊登時如未經當事人同意，則需特別小心。英國一位舞蹈家因報社未經其同意而刊登裸體照提出控訴，這個舞蹈家也是一位業餘藝術模特兒，她被使用之照片是她當裸體模特兒時所攝，惟她僅允許用此照片來說明其舞蹈家之工作，同時她附有條件，即應加修潤或遮蔽以使不刺目為原則，但未如願。此一案件，法庭認為報紙未經原告同意無權刊登其裸體照，結果原告勝訴。

至於沒有姓名的照片被用在新聞報導中，是否侵犯個人隱私權，則要看文章的內容會不會對照片本人有不利的影響。

除了就法律的觀點來考慮照片應否刊登外，新聞事業尚應就其社會責任來作為刊登與否的衡量。

　　隱私權就和自由權一樣，是一個意義包含很廣的名詞，自由權方面有各式各樣的自由，如居住、遷徙、言論、著作、講學、出版等自由；而隱私權方面，為維護一個人的個人隱私與生活安寧，也有各種不同的要求，因此要將隱私權劃出一個固定的範疇是不容易的，我們只能就其原則去探索。至於要在法律上加以規定，則是需從不同的角度，不同的條款去規定。

　　在大眾傳播方面，尤其是新聞報導，基於大眾知的權利，是否能侵犯個人隱私權呢？答案仍然是不可以的，不能以知的權利為藉口，而將個人隱私隨意揭發。但是，在有關公共利益與公眾興趣的情況下，個人隱私權的主張就要受到限制。

　　法律的基本作用即在維護人民的利益，隱私權既屬人類的基本人權，自應在法律中予以明文保障，參酌美、日等國的先例，衡量我國的實情，訂定一套維護隱私權的條文，作為法律上的明確保障。

　　新聞從業人員實際負責新聞的採編，隱私權必然是時常接觸的問題。因此，對於隱私權的瞭解自應比一般人更為深入，在實際執行工作時更能提高警覺，特別應該注意下列幾項原則：

　　1.一個人與公共利益及公眾正當興趣無關的事務，不應刊登揭露或公開評論。

　　2.一個人涉入與新聞有關事件時，報導時不得超過必要的限度而致引起被報導者精神上的痛苦與不安。

　　3.不要侵犯一個人私生活的安寧。

　　4.在未得其本人同意前，不得擅自將一個人的姓名、照片、肖像等作為商業上的用途。

　　侵犯隱私權的同時，常會伴隨著偷窺行為。以 1997 年死於車禍的英國黛安娜王妃 (Princess Diana) 為例。不能以一般的意外事件來看待，她為了躲避媒體記者的緊迫盯人，不幸發生車禍而命喪黃泉，當年黛妃離開英國皇室前，接受某廣播公司的訪問時曾說過：「我入皇室前就知道，

我會失去自己的生活，但從來不知道，我會失去這麼多。」作為一個公眾人物，她短暫的一生經歷了那麼挫折的婚姻、難堪的戀情，後來終於在離開皇室後，尋覓到真正的愛情，卻得不到世人的祝福，只得到了所謂的「偷窺」，得到了大眾對一位女性公眾人物的不尊重。

在事件發生後，一度引起社會各界討論新聞自律規範，與公眾人物隱私權受尊重的基本前提，新聞媒體自律的尺規要求更因而加強，如果採訪過程造成採訪者或被採訪者的生命遭受威脅或侵犯，都會使採訪的新聞變成一種遺憾，如同黛妃事件一樣。

英國《星期天鏡報》在 1993 年 11 月 7 日刊出許多黛安娜王妃在一家私營健身館運動時的照片，因為她在運動，所以穿的是極單薄而又貼身的衣服，這些照片是健身館老闆所偷攝的，他把照相機藏在運動廳的天花板上，所以皇室的警衛人員事前未能查出。後來他以 10 萬英鎊的代價，將這一大批王妃運動時的照片賣給《鏡報》，《星期天鏡報》首先刊出，因為是獨家，所以引起各方注意。

事後白金漢宮的新聞祕書立即發表聲明，指責《星期天鏡報》侵犯王妃個人隱私權，並表示王妃將採取法律行動，祕書且以此事提請新聞訴願委員會主席麥克瑞格勳爵 (Lord MacGregor) 注意。同時政府官員及議員們都對此事紛紛加以責難。

絕大多數的民眾認為黛安娜王妃之死是由於追逐她的狗仔隊攝影師所造成，但在巴黎尚未有任何媒體或照片經紀公司為黛妃之死感到抱歉或愧疚。一家新聞照片經紀公司 (Agence VU) 負責人表示，為什麼會有這麼多狗仔隊攝影師跟蹤黛安娜，是因為許多民眾願意購買報章、雜誌，外界不宜將「黛安娜王妃死亡事件」的責任全部推給狗仔隊攝影師。

另一家新聞照片經紀公司 (Agence Sigma) 的負責人則說，黛安娜王妃不幸喪生，不管法官對七名攝影師的判決如何，她願意代表媒體向大家表達哀慟之意，但這並不代表媒體道歉。

新聞可以自由，新聞也應該自由，但在其行使新聞自由的同時，是

否也已經侵害到別人的自由與隱私？這其中尺寸的拿捏實不容小覷。

英國的「隱私公司」與美國的「電子隱私資訊中心」在 2007 年公布國際隱私權評比時，第一次被納入評比的臺灣，在全部 47 國中成績墊底，被列入「監控盛行」的社會之一。

該報告提及臺灣嚴重的個人資料外洩與詐騙情況，相信國人都有相同感受。尤其 2007 年下半年從政府機關到網路、電視購物公司，一再傳出個人資料在網路上「全都露」或是購物後隨即接到詐騙電話的案例，顯示臺灣公私兩部門對於個人資料保護輕忽的態度。

2005 年 4 月 3 日，臺北新聞傳播學者、媒體觀察及婦女團體挺身而出，發起「打擊惡質媒體、拒絕窺探隱私」活動，點名譴責多家媒體，一味追求收視率、銷售量，毫無節制地報導與公共利益無關的主播緋聞事件。

這項由臺灣大學新聞研究所發起，包括媒體觀察基金會、閱聽人聯盟、婦女新知、現代婦女基金會及立委洪秀柱等參與的學者團體發表聲明，要求媒體立即停止侵犯人權報導，拒絕任意公開他人隱私，回歸媒體的公共責任。對持續違背公共利益、侵犯人權的媒體，發起「廣告主拒在敗德媒體刊登廣告；全民打電話、網路即時抗議，打擊、灌爆惡質窺探隱私媒體；發動學界及團體到相關媒體戶外教學，邀請媒體老闆來上課。」

(三)美國隱私權法之八原則

依據美國《隱私權法》而設置之「隱私權保護調查委員會」(Privacy Protection Study Commission) 於 1977 年 7 月發表〈資訊社會中個人之隱私〉(Personal Privacy in an Information Society) 報告，此報告係瞭解現代社會中有關隱私問題狀況的重要文獻。根據該報告可整理出美國《隱私權法》所涵蓋的八原則：

1. 公開之原則 (openness principle)

個人資料紀錄保管系統不得以祕密之型態而存在，關於其方針、業

務及系統，應採取公開政策。

　　2.個人接近之原則 (individual access principle)

　　有關自己之資訊以可能識別個人之形式而被紀錄保管組織所保有之個人，有查閱及複印該資料之權利。

　　3.個人參加之原則 (individual participation principle)

　　有關自己之資訊為紀錄保管組織所保有之個人，有訂正、修正該資訊內容之權利。

　　4.蒐集限制之原則 (collection limitation principle)

　　對紀錄保管組織所能蒐集有關個人資訊之種類，加以限制，且規定紀錄保管組織蒐集該種資訊之方法，亦須具備一定要件。

　　5.使用限制之原則 (use limitation principle)

　　對於在紀錄保管組織內就有關個人資訊之內部使用，加以限制。

　　6.提供限制之原則 (disclosure limitation principle)

　　對於紀錄保管組織就有關個人資訊所得為之外部提供，加以限制。

　　7.資訊管理之原則 (information management principle)

　　紀錄保管組織就確定合理且適切的資訊管理方針及業務方法，以保障該組織對有關個人資訊之蒐集、保有、使用及頒布為必要且合法的，又該資訊之為最新且正確者，應負積極責任。

　　8.責任之原則 (accountability principle)

　　紀錄保管組織就其個人資料保管方針、業務及系統，負其責任。

四、總　結

　　在資訊化社會，藉電腦分析、處理、利用等之資料如洪水般地日益增多，有關個人隱私權的資料不但可能在不知不覺中，被操作終端機的人隨意地取去利用，還可能被以販賣各種資訊為生的業者當作商品而出售，例如東京商工就將金額 1,000 萬日圓以上之高額納稅人、企業經營權者的資料輸入電腦，以 2 萬日圓為基本費，將有關姓名、住所、電話

號碼、生日年月等資料以一件 100 日圓而提供利用；日本電信電話 (NTT) 將東京都內所有的電話帳上資料輸入磁帶，而有償地提供予大規模的信用資料處理公司。

個人隱私面臨此種傷害，僅憑現行法對前述傳統隱私權的保護，已不足以因應，故必須發展「隱私」概念的新定義。由於電腦的普遍化，個人資料的蒐集、儲存、利用等過程，對保護個人隱私而言，變成不可忽視的一環，針對此現象，隱私的定義由「私生活」變成「個人資訊」，從傳統的「一人獨處之權利」轉變成現代的「控制有關自己資訊流向之個人權利」（此權利亦可稱為「有關自己資訊之知的權利」），由「消極性權利」演變成「積極性權利」。

再者，由於電腦網路擴展迅速，操作方法又日益簡易，以電腦處理資料時，經常發生下列四個問題：(1)對於大量的個人資訊不知不覺中迅速地被處理著，令人不禁感到不安；(2)被迅速運用的各種個人資料，可能有互相矛盾之處，部分地利用個人資訊，有對資料主體造成錯誤判斷之虞；(3)若輸入錯誤資料，不僅不易發現，且該資料的利用尚有對資料主體形成錯誤認識之虞；(4)隨著電腦網路的發展，在終端機即可能為電腦操作，此讓無正當權限者對資料有不當利用、修改、加工等機會。

上述四個問題使個人隱私權遭受被侵害的威脅，歐美先進國家的固有法律已不足以保護人民隱私，有立法加以保護之必要，於是紛紛制定冠有「隱私權法」或「資料保護法」等名稱之相關法律。

可見，個人資訊保護法是因應資訊化社會的新立法，並富強烈的國際性。此種法律之制定，有其必要性與急迫性，否則不僅使個人的隱私無周密的保護，且亦難在國際社會中爭取更多的資訊，無法增加在國際社會中的競爭能力，所以有盡速制定個人資訊保護法之必要。

第四節　獨家新聞與新聞競爭

一、獨家新聞的成就

　　獨家新聞❷，是許多媒體與記者所努力追尋的目標。但由於部分媒體過度追求獨家，造成獨家氾濫，反而無法引起受眾的注目與社會的重視。正確而有價值的獨家，表現了記者的功力，也建立了媒體的權威，對媒體的發展亦有助益。但要成就獨家新聞，下列諸要素要特別考量：

㈠追蹤精神

　　不少記者在找到一個大的新聞題材後，只是對事情進行「曇花一現」的報導，就再也沒有去關注該事件新的進展。而好記者可以為了一則新聞盯上一整年甚至兩三年，成就了不少新的獨家新聞，對社會產生貢獻。所以記者對時間的敏感度、對新聞的判斷力以及可靠權威的新聞來源、人脈關係都是獨家新聞的必備基礎。

　　讀者雖然健忘，但記者有時更健忘。只知道追蹤新鮮，殊不知更多新聞往往有連續性，所以記者的追蹤精神絕不可少，這就是新聞學上所謂的新聞眼、新聞鼻、新聞耳。

㈡勇敢冒險

　　事非經過不知難，任何有價值的獨家新聞，有許多都是經歷勇敢冒險而獲得的。二次世界大戰時著名的軍事記者恩尼派爾 (Ernie Pyle) 在戰場出生入死，乃能贏得戰士的心、獲得寶貴的新聞資料，甚至以生命為代價。

　　前《中央日報》記者蘇玉珍曾為採訪越南海燕特區新聞，而在直升

---

❷　獨家新聞在新聞學上通常意涵著「原創性」(originality)、「重要性」(importance) 和「獨占性」(exclusivity)。這些意涵表現了新聞產業的商業性和公共性兩相混雜、難以區分的特性。

機上冒越共擊落的危險，但她不畏艱辛，終能獲得寶貴的新聞素材，傳誦一時。

㈢責任為重

發表獨家新聞，記者不但需要勇敢也要有獨到的見解。這種責任感，不僅是勇氣，還須考量新聞發布後對社會可能發生怎樣的影響。如果發布後對社會產生極惡劣的影響，就不能不慎重，不要為了成名，或滿足自己的虛榮心而不顧一切。

獨家新聞可以吸引讀者、建立媒體的形象，進而擴大媒體的影響力。例如 1990 年波斯灣戰爭期間，CNN 藉由其 40 多名記者駐在海灣地區的優勢，即時報導大量有關戰爭進展的獨家新聞。讓世界各地的民眾，甚至美國白宮官員都透過它的報導來瞭解戰爭的情勢。這使得原是名不見經傳的 CNN 一夕成名，與 CBS 和 BBC 等全球聞名的大電視臺平起平坐。另一個例子就是半島電視臺（Al Jazeera English，簡稱 AJE），在 911 事件發生後，它多次播出有關賓拉登 (Osama bin Laden) 的獨家新聞，因而聲名大噪。

二、不以八卦掛帥

有些媒體與記者，無法做到取得獨家新聞的成就，乃以八卦、緋聞、怪異的新聞來爭奪一席之地，不惜祭出辛辣的內容來吸引閱聽人。

1997 年，發生轟動全臺的白曉燕綁架命案。大部分媒體獲知此事，或為了保護當事人生命安全都自律不報導。但遺憾的是，某報為了搶得獨家新聞，先行偷跑，提前把綁架消息曝光，不但造成其他媒體一窩蜂地跟進，也間接影響到白曉燕的生命安全。

新聞成了獨家、毒家、賭家之場域，媒體似乎早已把新聞的社會責任擺到一邊，大家為了利益而追逐。

記者為了新聞競爭的勝利不擇手段，固然絕不可取，但記者為圖個人目的，或為爭取搶版面（鏡頭），而不斷製造新聞，更非社會所樂見。

　　1964 年，當代德國社會學家哈伯馬斯 (Jurgen Habermas) 在〈論公共空間〉❸一文中，曾指出「政治」原本是一種「公共」(public) 事務，但是到了晚近卻成了「公共關係」(public relation) 與「知名度」(publicity)。當參與政治之人紛紛以「知名度」作為追求的標的，政治的瑣碎化與八卦化，自是可想而知的趨勢。

　　既然政治圈裡都充斥著「八卦」，政客們爭相以玩「八卦」為榮，以滿足民眾的好奇心與偷窺慾，「八卦」的盛行，與媒體時代的來臨不無關係：各種媒體為即刻的商業利益，一窩蜂地炒作羶色腥的新聞，藉以吸引閱聽人的手法，自是「八卦」產生的重要因素；而若干名人（或是想成為名人的人），意圖透過自曝「八卦」以爭取曝光率，增加自己的知名度，自然也是造成「八卦」資訊絡繹不絕的原因，但這些絕非我們所尊敬的「獨家」。

　　《華盛頓郵報》前總編輯曾寫《關於新聞的新聞》一書，在談「好新聞」時指出，好新聞的概念不只是指報導正面的新聞。「好新聞」應該是重要的，會影響大多數人的新聞，更是媒體報導的重點；好新聞會對人的生活產生不同的改變，大自影響總統決策、小自司法的判決與警察對人犯的態度。而「壞新聞」指的是瑣細化、不重要、不公平、不正確、誤導的報導。書中批評最兇的就是「小報新聞」。

　　以前美國認為 CBS 是最好的電視臺，但現在 CBS 也被質疑在其招牌節目「六十分鐘」採訪的主題不再是和菸草公司對抗，而是關於性、犯罪與八卦，甚至連嚴謹的調查採訪方法也出現鬆動。

三、製造新聞

　　為了「獨家新聞」，某些媒體常將「製造新聞」誤解為「捏造新聞」。

---

❸　「公共空間」的真正意涵：「公共空間就是討論空間」。一群互不相識的人聚在一起談論共同關心的公共話題，運用理性進行討論，從而形成共同的意見 (public opinion)。

事實上，兩者是截然不同的，捏造新聞純粹是欺騙讀者、卑劣不實的報導，而「製造新聞」雖然是記者或報社導演、引發的新聞，但多少對社會、讀者具有建設性的啟示，並且具有幾項功能，這些功能分別是：

1.增進報紙的社會教育功能

譬如某報每年舉行文藝座談會，廣泛討論文藝創作方向、文化復興方針等問題；或者針對某次天災人禍，舉辦義演會，提供賑災基金；或籌辦清寒獎學金，鼓勵青年向學等。

2.增加報紙內容的趣味性

譬如舉辦各種競技活動增加報紙的花邊新聞，提高讀者的閱讀興趣。

3.增加報紙的銷售報份功能

適當的製造新聞手法，取得某些獨家新聞報導，往往可刺激報份的銷售量提高。

有時候，報社為製造新聞，或許會與商業機構合作，以廣告方式製造與新聞事件等量齊觀的內容，同樣可以達到以上各種功能。譬如某報曾於元宵節前，以射燈謎方式，與廠商聯合，由商號出燈謎，並提供獎品；雖然以賣廣告為目的，亦不失趣味性與社教性。

「製造新聞」在一家穩重的報社而言，當然不會輕易採用，因為如果處理不當，常使報格降低，得不償失。過當的製造新聞，會走上激情主義 (sensationalism) 的道路；當年「美西戰爭」之所以引發、擴大，乃至釀成不幸，可說就是美國報界玩弄「製造新聞」走火入魔的結果。

四、「搶新聞」與「截稿時間」

在新聞採訪工作中，搶新聞與截稿時間，也是很值得討論的；這兩項主題，是考驗記者反應能力、觀察能力、人際關係、寫作能力等等的試金石；大凡能力夠的記者，在搶新聞時，比別人「撈」得多、「鑽」得深、「追」得遠，而在截稿時間之前，也可寫得比別人詳細、深入、精彩。分別敘述如下：

㈠搶新聞

一般靜態新聞、公開新聞、預知新聞是不必搶的，要「搶」的新聞往往是祕密新聞、動態新聞、專有新聞以及非預知新聞。而且搶得的新聞，其價值往往較高，同時也可以從中看出記者的真本領。所以這是新聞競爭中最激烈的一環。

各報記者每因搶新聞，而各顯神通：為了在許多報紙中求生存，除了優良的編排、明晰的印刷外，尤須以正確的消息、搶先的報導，來不斷地爭取讀者。新聞事業最講求時間效力，往往分秒之差，就決定一家報紙的成敗。所以新聞競爭的劇烈，是在分秒之間。

為了求競爭勝利，一些記者或許會耍不正當的手段，以遂其目的，譬如偷聽別人談話，或當人家不在場時，偷翻、偷抄別人的公文、私人函件、日記等等，這是我們所不取的手段。我們搶新聞，應該循合法的途徑，才不會使社會對記者產生不良印象與錯覺。

記者訓練自己在「搶新聞」上有良好的表現，必須瞭解幾個原則：

第一，要培養靈敏的反應能力，包括頭腦思考的反應。

第二，要培養強健的體魄。搶新聞雖然不像上戰場的戰士要背負重裝備，衝鋒陷陣，但是持續地強健體魄，仍是搶新聞的重大本錢。

第三，要有正確的判斷力。反應靈敏還不足以完成任務，更要輔以正確的判斷力；因為新聞之以至於「搶」，情況必相當混亂，這時同業們為獲取獨家新聞，或許會使出調虎離山之計，或者混淆視聽，如果沒有正確的判斷力，常致上當受騙，鎩羽而歸。

第四，要有當仁不讓的勇氣。對於爭取好新聞要當仁不讓，否則最難得的新聞，不會輕易到你手裡。美國女記者蓓蕾 (Nellie Bly)，為了查證當時紐約長島一所瘋人院虐待病人的事實，即裝成瘋子，被送進該院，受盡殘酷虐待，然後設法逃出來，以她的親身體驗完成詳實的報導。

第五，要有知錯、認錯的勇氣。在新聞競爭中，容易失去理性，在此情況下，難免出錯，記者不能因顧情面，不承認錯誤，結果反而失去

讀者對報紙的信任。

　　新聞競爭是永無休止的，此刻你搶到了一條獨家大消息，或許明天一時疏忽而致消息獨漏。為了保持不敗的紀錄，採訪工作者一刻也不能鬆懈。

㈡截稿時間

　　截稿時間 (dead time) 是考驗記者寫作能力的試金石；記者在外面取得了新聞資料，趕回報社寫稿的時間很短，在這短時間裡，他首先是整理資料、分析事件輕重、釐訂段落重點，並且在有疑問的地方，如事件的背景、有關年代、地域等，必須及時從資料室調閱有關資料，然後才能做出詳細正確的完美報導。

　　除非是突發性新聞，記者不會等到截稿前幾分鐘才擬訂新聞導言，更不可能每篇報導都拖到截稿前幾秒鐘才交稿。

　　一位新進記者常會感覺截稿時間壓迫得讓他喘不過氣來，有時候一心一意想快點寫完稿子的情況下，難免諸多遺漏，甚或抓不到重點，甚且導言繁贅，交代不清，像這類稿件，會造成後續工作者很大的困擾，首先是編輯人員因核稿時，看不出新聞重點，難下標題或文不對題；其次是因打字錯誤，增加了校對人員的精神負擔。就因為記者為了趕稿而語焉不詳、文不對題，雖然他沒有耽誤截稿時間，卻間接地影響了出版時間；這是記者在截稿時間之外，必須考慮到的事實。

　　有些資深記者因太過自信寫作能力好，因此雖然很早就取得新聞資料，卻一定要拖到最後才動筆，也同樣會發生前述的弊病。

　　為了不耽誤截稿時間，加強寫作速度的能力就十分重要。如果時間許可，隨時採訪到的新聞就得隨時將之寫好，在傳稿過程時，再看看是否有增添、查證的必要，及時增補訂正，亦不失為可行之策。

五、建立公信力

　　在市場經濟中，品牌是一個企業的生命。作為事業單位的媒體，現

在實行的是企業化管理，也等於是在經營一個媒體品牌，更要注意形象的樹立。以報紙而論，報紙形象對於讀者、報社的影響都難以估計，誰會在大庭廣眾下閱讀一份低級趣味的黃色報紙？反之，一份高雅、莊重的報紙在手又何嘗不是身分的暗示？對於報紙而言，形象、風格直接關係到報紙的經營狀況，良好的形象同樣也是報紙潛在的財富。

形象的樹立是一長遠的過程，也是一個綜合的過程。所謂長遠是指要使形象深入人心的時間要很長，許多著名企業歷經百年，形象才得以確立。在這一點上，美國的大報《紐約時報》在一百多年前的辦報方針「報導一切適合報導的新聞」為我們提供了某些思考。所謂綜合的過程，指的是對於媒體而言，形象的樹立包括經營、管理、業務等等。

要樹立良好的媒體形象，靠的是新聞從業者的責任感。許多國家政府和一些新聞界的有識人士都強調新聞傳媒要有「社會責任」感。美國新聞學者西奧多・彼得森 (Theodore Peterson) 在〈報刊的社會責任理論〉一文中系統地分析了各種社會責任，並指出：「在美國，有些報紙的發行人似乎感覺到對於他們所服務的社會有一種強烈的責任感」。但並不是所有媒體都有強烈的社會責任感，一些格調低下的報刊電視，為了追逐眼前利益，迎合一些低級趣味的人群不健康的心態，連篇累牘地製造和刊播淫穢、色情、兇殺、暴力新聞，津津樂道地揭露他們的隱私，這些都是新聞從業員缺乏社會責任感和社會道德的表現。這種不良的新聞報導傾向甚至不斷遭到來自西方社會內部的譴責。

新聞人應該重視這項呼籲，並以建立公信力為使命。

六、新聞來源之保密

新聞來源是新聞記者職業中最主要的關鍵，因為記者的職業生命繫於採訪新聞。記者為了與他的新聞來源保持接觸，在可能的範圍內應該盡到守密的責任，以獲得供給者的信任，才能得致充分的合作。

新聞來源的保密是新聞記者職業的傳統。事實上，各種行業都有一

定限度的職業祕密，記者固然並非「特殊階級」，但他所代表的卻是廣大的社會群眾，所以應享有較高的權益，而新聞記者的職業祕密，應該受到社會的諒解和允許。

德國在《刑事訴訟法》中規定：「凡因他人投稿而涉入法律問題者，新聞記者及發行人得拒絕陳述新聞來源。」菲律賓《五十年共和法案》亦規定：「任何報紙、雜誌之發行人、編輯人及記者，不應被迫透露其新聞來源，但經法院及國會認為其係與國家利益有關係者，不在此限。」在美國，只有少數幾個州的立法承認記者對新聞來源保密乃合法化，但是此項法律，又有許多的條件限制，事實上，一個記者如對法庭要求透露新聞來源加以拒絕，可能會受到「藐視法庭」的處分。就以美國紐約市《前鋒論壇報》電視專欄作家瑪麗‧托里 (Marie Torre) 寫了一篇文章提及哥倫比亞廣播公司某職員批評影星茱迪‧嘉蘭 (Judy Garland)，但她卻因拒絕透露消息的來源而被判刑。瑪麗‧托里以強迫透露新聞來源係違背美國《憲法》對新聞自由的保障為理由，提出上訴，但承審法官稱：「在這一案件中，對民主的價值而言，新聞的權利不如一個公民在法庭中要求證言的權利那麼重要。」予以駁回，指出記者在保護其消息來源中有危及社會的行為，瑪麗‧托里終被判刑十天。此一事件，令人扼腕。

在我國，對於新聞來源之保密，也沒有一明確之法律條文，而在《民事訴訟法》第 307 條第 1 項第 4 款規定：「證人就其職務上或業務上有祕密義務之事項受訊問者」得拒絕證言微可引用，但同法第 310 條規定：「拒絕證言之當否，由受訴法院於訊問到場之當事人後裁定之。」第 311 條：「證人不陳明拒絕之原因、事實而拒絕證言，或以拒絕為不當之裁定已確定而仍拒絕證言者，法院得以裁定處新臺幣三萬元以下罰鍰。前項裁定，得為抗告；抗告中應停止執行。」在立法精神上，仍然對新聞來源之保密多所限制。

尤其是《刑事訴訟法》第 182 條規定：「證人為醫師、藥師、助產士、宗教師、律師、辯護人、公證人、會計師或其業務上佐理人，或曾任此

等職務之人，就其業務所知悉有關他人祕密之事項受訊問者，除經本人允許者外，得拒絕證言。」該法律上，新聞記者並不包括在內，足見我國新聞界對享有新聞來源保密的充分自由，尚待努力爭取❹。

關於新聞來源的問題，我們要強調的還有下列幾項：

㈠新聞來源保密的自由是記者本身的義務，對新聞供應者言，也是一種道德上的義務，這是世界上共通的職業道德，也是新聞自由的一個重要環節。

㈡記者對新聞來源所負的另一項責任就是守信，因有些消息的供應者，對一事一人的意見，往往「僅供參考，請勿發表」，或者只允許有限度的發表，如果貿然不守信諾，不僅破壞了記者與消息供應者的良好關係，甚至會碰到來函更正或其他更嚴重的後果。

㈢記者對新聞來源要掌握其確實性。新聞的確實是新聞的第一要義，此不僅對一般讀者而言，對消息供應者，更為重要。記者不僅應該忠實地記錄新聞，尤其應該忠實地記錄意見，不可本末倒置，不可歪曲原意。這些都是爭取新聞自由不可疏忽的課題。

七、探求事實的新聞報導

新聞採訪及寫作的最低要求是蒐集事實，最高理想則是探求真理。

無論目前的新聞理論，在報導的主觀性與客觀性兩種主張上如何的分歧，但是卻從來沒有人曾經否定新聞是由事實架構而成。如果新聞傳播的不是事實，那麼該報導事件，將完全失去新聞的意義，亦即不稱其為新聞了。

名記者于衡曾說：「不求證實、『道聽途說』是新聞記者的大忌，記者能用耳聽，還要用心記，更要求證。」

---

❹　2006 年臺北地方法院開庭審理股市禿鷹案，合議庭傳訊撰寫相關新聞的《聯合報》記者高年億出庭作證，由於高堅持保護新聞消息來源，遭合議庭裁罰三萬元。這是我國司法史上首件記者因拒絕透露消息來源而被法院裁罰的案例。

《中國記者信條》第 4 條：「吾人深信：新聞記述，正確第一。凡一字不真，一語失實，不問有意之造謠誇大，或無意之失檢致誤，均無可恕。明晰之觀察，迅速之報導，通俗簡明之敘述，均缺一不可。」新聞的最低要求便是記載的正確，不正確的新聞除了被明眼的讀者譏笑，更失去讀者對報紙的信賴，以及報譽、前途。

新聞報導上常犯的錯誤計有：⑴事實的錯誤；⑵用語的錯誤；⑶引用的錯誤；⑷姓名的錯誤；⑸數字的錯誤。

而產生以上錯誤的原因乃是：⑴忙中生錯；⑵搶先發生錯誤；⑶事實本身發生變化；⑷判斷錯誤；⑸無知造成錯誤；⑹疏忽造成錯誤；⑺有意造成錯誤。

瞭解錯誤造成的原因以及容易犯錯的所在之後，在「探求事實」、「爭取正確」的功夫上，即應把握幾項要點：

1. 不能光用耳朵

太容易聽信別人的話，常會受人利用，一位勤奮的記者必隨時注意查證工作。聽了某人的話，一定設法向別人打聽這句話的可靠性，以免以訛傳訛。

2. 不可信賴片面之詞

涉及新聞事件當事人雙方爭執的情況，記者若只聽信片面之詞，將造成不公平，也沒辦法探求事實真象，必須給雙方一個解釋的機會，公平並列。

3. 不可「打高空」

「打高空」就是捕風捉影，無中生有地捏造新聞，與造謠生事同樣不可原諒，是與「探求事實」這種採訪精神背道而馳的行徑。

探求事實，不僅是記者採訪時應享有的新聞自由之一，更是工作職責所必須做到的，其功能不但是將事實呈現在讀者面前，更有消弭謠言的作用，不讓大眾傳播上不正常的媒介——耳語運動——擴張發展，以致造成不良影響。

第八章　廣播與電視新聞

自從大眾傳播事業建立起電子媒介的里程碑後,該事業即衝破了聲、光、空間、時間的阻礙，達到了無孔不入、無遠弗屆的傳播效果。廣播與電視的崛起，也使新聞傳布的型態產生了革命性的轉變。

電視、廣播媒介雖然突破了聲、光、時、空的障礙，但也有其先天性的缺陷。譬如「稍縱即逝」、設備昂貴，就是很實際的問題。尤其是第一項問題，無法與印刷媒介抗衡，聽眾或觀眾一不留神，就錯過了播映的內容；雖然人類發明了錄音錄影設備，可以將內容存真，但設備較貴，不如一份報紙或雜誌方便，隨時可翻閱、可保留。

從事廣電事業的人員，為了讓傳播內容能準確、深入、廣泛地投射到閱聽人的腦海中，不得不在傳播過程上，善加研究，以發揮廣電傳播的最大效能；這些傳播過程，被兩大因素控制著，第一是機械因素，其次是人為因素。機械因素包括錄製設備、擴大機設備、發射設備等等，屬於電訊工程範圍。本章所要探討的則是人為因素，其中包括製作、寫作兩方面。

🎤 第一節　廣播新聞的製作與寫作

廣播事業是一項綜合性的事業，而廣播新聞占有極重要的一環，而這也是報紙新聞和它競爭最激烈的主因。它雖然有稍縱即逝的缺憾，卻擁有迅速傳達、「聲」歷其境的優點。怎樣發揮這些優點至最大效果，就必須在製作過程以及寫作技巧上，深入研究。茲分別討論如下：

一、廣播新聞的製作

廣播新聞製作程序，可大略分為四項：(1)採訪；(2)撰稿；(3)審稿與編排；(4)播出。嚴格來說，廣播新聞因種類之相異，有不同的製作方式；這些種類可分為：(1)直述新聞；(2)實況轉播；(3)錄音新聞；(4)時事評論；(5)時人訪問；(6)時事座談。為便於敘述，我們先就一般的製作程序，分項討論：

(一)採 訪

廣播新聞的採訪與一般報紙新聞採訪，並無二致，所要求的不外乎是記者的態度要慎重，立場要公正，並且要切合大眾的需要與利益，而且要注意報導的連貫性。

至於採訪所得的消息傳遞，則是廣播新聞的一大特色。因為廣播新聞所標榜的是迅速、確實，對於一個具有健全新聞單位的電臺，通常會在每一整點或整半點的時間播新聞，以便於聽眾收聽；廣播記者在採訪到最新消息時，如果不能及時在最近一次播報時間之前傳遞回電臺，很可能就會在報導時效上，吃了大敗仗。這一特色，也顯示出廣播記者的工作，比報紙記者更緊張、更機動。

再則就是有些需要錄音的採訪，如果記者附帶的錄音器材臨時失靈，或操作不當，很可能就會交白卷，因為新聞的「聲音」往往是一去不返的，這方面就有點像報紙的攝影記者錯過新聞鏡頭。

廣播記者必須瞭解一件事實，採訪到的新聞，如果因為本身的工作態度不慎重、立場不公正，往往容易導致錯誤的新聞處理。更嚴重的是，錯誤的新聞一旦經過麥克風，就無法收回，比報紙新聞更容易造成困擾。

(二)撰 稿

廣播記者的撰稿技巧，大異於報紙記者，這一點，擬在「廣播新聞的寫作」再加詳述。

㈢審稿與編排

這是廣播編輯的工作。在審稿方面，主要針對二大重點，即審核稿件內容的確實性，以及修改稿件的遣詞用字，使之符合廣播要求。在編排方面，則以分類、時間、頭條與末條新聞之選擇、編排程序等四大項為考慮原則。

廣播新聞編排的程序與分類，是直接相關的，都是按照地理性質與新聞重要性的強弱來區分。至於是以地理遠近，抑或新聞性輕重來考慮，則依各廣播電臺的風格而定，並沒有一個硬性的規則。

在時間上，廣播編輯須以該次新聞的播報時間長短來決定。每條稿子的長短，或是眾多新聞的取捨，都必須依照新聞之時間做合理的編訂。

頭條新聞與末條新聞的選擇，也是編輯發揮技巧的地方。一般而言，頭條新聞以合於當地聽眾最高興趣或最關心、影響最大的新聞為主；末條新聞則以較輕鬆、有趣的軟性新聞為主。

㈣播　出

這是播音員的工作。播報新聞不同於一般娛樂性節目的播出，首先講求的是具有權威性與嚴肅性的音色。一般來說，太過柔和、軟弱的聲音，是不宜於播報新聞的。

其次是播出前的準備工作。播音員是訊號發出的最後一道人為關卡，聲音一經發射出去就收不回來了。準備工作第一是注意生字，再則是熟讀新聞稿件；任何一位經驗老到的播音員，也不可以過於自信自己的能力，總會有機會遇上生字及文句的誤解，導致誤讀，甚至會鑄成大錯。

再來就是播出的進行。這時必須調勻呼吸，平靜情緒，調整音色及語氣，控制念稿的速度。一般播報新聞的速度，以每分鐘 150 字上下為宜。速度太快，令聽者印象模糊，無法接受。

以上是一般直述新聞的製作過程中，各部門人員所需注意的問題。至於廣播新聞的其他類型，也有其製作程序上特殊的地方。約述如下：

㈠實況轉播

最常見到的是球類比賽，或重要會議現場轉播。這類新聞，記者的反應能力占很大比重。

首先，記者需事先明瞭現場概況、場地大小、參加人數，其次則是預備充分的有關資料。記者做實況轉播，最高目標就是把現場的每一點具有新聞的事實，傳達到聽眾的耳朵，如果不能明瞭現場概況，就很難抓住重心，轉播效果就會大打折扣。另外，實況轉播有時會出現「沒話說」的情況，在這種情形下，可以用事先準備好的資料來「補白」，才不致有尷尬的場面出現。這些資料，包括了每一位球員的背景、特徵、嗜好、歷屆球賽的成績分析，或者是該次會議的成員介紹、決議案的結果判斷等。資料充分，不僅可以「補白」，而且可以使聽眾有更深入的瞭解。

㈡錄音新聞

錄音新聞一如前述，記者必須熟練錄音設備的操作，否則一經漏失，前功盡棄。其次是剪輯工作，訪問錄音或實況錄音，內容上多多少少會有不合於新聞播出要求的部分，於是在播出之前的剪輯工作乃是不可缺少的。怎樣才能選出其中重要的，並且讓聽眾聽起來覺得有連貫性，都是記者在實際作業時必須特別注意的。

㈢時事評論

廣播時事評論很像報紙的社論及專欄，在製作時，要考慮本身的立場與風格。

㈣時人訪問

這種新聞方式，要比記者採訪該新聞人物之後，再撰稿報導的效果強得多，因為聽眾可以直接聽到受訪人的談話，少了一道傳播管道，在感覺上自然是親切真實許多。但是當記者在進行這項訪問前，應該要和受訪者協調程序上的問題，以及讓受訪者先瞭解訪問的主題，以免造成採訪時的困擾。

㈤時事座談

　　這是廣播比報紙出色的地方。聽眾可以直接聽到座談會上每位來賓所發表的言論。時事座談所須注意的事項是：參加者不可太多，時間不可過長，參加者所發言的內容不可超出主題的範圍；主持人需要明確地介紹每一位參加者，如果參加者各自能有自己特別明顯的音色，讓聽眾分辨，將會使座談會更成功。

二、廣播新聞的寫作

　　廣播新聞寫作與報紙新聞寫作有很大的差異，有志從事廣播採訪的青年，對廣播新聞的寫作技巧，需做深刻地瞭解與體驗。

　　廣播新聞最基本的要求就是文字口語化及用字大眾化，對廣播電視有豐富經驗的宋乃翰先生曾說：「廣播文學最重要的問題，就是在一般聽眾易於瞭解的範圍之內，去尋求通俗的語言，淺顯的文字，不要咬文嚼字，故弄奧祕。」「字彙的選擇，語句的簡鍊，都要力求明顯。」

　　廣播新聞因受時間的限制，每一項新聞不可能像報紙新聞交代得那麼詳細，所以「重點寫作」就顯得特別重要了。把新聞事件最重要的部分交代清楚乃是「重點寫作」的基本原則。

　　其次，廣播新聞講求的是時效性，標榜的是「最新、最近的消息」，所以在寫作文字方面，力求造成聽眾強烈的新鮮感印象。例如早晨 8 點 15 分發生了一件新聞，在 9 點鐘的新聞裡，用「今天發生……」就不如用「今天早晨發生……」來得有力；如果用「45 分鐘前發生了……」則更能表現其新鮮感。

　　廣播新聞也有用到電訊的時候，這時記者必須妥為改寫，而改寫電訊新聞要注意時間及地點，必須和播報的地點與時間配合，外電發來時常有「昨日」、「此間」的字眼，如果不把它明確地改寫出「昨日」到底是幾月幾號，「此間」則是指什麼地方，就會使聽眾造成錯覺，則該項新聞就是失敗的報導。

　　廣播新聞也常會碰上龐大的數字，報紙新聞可以取巧，廣播新聞就不可以依樣畫葫蘆。例如 73,680,420,000 元，報紙新聞勉強如此寫，而廣播新聞絕對要寫成「七百三十六億八千零四十二萬元」，否則播音員拿到這條稿子，一時將會難以正確讀出，徒增困擾。

　　選擇用字，是廣播新聞寫作必須考究的，這需要記者細心體會、認真琢磨，才能訓練自己在寫作方面漸臻理想。就以上面的一句話「漸臻理想」為例，我們讀起來，並不覺得有任何困難，但是透過廣播，就產生所謂瞭解程度的困擾了，應該改成「慢慢地達到理想」。又如剛才用到的「不易理解」，「易」是單字單音，在國語裡占很大的比例，但是在廣播寫作上，最好能將單音字改為兩個字以上的複合詞，「易」改為「容易」，會使聽眾便於接受。其他像「立刻」可以改為「馬上」，「立著」改為「站著」，「往往」改為「常常」。

　　廣播新聞寫作，總要以聽眾一聽就懂為理想，否則播出的新聞，就聽眾而言，不過是一連串毫無意義的「聲音」而已。

🎤 第二節　電視新聞的製作與寫作

　　電視新聞的製作與寫作，有很多地方與廣播新聞相似，而電視因為具備影像這項特點，在製作、寫作過程中，也有其獨特的一面。在廣播新聞製作或寫作過程中能運用於電視者，本節則做簡單的提示，以避免重複。

一、電視新聞的製作

　　電視新聞的製作過程，也是透過採訪、撰稿、審稿與編排、播出四種程序。不過在採訪工作方面，一律都附帶錄影；而在編排程序上，有時也要附加幻燈片或衛星轉播影片的準備手續。在播出的過程中，要注意讀稿與影片、幻燈片的配合。

㈠**採　訪**

　　電視新聞採訪人員，常被人們詬病，認為電視記者採訪不夠深入，報導不夠詳實，採訪新聞總是蜻蜓點水……。探討其原因則是由於電視新聞一節的總播出時間多為 3、40 分鐘，最多 1 小時，因此在新聞內容的安排上，必須斤斤計較、精打細算，才不至於遺漏重大新聞，且不超過總播出的時間。

　　電視新聞雖不夠深入，但有影片配合，不失為一大利器，如果能夠善加利用，拍攝真正屬於新聞性的鏡頭，不浪費膠卷於毫無意義的「即興」場面，或錄製一些公式化的談話鏡頭，電視新聞還是有其特殊的效果的。

㈡**撰　稿**

　　電視新聞撰稿部分留待「電視新聞的寫作」再來討論。

㈢**審稿與編排**

　　主要是審度稿件的內容及採訪影片的可用性。編排的工作比較繁重，首先必須等待採訪影片沖洗出來，然後與稿件配合，少數沒有影片的，則考慮使用幻燈片，幻燈片又分文字標題性幻燈及畫面幻燈。記者讀稿時與影片、幻燈片打出螢光幕的時間要嚴格配合控制。

㈣**播　出**

　　記者播稿仍然要注意生字及事先讀稿。另外，因為電視是有影像的，記者除了口齒、咬字要清晰之外，儀態也是很重要的，不可衣冠不整，眨眼皺鼻更是不可取。另外有一點值得注意的，千萬不能一味地埋頭讀稿，若是「埋頭苦讀」，會在螢光幕上造成很不好的效果。

　　上面所討論的，只是偏重於固定的電視新聞節目之製作過程，但是我們把「電視新聞」範圍予以擴大，則電視與廣播一樣，還有實況轉播、錄影新聞、時事評論、時人訪問、時事座談等等，也是屬於電視新聞的研究範圍，其間很多製作過程中所需要注意的事項，與廣播新聞大致是相同的，茲概述如下：

㈠實況轉播

與廣播新聞最大相異之處，就是主持轉播的播音員，增加了一層工作負擔，那就是他必須與電視畫面鏡頭所及相配合，除了需注意現場全盤動靜外，也要注意轉播臺前所放置的電視螢光幕，否則無法很恰當地轉播實況重點。其他諸如事先明瞭實況現場、準備充分的資料，也都是必須注意的。

㈡錄影新聞

記者與受訪者的協調是很必要的，剪輯工作也是使觀眾是否能觀看完整影像的重要環節。

㈢時事評論、時人訪問、時事座談

此皆與廣播新聞中該類型的新聞製作相似。不過，因為電視是有影像的傳播媒體，訪問中的人物，其鏡頭取角、儀態等，亦需做適度的安排。其間若涉及背景資料，如掛圖、幻燈、影片等，事先也須做周詳的準備。

二、電視新聞的寫作

電視新聞的寫作是仿自廣播新聞，它在表現方面同樣地需要簡單而清楚，電視新聞寫作者必備的一個要件是對於圖畫藝術的瞭解，這樣他們才能以吸引視覺的技巧來表現新聞。

電視同樣是電化媒介，它和廣播所不同的只是「聲」外加「影」而已，所以廣播新聞寫作上的各種原則，仍然能被電視新聞所套用；不過，電視新聞因為有「影」的關係，偶而可以用字幕幻燈表現新聞內容，或以字幕配合播報訪問對話，在觀眾的閱聽印象中，自然比廣播新聞僅有聲音而無影像的效果為大，但是因為這些字幕，一方面運用在電視新聞中並不普遍，二方面有「一閃即逝」的缺點，所以有時難免產生誤解、誤讀的字句，這點是記者要極力避免的。

在電視新聞方面，目前國內的電視新聞節目都有固定的時間，一般

人對於電視新聞的印象是：膚淺、浮泛、即興式，沒有發揮電視新聞的
最高理想。因此，電視新聞之製作，應把握本身的有利條件，使電視新
聞往更理想的境界發展。

第三節　實況轉播與錄音、錄影

在前面一節中，我們已經就廣播電視新聞製作過程中，有關實況轉
播與錄音錄影的事項大略提及。本節裡，我們將更深入地討論這兩項主
題，因為這兩要項，是其他傳播媒介所無法做到的，所以也可以說這兩
種特點，是廣播與電視所獨具的優點。

在廣播電視的傳播上，最常用到實況轉播的時機，是運動比賽、大
型晚會以及大眾的重要集會。我們試就這兩種時機為例做一說明。

一、播報員的條件

播報員的素質，關係到整個轉播工作的成敗。在運動比賽方面，播
報員必須熟知比賽項目的知識（包括規則、術語應用、攻防陣勢、運動
特性、演進歷史、運動員的背景資料等）；其次，努力使自己的報導生動、
流暢；第三，注意把握比賽的高潮，並盡力使聽眾或觀眾感覺出來。這
裡要強調的是，播報員雖然要具備運動知識，卻決不允許有「賣弄」的
行為發生，否則極易引起反感；而且如果一味地使用太過專門的術語，
或不太為大眾所知的外文術語，那麼聽（觀）眾就會無法接受，反而失
去了轉播的目的。十足的門外漢，只知滿口胡言亂謅，當然是失敗的播
報員；然而專家主義式的播報員，用語不免艱深難懂，又何嘗能成功呢？

在重要的集會時，播報員同樣需要具備相當的修養與學識。譬如閱
兵大典，所展示的兵器、兵種等有關軍事方面的知識；或者在立法院會
召開時，對於大會的議事程序、組織、法規、委員們的背景等，都是每
一位採訪記者所應該熟知的。其次，對於會場氣氛的充分體會也是很重

要的，這樣才知道怎樣運用語氣、遣詞，將當時的氣氛傳達給聽（觀）眾。如果原本很嚴肅的會場，因說話不當或語氣失真，那麼這種莊嚴的氣氛也就無法真實地傳播出去了。

無論是轉播何種情況，播報員必須具備另外一個條件，那就是對轉播器材（如前級放大器、線路架設系統）的操作要有基本的認識。萬一在轉播時發生了故障，由於本身對機器已有了初步的瞭解，就可以迅速地檢修，省卻了很多的困擾。

二、轉播前的準備以及進行中應注意的事項

轉播前，第一要有心理準備，尤其是運動比賽的實況轉播，一定要使本身的心理，立於客觀、公正的地位；人往往會在主觀上有個人的偏好或憎惡，但是一旦身為播報員，就必須要克服這種心理偏差，否則將很難得到聽眾們的信任。

光是有充分的資料（一般都是由助理員代為蒐集，或是由大會的工作人員分發）還是不夠，播報員必須在轉播前詳細地審閱，在必要關頭這些資料才能運用得上，否則難免會出差錯，甚而擾亂心緒，增加困擾。

除非是握有確實資料，否則千萬忌諱預測比賽或大會的結果。尤其是有關選舉的大會，或雙方旗鼓相當的比賽為然。過分大膽地遽下判斷，只會徒使自己處於尷尬場面。

事先安排好轉播進行中的訪問對象，並與之協調訪問的主題是很必要的，若非如此，很難使轉播工作生動而且進行順利。

注意現場的一切動靜，有助於對轉播主題之外的側面報導。側面報導可以增加轉播效果上的臨場感，並且可以緩和聽（觀）眾的緊張情緒。因此在轉播前的準備工作之一，就是對於現場主題以外的瞭解。

預防外界對於傳播工作的干擾，也是轉播前的重要措施之一。在進行轉播工作時，對於不必要的聲音或畫面，都要嚴格地防止它們傳到麥克風或攝入鏡頭。

　　廣電傳播中能發揮傳真效果的工作，當然是實況轉播，而發揮其傳真效果者，則為錄音、錄影作業。

　　錄音與錄影在廣電事業上，至少有四項優點：⑴播送效果與現場節目 (live programs) 相差有限，而成本卻節省很多。⑵錄音與錄影節目經過剪接，可以避免現場演出節目中的錯誤與不緊湊等缺點。⑶節目製成之後，可以保存起來，隨時使用。⑷許多新聞活動，並無現場轉播之必要或可能，要想盡量保存現場之真實情況，惟有利用此種方法。因此，錄音和錄影工作在整個廣電事業中，占有很重要的地位。

　　錄音、錄影工作大體上應該具備的事項，與實況轉播並無二致，只是錄音、錄影能把實況轉播中的鏡頭，經過剪接而更臻完美；而其中播報員的條件、工作前的準備以及工作進行中所要注意的事項都和實況轉播所要求的大致相同。

　　實況轉播與錄音、錄影，在理論上具有絕對的傳真與存真效果，其可信度應該是很高的；但是，實際上它們是否真的像理論上所說的傳「真」或存「真」呢？這個問題很值得我們探討。

　　大眾往往指責報紙報導不實，卻很少批評廣播電視新聞失真，這並非表示廣播電視新聞的記者和報紙記者在基本上有何差別，而是廣播電視所使用的工具，較少受操作者情緒的影響。這兩種傳播工具，在本質上較具有傳真、存真的作用。不過有照相經驗的人都知道，照相機雖然也有存真作用，但是它卻可以透過角度、光線、暗房作業等運用，使攝影主題失真（或許會變得美些）；麥克風、攝影機同樣也可以透過效果配音、剪接、暗房作業的運用，使內容失真。廣電涉及的技術是繁複的，也是大眾不易瞭解的，如果為了達到某些不當的想法，在製作過程中玩些花樣，一般觀眾雖然察覺不到，但這就違背了新聞工作者的良知，不但有辱於自身的人格，且會擾亂廣大社會的視聽，失去了新聞事業求真、求實，傳真、存實的原則，有志於從事廣電事業者應該特別警惕。

第九章　新聞寫作與新聞文學

第一節　新聞文學與純文學

　　討論本節主題之前，我們首先要敘述 1960 年代期間文學界的一件大事，也就是所謂「新新聞學」的興起。新新聞學在 1966 年底開始被人們廣泛重視，就在此時，文學界也揚起了巨大的爭論風暴，諸「文人」為了固守自身的地位，對這新聞文學發動攻擊。

　　如果我們將 1960 年代的文學界以簡單的圖示說明，可以用「▷」表示，此三角形的頂點，亦是文學界的上等地位，歸於小說家、劇作家及詩人。他們認為自己是唯一有「創造力」的作家及文學藝術家，有探索人類靈魂——深刻的感情以及無窮祕密之不可剝奪的權威。在三角形的右側點，則是文學界的中等階層，包括了學者、隨筆文學家、文學批評家、傳記作家、歷史家。曾經在《人間》副刊海外專欄發表過〈新新聞學試探〉一文的徐文蘭指出，這些人雖然無法與小說家並駕齊驅，但是卻為非小說家的主流，在文學界所管轄的範圍是分析、洞察與發揮智慧。至於三角形的底點，則是被保守的文學界人士視為整個文學組織最底層的新聞記者。他們被視為勞工階級，每天去挖掘最原始的資料，以供「有高度感性的作家們」做最佳的運用。六〇年代以前，記者在文學界是「沒有身分證的無業遊民」。

　　但是，六〇年代以後，記者開始運用小說家的寫作技巧，去表現原始資料，形成別樹一格的新聞文學，也震撼了整個文學界。這種「入侵」行為，讓占有三角形頂、右側兩點的人士大大不以為然。而這種以事實為內容主體，藉採訪者深厚的闡釋能力，靈活運用適當的新聞資料，將

新聞寫作帶到文學寫作的新聞文學，其例不勝枚舉。例如美國新聞文學代表諾曼‧梅勒 (Norman Mailer) 在 1967 年發表《黑夜的軍隊》(*The Armies of the Night*)，即是以美國六〇年代後期，國內暴亂為主題，予以闡釋，使讀者能更進一步瞭解問題的因果。這些將新聞加以闡述的方法帶到文學寫作方面，其教育功能是十分迅速、有效的。又如柯波帝 (Truman Capote) 的《冷血》(*In Cold Blood*) 一書，也是運用新聞體的寫作，內容是描寫「一樁多重謀殺案的經過及後果」的真實報導。

我們審度以上這些作品的筆調與內容，它們實在不是小說，因為小說的情節，極大部分是虛構的，筆調也免不了渲染了色彩。但是它們也稱不上是新聞，因為就時間的效果而言，比不上每天發生的新聞；而且闡釋得如此詳細、完整、深入，也和新聞「倒寶塔式」寫作不同。

因此，我們可以看出，新聞文學除了必須具有新聞寫作的條件：正確、客觀、完整之外，更需要有寫作的技巧，以及各方面人文、社會科學的知識。也因為新聞文學的寫作，要有能深入淺出地表達各種知識的能力，所以對作者而言，這是十分嚴格的考驗。

新聞文學寫作雖受讀者的歡迎，但批評者極多，這些批評也多來自正統（純）文學的作家。夏志清教授曾以很含蓄的話批評梅勒的作品：「梅勒代表的精神是：『以俗為雅』，越是一般人注意的題目，他寫得越起勁，把『文學』和『新聞雜誌文』打成一片。文章寫得俗，作家自己對文學傳統的瞭解程度淺一些也沒關係。」

一些美國新聞界和文字界，對新新聞學持懷疑與質疑態度，認為其對新聞和文字都有失尊敬。

其實，無論哪方面的學問、發明與創作，都是值得嘉許的，新聞文學亦然，它是整個文學領域中另外一種形式，並且有其不可抹煞的價值與影響；傳統的文學自不可對其有門戶之見，而一味地敝帚自珍，並且需正視新聞文學對社會的影響，與純文學互相比較，以見其長處。正如吉勃斯 (Philip Gibbs) 所說：「我認為優美的報章文字，就是很高的文學形

式，這種形式比起其他的文學形式雖然顯有不同，其永久價值也無可避免的較低。其他文學形式在達到它最高水準時，是萬古不廢的，那種文學形式，當然擔當得起文學那個字的最高使命。」

新聞文學根據事實，致力於尋求報導的高潮，而純文學則講求情節的曲折。新聞文學須發揮其傳播效果，純文學不必重實際功能。新聞文學講求的是迅速、確實，純文學則標榜慢工細活、琢磨推敲。

🎤 第二節　「新新聞學」的探討

「新新聞學」(new journalism) 的原義，至今還無法釐定一個完全使大家認同的定義，有時可以指新的新聞編採方法，有時只是指用新的新聞學或新的新聞編採法寫出來的作品，更可譯為「新新聞報導」。從字面上看，「新新聞學」既稱之為「新」，一定是與傳統的新聞學有若干不同之處；但是，我們可以確定一件事實，那就是「新新聞學」不是一種運動，它沒有規條限制，只是在六〇年代，突然之間在新聞界產生的一種藝術刺激品。我們在本節所要討論的主題，即在於探究「新新聞學」產生的背景、各家定義及寫作方式，與在我國新聞界的適用性。

一、產生背景

傳統的新聞學，要求記者在報導新聞時須扮演公平、超然、客觀的角色。但是，這種要求已引起報業先進國家，尤其是美國記者的普遍不滿。他們認為，記者實質上永遠無法成為一個完全中立地位的人物，也就是永遠無法完全超然、客觀地報導新聞事件。我們也很容易看得出來，傳統新聞寫作，記者往往是以一個人的身分出現在現場，他所寫出來的報導，充其量也只是眼所看到的，耳所聽到的，內心所想到的；理論上雖然認為只要超然公平就能正確報導，除去個人的意見與感覺後，報導就可以信賴，但這種理論對記者、對讀者都是不誠實的；因此，傳統新

聞寫作方式漸漸地被「寫實主義」的寫作技巧所取代，蔚成新聞界所熱衷討論的「新新聞學」。

以「新新聞學」方式寫出的文章，初期曾遭受重大的非難，尤其在文學界，幾乎對此一形式的新聞寫作群起謾罵。譬如 1965 年，《紐約前鋒論壇報》星期雜誌主編湯姆‧吳爾夫 (Tom Wolfe) 發表了一篇以「新新聞學」方式寫作的文章〈小木乃伊們！在第四十三街土地上的統治者的真實故事!〉，立即引起美國傳統新聞學權威《哥倫比亞新聞評論》(*Columbia Journalism Review*) 及美國舊式文人泰斗《紐約書評》(*The New York Review of Books*) 的強烈咒罵，形容這篇文章是「私生子形式」的作品和「雜牌新聞學」。

為什麼這種定義既不統一、又無一定規條限制的「新新聞學」在初期會被反對得如此強烈？尤其更被文學界的小說家視之為眼中釘？原因是二十世紀以降，小說家已「確認」他們是唯一具備「創造力」的作家，而且這種地位他們已視為禁臠，不容他人挑戰，唯有小說家有權威探索人類的靈魂、深睿的感情、無窮的祕密；即使是學者、隨筆文學家、傳記作者，都無法與小說家相提並論。在小說家眼中，隨筆文學家者之流，所管轄的文學領域只是分析事實與玩弄智慧；至於新聞記者，那根本是整個文學領域中的最低階級，只配去挖掘最原始的資料，來提供具有高度權威的作家們去運用。但是，忽然之間，新聞記者「膽敢」用上了小說家的技巧，在新聞報導上，也出現了有骨、有肉、有血、有淚的作品，而且又是那麼具有真實性與感性，給文學界帶來了相當程度的嫉羨與憎恨的影響。

二、「新新聞學」的定義

編著《記者當藝術家》(*The Reporter as Artist*) 一書的雷納德‧魏布 (Ronald Weber) 博士說，不論新新聞學一詞如何含糊與不定，它已成為一個方便的標誌，來說明小說以外的文藝寫作最近的發展，以及這種寫法

所引起的激烈批評與爭論。

　　「新新聞學」創始人湯姆・吳爾夫認為：新新聞學需要有三種不可或缺的才能，那就是報導、分析與最重要的小說的戲劇性技巧。而且在報導的內容與角度上，不再局限於傳統的新聞寫作需具備的五 W 和一 H（何人、何地、何時、何事、為何及如何發生的），而是運用完整的事件過程敘述和應用大量的關係人的對白。吳爾夫並指出，「新新聞學」應具有深度報導的意思，而且這種深度報導要注意到最細微的事實與細節的描述，這類描述是傳統新聞寫作所忽略的。他們稱傳統新聞寫作「墨守成規」。

　　傳統的現代新聞寫作，幾乎硬性規定要使用「倒金字塔」的寫作標準，嚴格要求在導言上須立即顯示出報導內容最重要的部分。但是「新新聞學」認為在寫作技巧上，要運用隨筆、短篇小說或文藝體裁的形式寫成。他們認為記者與作家的混合是新聞學的新哲學。

　　或許我們過分強調新新聞學與傳統新聞學的異同，而對新新聞學產生某些偏差的觀念，認為新新聞學是一種完全反傳統的「學說」。事實上，新新聞學並沒有想像中具有如許強烈的反動性；曾任《紐約時報》編輯的賴特・馬克爾 (Lester Markel) 對新新聞學提供三點值得我們參考的看法：⑴新新聞學並不是真的「新」。⑵只有在廣泛的意義上是新聞學。⑶許多新新聞學派的人尚未意識到，新新聞學的「新」並非「舊」（或傳統）新聞學說的代替者；他們更尚未察覺到，即使沒有人注意，一般而言，新聞學仍不斷地在更新它的內涵。

　　在新聞學術界中，也有對新新聞學的看法，哥倫比亞新聞研究所認為：「是一種主觀真實的形式，企圖用小說的技巧來報導新聞事件。」印地安那州立大學教授約翰・布雷德 (John Blade) 稱新新聞學是「一種高度解釋性的報導，含有深度的鑽研，因有戲劇性的筆調描寫許多形容個人的細節，而使此種報導充滿生氣，把寫小說的技巧，運用到小說以外的文藝寫作上。」

三、新新聞學的寫作方式

新新聞學對新聞事件的報導寫作方式，最主要是把握住四種技巧，就像電視鏡頭的分鏡處理效果，能將事件表達得淋漓盡致。

第一種技巧是場面的靈活安排，不落於記流水帳般的平鋪直敘，完全採用影視鏡頭剪接效果，使寫作的文字具備高度動感作用。

第二種技巧是充分利用對白的紀錄，完整的對話紀錄是使讀者產生參與感的最佳技巧，並且能更有效、迅速地表達出報導中人物的性格。

第三種技巧是以第三人稱的方式去描寫事件，透過一個特殊人物的思想、觀點、言語，把每一事件發生過程的每一段落呈現到讀者的面前，去體驗事件過程中每一段落的真實感。傳統新聞報導，記者往往運用第一人稱的方式去報導事件，結果使報導的角度、範圍都受到限制，並且使讀者產生反感，認為記者所描述的，絕大多數只是記者本身的看法、思想，並不代表真實的事件。若用第三人稱的方式，則可以用多角化的筆調，更趨完整地描述事件過程。

第四種技巧是描寫場面中最微細的細節，譬如慣用的手勢、語調、表情、服飾、行為態度。簡言之，就是以「寫實派」的方式，將情節過程描述得巨細靡遺。事實上，這正是報導內容中最引人入勝之處。

四、新新聞學在我國的適用性

新新聞學在六○年代，的確在新聞界、文學界造成不小的風波。但經過數十年來的發展，我們發現，它只是傳統新聞學演變而成的一種新的寫作方式。它在事件的報導上的確能夠使讀者更加接近事件的真實性，更加有參與感。在廣播、電視快速發展的今天，報紙運用新新聞學寫作報導，也不啻為發揮特點，增加銷售的方法。

須留意的是，新的新聞訪寫技巧並不適用於所有新聞，我們若能把握一項先決條件：使用新新聞學處理新聞事件，除了刺激報紙銷售量、

提高閱讀娛樂性之外，更要考慮到是否對國家、社會、人群有貢獻、有幫助；若要使新新聞學能成功地適用於我國，則新聞界的領袖們必須要讓記者能有多餘的時間、經費花在採訪寫作上，而記者們也能如此配合，這樣才能發揮「新新聞學」的功能。

例如中國大陸走過 60 年，從毛澤東到劉翔，各種價值觀從封閉走向世界化，邁向多元，相對地，許多報導都有點類似「新新聞學」的報導方式。

而臺灣新聞記者可待發掘的問題一樣很多，聽障奧運選手的事蹟、青年男女對時代變遷的適應力、生態環境的變化等，都是很好的寫作題材，記者們只要平日多留心這些問題，並且設法去親身體驗一下，不難寫出很好的報導來。

第三節　新聞的體裁與結構

我們以文章說明事物，可運用不同的立場、語氣來表達，作文如此，新聞寫作亦復如是。立場、語氣之不同運用，構成了新聞的各式體裁；而新聞主體在寫作中的分布，亦即主體間架層次，則是新聞結構的探究重心。本節就新聞體裁及結構分別討論：

一、新聞的體裁

研究新聞寫作體裁的目的，無非是「如何有效地運用文字，來發揮新聞的特性，以達到傳播的目的。」因時代的變遷，傳播新科技引來的傳播媒介變革，新聞報導也越趨繁複，所運用之體裁、類別也不斷地演變。以目前而論，新聞體裁可大別為：(1)純正新聞；(2)花絮；(3)專電；(4)通訊；(5)專欄；(6)特寫；(7)短評；(8)綜合報導；(9)專訪。我們分別把各種體裁說明於後：

(一)純正新聞

純正新聞的特性是，只對事實做公正、客觀的敘述與說明。因此，在寫作上，應極力避免摻雜個人意見。有幾項原則值得參考：(1)在語句上，應力求客觀；(2)適當引用新聞涉及的關係方面或有資格人士的談話，證實新聞事實；(3)不用記者直接說出的話；(4)避免不必要的形容詞和評論式的語氣；(5)如果新聞牽涉到多方面的利害，須引用各方面的意見，讓讀者去判斷是非；(6)文中少用代名詞，多用姓名表示；(7)在未獲有關方面證實前，必須預留餘地，落筆含蓄保留。

(二)花　絮

花絮是新聞和特寫的陪襯、拾遺與補充。花絮不宜併為新聞，因為它太零碎，也不宜併成特寫，因為它沒有特寫的緊湊性質。

花絮寫作所要把持的原則是：每一則花絮，都須具備獨立的性格；字數不可過多，文字要求活潑、生動、風趣。切忌呆板、說教，也不能一味諷刺。

(三)專　電

專電本來就是新聞，其構成要素相同、組織結構一樣，區別在新聞較為詳盡，專電則較簡要。新聞是全貌，專電則為精華。

(四)通　訊

通訊在於補新聞專電之不足，也是派駐在外埠及外國的記者，對當地的重大事件所做的進一步報導。通訊的另一意義，是加強兩地民眾的瞭解，使讀者能不出大門，而知天下大事。

通訊的寫作，是以綜述、分析的手法報導某一問題的來龍去脈，或者以特寫、訪問來撰寫。一篇成功的通訊寫作，應該筆調生動、語句親切，以肩負起供應讀者對外埠各種情況的瞭解、交流文化與提供趣味的素材。

(五)專　欄

專欄是對新聞事件更深一層地發掘，更進一步地組織所表現出來的

新聞體裁。因為它比新聞更有深度與感人的力量，更使讀者易於接受。報人馬克任曾對專欄下了一個公式：新聞＋特寫＋評論＝專欄，很值得玩味。在現代報業中，專欄占有很重要的地位。

　　一般而言，在報紙上寫專欄，通常都是在群眾中具有相當威望的人士，但挾其威望之餘，他在文學寫作上，也要有主觀的條件要求才能寫好專欄；他必須有專家的修養、深度的發掘以及觀察與分析的能力，然後以簡潔、生動、條理分明的筆調，完成其作品。

㈥特　寫

　　「特寫」在新聞體裁中，有不同的解釋，有人認為凡是登載於闢欄地位的文字都是特寫，包括通訊、內幕新聞、專欄。事實上，特寫此一體裁，有其特殊的意義。美國新聞學者斯台格曼 (Walter A. Steigleman) 說：「特寫作者不僅在報導事實，且須將事實戲劇化，事實只是一個了無生氣的畫面，而特寫卻賦予色彩、懸疑與戲劇。這一點與純正新聞更有極大的出入。」

　　特寫雖然將事實戲劇化，但始終不能脫離事實，不似專欄能夠有較大的伸縮，可對新聞事件加以解釋及推斷，這是特寫與專欄不同之處。

　　特寫寫作為了使事件戲劇化，高潮迭起，因此它須講求情節變化，取材必須特殊化、突出化，而不似通訊的內容僅是對新聞的綜合敘述，分析結構上盡可以「流水帳」的方式寫出，此乃特寫與通訊之不同。

㈦短　評

　　短評是新聞的解釋、配合，使讀者對某一件事有更深切的瞭解，並藉之提出看法與主張。

　　短評的影響，並不因其文字短少而減低。事實上，它吸引的讀者多，發生的作用大；因為它取材多注意趣味的、輕鬆的、值得注意而有意義的小題目；而且在寫作上，可以幽默，可以嚴肅，可以激憤，在體裁運用方面比社論寬廣。

　　短評寫作，在基本修養上，應有純潔的思想，博而專的學識，高而

遠的見解，並且要有邏輯的訓練，在問題取捨和立論判斷上，能大膽而自制，以致運思行文，敏捷迅速。

(八)綜合報導

綜合報導是「報紙將某一新聞各方面反映觀點，予讀者以簡明、深刻而完整的印象，將不同或同一時間，發自各地或一地的有關報導，以本報報導為中心，所做的完整報導。」

綜合報導寫作，首先必須注意資料的分類整理，並且保持其中原意與精華。其他如時間與地點的更正、連接語的運用與語氣的一致、衝突事實的處理，以及人名、地名、譯名之統一等，也是綜合報導寫作所需注意範圍之列。

(九)專　訪

專訪的新聞寫作，與一般的新聞寫作法則一樣，須事先將重要部分交代清楚，不同的地方則是專訪需要加以襯托的手法。

當一件重大的新聞發生，記者為了充實其內容，探尋其影響，向關係或權威人士加以訪問，這是專訪衍生的原理；其間記者要注意的是保持原意，不僅不可曲解，不能增添，更不可本末倒置。專訪的特質是：內容由被訪問者予以確定，記者是被動的寫作。因此，專訪寫作必須刻求存真、達意。至於記者對情節的安排、動人的描述、適當的襯托，也是專訪體裁中不可缺少的寫作手法。

二、新聞的結構

哥倫比亞大學新聞研究院教授約翰・賀亨柏 (John Hohenberg) 曾說：「新聞的結構深深地受到四個因素的影響。它們是：新聞本身的型態，刊登的時間與空間，以及寫作者的技巧。」他並指出，最古老、最方便、最有用也最常用的新聞結構是倒置的金字塔形式，又稱為倒寶塔式。所謂「倒寶塔式」的結構，就是把新聞情節的精華放在最前面，次要的放在後面，再次要的放在最後面，形成一種倒述的結構，其形式有如寶塔

倒立，故有此名。報導事實的新聞最適合用此一結構。

　　然而，倒寶塔式的結構是否為這類報導唯一的結構呢？顯然不是，有很多傳播事業新進認為此種形式不合時代的要求，他們認為這種寫作方式造成文字的枯燥貧乏，毫不足取。美國一名廣播記者懷特 (Paulew White) 即在所著《廣播新聞》一書中表示：「現在流行的倒寶塔式，頭重腳輕的新聞寫作方法，可能在不久的將來，也將因自身所負的分量過重而頹倒下去吧！」芝加哥《每日新聞報》總編輯華特爾 (Basil Walters)，也鼓勵記者在寫稿之際，「忘掉一切規則，別出心裁地像說故事一樣說一條新聞」。

　　無論反對倒寶塔式結構的論調如何高唱入雲，這種形式卻有其立於不敗之地的價值。

　　倒寶塔式結構有何存在價值？可依讀者、報社兩方面析論。

　　就讀者方面而言：

㈠便利讀者閱讀

　　現代社會科學文明發達，生活匆忙，讀者閱讀時間相對減少，大都希望在極短的時間內，瞭解每一則新聞的梗概，新聞寫作若能將主要部分放在第一、二段，對讀者而言將方便不少。

㈡滿足讀者的好奇心

　　人總希望先知道事情的結果，甚至只想知道結果就已滿足；以選舉為例，相信大眾都想先知道選舉結果是誰當選，而不會先探究選舉的發展程序。倒寶塔式的寫作結構，正好迎合了大眾的好奇心理。

　　就報社作業而言：

㈠便利編輯作業

　　編輯在分到稿件後，首先要衡量新聞價值，其次即為製作標題。新聞能在稿件前面把重點交代清楚，編輯才能在極緊湊的工作時間中，順利完成發排作業。

㈡便利拼版作業

　　編輯為了安排報紙固定的版面，有時會刪去稿件不重要的部分。若記者不按倒寶塔式寫作，編輯在刪除文句時，必須反覆推敲，且損害了新聞的完整性。倒寶塔式的寫作，可幫助編輯在丟掉多餘稿件之時，做明快的處理與決定。

　　以圖示倒寶塔式結構：

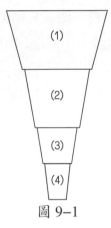

圖 9-1

　　依此圖形，第(1)段中把新聞的主要部分記述出來，依次為第(2)至第(4)段，各該段是補述首段有關的資料，使讀者能進一步知道新聞的過程與內容。同時各該段除補述首段之不足外，應各自獨立，互不牽涉。但是，該圖各區域大小只在於表示新聞重要層次，不代表文字多寡，甚至往往越後面的段落，因敘述詳細，文字反而會越來越多。

　　反對傳統倒寶塔式結構的論調，最極端的，莫過於採取正寶塔式敘述。將故事中最有趣的部分放在最後，讀者必須把全文讀完，才能瞭解全部的概況。圖示如下：

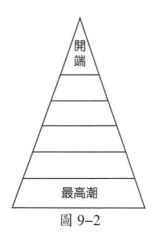

圖 9-2

　　這種結構，用在純文學寫作是可以的，但在純正新聞寫作上，實不足取。

　　為了要打破倒寶塔式造成「文字枯燥貧乏」的缺點，也為了接受正寶塔式懸疑、峰迴路轉的趣味性特質，經過新聞學者們研究，創造了一種折衷式的結構。那就是在文章之前先將高潮部分表現出來，然後在第二段以後，以正寶塔式結構敘述。圖示如下：

圖 9-3

　　這種結構雖然較為一般新聞工作者和讀者所接受，但在編輯實務上，仍然會造成某種程度的困擾。

　　另外一種新聞，不適於套用以上各種結構，它的每一部分都是大塊

文章，價值不分軒輊；這種情況下，往往採用平鋪直敘的方式，例如某
些特寫或資料性的文字。以圖示其結構為：

圖 9-4

不同的新聞應該有不同的結構來處理。倒寶塔式的新聞寫作方式，
至少有兩種變體被人們廣泛利用。第一種以圖示為：

圖 9-5

這種體例一般運用在某重要人物發表談話的情況。當其談話內容明
白規定某一部分可以引述、某一部分不能直接引述時，其不能直接引述
部分，常以背景文字間接說明，即常應用以上這種倒寶塔式的變體。

另外一種變體，則是當有一連串有關係的重大事實發生，而在第一
段無法完全表示時，予以採用此一變體結構。圖示如下：

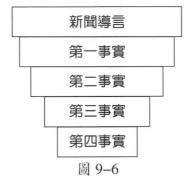

圖 9-6

　　這種新聞變體中的每一區域，即各事實主體，可自成一獨立的倒寶塔式結構，以便於刪節處理。

　　新聞寫作的組織和技巧是逐步發展而成，而且經常在變動，「倒寶塔式」的結構，自然也非一成不變；因此，如何創造一種讀者所喜愛閱讀的新聞寫作方式，正是新聞工作者不斷思考研究的重要課題。

🎙 第四節　導言與可讀性

一、導言的探究

　　「導言」乃由英文 lead 譯來，有人將之譯為「引言」或「新聞提要」。

　　導言是新聞的精華所在，是以簡短的文字，把整個新聞的重點勾畫出來。一則新聞可能分成若干段，導言需盡可能地包括各段的要義。

　　傳統新聞學家都認為，導言要顯示新聞事件中的六何：何人 (who)、何事 (what)、何時 (when)、何地 (where)、何故 (why) 及如何 (how)，亦即所謂的新聞五 W 與一 H 要件。但是，這六項要素運用的原則已經落伍。目前導言的寫作，講求簡短明確而突出，凡是可以放在以後幾段中細談的情節，絕不讓它在導言中出現，以免導言失去重心與特色，或者分散了讀者的注意力。一般說來，導言中急需解答的問題，多為何人、何時、何地、何事的問題，至於「何故」與「如何」，多半是可以放在以

後幾段再談的次要問題。

報人馬克任說:「導言部分是很重要的,它影響能否吸引讀者繼續看完這則新聞,或令讀者瞥一眼就移向另則新聞,它必須寫得生動,而且包含新聞的重要因素。」可見得導言寫作的好壞與新聞的「可讀性」有密切關係。

新聞之導言是近百年演變使用、研究改良的產物,我們可舉出兩例做比較,這兩個例子都是有關美國總統被刺身亡的消息:

1865 年林肯 (Abraham Lincoln) 遇害,《芝加哥論壇報》記載:「華盛頓 1865 年 4 月 14 日——林肯總統與夫人,在福德大戲院觀戲。戲目是《美國表親》。他們坐在第二排一包廂裡。在第三幕快要結束之前,有一個人走進了總統的包廂,一槍擊中了總統的頭……」

1963 年甘迺迪 (J. F. Kennedy) 總統被刺,中央社合眾國際電文:「(中央社德克薩斯州達拉斯城 22 日合眾國際電) 美國總統甘迺迪,今天遇刺殉難。今天,當這位美國第三十五屆總統乘一部敞篷汽車駛經達拉斯市區之際,被一名刺客開槍擊中要害。」

以上兩則新聞導言,孰良孰窳,讀者一望即知。

導言的要素,如上所述為五 W 與一 H,但是,只具備這些要素仍然不能使導言的可讀性增加,其中還需在寫作技巧上加以考究,才能化平凡為神奇。下面各項原則可供參考:

1. 引語式導言

權威專家的話、簡潔有力而意義適當的成語,皆可直接引述,以增加導言的吸引力。

2. 條件式導言

用一個假定可能情況作條件,以激起閱讀興趣。

3. 對比式導言

將新聞事件中六何的任何一部分,其中有兩個極端情況存在,以對

比方式排列，增加導言的吸引性。

4.驚駭式導言

將新聞中最引人驚怕的事實，放在導言中，產生震撼作用。

5.疑問式導言

在導言中提出疑問語句，以引起讀者注意。

6.典故式導言

先引出與新聞事件類似的小故事，再點出新聞事實。但這類典故，必須是大眾熟知的。

導言的變化在能針對新聞的特點，加以靈活的變化運用，方式繁多，不能一一列舉；在挑選時，應該特別注意新聞的特性——時間性、鄰近性、顯著性、影響性和人情味，以在此前提下，用靈活的筆法寫作。

瞭解了導言構成要素（六何），及其寫作方式的變化原則之後，我們還要強調導言寫作的基本要求：(1)用字遣詞，講求簡短有力，一針見血；(2)完全客觀，不得摻入記者個人意見；(3)切合新聞主要內容，不許只為譁眾取寵，致有空穴來風之杜撰。

錢震教授所著、筆者等人增補的《新聞新論》中指出：「導言中，『六何』不一定都要在導言完全說出。否則，此導言就會覺得太臃腫。」錢教授並且認為「在同一個版面或同一天的報紙上，不可老是採用同一種形式的導言，以免單調」。

一位路人目擊一場車禍，有人過來問他：「嗨！發生了什麼事？」路人回答：「一個警察被撞死了。那輛計程車違規超車撞上的。」這樣的回答乾淨俐落，路人卻不知道他已完成了與新聞記者寫導言同樣的工作。妥善運用自己的語言及觀察能力，不講廢話，是訓練寫導言的良方。約翰・賀亨柏教授指出：遲鈍的導言是因襲、懶散的寫作和疏忽的產品。寫一條鋒銳的導言，需要好的新聞感觸和精鍊的文字。

二、可讀性的探索

　　寫作新聞除了正確性、客觀性、完整性、迅速性四要素外，還須具有可讀性，才能發揮傳播的效果。一則新聞缺乏可讀性，對讀者而言，充其量只是沒有意義的文字；對報紙而言，則是浪費版面空間的廢物。

　　什麼是可讀性 (readability)？新聞學教授王洪鈞說：「使人人能懂，人人愛看。」「迅速瞭解，樂於卒讀。」傳播學家徐佳士認為，可讀性不只是一個如何使讀者「讀得來」的問題，而且是一個如何使讀者「喜歡讀」和「記得牢」的問題。亦有學者認為，可讀性即是許多讀者讀起來容易有趣味。

　　有人認為新聞事件在先天上就已決定其可讀性的大小，譬如若干政治性枯燥無味的宣言，或艱澀冗長的法律闡釋，其可讀性絕對小於影視圈發生的花邊新聞。這種觀點雖無可厚非，但是，我們要討論、要學習的，乃是記者如何從題材中發掘和提高可讀性，努力找出先天性枯燥無味的新聞中，對讀者有直接影響的地方，然後用讀者所熟悉的字句表達出來，這也是記者寫作的責任，一種對新聞工作的敬業精神。

　　一則本質十分嚴肅的新聞，誠然沒有任何趣味可言，但不見得沒有可讀性。因為它或許與大眾有密切的關係，如果將之寫得讓讀者易讀、易懂，可讀性便高了；如果新聞本身已很嚴肅，而寫作時又咬文嚼字、詞意晦澀，可讀性便低了。由此可知，可讀性的高低，不可以新聞的趣味性濃淡為衡量尺度，應以是否讓讀者讀後瞭然於心為審度標準。

　　因此，衡量可讀性的高低，至少有下列幾點原則可做根據：

㈠文字是否清晰簡鍊

　　清晰簡鍊，就是將複雜微妙的事實或觀念，以快刀斬亂麻的方法，加以井井有條地組織，使人一目瞭然。

㈡文字是否淺顯易懂

　　用字行文要淺顯得像平常說話一般。任何生僻、複雜的字，都會影

響可讀性。

㈢敘述對象是否特定而具體

一文一事是新聞處理的原則,任何一條新聞都有其特定的獨立性格,不可拉雜敘述,使人茫然不知所云。同時,使用具體而不籠統的字眼和文句,也可增高可讀性。

㈣標點是否清楚,段落是否分明

標點與段落是使文章通順、語意清晰的工具;妥善運用標點、適當劃分段落,不僅讓讀者易於閱讀,更易於瞭解。

我們要確立一種觀念:新聞寫作不是賣弄記者自己國學知識的場所,更不是濫竽充數的園地;新聞寫作要求的是簡潔、順暢、易懂,如此才能使自己的新聞寫作提高「可讀性」,發揮傳播應有的效果。

🎙 第五節　深度報導與特寫

新聞傳播事業為遂行「教育大眾」之功能,因此不能以報導片面新聞事實為已足,需以深度報導使讀者深刻瞭解新聞的真實意義,從而讓讀者對整個新聞事件取得一正確的判斷。

在本章第三節中,討論到「特寫」的新聞體裁;特寫是表現新聞事件廣度與深度的寫作方式。在本節裡,我們將以深度報導與特寫做一較深入的探討。

一、深度報導

對於「深度報導」一詞,新聞學界曾引起很大的爭論,眾說紛紜,有人甚至反對「深度報導」的說法。譬如前美國《路易斯維爾信使日報》與《時報》執行總主筆詹姆士‧波普 (James S. Pope) 說:「⋯⋯我相當反對『深度』報導的說法,因為這暗示著曾經在某一時期裡,有一種『膚淺報導』被接受過。可是,假如它是膚淺的話,那它就不成其為報導了。」

　　筆者相信詹姆士‧波普所爭，只是名詞之爭，我們不能否認深度報導已經普遍存在的事實與價值。深度報導應該是補充純正新聞難以表達的解釋性、背景性寫作之不足，所做的另一層次的報導。美國新聞學者高普魯 (Neale Copple) 在所著《深度報導》一書中指出：「深度報導實際上就是將新聞帶進讀者關心的範圍以內，告訴重要的事實、相關的原故，以及豐富的背景資料。」

　　我們可以做一個譬喻：電影院牆上張貼的劇照，或電視上的影評介紹，只提供影片中最精彩部分，僅讓人知道其內容的梗概；這好比一般新聞僅提供事件的主要部分。觀眾進入戲院，觀賞整部戲的演出，才能體會出整個故事的來龍去脈；這即好比深度報導。我們絕不能評斷劇照或影評介紹為膚淺而不足取，同樣地，也不能說一般新聞太膚淺而「不成其為報導」。

　　如何才能把深度報導寫得好？仍然可以用電影來做譬喻。一部成功的電影，首先要有完整的故事、感人的情節、適當的聲光背景，及深入的意義，人物心理刻畫要細膩，場次處理要清晰。成功的深度報導同樣要具備以上的條件，不同的是：電影故事大多為虛構，或多有誇張性戲劇化的動作；而深度報導則須以事實為前提，並禁止誇張渲染。

二、特　寫

　　錢震在《新聞新論》中述及特寫時，即開宗明義地指出：特寫是深度報導的方式之一。在報紙上的題材中，一面有報導事實的新聞，一面又有表示意見的社論或專欄，除此之外都可以稱為特寫的材料。

　　新聞與特寫的分別在哪裡呢？最簡單的區分是：新聞的氣氛是冷靜的、客觀的，是要求正確無誤、完整無缺的事實之敘述，不許有推測、假定或評論。特寫則不然，特寫從人性趣味的角度出發，作者的感情盡可貫注其中，因此特寫是主觀的、有戲劇性存在的、反映作者個性的。

　　錢震教授曾為特寫下了簡單明瞭的定義：「特寫者，對某些事實做詳

細的描述，因而使公眾能對這些事實獲得更深和更廣的瞭解之謂也。」

　　特寫寫作講求較優美的文字與更良好的結構，因此不太適宜應用倒寶塔的方式；引人入勝的純文學寫作手法，反而較能表現特寫的情節。特寫的結尾是影響該特寫成功與否的關鍵，如何能夠使該特寫首尾呼應、提供讀者清新的啟示、使讀者閱讀之後仍感韻味十足，這些都是結尾落筆時要注意的問題，也是特寫寫作不同於純正新聞寫作的地方。

　　要寫好特寫，至少須具備下列素養：

(一)敏銳的觀察及判斷力

　　有了敏銳的觀察及判斷力，才能區別哪些材料適合以特寫手法處理。對於不尋常的、富有戲劇性的或充滿人性趣味的新聞素材，能適時掌握，不致視而不見，失之交臂。

(二)高度的幽默感

　　幽默的筆調源於寫作者的幽默感。理論上，凡是引起讀者幽默感的特寫，都是可取的特寫。

(三)豐富的同情心

　　這是使特寫寫作韻味橫溢、情節感人的條件。大凡缺乏同情心的人，對他人的希望、憂喜等心理狀況都無法深刻體會，那麼其作品中對人物心理的描繪自然無法入木三分，而難達特寫應具有戲劇化效果的要求。

　　另外，如充實人生閱歷、加強說服性文字的運用，也都是有助於寫好特寫的素養。

第六節　新聞評論、漫畫與圖片

　　報紙上看到的新聞評論、漫畫及圖片，都是報業表達本身意見的方式。由於報紙必須嚴守客觀的立場，遵守新聞報導不能夠隨意發表個人意見的原則，若想要發表這些意見，這時就不得不另尋出路，終於報人把報紙的部分空間騰出來，作為評論版。在評論空間裡，運用文字抒發

意見猶感不足，更以漫畫、圖片等具有強烈弦外之音的評論工具，來壯其聲勢。新聞評論及評論性漫畫圖片已廣泛地被新聞事業運用，也深獲讀者的喜愛。

一、新聞評論的內涵與功能

新聞評論應該是與純正新聞完全隔離，屬於報社及大眾共有的意見市場；因此它包含了社論、短評、專論、讀者投書等形式。一家大公無私的報社，會允許其報紙刊登與本身意見完全相反的言論；也唯有如此，這一意見市場才不致被壟斷，在意見發表上，才能使報紙成為真正的傳播公器。

在報端常見到發表報社本身意見的新聞評論有「社論」、「短評」及「地方漫談」等，其中地方漫談或短評因各報有自己的取名，致名稱不一。無論名稱為何，其所發表的意見，皆屬於報社的意見，代表該報的辦報政策、言論方針。

反映一般大眾心聲的意見市場，最常見的就是「讀者投書」或「市民心聲」之類的方塊。一位敬業樂群的報人，絕對不會忽視讀者的意見。一位讀者的信函，代表著成千上百的沉默者的心聲。過去由於中國人的個性多趨保守，報紙的「讀者投書」數量及內容範圍，比起歐美民族性開放的報紙相差很多，顯示我國讀者不容易表達自己的意見。報端上見到的「讀者投書」竟然有部分是報社內部人員主動替「讀者」撰寫意見，假借「讀者」之名予以發表，這種情形不是「新聞評論大眾共享」應有的現象。如何鼓勵讀者真正參與新聞評論工作，是新聞工作人員應該努力的方向。

一般報紙都喜歡請社會上有名望的學人、專家，對各種問題發表他們的觀點與意見，這就是報紙上的「專論」性新聞評論。例如南方朔的專論，這類新聞評論往往具有很高的參考價值，也有教育作用。

另外一種較偏重於娛樂、文教方面的新聞評論，在報紙上也占有很

重的分量，例如書評、影評、音樂評論、劇評等等。但是如果想要使這些藝術評論達到中肯、切實的地步，則撰述評論的人必須是學有專長者，否則徒然損及報紙的格調。「畫虎不成反類犬」，是外行人寫藝術評論常見的毛病。

無論是何種類型的新聞評論，因為具有極大的主觀性，所以在落筆時，千萬得注意避免涉及人身攻擊，除非事實俱在，否則指名道姓的評論文字常招致不良後果。

我們可歸結各種新聞評論的功能，將之列述如下：

㈠溝通大眾意見

新聞評論是屬於公眾的意見市場，要能充分發揮傳播的多線溝通，而非單向傳播，使傳播效果加強。

㈡形成輿論，推行民主政治，維護優良風氣

大量且一致的評論意見，能構成一股巨大的力量，使政治措施能遵循民意，不啻為監督政府的利器。而對違反社會善良風氣者，也因輿論的制裁不敢輕舉妄動，得以維護社會優良的風氣。

㈢教育民眾，啟迪民智

由於知識的缺乏及能力的薄弱，社會上許多人對事件的意見游移不定，觀念亦模糊不清，此情況即有賴於新聞評論中，灌輸以正確的意見與觀念，使明事理。

二、漫畫與圖片

世界上共通的語言，至少有兩種：一種為音樂，另一種則為漫畫。一張成功的漫畫或圖片產生的效果，不是任何文字所可比擬的，而且它被接受的程度也比文字高出許多。

每一幅漫畫作品，在諷刺、幽默的筆調下，均有著它強烈的主題；每一筆每一畫，都在暗示一個主旨，提供一項意見。曾任中影總經理的漫畫作者龔弘曾說：「漫畫一定要有目的，漫畫是向人開口說話，它是『畫

中有話』的。」

　　新聞漫畫就是用畫筆來表現新聞評論，而其簡鍊、幽默與含蓄處，又常非文字的新聞評論可比。我國名報人馬星野曾談到新聞漫畫的功能，他說：「漫畫的作用，往往比社論還大，因為漫畫是具有特殊性的、幽默性的，而且飽含諷刺性意味，這不是一般普通的文章可以比擬的。」報紙讀者容或很少有耐心細讀社論，但是對於漫畫的愛好則歷久不衰。原因是，漫畫可以一目瞭然，雅俗共賞，而感到韻味無窮。

　　美國著名的政治漫畫家勞瑞 (Ranan Lurie) 訪華的時候，與我國新聞界談到政治漫畫時指出，一幅精彩政治漫畫的可讀性，絕不亞於一篇精彩的社論。有些時候，讀者寧願以十秒鐘的時間心領神會一幅漫畫，而不願花十分鐘去細讀一篇冗長的社論。

　　勞瑞同時指出，一位出色的漫畫家必須同時是一位出色的新聞記者和一位出色的幽默家。更重要的是，他必須是人道主義者，在作畫的時候，「人性的尊嚴」是高於一切的，因此儘管筆下多是滑稽的成分居多，但作畫的人心情卻是非常嚴肅而有原則的。

　　漫畫可粗分作三種：政治漫畫、社會漫畫、連載漫畫。其中政治漫畫及社會漫畫常借以作為新聞的評論工具；連載漫畫則偶見於報紙副刊，屬於娛樂性質者較多。

　　無論是哪一種漫畫，要想發揮其最大傳播效果，畫者必須認識下列幾點原則：

(一)應有高尚的品德修養

　　著名漫畫家梁又銘曾說：「漫畫是戰鬥文藝中最有效的工具，它就像一把利劍，握在手中，可以維護正義，也可以為非作歹。」由是言之，如果沒有高尚的品德修養，漫畫家的作品就與有毒的文字一般，不見容於公正的讀者大眾。因為這類漫畫，顛倒是非，歪曲事實，所包藏的意義就完全喪失，不僅包庇了壞人，而且有愚弄讀者之虞。

㈡徹底瞭解漫畫所要表達的主題

漫畫的表現是單純、深入而簡潔的，畫者不能在一幅有限的畫面內，反覆地來解釋問題。因此，畫者必須對發生的任何問題瞭解清楚，認得清、看得準，從畫中表達他的思想和見解，使成客觀、公正的批判。

㈢意義應歸於正義與公理

漫畫是經由藝術的手法，給人一種幽默、深刻和意外的感覺。這種意外的感覺，即為漫畫中表達其意義的效果，如果這種意義脫離了正義與公理，就不是一般人所能接受的了。

㈣少用文字說明

一張最成功的漫畫，是不需要文字說明的，在簡單的構圖、強烈的筆觸下，自會讓人一目瞭然，盡在不言中。若一定要用文字說明的話，也要盡可能地減少字數。

㈤潛藏豐富的感情、高度的幽默

能激起讀者共鳴的漫畫，大都是正經中透有詼諧，笑容中略現淚影的作品。無論在政治施為、人生百態各方面，都能盡其針砭之效力。

馬星野認為，漫畫不僅可以建立報紙的地位，樹立報紙的風格，也可以帶來歷史性的榮譽。為了引起讀者興趣，補充報上言論的不足，臺灣報紙應該盡可能多刊登漫畫。

與漫畫功能相似的新聞圖片，也應該在報紙上發揮得淋漓盡致。圖片與漫畫主要的區別在於：圖片為實情實景的存真；漫畫則是一種思維的投射。

圖片大體可分為照片、地圖、表解三種，其性質又可分新聞性、知識性、藝術性三類。無論哪一類性質的圖片，其使用原則有下列幾點：

1.不可以利用攝影角度或暗房技術，行使欺騙讀者的行為。亦即所刊登的任何一張圖片都必須絕對的傳真與存真。

2.圖片如果必須加以修剪時，應注意其完整性，不可在任意竄改、合併下使原有意義改變、歪曲。其失職一如報導不正確的新聞然。

3.畫面醜惡、猥褻的，或足以構成誹謗的圖片不予刊載。

第七節　副刊與增刊

從我國新聞事業發展史實考證，我國的報紙與雜誌是同源的。也因此我們現在在報紙上仍能嗅得到雜誌的氣息，那就是副刊所在。我國報紙副刊之多采多姿、內容豐富，也非外國任何一家報紙所可比擬。

從字面上看，副刊，乃「附」於報紙（正刊）之後的刊物，為報紙之附屬品；以其內容觀之，其主要使命似以娛樂讀者為主。雖然其為「附屬」之刊物，沒有新聞性，但其深受讀者歡迎之事實，卻不容忽視，今日的副刊，已成為報紙不可缺少的一部分。

曾擔任《中央日報》副刊主編孫如陵，在所著《報學研究》中發表過有關副刊的一段文字：「『副刊』原是不受重視的，所以有『報屁股』之惡名。但我們不必為這名稱生氣。對於社論，不是譽之者稱為『報紙的靈魂』，而譏之者稱為『報紙的眉毛』是可有可無的東西麼？『屁股』縱然低下，橫遭唾罵，但人既不能沒有『屁股』，它仍然有生存，而且永遠生存的機會！」

《中國時報》前人間副刊主編高信疆，主持副刊期間，《時報》有許多長期訂戶，是因喜愛副刊而訂閱的，他們不僅喜愛該報的新聞報導，更深深地被副刊內容、形式所吸引而「套牢」。

如前所述，副刊的主要使命是娛樂大眾，但最高目標，應放在教育讀者上面。副刊的內涵，應該兼具文藝陶冶、知識傳授及趣味娛樂三種特性。當然，其間容或要造成特殊風格，而有所偏重。

某些報紙，無論是新聞報導或副刊內容，為了要迎合少數人的興趣，不惜走低級趣味或黃色路線。在傳播事業的使命上，這種路線的選擇，是極端錯誤的。這類報刊，當無任何歷史地位可言。

從事副刊園地耕耘者，必須對副刊有幾點基本的認識：

㈠副刊是另外一個屬於大眾的意見市場

　　副刊是共屬讀者、編者、作者的園地，因此，其中文章切忌有壟斷、包辦的現象。這樣才能把意見傳播、教育啟發的範圍擴大。

㈡副刊要能反映時代的特色

　　副刊不能一味地在舊文學、純文藝的領域裡打轉，它必須肩負起承先啟後的時代使命。

㈢副刊的文字要追求真善美及信達雅的理想

　　粗俗、低級、黃色、灰色的文字，足以破壞報紙的風格，阻礙報紙的前途。

　　再談到增刊的問題：增刊常見於重要的慶典或紀念一位大人物的日子，報紙為了使讀者更瞭解這些特殊日子的歷史事蹟及人物軼事，特別印行增刊。有時也為一項重大的集會、或贊助一項社會活動，予以發行增刊。

　　增刊的內容，多請名流執筆，針對特定的人物事蹟，發表追述史蹟或激勵人心、介紹集會過程等等文字。也有配合圖片說明，增加版面美化者。

　　增刊的作用，除了紀念性之外，主要是教育性。因此，增刊的文稿要格外的注意史實的考證，切忌率爾操觚，大意編排。

　　網路時代並非閱讀時代的終止，而應成為互為激化的力量。傳播與文字應互為補充，藉文字以充實傳播內容，藉傳播以擴散文學，充實人類心靈、追求真正幸福。

第十章　網路新聞

🎤 第一節　何謂網路新聞

　　世界上最早上網的報紙是美國的《聖何塞信使報》(*San Jose Mercury News*)❶。1987 年，這家位於高科技中心——矽谷的報紙，首先在尚處於初級階段的網際網路上發行。不過，在八○年代末，網路報紙或報紙的電子版數量並不很多；進入九○年代後，電子報才開始快速增加。

　　學者杜駿飛所著的《網路新聞學》中寫到：網路新聞是指新聞以網路為介質所傳送的信息，具體來說，它是任何傳送者透過網路發布或再發布，而任何接受者透過網路視聽、下載、交互或傳播的新聞訊息。

　　全球資訊網的本質是新聞，在某些方面，網路與傳統媒體有非常大的差異。

㈠容量大

　　報紙記者寫一則報導時，字數可能受限於 5、6 千字。因為報紙的版面有限，每則報導都需要被篩選後，方能被刊登。在網路上，新聞記者寫報導時，可以附上採訪的演講全文、消息人士的個人資料、有利讀者瞭解主題的地圖、圖表和照片。消息來源的言談、新聞現場的影像也可以涵蓋於其中。因此，比起報紙或廣播，網路的資訊更多，呈現方式也更為多元。

㈡富有彈性

　　網路能以多種形式處理所呈現的資訊：文字、照片、聲音、影像和

---

❶　1993 年，《聖何塞信使報》開始從每日文章中選出一大部分，並將照片和插圖縮小，提供給《美國在線》的訂戶。

繪圖。

(三)立即性

往往事件正在進展時，網路就可以立即傳遞資訊。廣播也可以做同樣的事，而且影響力強大。但是，網路以四種方式提供的立即性，是廣播無法匹敵的。

1. 多元

多數重大的突發新聞具有多層面；也就是說，新聞涵蓋不同的人、地、活動。

2. 擴展

網路儲存並展示資訊的容量龐大。

3. 深度

與容量龐大類似，這裡討論的是品質。網路記者在傳播新聞之前，有機會編輯自己的作品或讓他人先過目。

4. 提供環境背景

這是突發新聞發生時，廣播業者難以提供的。

(四)永久性

永久性為網路帶來另外兩項特質：複製與可取回。因此，網路的功能強大。由於網路是開放媒體，促使網站誕生的科技又是大眾共享，網站任何部分都可以複製，儲存在與原始地點不同的地方。

(五)互動性

提供使用者和記者立即反饋的管道。

🎙 第二節　網路新聞的優勢與機會

繼報紙、廣播、電視之後，網路成為「第四媒體」，作為一種全新的媒體，網路新聞有別於傳統媒體新聞，具有下列優勢：

(一)形式豐富

多媒體技術與網路的結合，網路新聞從技術面來說，可透過文字、聲音、圖片、動畫等各種方式進行組合傳播，使新聞內容更豐富、生動。例如多媒體電子雜誌所採用 P2P 技術，集 Flash 動畫、視頻短片和背景音樂、聲音甚至 3D 特效等各種效果於一體，內容更豐富生動，互動性強。

(二)時效性

網路新聞可隨時發布、更新，沒有任何時間、空間的限制，也可現場直播最新的新聞訊息。因此，對於任何受眾而言，只要一進入頁面，即可獲得充分的閱讀機會，透過設置的超連結功能，即能隨時得知各方面的資訊。如聯合報系的聯合新聞網、東森新聞的 ETtoday 及中時報系的中時網科等網站，提供了許多新聞內容搜尋和相關資料的參考來源。

(三)資源共享

就傳統媒體而言，廣播、電視限於時段，報紙受限於版面，而網路新聞可容納大量訊息，不同於傳統媒體線性的敘事方式，網路超連結功能無限豐富了訊息的分布，成了一個巨大共用訊息的資料庫，彼此共享資源。

(四)交互性

網路新聞實現了傳播者與受眾之間的雙向互動傳播，雖然傳統媒體有透過問卷調查與讀者投書等方式來與讀者進行溝通，但本質上仍屬單向傳播，所及範圍有限。但因網路容易實現訊息反饋，藉由電子郵件、留言版和點擊率統計等形式，受眾能加入自己的聲音、發表自己的意見。

由於上述的種種優勢與時代趨勢，所以迄 2009 年 9 月，美國參加線上新聞的媒體已達 500 多家。

🎙 第三節　網路新聞的風險

㈠網路裝置複雜

對目前大多數人而言，受眾可於上班及外出路上閱讀報紙、聆聽廣播，或一家人邊看電視邊喝茶、吃水果。但網路新聞將受眾受限於電腦面前，必須接受複雜的電腦操作技術，才能自在地上網，因此受眾操作設備的素質及傳統媒體給受眾的傳播滿足方式，會在無形中影響了網路新聞的普及率。

㈡網路新聞的可信度

相較於傳統新聞媒體，網路新聞的消息來源所受拘束較小，因此，常可看到有些新聞謠言或不實的圖片容易在網路上流傳開來，造成資訊良莠不齊，並且多數訊息過於簡略，以致難以明確得知消息來源及其可信度有多少。

㈢「守門人」問題

網路媒體顛覆了傳統傳播者與受眾之間的單一關係，形成每個人可能同時是傳播者和接收者的雙重身分，因此新聞不再是由少數人守門後傳輸給大眾，每個人在網路世界裡，都可能是新聞守門人的角色，這對傳統「守門人」在新聞產製的衡量標準，將會是一大挑戰。

㈣網路新聞知識產權問題

我們可發現，有許多網站任意將文章、圖片下載，放在他們自己的網站上使用；而且，稿件不完全由網站記者自己所撰寫，有些是投稿，有些是轉載。因此，在網路新聞知識產權問題上，應思考如何界定其標準，才不至於使本來網路的豐富性、獨創性消失。

👆 第四節　網路新聞的未來展望

　　根據尼爾森在線 (Nielsen Online) 對美國報業協會（Newspaper Association of America，簡稱 NAA）❷ 調查所做的報告指出，透過網路閱覽新聞的讀者在 2007 年時即達到高峰，今日更有一日千里之勢。NAA 的執行長席圖姆（John F. Sturm）認為：「傳統的報業正在不斷地轉型，使自己成為一個多媒體型態的公司，並藉由提供各種前所未有的內容來使得讀者不僅在人數上增加，同時也朝向多元的方向成長」。未來網路新聞電子報挾著豐富的內容以及多媒體型態的服務，勢必會成為大眾傳播媒介的新主流。

　　不過，網路免費的情況，恐怕漸成過去式。跨國媒體大亨梅鐸 (Rupert Murdoch) 曾於 2009 年 8 月表示：「網路再不收費，報紙品質難保。」梅鐸的新聞集團包括澳洲、美國和英國等地。他公布 2009 年第四季的財務虧損了 2 億 3 百萬美元。美國《金融時報》總編輯巴柏 (Lionel Barber) 更預言，一年內絕大多數網路都將付費。而《紐約時報》也考慮對上網看該報的讀者每月收取 5 美元。

　　顯然，媒體分析家現在已從「要不要收費」的抽象思考，邁向「什麼時候開始收費」和「如何收費」的具體實踐。

---

❷ 該協會創立於 1885 年，是美國歷史最久、規模最大的報紙協會，其會員包括 2,600 家社區報紙。

第四篇
新聞自由與新聞教育

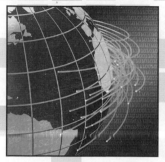

第十一章　新聞媒體與政府

🎙 第一節　新聞媒體與政府

　　新聞媒體在一個國家中，無論力量大小，根本來說都還是屬於國家所控管，只是會依據該國政治制度的不同而有所區別。最單純的分類，我們可以把國家體制分為民主政治以及極權政治。在民主國家中，民主政府無不在思想以及制度上鼓勵新聞的自由論述，增加人民直接表達意見的機會；反觀極權政府，將新聞事業作為國家政治的工具，而非國民之耳目喉舌，新聞媒體專門為了國家利益發聲，罔顧人民的權益。由此可見，國家政府與新聞媒體之間最重要的關係，就是「新聞自由」是否能夠在該國中彰顯，發揮新聞原有的職責，盡量不受到外界的干預。

　　所謂的「新聞自由」，為一種制度性的基本權利 (institutional rights)，而非一種個人性的基本權利 (individual rights)。它是《憲法》為了保障新聞媒體自主性，以使其發揮監督政府的制度性功能，而給予新聞媒體的一種基本權利保障。享有新聞自由之權利主體為新聞媒體而非一般大眾：新聞自由的享有者應具有一定的身分，此與一般憲法所保障的基本權利，是一種不認身分、任何人均可享有者不同。新聞自由是一種工具性的基本權利，可以保障新聞媒體為社會整體利益而扮演好監督政府的角色，進一步有助於新聞媒體完成工具性的功能。新聞自由並非是以保障或促進新聞媒體自身的利益為中心，而是提供新聞媒體一些言論自由保障之外的特別保障，如採訪新聞的權利 (newsgathering rights)、不洩漏新聞來源的權利、不受搜索及扣押證物權利等。

　　美國人權組織「自由之家」(Freedom House) 是美國前總統羅斯福 (F.

D. Roosevelt) 的夫人艾蓮諾 (Eleanor Roosevelt) 及一批愛好自由民主人士發起成立的超黨派之非營利組織。1980 年起每年發表全球性的新聞自由度調查報告，是目前全球新聞自由度最具權威的評量報告之一。

自由之家所公布的《二〇〇九新聞自由：全球媒體自主調查》報告，共有 196 個國家列入評比，其中，臺灣新聞自由全球排名第 47 名，比前一年退步四名，但仍列為「自由」類別。報告指出，臺灣評比下跌的原因在於：媒體報導的內容易受媒體本身立場的影響，以及置入性行銷有增多的現象。

此外，芬蘭、冰島、挪威與瑞典的新聞自由度最高，並列全球第一。在亞太國家中，除臺灣外，南韓與香港分別排名第 15 與 17，新加坡排名第 151，中國排名第 181，對媒體嚴控的北韓與緬甸則居全球之末。

🎤 第二節　各國政府與新聞媒體的互動

一、英　國

英國是世界新聞事業發達的國家之一，擁有在國際上具有較大影響力的報刊、廣播電臺和通訊社。十六世紀出現「新聞信件」，1665 年出版《牛津公報》。此後，隨著殖民活動和貿易的發展，從十八世紀起新聞事業日益發達，在歐洲各國中居領先地位。報刊均由私人經營，1985 年有 120 多種日報，總發行量達 3,320 萬份。其中全國性的有 9 種日報和 8 種星期日報。全國性報紙分為高級報紙和通俗報紙兩種。前者是大張，刊登國際新聞和分析性文章較多；後者是小張，刊登社會新聞較多，文字簡短。一般認為，現代自由新聞報業的形成，需要四大因素：政黨政治的興起、國民教育的普及、工商業的發達以及交通工具的發明，而英國在十九世紀就已經具備這些條件，所以英國是現代報業最先進的國家。

我們可以說，英國對於新聞的奮鬥，絕對值得推崇與肯定。

在英國為新聞自由而奮鬥的歷史演進中，大致可分三個時期：要求出版自由、要求意見自由以及要求新聞自由。在出版自由部分，自 1538 年亨利八世建立「出版特許制度」，經過一連串皇家特許出版公司特許狀以及出版法庭命令，使得出版成為特權獨占事業，後來經過長時間的努力，直到 1694 年才廢除《出版法案》，此時期的新聞自由（出版自由）得以實現。而在意見自由方面，出版自由已經確立，人們開始希望有「討論」和「批評」政治的自由，可是政府卻以煽動誹謗罪名壓制意見自由的空間，其間經過無數自由鬥士的奮鬥，終於在 1792 年制訂了《法克斯誹謗法案》，1832 年通過《改革法案》(Reform Act)，1861 年廢除印花稅，加上獨立報紙的興起，才讓意見自由宣告確立。最後是新聞自由的層面，一次大戰後，政府極力壓制消息發布，報業提出「人民知之權利」；二次大戰後，更提出採訪自由以及消息傳遞自由的口號。

英國進入廿世紀六〇年代以後，除傳統《泰晤士報》等質報外，大眾化煽情報紙發行普遍，如《世界新聞報》(*News of the World*) 和《太陽報》等；《泰晤士報》持續數十年文雅風格，直到梅鐸 (Rupert Murdoch) 收購後也漸走向大眾化趨向。此外，《衛報》、《每日電訊報》也都是高級報紙的佼佼者。

二、法　國

1815 年到 1852 年間，法國的新聞自由變化無常。隨著帝制的崩潰，七月革命與二月革命都有顯著的貢獻，但 1852 年拿破崙三世恢復獨裁政治後，一切又再度遭受頓挫，直到 1871 年普法戰爭拿破崙三世被俘，帝國瓦解之後，1881 年 7 月 29 日才正式公布《新聞自由出版法》；至此，法國新聞自由開始有了法律保障，也讓往後的新聞自由發展有著穩固的基石。

三、德　國

　　一般來說，德國的新聞事業所享有的新聞自由，與英、美比較並無明顯區別，不過德國的新聞自由是在盟軍的羽翼下成長，沒有堅固的基礎。自三十年戰爭之後，德國一直都是高度集權的國家，因此人民認為服從政府是身為國民的一項義務，在德國人民的觀念中，新聞自由並不那麼重要。而今日德國卻享有高度新聞自由，是因為該政府在一次、二次大戰後的過程中，體悟到若希望保有民主制度，新聞媒體必須摒除追求商業利益的概念，重新重視新聞自由，善用它，喚起人民對新聞自由的需求，並且轉而影響政治，如此才能夠鞏固民主政治與新聞自由的基礎。

四、美　國

　　美國政府對報刊實行間接的管理手段，出版報刊要「如舉辦工商企業一樣」到經濟管理部門登記，遵守稅務及工商管理方面的相關規定。美國聯邦和各州政府制定了大量的行政規章。制定規章的行政機構都是由立法機構設立或批准設立的，其主要職責是監督和控制一些特定的執法領域並根據各種法令調解糾紛。1918 年，美國成立的通訊委員會原來只是個宣傳機構，後來在該委員會內部設立了新聞檢查委員會，並且為美國報紙制定了一套新聞檢查制度，成了監督報刊的新聞組織機構。類似的行政機構還有：聯邦貿易委員會、聯邦選舉委員會等。它們的主要職能是：一方面通過一定程序，制定具體的行政法規和制度；另一方面解決糾紛和處理新聞媒體、公眾或本行政機構內提出的告案。

　　美國《聯邦憲法第一修正案》明確規定，國會不得制定任何剝奪人民言論或出版自由的法律。該法案第 1 條：保障人們發表的言論及撰寫、出版和分發的文章書籍，不得受到事前約束。非但如此，《聯邦憲法第一修正案》還限制政府在無正當急迫理由的情況下，因個人曾發表意見或撰文而加以事後懲罰。簡單地說，美國政府基本上是希望以完全的民主

管理新聞媒體，但其中又牽扯到很多商業利益，所以政府受制於大型企業集團，不得已實施了管制新聞自由的諸多措施；大體而言，美國政府對於新聞媒體的自由，是十分重視的。

五、日　本

日本各政黨大都擁有自己的報紙，作為自己的喉舌，宣傳自己的方針和政策，如自由黨的《自由新報》、社會黨的《社會新報》、公明黨的《公明新聞》、共產黨的《赤旗報》。同時，各政黨對其新聞媒體也採取各種手段，盡可能地加以利用和控制。日本各政黨總部設有記者俱樂部，具有同政府的記者俱樂部一樣的作用，各政黨還通過各報政治部記者施加影響。日本一些較大報社的編輯部都設有政治部，專門負責採訪、報導政治新聞。政治部記者都是與各政黨、各派系領袖人物有密切關係者，這些記者通過和他們有聯繫的政客攫取政治材料，並通過他們再把自己的觀點傳播出去。此外，各政黨還可以通過意見廣告的形式在媒體上宣傳自己的主張，擴大影響。

日本新聞界還依靠自身的力量，成立新聞自律組織、制定新聞道德規範和審查新聞報導等手段，對新聞媒體和新聞工作者進行約束和管理。日本的新聞自律組織主要是日本新聞協會，它成立於 1946 年 7 月，其宗旨是「提高全國新聞、通訊、廣播的理論水準，維護共同利益」。1947 年 7 月，協會制定了《新聞道德綱領》，作為日本新聞界共同遵守的行為準則，其中包括：新聞自由；報導與評論的界限；評論的態度；公正；寬容；指導、責任、榮譽；嚴正（品格）等七項內容。對新聞報導倫理做了規範，並在全體新聞從業人員中提倡作為其基礎的自由、責任、公正、高尚等精神。

六、中國大陸

中國大陸現今的傳播體制，可以說是在集權主義與共產主義相結合

的模式上建立起來的。歷史最遠可以追溯到共產黨在爭取政權的戰爭中，利用媒體作為政治宣傳工具的做法有關。

所以列寧說報紙是宣傳者、組織者與煽動者。對中共而言，它是黨和人民的新聞事業。既是黨的喉舌，也是人民的耳目喉舌。它的主要任務是將黨的路線、方式及政策，傳送給人民。

武漢理工科技大學教授孫旭培曾說，在七〇年代改革開放以前，媒體是政黨領導人民、控制資訊的工具，不可批評、不必考慮群眾的利益與需求。所以就此時而言，傳媒不是營利單位，而是階級鬥爭工具。

但是，隨著改革開放後，大陸經濟體制逐步由完全的中央計畫經濟過渡到商業化市場經濟，新聞單位逐漸走向經濟實體、走向企業化市場競爭的方向。

2006 年，中國大陸共出版報紙 1,938 種，平均期印數 19,703.35 萬份，總印數 424.52 億份，與 2005 年相比，種數增長 0.36%，平均期印數增長 0.79%，總印數增長 2.84%

2009 年 9 月，中國國務院新聞出版署署長柳斌述公開宣布，將在 2011 年底前完成非時論類報刊出版單位轉制工作。同一天，在大陸被稱為「報紙中的報紙、新聞中的新聞」的《中華新聞報》發布公告，該報因「經營不善」，不得不停刊，成為大陸首家倒閉的中央級報紙。

大陸現有近 2,000 種報紙。既有獨立法人單位、又有相當一部分是非獨立法人，數量龐大、情況複雜。發行量前十位的報紙則是《參考消息》、《人民日報》、《揚子晚報》、《廣州日報》、《南方都市報》、《羊城晚報》、《齊魯晚報》、《楚天都市報》、《新民晚報》與《中國城鄉金融報》。

要求媒體讓政府與閱聽大眾雙方都滿意，當然不是一件容易的事，要改革面臨轉形的艱難任務，中共的要求是非時論類報紙要「自負盈虧」；所以劃清「時論」與「非時論」；後者要自負盈虧，對安排編制人員與今後如何迎合市場，都很棘手。

而這項制度上的革新，是否能在根本上動搖中共傳媒作為宣傳工具

這一核心價值，也面臨歷史印證。

　　新科技當然也對中共的傳媒發展構成挑戰，因為科技打破了中共官方對外來資訊的封鎖。四川大地震時，中共曾一度開放更大的採訪自由，使資訊更透明，也獲致國際對中共開放新聞自由的好評，這對中共應是一大啟示。

七、臺　灣

　　臺灣自 1987 年解除戒嚴、開放報禁以來，媒體蓬勃發展，新聞自由也因而大放異彩。但隨著數位匯流時代的來臨，臺灣傳媒在經營上都面臨巨大經濟壓力，報紙停刊、電視裁員、合併，傳媒生態面臨重大改變。

　　國家通訊傳播委員會（National Communication Commission，簡稱NCC）積極推動「建構一個數位匯流、公平競爭、健全發展、多元內容」的通訊傳播環境。但此一願景能否實現，還有待觀察。

　　作為廣播龍頭老大的中廣，已做股權轉讓及負責人變更的申請；電視則由政府推動的公共電視集團在 2006 年 7 月 1 日正式掛牌營運；據2008 年 3 月行政院新聞局的統計，全臺（閩）地區有報社 2,064 家，通訊社 1,339 家，雜誌出版業 5,790 家以及圖書出版業 10,083 家。從數字上看來十分可觀，但整個大環境並不利於傳播業的發展。尤以報業為然！

　　臺灣四大報之一的《中國時報》，現已由「旺旺集團」董事長蔡衍明接棒經營，蔡氏又於 2009 年 10 月起發行《旺報》，專門報導大陸新聞。

　　臺灣傳媒自報禁解除，政府十分尊重媒體的監督與新聞自由，但「名嘴現象」卻形成臺灣媒體一大怪象，有人說「麥克風治國」，是臺灣政治的一大特產，也有人批評「名嘴」是失焦的眾聲喧嚷，「太多的憤怒激動、自以為是；太少的自我懷疑、冷靜分析」；有人質疑「名嘴監督有功，卻無權審判」；當然，也有人認為「名嘴墮落，是因為媒體墮落」。無論如何，名嘴的貢獻不容抹煞，但社會責任也不可或忘。換言之，拿掉立場、還政論原貌，或許才是名嘴們的首要之務。

第十二章　新聞自由與自律

🎙 第一節　新聞自由與法律

　　一個真正民主的政府，必經得起輿論批評考驗；最能反映輿論的，是新聞事業。而新聞事業只有在自由的前提之下，才能產生客觀和公正的言論，發揮民主的力量。由是觀之，民主的制度，得力於新聞自由的扶持；而新聞自由的行使，也只有在民主國家中才有保障。美國第三任總統傑佛遜 (Thomas Jefferson) 曾說：「如果讓我來選擇：有政府而無報紙，抑或有報紙而無政府，那我就會毫不遲疑地選擇後者。」「我們的自由權利，是以新聞自由為基礎，不能加以限制，也不能喪失。」「凡是有新聞自由的地方，而且人人都能閱讀報章，則這個社會的一切就會安全。」這三段文字，可在莫特 (Frank Luther Mott) 所著《新聞在美國》(*News in America*) 以及《傑佛遜與報紙》(*Jefferson and the Press*) 中分別找到。

　　傑佛遜總統所選擇的報紙，當然應該指的是享有充分自由的報紙。但是，這份人人都能讀的報紙，是否能促成一切都安全的社會，則端看新聞自由有沒有被濫用，要使新聞自由走向正軌，無論如何都須有法律來維護其秩序。因此，報紙要造就一個安和樂利的社會，嚴格來說，是新聞自由與法律兩者共同領導的，不能偏重任何一方。

　　其實，細數新聞自由的發展過程是坎坷的，因為近代印刷術開始萌芽的時期，並沒有像今日的民主政府輔佐其發展，而是普遍的君權專制政體。任何一種專制政體，其主權者最恐懼的莫過於輿論洪流的爆發，而新聞出版事業正是反映輿論的力量；早在十六世紀初期，英國即對印刷事業頒行特許制度予「出版自由」——新聞自由的前身——以高壓鉗

制。十七世紀，又實行了出版品的事前檢查制度。其間出版界各先鋒提出無數次的請願：如 1644 年，英詩人約翰·彌爾頓 (John Milton) 向國會請願：「在一切自由中，給我知之自由，說之自由，以及憑良心自由辯論之自由！」但對這種鉗制出版的政策卻無法改變。直至 1695 年，英國國會才宣布廢止印刷特許制度。但是該國會宣稱：任何對政府不利的評論與新聞報導，都被視為妨害治安，而課以妨害治安之罪責，人民雖獲得出版自由，卻無法享有言論自由。

英國政府對新聞壓制的另一手段是 1815 年施行的「知識稅」，對報紙課稅，以寓禁於徵。直到 1855 年，知識稅廢除，報人被視為「第四階級」後，新聞事業才真正獲得言論自由。但是，政府為了保護本身的權益，往往會控制或封鎖新聞，干擾新聞的採訪、傳遞與發布。新聞事業仍然得不到充分的新聞自由。但在此時，世界各民主政體國家的新聞鬥士，已普遍地朝此方向不斷努力。例如美國新聞界人士一直強調「人民有知之權利」(people have the rights to know)。「新聞自由」不僅已有整體的概念，並且有了明確的追求目標。

新聞自由有沒有衡量的標準？在何種狀況下，才算享有新聞自由？國際新聞學會（International Press Institute，簡稱 IPI）在 1951 年制訂了衡量新聞自由的四項標準：⑴自由採訪 (free access to the news)；⑵自由通訊 (free transmission of news)；⑶自由出版報紙 (free publication of newspapers)；⑷自由批評 (free expression of views)。一個國家能符合上述四點要求，即完全享有新聞自由。如僅符合部分，或完全不符合，則享有部分新聞自由或完全沒有新聞自由。

自由之家的雷蒙·蓋斯帝 (Dr. Raymond Gastil) 博士提出衡量新聞自由的標尺，共有六點：⑴自由發行報紙；⑵自由批評；⑶沒有新聞檢查；⑷沒有政府經營的報紙；⑸沒有因政治原因而停刊報紙的紀錄；⑹人民可自由選舉公職候選人。

以上衡量新聞自由的標準，最大的缺點乃認為政府是新聞自由的唯

一威脅，其實新聞自由也受到來自「非政府因素」的其他威脅，例如廣告壓力、記者品質、發行人偏見、壓力集團與財團影響等等，凡此因素也應該列入考慮範圍。

一般民主國家的憲法，均認為人民有自由思想的權利，而表達思想自由的方式：一為言論自由，二為出版自由。所以各國憲法大都只規定言論自由及出版自由，而未規定新聞自由。

雖然我國《憲法》並沒有明文規定新聞自由，但是大法官會議釋字第 364 號解釋：「以廣播或電視表達意見屬於《憲法》第 11 條所保障言論自由之範圍」，可為我國的新聞自由在《憲法》上找到附隸之處。

新聞或大眾傳播事業以促進社會公眾利益為最高目的，而一個「關係企業」則掌有種類繁多的事業，其中任何一項在經營過程中都有可能與新聞事業目標發生「利益的衝突」。一旦一家報紙變成某一「關係企業」的一員，它就很難以「公眾利益」為標準從事報導與評論了。換言之，新聞事業企業化後，將完全把本身利益放在第一優先，而把「意見的自由市場」忽略了，在「利慾薰心」的作祟下，喪失了追求新聞自由的精神目標。而報紙的互相兼併，形成報業托拉斯，也使新聞自由亮起紅燈。

美國伊利諾州大學大眾傳播學院院長彼得森 (Theodore Peterson) 所列舉的七項新聞自由弊端中，有三項是針對報業企業化的：⑴報紙本身常為其本身目的，運用其巨大權力，發行人只宣傳自己的意見，特別是有關政治、經濟問題，常以自己的意見壓倒反對的意見；⑵報紙已屈服於龐大工商業，有時廣告客戶控制編輯政策及社論內容；⑶報紙已被工商階級和資本家所控制，使新從事此項事業的人很難插足，因此使「思想、觀念與意見自由的市場」遭受威脅。

如何在「新聞自由」的保障下使新聞事業能正常、順利地朝理想方向發展，「新聞自律」應是最好的武器，「與其他律，不如自律」是新聞從業人員應當認識的方向。

第二節　報紙審判

新聞記者最可能涉入「藐視法庭」罪嫌的情況有兩種，一種是拒絕透露新聞來源，另一種是報紙審判 (trial by newspaper)。

拒絕證言或透露新聞來源，應是記者職責義務所在，亦是新聞工作者應享有之權利。而報紙審判，不僅是違法，也是新聞記者職業道德上的莫大汙辱。

報紙審判的另一種名稱是「輿論審判」或「新聞裁判」，都是指報紙對犯罪新聞，在法院還沒有偵結宣判之前，自行搶先審判，妄下斷語，或做不實的輿論反映。凡此，都超越了報紙報導的權限，並且構成兩大惡果，其一：影響法官審判時的心理，使法官在精神上受到威脅與壓迫；其二：造成民眾輕視司法審判權的心理。而且，因為記者沒經過實際的偵訊、蒐證、分析等工作，僅以片斷事實臆測，捕風捉影即予論斷，對於嫌犯也構成莫須有的罪名，把案情導入錯誤的方向；如果報導與事實有極大的出入，則對嫌犯或被害人造成難以彌補的名譽損失。

因此，制定有關限制「報紙審判」的法律，亟待研究。而根本之道，則是記者要明瞭「報紙審判」所造成的惡劣後果，從而對司法新聞的報導，秉持絕對公正、客觀的態度，不可歪曲、渲染、誇大。歸根結底，記者「自律」比「他律」更重要。

第三節　新聞自律

一、何謂新聞自律？

新聞自律，是指新聞工作者加強自身的職業道德修養，按照一定的道德標準來要求自己、約束自己。新聞自律並非是法律的強制行為，而

是由新聞界自動自發之共同約制，其對象可包括一切的新聞報導、副刊，甚至廣告，而自律的重點不僅是與國家安全直接有關之諸因素，舉凡道德倫理、善良風俗，皆可為自律的範疇。

「新聞自律」(press self-regulation) 是先由新聞界建立嚴格的專業標準，在維護國家安全、保障社會利益、尊重個人權利大前提之下，享有新聞自由。

為避免政府對新聞界的直接干涉，最好的辦法就是新聞界自律。由於新聞自治團體的自律，不但可防止少數新聞從業員濫用新聞自由權，並可積極促成新聞道德實踐；且政府也可免冒「干涉新聞自由」之大忌。由於上述兩種因素，促使新聞自律成為許多國家傳播界共同的趨勢。

表 12–1　各國新聞自律情形

國　家	各國新聞自律情形
瑞典	1874 年輿論家俱樂部訂立新聞機構專業守則，成為報業發行指導綱領，另與發行人協會、新聞從業工會組成新聞業公正委員會
美國	1907 年美國新聞學會成立，成為新聞界之專業組織 1908 年美國密蘇里大學新聞學院院長華特·威廉 (Walter Williams) 博士制定記者守則 1922 年「美國報紙編輯人協會」成立 1923 年美國記者編輯人協會制定報業信條 1934 年美國記者公會通過記者道德律 1946 年美國報業研究院幫助報業人員從事研究, 交換意見、資料、經驗技術 1947 年美國新聞自由委員會出版《自由而負責的新聞報業》，倡導社會責任論。同年，美國社論作家會議成立 1956 年施蘭姆 (Wilbur Schramm) 等提出報業四種理論，強調報業應負擔社會責任 1964 年《華倫報告》，針對甘迺迪 (J. F. Kennedy) 總統被刺案之嫌犯奧斯華 (L. H. Oswald) 被殺與記者之濫用新聞自由有關，要求訂立報業行為信條及道德標準
英國	1953 年英國下院王室新聞委員會成立新聞評議會，受理報業不正當活動行為的控告 1963 年英國全國記者同盟制定英國報人道德規則

日本	1946 年日本新聞協會成立，通過新聞倫理綱領
臺灣	1950 年臺北市報業公會由報人馬星野起草《中國報人信條》（後更名為《中華民國新聞記者信條》） 1974 年中華民國新評會修正《中華民國報業道德規範》、《中華民國無線電廣播道德規範》、《中華民國電視道德規範》 臺灣記者協會於 1996 年 3 月 29 日制定《新聞倫理公約》 2003 年 4 月 30 日制定《公共電視新聞專業倫理規範》
中國大陸	1981 年中國中宣部新聞局和中央新聞單位擬定記者守則 1991 年中國全國新聞工作協會通過中國新聞工作者職業道德準則

　　各國新聞界之採行新聞自律制度，建立自律組織者，以 1916 年瑞典報界成立「報業榮譽法庭」（亦即「報業公正經營委員會」）為最早。在二次大戰期間，「美國新聞自由委員會」成立。1946 年，英國下議院「新聞自由皇家委員會」成立，均曾分別調查其國內新聞自由情況，並發表報告，建議實行自律，極受各國新聞界之注目。

　　根據國際新聞學會出版《報業評議會與報業信條》一書及有關資料記載，世界各國實行報業自律者，茲依其成立時間先後，列表如次：

表 12-2　各國報業自律組織名稱及成立時間

國　名	成立時間	自律組織名稱
瑞典	1916	報業榮譽法庭
挪成	1927	報業評議會
瑞士	1938	新聞政策委員會
日本	1946	日本新聞協會
比利時	1947	新聞紀律評議會
荷蘭	1948	報業榮譽法庭
英國	1953	報業評議會
德國	1956	報業評議會
義大利	1959	報業榮譽法庭
土耳其	1960	報業榮譽法庭
奧地利	1961	報業評議會

韓國	1961	報業倫理委員會
南非	1962	報業評議會
奈及利亞	1962	編輯人協會
智利	1963	全國報業評議會
以色列	1963	報業評議會
巴基斯坦	1963	報業榮譽法庭
中華民國	1963	報業評議會
加拿大	1964	報業評議會
丹麥	1964	報業評議會
印度	1965	報業評議會
菲律賓	1965	報業評議會
美國	1967	地方性報業評議會

除表列之 23 國以外，緬甸及印尼亦曾成立報業評議會，後因國內發生政變，乃陷於停頓。從各國自律組織成立年代而言，1960 年以後成立者占 14 國，可見新聞自律運動之具體推行，在六○年代之後大為發展。我國則在 1963 年即組成報業評議會，執行報業自律任務。

二、各國新聞評議會發展

㈠新聞評議會起源

新聞倫理 (journalism ethics) 係指媒體組織及媒體工作者基於社會責任與自律的需求，而訂定的成文規範或不成文的行為準則，也是新聞工作者在專業領域中對是非、道德、適當與否的內心尺度。

「自律規約」的制定即是督促新聞從業人員實踐新聞倫理的方式之一，而自律團體的組成除積極促成新聞道德的實踐外，亦可以防止部分媒體從業人員以新聞自由為名，侵害國家安全或破壞社會規範。媒體自律組織是用於實踐新聞倫理的機構，很多人誤會媒體自律精神，以為就是媒體內部對組織成員的規範與要求，事實上這是媒體組織的內部控制或品質保障機制，並非是真正的自律，真正的媒體自律是媒體會員共同

組成的團體，這個團體是超越個別媒體會員，獨立行使職權，以規範個別媒體會員的行為或報導是否逾越新聞倫理。

1916年世界上第一個新聞自律組織成立至今已近百年，瑞典是世界上實行報業自律最早的國家，1916年由政論家聯誼會 (The Publicists Club)、報紙發行人協會及記者工會共同成立了「報業公正經營委員會」(Press Fair Practice Commission)，負責處理報業內部問題，這是世界第一個新聞自律組織。

隨之，挪威及瑞士也相繼成立新聞評議會以及新聞政策委員會。日本則在1946年成立「日本新聞協會」，比利時在1947年成立「新聞紀律評議會」，英國在1953年創立「報業評議會」，美國則在1973年成立全國性的「新聞評議會」。觀諸世界各國自律組織，以報業自由主義為圭臬的國家，自律組織多於1960年以前組成，例外的是美國，美國是「社會責任論」的發源地，但直到1973年才成立全國性的新聞評議會，主要原因係美國幅員廣大，各州各地規範不一，因此全國性之自律機構成立不易。

(二)美國新聞評議會

美國媒體業者在二次大戰後，由《時代雜誌》(Times) 創辦人亨利‧魯斯 (Henry Luce) 出資成立的「新聞自由委員會」(Committee on Freedom of Information) 提出了《自由而負責的報業》(A Free and Responsible Press)；在1950年代，這份報告所提出的主張，受到傳播學者西伯特 (Fred S. Siebert)、彼得森與施蘭姆 (1956) 廣為流傳的經典著作《報業的四種理論》(Four Theories of the Press) 的肯定與提倡，而得到進一步鞏固。這些學者並進一步強調，透過「媒體自律」來導正市場失靈的現象，就是媒體負起上述社會責任的最佳方式。

由麥萊特基金會 (Mellett Foundation) 於1967年決定支持成立的六個地方新聞評議會，分別是加州的紅木市 (Redwood)、奧勒岡班德市 (Bend)、華盛頓西雅圖 (Seattle)、密蘇里聖路易 (St. Louis)、伊利諾開羅 (Cairo) 和斯巴達市 (Sparta)，共計有15位委員。1971年二十世紀基金會，

決議成立「全國新聞評議會專案研究小組」，聘請委員 14 人，其中新聞界 9 人、社會代表 5 人。1973 年 7 月 16 日二十世紀基金會正式成立全國新聞評議會。有以下諸要點：

　　1.評議會為中立的公益團體，負責處理有關公眾對全國性新聞報導錯誤或不公案件；評論版、廣告以及地方新聞媒介，均不包括。

　　2.評議會委員 15 人，包括新聞界代表 6 人、社會代表 9 人，並由資深法官任主席，任期 3 年，得連任一次，並規定新聞界代表，不得與全國新聞媒介有任何關聯。

　　3.個人團體均向評議會提出控訴，評議會也可主動提出審查。並可主動調查政府威脅新聞自由之行動。

　　4.評議會僅有意見裁決權，並無強制執行之權力。

　　5.評議會試驗期間 3 年，經費由二十世紀等 10 個基金會負擔，每年 40 萬元。但任何一個基金會主持費用，不得超出經費總額四分之一，以免影響評議會之獨立性。

　　評議會都是學術試驗性質。費用由基金會負擔，評議會之設計推行由新聞學院教授主持，評議會委員由當地社會代表擔任，評議會可以主動討論問題，但對報紙沒有具體的制裁權。美國全國新聞評議會在 1984 年 3 月 20 日，不幸因權力太小、經費短絀，及缺乏重要新聞媒介（如 CBS、《紐約時報》等）支持，而宣告結束。

㈢英國新聞評議會

　　1949 年 10 月 29 日，英國下議院決議成立皇家委員會 (Royal Commission)，負責調查報業獨占對於新聞自由的影響。該會於 1949 年 6 月 29 日提出報告，主要建議由報業與社會大眾成立報業總評會 (The General of the Press)。同年 7 月，國會通過此項建議，成立新聞評議委員會。產生方式由報業選出 20 人、社會代表 5 人，主席由資深法官擔任，委員任期 3 年。

　　1961 年第二次皇家委員會解散，導致總評會於 1963 年 7 月改組，

易名為「報業評議會」，增加為 5 名社會代表，並由社會代表當主席。至
1984 年，評議會增至 33 人，報業代表 14 人占 42%，社會代表 19 人，
占 58%，但無具體制裁權力，目的是為避免國家直接介入。

㈣法國頒布執行《法國記者職業責任憲章》

　　法國在 1791 年的《憲法》將《人權宣言》作為其序言列入，重申了
《人權宣言》關於言論出版自由的規定。從法國新聞法制的發展可以瞭
解，法國所頒布的一系列保護新聞自由、禁止媒體壟斷、禁止誹謗和侮
辱的法律都以此為藍本，法國也因此成為大陸法系國家保障新聞自由的
典範。

　　早在 1918 年，法國頒布執行《法國記者職業責任憲章》，80 多年來
只在 1938 年進行了一次修訂，至今一直有效。其為最早頒布新聞職業道
德準則的國家。

　　面對視聽業的飛速發展，1980 年法國成立了一個對廣播和電視公司
實施控制的機構——視聽高級委員會。該會是帶有半官方色彩的組織，
在國家支持下誕生，並在遵守和執行法律方面發揮嚴格的監督作用。首
要任務是對法國視聽業進行監督，不僅負責向所有使用波段、電纜或衛
星在法國轉播的廣播電臺和電視臺分配頻率、頒發播放許可證，還負責
任命法國電視臺和廣播電臺的董事長。委員會需定期向法國政府和議會
提交年度工作報告，9 名成員由國家的 3 個最高機構任命，任期 6 年，
職務不能被罷免，但是也不得連任。

㈤日本新聞協會

　　二次大戰後日本報業的混亂和左傾勢力的抬頭，使報界感到在重建
日本成為獨立自由和民主國家的過程中，需要建立一個報業的聯合組織，
以提高報業標準並領導健全的輿論。

　　1946 年 6 月 5 日伊藤正由東京 55 家日報和 3 家地方報推薦為籌備
自律機構的負責人。由各大報代表集會，商討成立組織的計畫，同時另
由編輯人和作家成立小組，會商起草倫理綱領。新聞協會以美國報業自

律為藍本，建立一個適合日本國情的自律機構。

　　1946 年 6 月 27 日，由《朝日》、《每日》、《讀賣》、《日本經濟》、《東京時報》、和《北海道新聞》等 12 家報紙組成小組委員會，處理一切有關問題。1946 年 7 月 23 日在東京資生會館舉行大會，日本新聞協會與《新聞倫理綱領》正式誕生。主要目的為「以新聞事業本身之力量，來建立『自由而負責的新聞事業』，藉以確保新聞自由。」由新聞界推選報業、電視及廣播業者，任期 2 年，委員數共 45 人。

　　其主要任務為：(1)確保新聞自由，免於政府之不當干涉；(2)執行《新聞倫理綱領》，實行新聞自律；(3)制定各種處理新聞之具體原則，提高新聞事業水準；(4)提倡新聞教育，加強新聞人員訓練。

㈥中華民國新聞評議委員會

　　1963 年 9 月 2 日在臺北市自由之家成立的「臺北市報業新聞評議委員會」，是臺灣第一個以自律為標榜的新聞業者組織。

　　該評議會之成立乃以推行報業自律運動，提高新聞道德標準，促進新聞事業之健全發展為宗旨。該會委員由臺北市報業公會聘請國內新聞界先進、新聞學者和法律專家擔任，為榮譽職名額 7 人，任期 2 年，並互推一人為主任委員。

　　至第三屆任期屆滿，臺北市報業公會為擴展新聞自律組織，乃邀請臺北市記者公會、臺北市通訊事業協會、中華民國廣播事業協會、中華民國電視學會，共同研討擴大新聞自律組織。1971 年 3 月，上述五個新聞團體舉行會議，並在 1971 年 4 月 29 日正式成立「臺北市新聞評議委員會」。

　　「臺北市新聞評議委員會」之章程與「臺北市報業新聞評議委員會」相比較，其最大的不同乃是：將評議的對象和範圍擴及報業、廣播、電視以及通訊社，不似報評會僅限於報業；且其內容亦擴及新聞、評論、節目與廣告。同時，該會有主動審議權。

　　1974 年 9 月，臺北市報業公會、臺北市新聞記者公會、臺灣省報紙

事業協會、中華民國新聞通訊事業協會、中華民國廣播事業協會與中華民國電視學會六個新聞團體，共同通過了「中華民國新聞評議委員會組織章程」，並於 1974 年 9 月 1 日正式成立「中華民國新聞評議委員會」。至此，臺灣有了全國性的新聞自律組織。同年所制定的《中華民國報業道德規範》之前言，表示制定目的是「為使我國報業善盡社會責任與確保新聞自由」，《中華民國電視道德規範》目的也是「使我國電視事業善盡社會責任，本乎自律精神」。

　　1976 年與 1982 年，中華民國新聞編輯人協會與高雄市報紙事業協會分別加入，稱為「八團體」，並修改相關章程規定，評議範圍大到國內報紙、通訊社、廣播、電視的新聞報導、評論、節目、與廣告。

　　此外，媒體中像《人間福報》，也對媒體自律表現了高度的關切。這些組織或團體是參考國外新聞媒體和從業人員的做法，並按照自身特殊環境制定一套共同遵守的新聞業道德規範或信條，自我批評、自我約束、自我監督、自我控制，職業社團組織的主要職責是協調新聞媒體及從業人員因新聞活動所引起的糾紛，處罰違反新聞職業道德的行為，其中有對新聞活動的評議、更正，對新聞從業人員違規行為申斥、處罰等。

三、公評人制度

㈠何謂公評人？

　　針對報紙讀者、電臺或電視的閱聽眾對新聞的正確、公平、平衡及品味等等的抱怨，負責收受及調查，並提出建議及回應，以更正或澄清新聞報導的爭議處。媒體設置公評人的目的有幾點：

　　　1.透過對新聞正確性、公正性及平衡性監督，增進報導品質。
　　　2.讓新聞撰稿人更能對讀者負責，增進可信度。
　　　3.讓涉及公益的新聞專業性，更為人關心。
　　　4.解決某些複雜問題，免除可能的官司纏訟。

　　新聞公評人的功能是向讀者負責，作為媒體和讀者間的橋梁，其主

要工作有三：⑴對內定期評估媒體組織之內同仁的工作表現（是否遵守專業精神及守則）；⑵對外受理讀者的指責及意見；⑶解釋、說明媒體的作業方式和過程。

　　惟該制度建立以來，績效並不彰顯，顯示新聞人仍缺乏自省與反思。

　　至於如何確保公評人的獨立性，計有下列方法：⑴聘用非本報編輯記者，減少人情關係對公評人獨立性的影響；⑵將公評人和記者編輯安排在不同地點辦公，減少公評人遭受的壓力；⑶確定公評人僅向總編輯或發行人負責，其他人員不能干涉，以此削弱層級關係對公評人獨立性的干擾。

㈡各國公評人制度發展

1.美國公評人制度

　　《華盛頓郵報》的編輯本‧巴格迪坎 (Ben Bagdikian) 於 1967 年 3 月首先提出美國報紙應當僱用新聞公評人。《路易斯維爾信使日報》的總編諾曼‧艾紥克 (Noeman Isaacs) 即於 1967 年 6 月 19 日任命了美國歷史上第一位新聞公評人約翰‧赫什羅德爾 (John Hershen Roeder)。

　　《華盛頓郵報》緊隨其後設立新聞公評人，該報的公評人不但回應讀者提出的批評和抱怨，同時還公開評論該報的表現。爾後,《紐約時報》亦於 2003 年 12 月設置了自己的新聞公評人，美國新聞公評人制度的傳統就此確立。1980 年，美國報社的新聞公評人共同成立了「報紙新聞公評人組織」(Organization of Newspaper Ombudsmen)，隨後更名為「新聞公評人組織」(Organization of News Ombudsmen)，逐漸發展成跨國性非政府組織 (ONO, 2007)。

2.瑞典公評人制度

　　瑞典的公評人首先出現在政府部門，有法定地位；後來設立的新聞公評人則由媒體聯合自律組織設立，與美國個別媒體的內部機制不同。

3.英國公評人制度

　　英國遲至 1989 年，為了牽制國會對報業立法設立內容審查制，才有

20 家報社開始設立新聞公評人機制。不過，英國的新聞公評人制度一直缺乏健全的發展，甚至悄然不見。

4. 日本公評人制度

個別媒體內的新聞公評人制度，最早起源於日本。1922 年，東京的《朝日新聞》成立了一個特別的委員會，專門處理與調查讀者的申訴案。1938 年，《讀賣新聞》也成立了這樣的委員會，並在 1951 年改組成新聞公評人團體 (Organization of News Ombudsmen)，不但處理讀者的申訴案，也固定每日與該報編輯部開會。

5. 臺灣公評人制度

國家通訊傳播委員會 (NCC) 接受臺灣記協的建議，2007 年 9 月 10 日通過《通訊傳播管理法草案》規定，新聞部門要求訂出「自主公約」與「公評人機制」，媒體自律規範之外，新聞事業也應設置公評人制度，獨立受理閱聽眾的申訴及調查，但迄今並無績效。

第四節　新聞自律與道德

當民主國家的政府漸漸地放寬新聞自由的尺度後，新聞事業原應在這種寶貴的新聞自由保障下，發揮大眾傳播的社教功能。但是，新聞事業卻在擺脫來自政府的控制之後，遭受另外一種打擊；而這種打擊竟源於新聞事業對新聞自由的濫用與誤用。濫用新聞自由的結果，使新聞事業變質，擾亂了社會。政府為了維持社會秩序，不得不走回頭路，對新聞事業施加壓力，新聞自由面臨威脅。為挽救這種頹勢，新聞事業實行自律與發揚道德精神，以自律代替他律，乃勢在必行。

美國在 1922 年成立「美國報紙編輯人協會」(The American Society of Newspaper Editors，簡稱 ASNE)，是該國有新聞自律組織之始。1923 年，該會針對當時報界大肆刊登有傷風化文字的惡風，通過一項《新聞規約》(*Canons of Journalism*)，這可能是世界上第一個由同業共同制訂的

自律規約。全文提出了七項新聞從業人員應努力以赴的道德標準：⑴責任；⑵新聞自由；⑶獨立；⑷誠摯、信實、準繩；⑸公正；⑹公平處理；⑺莊重自持。

「新聞評議會」是不是推展新聞自由最好的組織，必須看評議會執行職務的態度，以及工作的方針是否真能發揮自律精神。美國新聞評議會在 1973 年成立，最初為實驗性質；有些新聞機構並不歡迎評議會的成立，《紐約時報》總編輯唐納文 (Hedley Donovan) 表示：「任何看起來好像是為新聞界講話或是裁決新聞表現好壞的評議會，所做的只不過是把已經被誤解得很深的新聞界的工作更加渲染、強調而已。」

新聞自律運動，就是以新聞事業本身自反自省、自我約束的態度，求取對傳統道德與社會責任的貫徹履行。因此，新聞自律也可以說是新聞事業對社會責任的實踐，也是傳統道德的發揚。新聞事業所肩負的社會責任為：⑴實現真理；⑵教育人民；⑶監督政府；⑷服務民主政治；⑸促進經濟發展；⑹提供高尚娛樂。新聞評議會的任務，就是保證新聞事業在實踐其六大社會責任時，應享有充分自由，並防止不得將新聞自由的神聖權利用於不當目的。

美聯社編輯人協會 (Associated Press Managing Editors Association) 在 1977 年 4 月 15 日通過了一個《報業道德規範》(*APME Code of Ethics for Newspapers and Their Staffs*)，該規範揭櫫了責任、正確、正直、利害衝突四大要點，作為新聞從業人員的道德規範。

任何一個道德規範都無法預先判斷所有的情況。把道德規範運用於實際狀況時，需要有常識和優良的判斷力。各家報紙最好自行增訂這些規範以適應它們自己的特殊情況。

🎤 第五節　社會責任論

社會責任論的論點最早由美國提出，但在臺灣與美國新聞自律的實

際成效卻不大。自由主義報業理論強調的是意見自由市場的開放，但商業化造成的結果卻是媒體的壟斷，如今報業的經營者非「文人」而是「商人」，報紙多由財團經營，追求利潤成為營業的主要目標，而新聞倫理規範與新聞評議會等自律機制所憑藉的，是新聞從業人員的道德良知，如今為求生存，新聞道德成為報業競爭的犧牲品。由此可見社會責任論的日漸式微。

但社會責任論並非完全失敗，最早由美國提出的社會責任論，在歐洲卻獲得極大的迴響，在北歐地區與日本、南韓，新聞評議會等自律組織運作情況良好，新聞評議會所提出的評議結果與研究報告亦受到重視；以日本為例，日本媒體一旦被日本新聞協會開除會籍，除了喪失信譽之外，還會產生以下負面影響：(1)成為銀行拒絕往來戶；(2)不得出席首相及其他政府機關之記者招待會，對新聞媒體之權利造成實質影響。日本新聞協會對新聞媒體具實質約束力，也是日本新聞自律成功的因素。

1977 年美國哈佛大學《尼曼季刊》(*Neiman Report Quartery*) 與哥倫比亞大學新聞評論 (*Columbia Journalism Review*) 同時出版專輯，檢討社會責任論實行 30 年之得失，其結論是：

㈠**新聞媒體自律誠意不足**

新聞自律的基礎動力，是新聞媒體與新聞從業人員的道德與良心，新聞自律未見成效，主要是新聞媒體與新聞從業人員的漠視與無心自律。

㈡**已經成立之新聞評議會，未如預期發揮公共監督之效**

部分國家的新聞評議會由於其獨立地位得不到認可，資金來源得不到保障，工作職權不夠明確，執行裁決不具權威性，加上新聞媒體和個人出於自身私利不願揭短，採取不配合態度，有的甚至持反對立場，公開或暗中進行抵制，因此無法發揮應有的作用。

㈢**新聞法規不當，政府顧慮太多，導致媒體過度商業化**

為避免被扣上限制言論自由的帽子，政府對於新聞法規的規劃並不完善，新聞法規並不是為了限制言論自由，而是適度保障新聞自由，如：

美國在 1966 年所通過的《資訊自由法》(*The Freedom of Information Act*，簡稱 FOIA)，便是要求所有聯邦行政機關所掌握的資訊，原則上公眾均取得使用，其立法理由和民主憲政體制的運作則是有直接的關係：讓公眾可以在資訊充分的前提下，參與自我治理的民主討論過程。除此之外，新聞法規也可保障民眾的隱私權，避免無關社會公益的個人隱私權遭媒體炒作。

社會責任論討論自由與責任的關係時，期盼新聞媒體發揮道德自律，但最終成效不大。此外，社會責任論為求矯正自由報業的流弊，固然改變了傳統立論對國家的不信任，卻仍說不清楚社會責任是什麼，也未釐清媒體的責任對象，反而可能招致國家干涉，導致部分國家假借社會責任之名抗拒新聞自由。而「新聞自律機制」受到政治經濟等脈絡的影響，也使得所謂的「自律」往往「不由自主」。

二十世紀初客觀性專業規範的發展，最主要是因應媒體商品市場變化，並呼應政體在合法性出現危機之時的需求。但受到各國不同政治經濟條件的影響，同樣的自律機制卻有不同的實踐。例如，公共力量較強大的北歐，新聞自律較具強制力、也比較有效；在市場力量較強大的美國，新聞評議會無法發揮力量。

但商業化的影響並不代表完全無法新聞自律，在商業化的影響之下，媒體最終的目的是要營利，於是新聞成了產品，讀者就成了消費者，如果出現了捏造的假新聞，報社就會失去信譽，這不僅會影響到報紙的銷量，還會影響到廣告收入。這也使得美國媒體對新聞的真實性和公正性特別重視，而主管對報社信譽的重視也直接轉化為對於媒體內部自律的重視，進而加強了媒體的新聞自律。以美國來說，《紐約時報》爆發「傑森布萊爾醜聞案」(詳見下章第一節)後所做的一連串補救措施，就是商業化的社會中，報社為挽救信譽所實行新聞自律的良好典範。

一、法律　自律　眾律　紀律

1989 年 10 月，臺北《新聞鏡》週刊曾舉辦一場「新聞倫理座談會」。會中專家一致強調，報禁解除後，媒體競爭激烈，新聞報導失序的情況嚴重，應強化媒體的自律功能，並從多方面加強新聞倫理道德觀念的灌輸與培養。會中更確認新聞自由及社會責任皆為新聞事業之崇高目標，必須全力達成。同時建議新聞界積極努力建立基於中國文化本位之新聞哲學及倫理觀念。

王洪鈞在會中強調：「新聞自由」是一個共同的信念，但「新聞自由」並不是絕對的。他認為要想與「新聞自由」站在相輔相成的立場上，互相制衡、互相幫助，則莫過於下列四種約束。

第一種就是「法律」，自由的社會，仍需要「法治」，二者互為因果，互為依賴；第二種是「自律」，因為「徒法不足以自行」，而法「有時以窮」；尤其是新聞工作，每一個字、每一張照片、每一個鏡頭，都是創新的，沒有任何力量可以規範它。所以「自律」是制衡新聞作品及新聞事業各種表現的最大力量。

第三種是「眾律」，因為「眾」就是 public，public 有權對媒介說話；媒介本身就是服務公眾的，而公眾有權對媒體表示意見，以發揮若干功能，這就是「眾律」。

第四種約束是「紀律」。在西方的民主國家，或許談不到這個問題，但是在東方的許多國家，媒介為若干強勢政治團體所獨占，這種團體雖然也有服務公益的目的，但其媒體並非都是能不受商業的影響，而發揮強勢政治團體所預期的效果；因此，他仍強調「紀律」的重要。

二、專業團體要善盡職責

俗語說：「聞道有先後，術業有專攻。」在分工如此多元的今天，政府豈能萬能？所以歐洲中世紀職業性公會──基爾特 (Guild) 因而產生。

　　職業公會所扮演的角色，是政府與人民間的橋梁，許多政府力有未逮的事，透過職業公會的介入，肩負部分的公權力行使，其效率反而更大、更高，並且更加提升每一個專門職業的水準。

　　美國雷根 (R. W. Reagan) 總統時代，就大力抨擊政府的權力過分龐大。他主張應強化民間的角色，尤其是專業性的團體，要負起更大的責任，使各行各業，都能有更高的自主性，展現專業的蓬勃生機。

　　其實，真正的民主社會，其人才多遍布於民間，他們的專業知識與經驗，更勝於政府官員；政府官員既然無法瞭解不同行業間的特性，倒不如強化專業性的職業團體，讓他們「自行管理」；這樣的專業權威才能真正建立起來。

　　在一個健全的民主社會，專業的從事者，不但要接受完整的教育，而且都要有專業的理念與倫理規範作為工作指導。譬如醫生、律師、會計師、教師與記者，在理論上，由於其工作常會影響他人的生命、安全或名譽，所以專業的教育和工作經驗都是不可少的條件。

　　專業形象的建立，消極的須從內在的自我充實做起，積極的更要從運用專業知識與方法以從事工作之革新，謀求為社會人群做更多服務。

　　而為了維護自己的榮譽，專業者都會以高度自治的方式去服務社會，以提高本業的水準，更能以組織團體以改良服務，促進自律，並維護會員利益。

　　以美國為例，其法律、教育、醫學界都有全國性與地方性的組織，定期出版學術刊物，經常舉辦學術會議或演講，不斷提高專業水準，力求精進，以積極改善對社會的服務。

　　美國的記者公會，在專業上亦皆有一定權威。許多訪美的各國政治領導人物，其第一站的公開演講，往往是記者公會所主辦。

　　美國與臺灣地區的新聞組織運作情況不佳，最主要的原因如下：

　　1. 資金不足。

　　2. 未獲傳播媒體充分支持。

3.領導者多分心甚至掛名，無實際運作決心與魄力。

美國全國新聞評議會(National News Council，簡稱 NNC)在 1984 年宣告結束，而今仍在運作的全國性自律組織為「美國報紙編輯人協會」；美國近幾年連續出現重大的新聞缺失，因此有識之士成立全國性的新聞評議會呼聲仍然不斷。而臺灣的新聞評議會如今已轉為中華民國新聞自律會下的單位，因資金與人力不足，運作上也轉趨低調。因此，新聞評議會的成立，需要媒體與社會大眾的大力支持；事實上，學者倡議重建新聞自律會的主要目的，是在分散政府機關採取管制措施的注意力，並非限制媒體的新聞自由，自律反而是保障新聞自由的措施之一，但目前兩國新聞評議會僅就道德上給予懲罰的方式，仍無法有效抑止新聞歪風，應就實際的懲罰在新聞評議會的規範中加以討論。

我們應明瞭，新評會是新聞自由的維護者，不是束縛者，大力支持並強化新評會工作，不但可收淨化社會的功能，實現真正民主社會的美夢，在國際論壇上也可分享到維護新聞自由的聲響。

目前，除了新聞自律組織之外，尚有許多自發性的新聞監督組織，其中多為非政府組織(Non-Government Organization，簡稱 NGO)，新聞他律組織的成立顯示的另一項現實，就是新聞自律組織的沒落。以臺灣目前存在的他律組織如：臺灣媒體觀察教育基金會、閱聽人監督聯盟、新聞公害防治基金會等單位，這些單位多由傳播學者與社會大眾組成，主要的目標是為了追求優質媒體與專業倫理，對淨化新聞與監督媒體自律有一定幫助。

新聞自律組織與他律組織追求共同的目的，就是專業倫理的實踐。未來，若新聞自律組織與他律組織合作，共同舉辦活動，不但可促進媒體與閱聽人之間的交流，對於新聞自律也有所幫助。

整體而言，新聞自由發展史之路漫漫，過去歷史給我們的啟示是：新聞自由有賴點滴爭取，鍥而不捨。即使在新聞自由發達的國度裡，新聞工作者仍需要與各種惡勢力搏鬥，破解那些不合時宜和不合常理的壓

抑。由此觀之，那些以各種姑息理由壓制新聞自由的皆不可取，而新聞自律則成了新聞工作者心中的一把道德的尺。

　　新聞自由遭迫害，使一些記者為盡忠職守而喪生。2008 年，全球共有 60 名記者遇害，600 多名記者被捕，350 多家媒體遭審查，929 起媒體遭襲擊威嚇事件，另有 29 名記者被綁架。

　　這是非政府組織「無疆界記者」(Reporters without Borders) 於 2009 年 6 月間公布的數字，顯示新聞自由的發展絕非平順。

　　2009 年 9 月，中共下令網站封殺龍應台新書《大江大海一九四九》，要網站刪除龍應台全部的文章，並不能再發表她的文章。

　　想起最具公信力的美國電視主播華特‧克朗凱 (Walter Cronkite) 生前「無所不懼，亦無所偏袒」的平實客觀特質，顯示世界各國需要更多的克朗凱，也需要為新聞自由做更多努力。

第十三章　閱聽人的自覺

🎙 第一節　沉淪的媒體

　　曾經喧盛一時，影響力遍及各階層、族群的連續劇「臺灣霹靂火」，收視率創了新高，但除了演員的精湛演技及獨特的對白外，其對社會的負面影響卻無法與傳媒的社會責任相符。

　　一部成功的戲劇，它強大而無遠弗屆的影響力，絕對能輕易地導正民眾的錯誤觀念，但如同雙面刃般，稍不注意也會有不良的後果。

　　在臺灣，難得看到像「臺灣霹靂火」一般，能將司法實務的運作自然地融入劇情，且引起巨大的迴響；但也正因該劇大量引述現行的法律規定及觀念，其內容至少應力求嚴謹，不要發生誤導民眾的不良效果，亦該承擔起媒體最基本的社會教育。

　　多年前，美國媒體學者波爾斯汀 (Daniel J. Boorstin) 就在他的大作《談影像：假事件指南》中警告，電子及電影影像即將席捲人類，並以「假事件」主宰觀眾的心靈。他在該書卷首，引用一句瑞士小說家佛利希的話：「科技的妙處就在於，它能把世界安排成我們無須親身體驗。」這些話如今皆已一語成讖。新世代的年輕媒體理論家已經認為，透過電視「傳播」的經驗就是「真實」經驗，「虛擬實境」也是一種實境。麥克魯漢 (M. McLuhan) 的「媒體即訊息」名言，終於獲得證實。

　　2008 年 1 月 28 日，當臺灣演員許瑋倫因車禍而與死神拔河時，中天新聞臺的記者在採訪現場直接詢問許父:「你覺得許瑋倫回不回得來?」記者不當發問立即引起網友抗議。抗議留言塞爆中天留言板，要求中天高層道歉。中天執行副總陳浩表示:「記者的確措詞不當，新聞部同仁會

向許家道歉。」

　　透過電子媒體的播出，網友們將這段過程公布在網路上，嚴屬譴責中天的不人道。有網友說：「強烈要求中天電視高層主管出面向社會大眾及瑋倫一家人道歉，此次事件引發高度民怨，記者的專業素養與職業道德蕩然無存，也請該記者將心比心，如果當事者是你最親近的親友，被這樣子問到，試問你做何感受？」憤怒的網友甚至將記者的電話公布在網路上，發動網友癱瘓記者電話。也許這位中天記者並無惡意，但他措詞不當是記者們值得警惕的事。

　　2007 年 5 月，三立電視臺製播的「二二八走過一甲子特別報導」，也曾引起臺灣社會軒然大波，三立電視臺將國共內戰在上海街頭處決共產黨員的畫面夾雜其中，引發誤導民眾、影片造假的爭議。

　　該節目夾雜國共內戰在上海街頭處決共產黨員的資料畫面，卻沒有特別標明，確實誤導觀眾以為該片段是二二八事件的資料片段，三立電視臺除了認錯道歉之外，也應該誠實面對這項嚴重疏失。

　　而這次三立電視臺引起的爭議，再度顯示新聞記者在報導上疏於求證的弊病。為求新聞的準確度、可信度，採訪記者仍應回歸新聞專業，確實做到多方查證的工作。

　　三立的錯誤是否只是單純的畫面「誤植」，也引起許多人質疑。有人認為，該影片都從「仇恨」出發，企圖在民眾心目中深植一種「國軍殘忍地全面屠殺臺灣人」的印象，三立在此節目中，散布並沒有經過嚴謹考證的「國軍殺人」內容，其居心為何？引發懷疑。它不但違反了新聞人客觀求真實的原則，甚至涉嫌造偽，嚴重違反「傳播在溝通人類心靈」的基本目標。

　　一向被譽為報業典範的《紐約時報》，曾發生一位記者編造新聞的烏龍事件。這位 27 歲，名為布萊爾 (Jayson Blair) 的記者，在所發表的 73 篇文章中，竟然有 36 篇存在各種包括造假、抄襲等行為。

　　身為《紐約時報》公司主席兼發行人的沙茲柏格 (Arthur Sulzberger

Jr.) 指「這是極丟臉的事」、「毀掉了報章與讀者間的互信基礎」。

《紐約時報》自 1851 年創刊 100 多年以來，其權威性與高品質一向受社會大眾信賴，鮮少被質疑，所以這次事件不僅震撼美國社會，更引起傳媒界的關心與討論。

透過手機和電腦與報社聯繫的方式，布萊爾創造了他到處奔波、辛勤工作的假象。從《紐約時報》發稿的紀錄上來看，從馬里蘭州、維吉尼亞州、俄亥俄州、德克薩斯州等地都留下「勤奮工作的足跡」；事實上，他大部分時間都窩在紐約市布魯克林區，並在該區蒐集一些昂貴的發票，作為他出差報帳的依據。

有人說，這是科技進步所帶來的後遺症，使得布萊爾可以使用電腦、搜尋別家報紙的新聞，加以剽竊竄改；可見得，科技如無人文為基礎，則新聞記者心目中的傳媒，不過是成名求利的敲門磚而已。

布萊爾的事件，說明了任何一種權力的運用，都可能潛伏自我腐化的因素；而媒體作為一種第四權，自然也可能有腐敗的要素，所以學者疾呼新聞必須要有自我檢查等重重關卡。

作為一種專業，報業自然有一套倫理規範及其執行的規則，如各大傳媒有編採手冊等，只是現在的年輕記者，鮮少重視這些規範；也有的長官，對部屬的錯誤行徑視若無睹，布萊爾的錯誤連連，據稱都是由於有「高人保護」；雖然他所發的新聞稿常有失誤，但在保障少數族裔的原則下，不是視若無睹，就是故意偏袒，總編輯雷恩斯 (Howell Raines) 也為此鄭重道歉。

沙茲柏格稱：這宗醜聞把《紐約時報》「打得鼻青臉腫」。該報經過一番調查後，以 4 個全版發表長達 7,500 字的報告，細數這位年輕記者的過失，稱之為「違反新聞工作最基本原則」、「誤導讀者及報社同事」，而向讀者及所有在報導中提過的人「致歉」，甚至形容布萊爾是「自我作踐的糟糕年輕人」。

沙茲柏格在文章中表示：「報紙與讀者間的信賴為之蕩然無存」，這

也是《紐約時報》創刊百餘年以來最大的醜聞與恥辱。同年 6 月，因為布萊爾剽竊醜聞，《紐約時報》執行總編輯雷恩斯與布萊爾的主管波伊德 (Gerald Boyd) 為他們所犯的錯誤及督導不周所造成的結果向大眾道歉，並引咎辭職。

《紐約時報》的銷數與廣告皆非美國之首，但一向被公認為「西方報業老大」、「歷史的記錄者」，這次為布萊爾事件所採取的斷然措施與坦蕩道歉，畢竟展現了一家大報的泱泱之風。一如若干年前，《華盛頓郵報》記者珍妮‧庫克 (Janet Cooke) 因偽造男孩吸毒故事，雖獲普立茲獎仍被開除的往事一樣，為維護公信力而絕不護短，這是新聞界的良知。

世人強調新聞自由，這是無庸置疑的，但要達到真正的新聞自由，還必須有自制，所以若干品質控制的要素是不可少的；自由與控制，其目的都在促進大眾傳播的暢通無阻，並以最高的品質，獲得社會的信賴並使其獲益。

當我們關心各種力量控制新聞自由時，我們可能不幸地發現：新聞自由的最大敵人可能是新聞界自己；唯有負責任的新聞界才是新聞自由的最大保障。

他山之石，可以攻錯。新聞傳播界應該有一種聞過則喜的雅量。而自律與自省的強化，不僅是一種意識，如何形成更理想的制度，也值得傳播界與傳播學者深思。以下幾點是強化新聞自律的做法：

一、強化新聞道德教育與專業教育

新聞道德是新聞自律的基礎，新聞道德教育則應從基礎做起。現今媒體發達，一般民眾在日常生活中都能接觸到報紙的資訊，為了使民眾能正確地使用媒體，並加強公眾監督的功能，應在學校安排新聞相關課程，並不設限於大專院校或新聞傳播學院。媒體應與教育單位緊密地聯繫，提供新知與新聞道德教育資訊，除了有助於一般民眾對媒體的瞭解，對於栽培新聞從業人員也有莫大助益。

臺灣近年來在國小中積極推動「媒體識讀教育課程」，有助於小學生對新聞道德與媒體的瞭解。同時，學生在課堂所學資訊，也會間接影響家人。在美國，「美國報紙編輯人協會」相當重視新聞教育工作，訂有高中新聞計畫，與高中課程聯繫，發展出一套完整的新聞教育方案。

除了一般民眾之外，新聞從業人員也應該接受新聞道德教育的課程，由專業新聞協會或新聞自律組織定期舉辦新聞道德教育課程或講座，鼓勵新聞從業人員參與。

此外，新聞從業人員應接受完善的新聞專業教育，除了在學生時期修習專業課程之外，參與實習工作與在職進修也是不可缺少的要件，雖然新聞從業人員，不像律師與醫生採取專業的證照制度，但完整的新聞教育有助於提升新聞專業。

二、建立完善的新聞採編流程

近年來的小報化風潮，席捲全世界，並重創傳統報業，缺乏完善的新聞採編流程，是目前報業的一大問題。記者在採訪時必須確定消息來源的準確性，經由查證以後，才能予以報導。編輯方面，除了審核與校對之外，對於新聞的選擇也是一大要點，新聞內容必須要有助於社會公益，能夠傳遞新知，而不單只是拿來娛樂閱聽人。記者與編輯都擔任守門人的角色，一套完整的採編流程，能夠縝密地處理新聞事件，也有助於降低錯誤的發生。

三、公評人制度普及化

公評人制度是媒體內部自律的機制之一，雖不普及，但有其優點：
1.增進新聞報導之精確、平衡及公正等品質。
2.協助新聞資訊提供者更易於為閱聽眾所接近及理解，而獲致公眾更高程度之信賴。
3.增進媒體對公眾所關注新聞專業之認知。

　　4.將公眾之訴願和質疑轉由專業人解決，可節省新聞採編工作者之時間。

　　5.可望減少訴源及訴訟成本。

　　公評人可擔任閱聽眾與新聞編輯及新聞室間之橋梁角色，不僅監督新聞報導之正確性，並可傳達閱聽眾之觀點及意見至媒體內部，時刻提醒新聞工作者對新聞道德之注意義務，有助於新聞媒體內部自律。

　　美國現已至少有 36 家報刊設立公評人制度，以獨立處理各種新聞當事人對記者之抱怨與指責。例如：

　　1.美國《華盛頓郵報》，每週設有固定專欄以評論其新聞處理方式。

　　2.美國《商業周刊》規定記者買股票該列出清單，以免瓜田李下。

　　3.美國《當代周刊》，編輯並繕改發自世界各地特派記者之文稿後會再致電求證，這項繕改是否曲解了撰稿者的原意。

🎙 第二節　閱聽人如何自覺？

　　生活在今天資訊這麼流通的社會裡，如何成為大眾傳播睿智的接收者，是做一個現代國民的先決條件，也是提升我們大眾傳播水準的社會條件。

　　換句話說，如果大眾傳播不斷地在左右我們、影響我們，那麼我們是它們的受益者還是犧牲品呢？我們當然是希望大眾傳播能反映我們的意願，表達我們的心聲，忠實地報導世間所發生的事，公正地評論與人們關係密切的事。但是如果大眾傳播不能做到這種地步，相反地充滿不公正、不客觀，甚或加入色情與暴力的汙染，那麼我們是不是就要被大眾傳播媒介所指使、操縱和洗腦而無所作為呢？

　　如果答案不是這樣，那麼如何使每個國民對大眾傳播知識有基本的瞭解，使大眾傳播的消費者對傳播過程有充裕的知識，成為當前重要的一項課題。

　　我們堅信，一個受過良好教育的人必須對大眾傳播媒介培養出善於鑑定的態度，他必須在個人的好惡之外有所判斷，他必須知道如何區分高水準的作品和低水準粗製濫造的劣品。

　　我們對於一個科目瞭解得越多，被誤導入歧途的機會也就越少。既然今天是大眾傳播的時代，任誰也無法逃避大眾傳播的影響，則及早培養出一種對大眾傳播媒介鑑賞判斷的能力，是現代公民的基本素養。

　　我們相信要迫使媒體負起社會責任、重視公共關係，恐怕最大的力量應該來自民眾。以 1998 年香港發生的假新聞事件為例。該年 11 月，香港一名婦人因發現丈夫在深圳包養姨太太，遂抱著兩名小孩憤而自殺。後來香港一份八卦雜誌刊登了一篇獨家的報導，內容是經該雜誌的記者全程跟蹤後發現，婦人的丈夫陳健康在妻兒出殯後，立即前往深圳探望姨太太，並有記者偷拍的照片作為證據。該報導刊出後立即引起議論紛紛，陳健康更被視為是毫無人性、不知廉恥的人，一時成為千夫所指的對象。

　　但不久後，陳健康不甘背黑鍋，於是對外坦承整個事件是由該八卦雜誌付錢，要他全程配合，以便編造不實的故事延續這個令人側目的社會新聞，進而大肆炒作。該媒體的目的自然是看準了讀者喜歡看「八卦」的心理，同時也為了在激烈的競爭環境下脫穎而出、增加銷路。然而在事件被揭發以後，該雜誌也承受了社會輿論給予的強烈抨擊與龐大壓力。

　　在這個事件發生後，新聞媒體操縱的議題便廣泛地被大眾討論著，當然也有人開始建議應該設立新聞評論會，以避免這種不負責任的報導再度影響大眾視聽。然而，最好的解決辦法應該是在媒體間建立一些共同守則，加上來自社會各界的評論，來規範媒體的報導方式。

　　在美國、英國都曾發起「關機」運動，並藉著舉辦公益或親子活動來鼓勵社會大眾減少看電視的時間，以提醒社會大眾，電視媒體對下一代有越來越大的不良影響。

　　從上述的例子不難看出，如果媒體錯誤的報導行為繼續有生存空間，

恐怕要檢討的還是開電視機的、買報紙的觀眾及讀者。市場，畢竟是有需要才能生存的。所以民眾千萬不能置身於媒體報導之外。

筆者曾建議在國中公民課程中加列一章，討論大眾傳播的性質、功能、媒體特色、通訊社以及新聞自由的真義；並教導下一代公民如何選擇新聞傳播媒體。至於在大專院校中，除新聞、大眾傳播科系之外，並加開大眾傳播鑑賞的課程，供其他各學院學生選修，一如學校有藝術之類課程，供藝術學院以外學生選修的通識教育一樣。

事實上，閱聽人對大眾傳播知識的需求，其重要性不下於衛生知識，後者在保障國民身體健康，前者則在保護國民的精神健康，避免其心靈受不良媒介的汙染。

進一步說，筆者相信，社會裡有更多鑑賞能力的讀者、聽眾與觀眾，必有助於大眾傳播事業水準的提升，要知道人之向上，誰不如我？只要大眾品味提升，沒有一個大眾傳播事業是自甘墮落、自趨下流的！

政大教授潘家慶曾質疑「沒有沃土，怎能看到鮮花？」他提出水漲船高的閱聽人理論，認為新聞教育應把「媒介有引領社會、指導讀者的責任」視為金科玉律，教導學生。社會學者如龍勒更是指陳，傳播體制不僅是一個社會發展的「指標」，更是一個社會發展的「策動者」。所謂指標，可說是水漲船高理論的象徵。

現在的傳播媒體所提供的訊息，存在若干程度的偏差，這需要閱聽人的覺醒，並盡量給予回饋，如讀者投書等，但覺醒與回饋之道，首在社會大眾有傳播的基本知識。所以筆者主張，大眾傳播知識應該社會化，使閱讀人既有「知的權利」，亦有「選擇的能力」，並透過停止訂閱、停止收看、停止收聽等具體有效行動，敦促大眾傳播事業提升水準、善盡職責，並發揮大眾傳播的正常功能。

臺北一群關心下一代教育的熱心人士與民間團體，在 1998 年母親節發起「媽媽監看媒體」活動，籌組一個常設的「媽媽監督媒體委員會」組織，長期訓練媽媽監看媒體。

「媽媽監督媒體委員會」的成立是希望建立一個投訴的管道，藉由家長的監督，以公證、公正、公開的評選方式，為媒體與節目打分數，抵制劣者，鼓勵優者，盼能促使媒體自省自勵，還給孩子一個清新、富建設性的視聽環境，取名為「媽媽」監督是因為媽媽和孩子最接近，最能代表對孩子的關心，成員並不限定女性參加。根據美國心理學會研究，每人一生中看電視所花的時間最多可能達 20 年之久，由此可見傳媒在生活中所扮演的角色不容忽視，電視媒體暴力對青少年行為有一定的直接與間接影響。

由於臺灣媒體八卦當道，嚴重損害媒體專業尊嚴，危害閱聽大眾的收視權益，臺大新研所教授張錦華也曾因此發動民間團體力量「拒看、拒打（電話）、（灌）爆媒體」，並發起廣告主拒在「敗德媒體」刊登廣告。新聞公害防治基金會也痛批，臺灣媒體「把閱聽大眾當成豬，專餵他們吃髒東西」，從解嚴前的「哈巴狗」，變成現在的「瘋狗」，搞到最後是「百犬吠聲，不知所云」。

🎙 第三節　向下紮根──媒體素養教育

立法者要繼續努力，新聞傳播界要加強自律外，還有一個武器卻始終未被重視，那就是：閱聽人手中掌握的王牌──拒絕接收資訊。只是這張牌不常被使用而已。

如果社會大眾希望我們的平面媒體健康，可是大家支持或購買的卻是八卦報紙或雜誌；如果你希望我們的電視節目合宜，可是你收看的卻是色情節目。那請問：媒體的生態如何健全？如何提高水準？

所以，閱聽人絕非任媒體宰割的羔羊，美國的政治經濟學者史麥塞（Dallas Smythe），從比較古典的馬克思主義出發，認為閱聽人看電視，是幫資本家作工，生產時段賣給廣告。閱聽人並非無價地得到節目內容，更付出了鈔票購買報紙。所以，我們有權利拒絕收聽或閱讀。如果節目

收視率降低，報紙銷數下降，媒介可以不知警惕嗎？

　　當然，有組織的抵制並不容易，要有全國性的抵制更難成功。但是，如果大家都有這個意識，並採取行動，傳媒也一定會做出檢討。在美國的小城裡常見不良電影被抵制的情形，而宗教團體更常以此為己任。常常發動教友拒看不良電影，形成力量。

　　此外，在國外，常看到有民間社團組成電視評級委員會，約請各方有代表性權威學者，就電視播出的節目，進行評級並向社會公布，供家長指導孩子、老師教導學生收看節目的參考，並使電視節目製作人知所警惕，這也是一個可行的方法。

　　我們社會公眾之所以聲音微弱，主要可能有三個原因：一則是對傳媒之事所知有限，不知從何著手；二則是漠不關心、缺乏組織；三則是傳播媒介不予重視。

　　所以國民媒介素養教育，在此時此地顯得特別重要。

　　因為經過有心人士的推動，媒介素養教育逐漸受到重視。許多大學已將「媒介素養」列為通識教育，這是非常正確的方向。

　　報禁開放以後，臺灣傳媒表面上熱鬧而風光，實際上經理人、主持人個個叫苦連天，而閱聽人對傳媒亦無太多的尊重。閱聽人如果只是焦慮、不安和在情非得已的情景中擁抱媒體，傳媒生態是無法健全的。

　　久不見「自律、專業、負起社會責任」的大纛，傳媒終要在血腥、暴力中日趨墮落。只有閱聽人的覺醒與思考能力，才可能形成對傳媒的壓力，而傳媒追求與閱聽人的「雙贏」才是唯一的前程。

第十四章　民主參與與公民新聞學

🎤 第一節　民主政治與民意政治

民主政治由英文 democracy 翻譯而來，主要是指人民主治或民眾政府 (popular government)。民主憲政的原則原理雖來自英國，特別是洛克 (John Locke) 等學者的理念，影響深遠，但民主政治具體實施的沃土卻是在新大陸美國。

美國人基於下列的理念，自由建立憲政的秩序，他們認為人皆生而自由平等，造物者賦予人某些不可讓渡的權利，那就是：生命、自由及追求幸福。

二十世紀民主政治的發展，不僅是政治民主，而且是社會民主和經濟民主。政治民主要求政治參與的自由平等，社會民主要求生活方式的自由，經濟民主要求國計民生的自由平安。

民主政治和獨裁政治不但大不相同，甚至完全相反，所以民主政治的特徵，至少包括下列幾點：

(一)民意政治

民主政治是以民意為依歸的民意政治，所以國是取決於公意、政策歸本於民心。

人民有同意的權利，也有不同意的自由。同意固然是好事，不同意也未必是壞事。在民意政治過程中，透過媒體，人民一方面瞭解政治作為；另一方面，人民也可以透過媒體表達其意見或意向。

(二)法治政治

法治 (rule of law) 是依法為治或法律主治，即以法律為治國、治人和

治事的準則。它不僅是規範，亦為維持政治秩序和社會秩序運作的法寶。

㈢責任政治

民主政治是責任政治 (responsible politics)，在民主政治下，被治者是權力所從出，因而是政治主人的民眾，治者是服務民眾的公僕。

㈣政黨政治

民主國家的人民有結社的自由。政黨是一種社團，人民基於結社自由而組織政黨。

現代民主國家都有民選的議會，政黨在議會中扮演重要的角色；透過黨團的運作，從立法貫徹黨的政策。

㈤多數決策

民主政治是取決於多數的政治；透過自由參與、自由討論及自由表決而決定政策和解決衝突。

㈥民主社會

民主社會是多元和開放的社會。民主社會除政治外尚包括多元組合和多重價值，所以社會人、宗教人、經濟人、學人、藝人、工人等都應有其目標與行動；而個人亦有其公共權力不可侵犯的領域，即隱私權。

🎤 第二節　民主參與理論之發展背景

從民主的觀念看，閱聽人才是傳播形成的基本元素，他們是傳播的真正主人。但過去學者研究閱聽人時，卻呈現出各種不同面向的閱聽人研究，從閱聽人控制到閱聽人自治的方向不斷轉變；民主參與媒介制度的發展，也清晰地描繪出一條傳播者視角向接受者視角變遷的路徑，此理論是建立在閱聽人由被動到主動的方向前進，因為閱聽人早已不再只是軟弱無力或被動的接受資訊者，在傳播過程中，他們的主動性和參與性也日漸明顯，如何保護閱聽人的主動性與參與性即是落實民主參與媒介制度的主要目標。

該理論的出現背景為社會的訊息進入一個新的階段，美日歐等發達國家的一般民眾利用媒介的要求不斷提高，而同時媒介的壟斷程度也更加嚴重，這就形成了民眾與媒體之間的矛盾。民主參與媒介制度正是在這個背景下產生。其產生反映了廣大民眾對於社會責任理論的失望和主動爭取自身的傳播權和媒介近用權的決心，社會是水平式而非上下式溝通，重視民眾媒介近用權，草根性的聲音，鼓勵小型的、互動性的、參與性的媒介，反商業、反壟斷、反菁英化。

我們提倡媒介的民主參與制度，其主要著眼點是在強調：

1. 傳播權、知曉權、對媒介的接近和使用權以及接受媒介服務的權利為任何個人和群體所擁有，而無論他們的強弱。

2. 媒介主要的服務對象是民眾而非媒體、政客、宣傳家或廣告主。

3. 媒介應當廣泛分布在社會各階層和組織中，並為其所擁有。

4. 規模龐大、單向傳播、壟斷發展是媒介的詬病，媒介發展的方向應當是規模小、雙向互動、廣泛參與。

5. 參與而非動員，賦權而非統馭。

🎤 第三節　搭建嶄新的公共領域

在民主參與媒介制度中強調媒介近用權 (right of access)，個人或少數團體有權接近使用媒介，傳播媒介和傳播內容不受任何政治控制。媒介存在主要是為服務觀眾，任何團體組織與地區性社區必須擁有自己的媒介。拒絕把「市場」和「自上而下」專業供應和控制視為合適的制度，而鼓勵非制度性的、觀點明確的媒介並支持水平的互動模式，因此小型、互動和參與性的媒介要比大型、單向或專業化媒介來得好。

民主參與媒介制度認為，任何個人和弱勢社會群體都擁有知曉權、傳播權、對媒介的接近使用權以及接受媒介服務的權利，媒介應該為廣大受眾而非媒介組織、政治人物或廣告主所服務。然而傳統媒體中無論

是電視、報紙還是廣播，媒介產品生產與其集中的特性，勢必不可能滿足民眾的「媒介近用權」。只有 Blog、DV、手機等專屬於個人媒體產生後，民眾的媒介近用權才有落實的可能。

由強調傳播權利觀點來看，是由自由主義報業理論而來，強調閱聽人知的權利與媒介近用權，尤其在建立公民意識與增強民間社會活動中，媒體具關鍵地位，一方面提供資訊給民眾，另一方面也提供管道使公眾意見表達討論。此外由民主的意涵來看，真正的民主須基於「自由且有知識的公眾」，美國《聯邦憲法第一修正案》就對人民言論自由提供絕大保障，目的就是在讓充分接受訊息的民眾，有能力處理自身事務，並確保充分交流意見。由以上可知，人民不但要有言論自由，還要有足以表達言論的公共論壇 (public forum)。

在全球化過程中，一方面全球媒體逐步形成，另一方面多樣的小眾傳播與傳媒也正悄然興起。在當下蓬勃興起的大眾影像運動，以其極大自由言論的空間承載著越來越多民眾意識型態，成為個體、社群、族群的聯繫點，標示著影像民主主義 (populism) 時代的到來。其中除了符合主導意識型態的部分通過影視傳媒實現大眾傳播外，更多的則是通過網際網路與人際交流實現的小眾傳播；在此基礎上，一個以影像社區為標誌的大眾影像的生產和傳播，正在搭建一個嶄新的公共領域，即西方的民主參與媒介制度 (democratic-participant theory)。

因此公民新聞學 (civic journalism) 可以說是民主參與媒介制度的體現，在公民新聞學中要求新聞工作者將人民視為公民，即公共事務的潛在參與者，協助人民採取行動，而不僅是瞭解問題，其目的是為了協助一般民眾更有力量進入政治場域來與政治人物對話、參與公共事務，並進而要求政治人物更負責任地處理各項公共問題；並且，透過公共新聞學，生活在同一社區的人們也得以學習共同解決社區問題、凝聚社區意識，經由媒體的近用在共同的議題中表達自己的聲音。而「社區報」則是民主參與媒介制度精神的落實，藉由社區性的報紙，提供在地化新聞、

娛樂與商業訊息，建立起居民間共同經驗分享與培養社區意識，促進公民參與公共政策，更重要的是讓民眾有伸展聲音的空間。

民主參與媒介制度要求大眾傳媒向一般民眾開放，允許個人和群體的自主參與，媒體應當致力於在一般民眾中發展多元的文化。該理論提倡創新，認為社會群體應該直接擁有一些「小型」的媒體，而政府有責任為這些群體提供相應的資助。此外民主參與媒介制度，反對新聞媒介領域的內容一致、集中管理、價格昂貴、高度專業、態度中立等情況，主張新聞媒介內容多樣化、管理小規模化、非機構化，強調傳播者與接受者的互動關係，認為公眾有使用新聞媒介的權利；以手機為例，其高普及率、操作的簡易性、成本的低廉以及高度的參與性將使其成為 Blog 之後對民主參與模式的最佳實踐模式。

另外，社區媒體是實現民主參與的一條有效途徑，隨著城市社區建設的開展，發展社區媒體勢在必行，它能夠給閱聽人一個傳播、交流的平臺，實現他們的傳播權和媒介近用權。在網路傳播的環境下，城市社區網路的發展更應該引起重視，社區網站在社區的發展中發揮了什麼樣的作用；如何引導和規範社區網站；如何將網路傳播與社區媒體所具有的民主、參與因素結合起來，提供閱聽人更好的服務，都是值得重視的問題。

而「公民新聞學」之值得重視與倡導更可由此顯示其價值。以 2009 年 8 月臺灣的「八八水災」為例，期間幾乎人手一機地運用手機及網路傳輸現場的畫面。媒體生態顯然在全民的參與下，有實質性的發展。

第十五章　新聞教育

🎙 第一節　專業課程與專業精神

新聞教育開始萌芽的時間，是在西元十九世紀中葉以後，當時，新聞事業已有相當的發展，成為一種專門的職業，新聞教育也就自然地應運而生了。美國是新聞教育萌芽的發源地，1869 年華盛頓李大學(Washington & Lee University) 首先設立了新聞有關課程；1878 年密蘇里大學，1893 年賓夕法尼亞大學也相繼開設了新聞學方面的課程；對於日後建立完整制度、體系的新聞專業教育，有莫大的貢獻，對於新聞從業人員專業精神的培養，也有很大的幫助。

密蘇里大學於 1908 年成立新聞學院，新聞教育粗具規模；之後，世界各國也紛紛仿效，有關新聞教育的各科系先後成立於各大學中。除了培育各大眾傳播媒介所需人才之外，對於建立大眾傳播學的理論體系也有深入的研究與發展。

新聞學在社會科學之中算是後起之秀，它能否成為專門的科學，過去曾經一度眾說紛紜，但由於新聞專業的發展，為了適應職業教育的需要，新聞學終於成了專門的學問。一方面它是從日常編採工作的經驗和發行廣告的實際業務裡面，歸納出來的基本原則；另一方面，又從社會科學之中，選出政治、經濟等有關學問，再從人文科學中選擇史地語文等有關學問，湊合起來形成新聞學的體系。但是，仍然有人認為新聞學只是社會、人文科學的附屬品，本身無法構成獨立的理論體系。目前在大學有關新聞科系中所開的課程，嚴格而論，也大都著重於新聞實務的傳授，至於新聞學理論的研究，無可諱言地，仍然有待努力開創。以密

蘇里新聞學院為例，其過去的課程安排如下。

新聞學原理及新聞事業：(1)編輯學與編輯實習；(2)採訪學與採訪實習；(3)廣告學原理與編排實習；(4)新聞攝影；(5)城市報業管理；(6)印刷術；(7)國外通訊；(8)社評寫作；(9)書評；(10)特寫稿作法，以上是屬於新聞實務的課程。至於該院研究部的課程則包括：(1)比較新聞學；(2)出版法；(3)新聞法規；(4)新聞學重要文獻；(5)專欄寫作；(6)當代採訪問題；(7)當代編輯問題；(8)社論版研究；(9)高級廣告學；(10)學校新聞之編輯。

我國新聞教育設有專業科系及訂定有關課程，是在 1920 年，由上海的聖約翰大學設立新聞系開始；直至當時全國設有新聞系的大學共有 10 多所。政府播遷來臺後，新聞教育學府初設 6 所，其中科系及研究所如下所列：

1. 政治大學：設有新聞系、新聞研究所。

2. 臺灣師範大學：設有社教系新聞組。

3. 中國文化學院 (現中國文化大學)：設有哲學研究所碩士班新聞學組、新聞系日夜間部、大眾傳播系夜間部 (後成立日間部大眾傳播系)。(後改政治學碩士班新聞學組，今改為碩士班新聞研究所)

4. 政治作戰學校：設有新聞系。

5. 輔仁大學：設有大眾傳播系日夜間部。

6. 世界新聞專科學校 (現世新大學)：設有報業行政、編輯採訪、廣播電視、公共關係、圖書資料、電影製作、印刷攝影、觀光宣傳等八科。並分五年制及三年制兩學制。

根據我國大眾傳播教育協會統計，目前我國各大專院校已開有關大眾傳播相關課程已達 100 多所。課程多樣，種類繁多。

目前公私立大學專科學校的有關新聞科系所開課程，除了共同科目外，教育部也分別訂定必修、選修的新聞專業課程。以目前政治大學新聞系所開專業課程，系內共開設三學程，分為：新聞編採學程 (24 學分)、網路及多媒體學程 (24 學分)、國際傳播學程 (24 學分)。

中國文化大學新聞學系所開的專業課程，除院系必修課程（38 學分），依學群不同，分為平面新聞學群（10 學分）、廣電新聞學群（電臺模組：14 學分，電視臺模組：16 學分）、傳播生態學群（14 學分）。

新聞界對於成立新聞教育科系，開設各種課程這件事，持有兩種看法，持反對意見的人又可分為兩派，一派是教育界的科學至上論者，另一派則為報界的經驗主義者。美國前芝加哥大學校長郝金斯（Robert M. Hutchins）認為新聞教育是職業教育之一種，並非專門科學，所以不宜在大學裡面設置新聞系。另外一種所謂「經驗主義者」，則多為「行伍出身」的新聞從業員，他們在新聞界打滾數十年，沒有接受正統的新聞教育，卻能把新聞事業處理得很完美，因此對新聞教育持有輕蔑的態度。

其實新聞教育的任務多重，其中四個主要任務是：培養新聞專業理想、供應實務所需人才、研究新聞傳播學術、協助新聞事業檢討缺失並研究如何獲致進步。就這四點，即可以說明新聞教育之必須存在。其中第一項任務，無非是訓練學生對新聞事業產生一種執著、熱愛的專業精神，揚棄名利、權勢。這種專業精神是揉合了社會、心理、法律、倫理等各種知識而成，不是其他豐富的常識所能培養。

美國新聞教育也注意到這一點，為了防止新聞學校教學內容過於商業化、職業化，失去了新聞事業獨立高尚的精神，忽略了新聞道德與報人品格的砥礪，因此成立了「新聞教育協會」（American Council on Education for Journalism），予各新聞學院和學系進行評鑑、審查工作。其工作重點為：(1)指導學生選擇合格的新聞院校投考；(2)通告各報章雜誌、廣播電臺及廣告社關於各新聞院校的教育實況；(3)對各新聞院校提供改進意見，以適應社會各界宣傳機構的需要；(4)調查各院校畢業生在社會服務之詳情；(5)經常派員實地觀察各院校的課業並促進不斷的改進。

一個具有高度專業精神的新聞從業人員，他必須具有強烈的社會責任感，而這種責任感，也是新聞學校一再強調，由新聞傳播學理所引導的專業素養。

在理論上，新聞教育可以培養出具有專業精神的學生，但是仍然要看新聞學校學生本身的素質如何而定；我國歷年實行聯考制度，進入新聞科系的學生，「學非所願」的大有人在，再加上在「師資培養」上也沒有積極地努力，對學生缺乏專業精神的感召力量，這是前述新聞教育第一任務——培養新聞專業理想——的致命傷。另外，新聞界人力市場供過於求、待遇太差，也必然會影響新聞工作人員的素質與道德水準。這種現實的問題，無一不是對新聞工作人員抱持專業精神的嚴厲考驗。

今後的新聞教育方針與內容，的確需要深入的研究，使新聞學能夠真正在學術地位上立穩腳跟，紮下基礎，並在傳授新聞實務外，更著重於培育新聞專業精神，在潛移默化中，灌輸學生以「威武不能屈，富貴不能淫，貧賤不能移」的專業、敬業精神。

🎤 第二節　新聞傳播教育現狀及改革方向

新聞教育自二十世紀初開始建立，九十餘年普及於各發展中國家。從新聞出版業急速擴充、大大提升新聞記者之專業地位；及至電子媒體興起，形成專業分工的局面，再到傳播學理論的建立及傳播方法之研究與新聞學術相結合，促成新聞傳播教育的影響日益擴大。

全球化浪潮為我國的各行各業帶來了猛烈的衝擊，也對我國新聞傳播業產生了巨大的影響，將我國新聞教育改革工作推上了議事日程。由於手機、網路等新興媒體的高速發展和運用，對新聞從業人員從技能到知識結構直至各方面素養，均提出了更高的要求。

目前，我國新聞教育面臨著理論與實踐脫節、理論落後於實踐、輕視新聞倫理學習以及知識面狹窄等問題，存在著新聞理念西化、新聞教材老化、研究方法玄化等值得注意的傾向。

伴隨著傳播科技的發展及對社會的影響，新聞傳播教育應跨越舊有藩籬，而成為涵蓋更全方位之社會教育。那麼，新聞教育應該培養什麼

樣的人才，以及應該如何培養，都是新聞教育未來的思考重點。

　　傳播科技發展日新月異，新聞教育需要與其掛鉤，教育方式、理念、思想、操作等都隨時面臨變化。在此，下列三點最需重視：(1)新聞教育應隨著時代的變化而改變、進步和檢討，考慮課程如何設置、教師如何實現課程理想、教材如何合理等問題；(2)媒體市場化、世俗化、功利化，讓新聞教育面臨很大困惑，面對這種情況，新聞教育應堅守理想性、原則性，堅持新聞倫理、社會責任、新聞專業主義；(3)重視公民新聞學的興起和新聞素養教育。新聞學的社會化也是新聞學府的責任，這是保護公民精神健康的教育。

🎙 第三節　新聞學理論的建立

　　新聞教育創始迄今已有 110 年的歷史，但是，新聞學的理論基礎仍然非常薄弱；它雖然是一種新興的社會科學，卻仍然依附於其他的科學中。要建立完整的新聞學理論體系，無疑地要衝破若干實際困難，更要擬定今後的新聞學研究方向。

　　新聞學常不被人視為獨立的學術，其最主要的原因，可大致分四點：第一，歷史甚短，110 年的新聞教育，以學科演進史觀而論，確實不易成就一個充實的獨立學問。第二，新聞學本來就是配合新聞事業發展的學科，而新聞事業又是隨著社會變遷、傳播科技而千變萬化的事業，新聞學在這種環境中，想要兼容並蓄、深刻研究，很難有一個固定、統一的學理研究方向能夠把握。第三，部分新聞教育工作者，只強調新聞學對人類社會的深遠影響，致力於新聞技術的傳授，而忽略了學理的探討。第四，現代新聞事業在以營利為目的的前提下，對學院式的學理多不重視，認為無助於實際的經營，增加了新聞學發展的障礙。

　　我們再深一層探討以上四種阻礙新聞學紮根的因素，其所以形成的關鍵，主要是新聞學自始就太過遷就傳播媒介，這是新聞學理論難以奠

基的致命傷。雖然學理並不一定具有恆久性，但比之實務的易變性，應該是較為穩定的，而且任何學問要樹立相當的學術地位，當有其專精的研究內容與對象；如果以易變的實務作業為研究對象，將無以在學術上站穩腳跟。有人曾經對大學新聞教育提出如此的指摘：「一個第一流的新聞系畢業生，也很少真正認識新聞學的真諦所在，在他們的想像中，新聞學核心課程的編採學、印刷學和報業管理等，這些科目實際上只是術而不是學，在報社工作三個月，就會比在新聞系苦讀四年還精通。如果這就是一般人所想像的新聞學，則新聞工作之無學術基礎是應該的。」

可喜的是，新聞學在 110 年的發展歷史中，仍然有進展，它可分三個階段，即報學、新聞學與大眾傳播學。以現代新聞事業的發達，辦報不過是其中的一個部門，目前大多數的新聞學專門課程，無可諱言地，也只是辦報、編報的技術而已，新聞學研究內容能跳出此一範疇，往大眾傳播學理方向邁進，自是一種可喜的現象；但是其間又發生研究範圍的爭論，主要是「大眾傳播學研究是新聞學研究之一部分」之爭。新聞學始終跟著新聞傳播媒介走，今日的新聞事業，因媒介的改革，實際上就是大眾傳播事業，新聞學與大眾傳播學二者實互為一體，應是研究發展的必然結果，除非新聞學研究無法擴展到大眾傳播的領域，或是大眾傳播捨棄了印刷媒介之研究。趨勢上互為一體的研究範圍，竟有此般鬩牆之爭，除了自絆腳跟外，對學術理論的建立並沒有實質的幫助。

要建立理論體系，首要探討的是研究對象，再次是確定研究的方法。

有人曾把新聞學研究對象分為「理論新聞」及「實用新聞」兩類；理論新聞分為：新聞哲學、新聞心理、比較新聞、新聞法規、輿論研究、言論原理、報業史、雜誌史、廣播史、電影史、宣傳學、新聞政策、出版事業、新聞企業管理、時事分析。實用新聞分為：評論學、採訪學、編輯學、新聞寫作、資料管理、廣告學、印刷術、畫報編輯、報業經營、報業管理、攝影術、廣播學、發行術、漫畫、美術、速記等。

以上所列的新聞學研究對象是不夠的；目前新聞學最主要的發展，

是從社會及政治經濟學擷取有關新聞學的理論,另行建立一個新的體系。而這個體系中的中心理論,是宣傳學 (propaganda)、輿論學 (public opinion) 與大眾傳播學 (mass communications) 三者所構成。領導這一理論架構的學者,包括美國耶魯大學教授拉斯威爾 (Harold Lasswell)、美國新聞自由研究委員會副主席懷特 (Llewellyn White)、明尼蘇達大學新聞學院院長凱賽 (Ralph D. Casey) 及名政論家李普曼 (Walter Lippmann) 等人,彼等認為新聞學乃社會科學之一環,應以研究群眾心理對所有思想傳播媒介之反應,以及其所產生的效果,作為科學的分析與研究的主體,而不僅以技術訓練或職業教育為滿足。

宣傳學的研究重點在於宣傳策略與技巧、心理作戰、宣傳機構或團體之組織,以及各種宣傳工具,亦即大眾傳播媒介之配合運用以及思想管制與檢查制度。

輿論學的研究重點在於輿論形成、民意測驗以及政府與公共關係、輿論與群眾心理等。

大眾傳播學的研究重點則以大眾傳播媒介的發展歷史、思想傳播媒介之控制運用、大眾傳播媒介之內容分析、閱聽人之心理分析以及國際大眾傳播研究。

確定了新聞學研究的對象之後,則此一理論體系的架構已成,進一步就是如何去進行研究的工作。一般的研究方法,大致可區分為: (1)歷史研究法; (2)觀察研究法; (3)比較研究法; (4)實際研究法。此四方法事實上不能夠各別獨立進行,必須相互運用,才有整體建樹。

㈠歷史研究法

此研究法之目的,在於探尋新聞學之各種研究對象的歷史演進,從而推測未來之變化與趨勢。並從社會進化的原動力中,尋求出新聞發生和發展之原動力。

㈡觀察研究法

新聞學不是一種恆久性的理論,它仍然隨著時空的轉移,不斷地修

正價值判斷及性質的改變，這也是新聞學的特質之一。因此，研究新聞，必須有精密的觀察，從各種事實和現象中去尋求答案。

㈢比較研究法

這幾乎是每一種科學所採用的研究方法之一；新聞學在本質上乃屬於應用科學，所以在運用上，也需要種種有關人士的科學來幫助解決，在各種理想、理論中加以比較，以尋求較合理及適當的方法加以運用。

㈣實際研究法

為使新聞學不致與實際脫節，實際研究法是必須採行的，因為一切新聞學上的原理法則，無疑都是從新聞實際應用上所產生，若沒有實際的工作配合研究，即使建立了理論體系，卻對整個社會的傳播事業毫無實質幫助。

有了研究方法的準據，仍然無法帶動新聞理論的整體建立，它必須看清研究的趨勢，才不致故步自封，不求長進。1957 年，美國大眾傳播學者施蘭姆 (Wilbur Schramm)，為新聞學研究趨勢，提出了四點說明，其價值不只是指出了新聞學研究的歷史軌跡，而是明確地指出新聞學研究的方法。這四個趨勢分別為：⑴從定質分析到定量分析；⑵從人文科學方法到行為科學方法；⑶從眾人研究到過程與結構研究；⑷從區域性角度到國際性角度。

㈠從定質分析到定量分析

以自然科學的方法來研究社會科學，是進步的研究趨勢；定量分析是藉明確的自然科學數字計量方法，證明一現象或事實，以數字計量的客觀性，彌補定質分析的主觀缺點；雖然定質分析仍有其存在的價值與必要，但是研究新聞學，走上定量分析方法，實為一大革新。

㈡從人文科學方法到行為科學方法

研究行為科學的目的，是發現存在於所要研究的現象之中的各種關係，它能增進我們對人類的瞭解，並且對行為中的各種慣常性予以概括化；行為科學的研究必須成為公眾所能利用，並有益於增進社會對公共

事物的瞭解。利用行為科學作為新聞學之研究，最大的特色是注重傳播行為與動機的研究，其中包括傳播者對傳播內容選擇的行為研究，和傳播對象為何及如何選擇傳播內容。因此，新聞學研究逐漸脫離哲學與文學的方法，代以社會學、心理學、人類學等行為科學核心為基礎，走向實驗與實地研究階段。

㈢從眾人研究到過程與結構研究

　　新聞學擴展為大眾傳播之後，以前只以文學方法對報業經營者做傳記性的研究已顯內容空泛，趨勢所指，新聞學研究乃導入新的方向，一是研究傳播過程與效果的關連性，二是研究傳播媒介與社會的關係。

㈣從區域性角度到國際性角度

　　二次世界大戰前，各國對國際性新聞往往不很重視，但大戰開始、結束迄今，這種情況有很大的轉變；因此，新聞學的研究範圍與角度，已從區域性擴展到國際性，雖然目前國際傳播理論仍微不足道，但這種理論的研究趨勢卻已形成。

　　建立新聞學的理論體系，不是短時間可有成效的，我們擬訂出新聞學的研究對象，並確認研究的趨勢，才會對新聞學理論的建立有幫助。

 # 中華民國新聞記者信條

中華民國三十九年一月二十五日臺北市報業公會成立大會通過
中華民國四十四年八月十六日中華民國報紙事業協會成立大會通過
中華民國四十六年九月一日臺北市新聞記者公會第八屆會員大會通過

一、吾人深信：民族獨立，世界和平其利益高於一切。決不為個人利益、階級利益、派別利益、地域利益做宣傳，不做任何有妨建國工作之言論與記載。

二、吾人深信：民權政治，務求貫徹。決為增進民智，培養民德，領導民意，發揚民氣而努力。維護新聞自由，善盡新聞責任，於國策做透徹之宣揚，為政府盡積極之言責。

三、吾人深信：民生福利，急待促進。決深入民間，勤求民瘼，宣傳生產建設，發動社會服務。並使精神食糧，普及於農村、工廠、學校及邊疆一帶。

四、吾人深信：新聞記述，正確第一。凡一字不真，一語失實，不問有意之造謠誇大，或無意之失檢致誤，均無可恕。明晰之觀察，迅速之報導，通俗簡明之敘述，均缺一不可。

五、吾人深信：評論時事，公正第一。凡是是非非，善善惡惡，一本於善良純潔之動機、冷靜精密之思考、確鑿充分之證據而判定。忠恕寬厚，以與人為善；勇敢獨立，以堅守立場。

六、吾人深信：副刊文藝、圖畫照片，應發揮健全之教育作用。提高讀者之藝術興趣，排除一切誨淫誨盜、驚世駭俗之讀材，與淫靡頹廢、冷酷殘暴之作品。

七、吾人深信：報紙對於廣告之真偽良莠，讀者是否受欺受害，應負全責。決不因金錢之收入，而出賣讀者之利益、社會之風化與報紙之信譽。

八、吾人深信：新聞事業為最神聖之事業，參加此業者，應有最高尚之品格。誓不受賄！誓不敲詐！誓不諂媚權勢！誓不落井下石！誓不挾私報仇！誓不揭人陰私！凡良心未安，誓不下筆！

九、吾人深信：養成嚴謹而有紀律之生活習慣，將物質享受減至最低限度，

除絕一切不良嗜好，剪斷一切私害之關係，乃做到貧賤不移、富貴不淫、威武不屈之先決條件。

十、吾人深信：新聞事業為領導公眾之事業，參加此事業者對於公眾問題，應有深刻之瞭解與廣博之知識。當隨時學習，不斷求知，以期日新又新，免為時代落伍。

十一、吾人深信：新聞事業為最艱苦之事業，參加此業者應有健全之身心。故吃苦耐勞之習慣，樂觀向上之態度，強烈勇敢之意志力，熱烈偉大之同情心，必須鍛鍊與養成。

十二、吾人深信：新聞事業為吾人終身之職業，誓以畢生精力與時間，牢守崗位。不見異思遷，不畏難而退，黽勉從事，必信必忠；以期改進中國之新聞事業，造福於國家與人類。

 中華民國報業道德規範

中華民國六十三年六月二十九日臺北市新聞評議委員會二屆十次會議通過
中華民國六十三年九月一日中華民國新聞評議委員會一屆一次會議修正通過
中華民國八十一年八月廿七日中華民國新聞評議委員會七屆十二次會議修正通過

壹、通則

一、本規範根據《中華民國新聞記者信條》之基本原則訂定之。

二、報業從業人員應認清新聞專業特性，以公眾利益為前提，不為追求某一群體或某一個人自私的目的犧牲公眾權益。

三、報紙刊登之內容應不違反善良風俗，危害社會秩序，或損害私人權益。

四、新聞採訪應謹守公正立場，不介入新聞事件。新聞報導應力求確實、客觀與平衡。

五、報業應尊重司法，避免影響法官之獨立審判。

六、報紙刊登內容如有錯誤，應主動更正，並做明確之說明。

七、轉載或引用他人之資料，應註明出處。

貳、新聞採訪

一、新聞採訪應以正當之手段為之，不得以恐嚇、誘騙或收買方式蒐集。

二、拒絕接受新聞來源之饋贈、賄賂或不當招待。

三、採訪醫院或災禍新聞，應尊重院方規定或獲得當事人同意，不得妨礙治療或救難措施，尤不得強迫攝影。

四、採訪慶典、婚喪、會議、集會等新聞，應守秩序。

參、新聞報導

一、新聞報導應守莊重原則。不得誇大渲染、輕浮刻薄、歪曲或隱藏重要事實，或加入個人意見。在明瞭真相前，不做臆測。

二、新聞報導應明示消息來源，其為保護消息來源或有必要守密原因者除外。

三、除與公眾利益有關者外，不得報導個人私生活。

四、檢舉、揭發或譴責私人或團體之新聞，應先查證屬實，並與公眾利益有關者始得報導；且應遵守平衡、明確之報導原則。

五、對於有爭議事件，應同時報導各方不同之說詞或觀點，力求平衡。

六、新聞報導如有損害名譽情事，則應在原報導版面與位置，提供篇幅，給予可能受到損害者申述或答辯機會。

七、已接受「請勿發表」或「暫緩發表約定」之新聞，應予守約。

八、標題含義需與內容相符，不得誇大聳動或歪曲失真。

九、意見調查之報導，應遵守下列規定：

　㈠明確說明調查之委託者、執行者、調查目的、樣本之代表性及抽樣誤差。

　㈡客觀呈現調查結果。

　㈢選情之調查與預測，應本客觀公正之原則和立場，不得為特定對象或特殊目的而報導。

十、有關股票、房地產等理財或投資分析報導，不得扭曲，以謀求私利，並應避免做明牌等預測。

十一、報導國際新聞應遵守平衡與善意原則，藉以加強文化交流、促進國際瞭解。

肆、犯罪新聞

一、採訪犯罪案件，不得妨礙刑事偵訊工作。

二、犯罪案件在法院判決之前，需假定嫌犯無罪，採訪報導時，應尊重其人格。

三、報導犯罪、色情及自殺新聞，不得詳述方法及細節。

四、對未成年嫌犯或已定罪之未成年人，不得刊登其姓名、住址或足以辨認其身分之相關資料。

五、一般強暴案件，不得報導；對嚴重影響社會安全或與重大刑案有關之強暴案，不得洩露被害人姓名、住址、或足以辨認其身分之相關資料。

六、處理綁架劫持新聞應以被害人生命安全為首要考慮，在被害人脫險前，不得報導。

伍、新聞評論

一、新聞評論應與新聞報導嚴格劃分，以免意見與事實混淆。

二、新聞評論不得根據臆測為發表意見，臧否人物。

三、新聞評論應力求公正，避免偏見與武斷。

四、與公眾利益無關之個人私生活不得評論。

五、偵查或審判中之訴訟事件，不得評論。

陸、讀者投書

一、報紙應儘量刊登來源明確之讀者投書，使各不同群體與個人有抒發意見之管道，使報紙成為公眾論壇。

二、報紙不得假借讀者投書之名，強調其所支持之主張。

三、對刊出之讀者投書應公平處理，不得以特別編排設計，突出某一特定意見。

柒、圖片

一、不得以剪裁或其他方式偽造或竄改新聞照片。

二、新聞照片之說明不得做無事實根據之暗示或影射。

三、不得刊登恐怖、色情或猥褻之圖片。

四、與公共利益無關之個人私生活之照片，未經本人同意，不得刊登。

五、未成年嫌犯、已定罪之未成年人、強暴等案件之受害人及祕密證人照片，不得刊登。

捌、廣告

一、廣告內容所宣稱者，應真實可靠。

二、廣告需與新聞明顯劃分，不得以偽裝新聞、介紹新聞、介紹產品、座談會記錄、銘謝啟示或讀者投書方式刊出。

三、報紙應拒絕刊登偽藥、密醫、誇稱醫治絕症及其他危害公眾健康之廣告。

四、廣告之表現方式不得違反善良風俗、妨害家庭、違反科學、提倡迷信與破壞公共秩序。

五、報紙接受委刊分類廣告，應負查核、過濾之責，其證件不全或內容不明確者，應拒絕刊登。

玖、附則

本規範如果有疑義，由中華民國新聞評議委員會解釋。

 臺灣記協新聞倫理公約

中華民國八十五年三月廿九日記協第二屆會員大會通過

1. 新聞工作者應抗拒來自採訪對象和媒體內部扭曲新聞的各種壓力和檢查。

2. 新聞工作者不應在新聞中，傳播對種族、宗教、性別、性取向、身心殘障等弱勢者的歧視。

3. 新聞工作者不應利用新聞處理技巧，扭曲或掩蓋新聞事實，也不得以片斷取材、煽情、誇大、討好等失衡手段，呈現新聞資訊或進行評論。

4. 新聞工作者應拒絕採訪對象的收買或威脅。

5. 新聞工作者不得利用職務牟取不當利益或脅迫他人。

6. 新聞工作者不得兼任與本職相衝突的職務或從事此類事業，並應該迴避和本身利益相關的編採任務。

7. 除非涉及公認的公共利益，新聞工作者應尊重新聞當事人的隱私權；即使基於公共利益，仍應避免侵擾遭遇不幸的當事人。

8. 新聞工作者應以正當方式取得新聞資訊，如以祕密方式取得新聞，也應以社會公益為前提。

9. 新聞工作者不得擔任任何政黨黨職或公職，也不得從事助選活動，如參與公職人員選舉，應立即停止新聞工作。

10. 新聞工作者應拒絕接受政府及政黨頒給的新聞獎勵和補助。

11. 新聞工作者應該詳實查證新聞事實。

12. 新聞工作者應保護祕密消息來源。

 **公共電視新聞專業倫理規範**

中華民國九十一年四月三十日第二屆第九次董監事聯席會通過
中華民國九十四年十二月十九日第三屆第十四次董監事聯席會議修正通過

公共電視編採人員秉持正確、公正之基本立場，竭盡一切可能探求真相，並真實、完整報導所有公共議題，為促進理性公民社會而努力。

公視編採人員並誓言，獨立之報導、評論，不受任何勢力左右。絕不以新聞自由為名，蓄意侵犯個人人權，並願意扮演守望者的角色，堅持守候臺灣的新聞專業環境。

為貫徹實踐前述立場，與新聞專業自主、多元完整的公共信託，特訂定專業規範條款如下：

壹、專業精神

1. 新聞首重查證，避免捕風捉影、道聽塗說，也絕不容許刻意曲解事實。若有錯誤，應立即更正。

2. 採訪對象務求周延，應力求報導面向之多元、公平與完整，避免依賴單一消息來源。

3. 對於報導主題事前應充分準備，以足夠的知識，全面掌握並發掘議題核心，並依照議題的社會脈絡，善盡理性詮釋的責任。

4. 以公共利益為優先考量，不為私利，無所偏袒。為弱勢者發聲，亦勇於監督權勢者。

5. 須公平報導社會各種意見，不可預設立場，亦不得強化黨派、省籍、統獨立場、族群之對立偏見。

6. 謹守新聞記者公正超然之分際，新聞與評論必須清楚區隔，避免誤導事實。

7. 選舉期間對各候選人應公正報導，不得呈現編採人員個人政治立場與偏好。報導題材也應多探討政策，避免淪為政治傳聲筒。

8. 獨立自主且不隨流俗，呈現良好的品味，絕不以煽情題材，迎合大眾的好奇心。

貳、基本人權

1. 新聞採訪應尊重個人隱私。如果是攸關重大公共利益事件，包括重大犯罪、

　　危及公共健康與安全、公職人員瀆職、或揭發個人與組織不當誤導等，則須經新聞部主管同意後另案考量。

2. 注意兩性平權觀念，無論報導之議題設定、文字描述、鏡頭角度，以及劇情類節目的劇本編排與角色形象，都應避免歧視任何一種性別，以及造成性別刻板印象。

3. 若涉及種族、殘障、性別、老人、身材外貌、社會階級、婚姻狀況等題材，記者報導時不能因傳統制式價值，而傳達偏頗之觀點。

4. 謹慎處理性侵害犯罪被害人、未滿十八歲之兒童或少年刑事案件之新聞，不可因周邊相關報導而公開其身分。

參、採訪方式

1. 應尊重所有採訪對象的基本人權。對於兒童、或不善於接受訪問的民眾，更要設身處地、主動為其設想報導可能帶來的傷害。

2. 不可過度侵擾悲劇或災難受害者。慎重處理死、傷者畫面，避免特寫或過度強調血腥。尊重死者，除非有不得已的原因，不得播出屍體畫面。

3. 謹慎使用陷入悲傷中人物的影像。避免濫用悲劇事件之資料畫面，當畫面中人物清晰可辨時，更要格外注意。

4. 謹慎使用祕密錄影（音）等採訪方式，亦避免隱藏記者身分達到採訪目的。若基於公共利益進行祕密錄影（音），事先應提報新聞部主管同意，並在新聞內容裡對閱聽人充分說明。新聞採訪若受限於現實條件，且基於公共利益考量，在未告知當事人情形下所進行的錄影或錄音，事後應盡速提報部門主管，並經核准後方可播出。

5. 報導中應明確交代消息來源。若因需要答應隱匿消息來源，一定要先考慮其透露消息之動機正當性，並審慎查證；一旦答應，就該確實保密。

肆、專業操守

1. 拒絕市價一千元以上之禮物餽贈，若屬有價票券及金錢，應予以拒絕或退還。不可藉由新聞媒體身分牟取私人利益，亦應避免兼職與涉入政治。凡牽涉私人利益之贈與性活動，如免費旅遊、住宿招待等，應報請新聞部主管事先核准。

2. 新聞工作者若參與公共事務，不得影響報導之公正性，如有利益衝突，需主動向主管要求迴避。個人在公視之外就公共議題發言，應清楚聲明僅代

表個人身分。

3. 絕不抄襲或剽竊他人作品，使用他人所有之文字、照片或影像一定須經過
授權。

下 部

大眾傳播學

第一章　大眾傳播的發生

🎙 第一節　傳播的意義

研究傳播行為與傳播在人際社會中的關係，我們不妨先做基本的正名工作，闡明「傳播」的意義與傳播活動的型態：「傳播」(communication)起源於拉丁字 "communi" 這個字，意思是「共同」(此處作名詞解)，即在建立訊息傳播者與閱聽人之間意識領域的共同性 (commonness)。

關於「傳播」這一名詞的中譯名，眾議紛紛，有以「傳布」、「傳意」、「傳訊」為善，也有以「通訊」、「交通」、「傳通」者為佳，可譯之名甚多，模稜兩可，不易統一，國內修習傳播者習慣「傳播」這個譯法，沿用至今。「傳播」既為建立「共同」的觀點，則傳播者在傳播行為開始時，必需先考慮到受播者的知識領域，以及他對可能接受之訊息的認同度。

我們再來探究「傳播」這個名詞理論上的定義：希臘哲學家亞里士多德 (Aristotle) 在西元前 300 多年前，曾經就傳播 (commonnis) 的要項下過定論：⑴說話的人 (the person who speaks)；⑵所說的話 (the speech that he produces)；⑶聽話的人 (the person who listens)。他的定義著重在傳播者與訊息，使說者與聽者對訊息產生共鳴，建立共同性。《大英百科全書》(*Encyclopedia Britannica*) 的解釋較簡單：「若干人或者一群人，互相交換消息的行為。」

現在我們來探究近代學者及著述中，對「傳播」所做的各種定義或解釋：

1. 傳播乃是把思想、消息與態度從一個人傳至另外一個人的藝術──美籍學者艾德溫‧愛默瑞 (Edwin Emery) ❶。

2.觀念、知識等的分享、傳送或交換（藉著語言、文字或形象）——《牛津英文字典》(*Oxford English Dictionary*)。

3.透過形象（觀看）、聲音（聆聽），運送思想和訊息——《哥倫比亞百科全書》(*Columbia Encyclopedia*)。

4.克勞德‧森能及華倫‧魏佛 (Claude Shannon & Warren Weaver) 對「傳播」做一廣義的解釋：「一個心智可能影響另一個心智的全部程序。」

5.美國大眾傳播學泰斗施蘭姆 (Wilbur Schramm) 曾經綜合了各家對「傳播」一詞的解釋，做了一個簡明的定義：「傳播可稱之為對一系列傳遞消息的訊號所含取向的分享而已」。❷

6.畢爾樂 (David K. Berlo) 的定義比較完善：「傳播，是傳達人的意念，促進人與人之間瞭解的一種工具，它牽涉到社會心理學、人類學、哲學、語言學等。任何生活在這個社會的人，都有必要瞭解傳播的知識。」❸

以上的第一種及第四種定義，說明了傳播必須要有兩個人，溝通彼此的思想、消息與態度，這強調了共同性的重要。第二、三項定義，則是強調知識、思想、觀念及訊息的運送。

綜合以上學者對「傳播」所下的定義，以及前面所舉的各項例子，我們不難明瞭傳播的含義，以及傳播的功能 (function) 何在。在此，我們亦可由個人意識中的描述 (describe)，推演出幾項基本的概念來。

1.遠古以來，傳播即在宇宙的有機體 (organism) 中進行，型態是極其繁複而綿延不絕的。

2.傳播是人類最主要的精神活動,傳播活動是構成群體社會之要素。

3.人類在個人的集合體 (aggregates) 中,常常是充滿好奇心並且需要

---

❶ *Introduction to Mass Communication*, by Edwin Emery.

❷ 王洪鈞：《大眾傳播與現代社會》（上冊），1975 年 9 月出版，第七二頁。

❸ 畢爾樂：曾任教於美國密西根大學,本節摘錄其所著《傳播的過程》(*The Process of Communication*)。

援助的，傳播可以滿足這些需求。

　　4.傳播縮短了人類彼此的距離，卻往往又增加群與群間的距離❹。

　　5.傳播可視為一種過程，過程就是一系列的活動及進行，永遠向著一個特定目標在行動。傳播不是一個被時間和空間所固定的靜止實體，而是一個恆動的過程，用以運送意義、傳遞社會的價值並且分享經驗。

　　由於傳播是複雜的，含意是眾多的，我們無法建立一種眾所認定的定義，然而只要本著「傳播是藉著相互交換而觸發反應的一連串過程」的觀念，由以上諸定義中體會出一套對「傳播」的思考，未嘗不是一個釜底抽薪的辦法。

🎤 第二節　傳播的發生

　　我們無法知曉宇宙中的傳播活動始於何時，最早的傳播活動為何？是人與人的呼叫？花草的傳粉？日月的照耀？空氣的對流？還是雷光閃電？我們沒辦法知道這些，只能臆測；我們能研究的是傳播發生的原因。

　　傳播行為究竟是如何發生的？不妨先將之歸成二類：自然發生的（無意的）和非自然發生的（有意的）。

　　花草的傳粉與日月的照耀，是一種宇宙自然的現象，風是傳送花粉的工具，但是傳粉並非出於花的本意，是自然力形成的，宇宙間有部分傳播是自然力所支使，非出於心靈的本意，而這些以自然方法進行傳播者，多屬於無意識的有機物或無機物。

　　而非自然力的傳播，其原因不外下列兩大意識上的反應：(1)需求性的傳播；(2)回報性的傳播。

---

❹　藉著傳播，訊息的傳送無所不達，但是傳播卻往往增加民族、種族間的猜忌，加大文化差異的鴻溝。

一、需求性的傳播

　　可分為突發的與蓄意的兩種。嬰孩的哭聲引起媽媽的注意，屬於突發行為，代表了許多意義，外人只能覺察出「哭」而已，嬰兒的母親卻可分辨出哭聲所傳播出來的意義 (meaning)，馬上以行動滿足他的需求，使他不哭；其他如在山上遇險驚叫、銀行職員不慎碰觸警鈴等，都是屬於「突發的傳播」。

　　而為了躲避野獸的攻擊擊鼓示警，尋求他人的援助；為了排解寂寞而與朋友聊天；向別人展開演說式的談話，尋求一吐為快的「心理和諧」需求；打電話報火警等傳播行為，都是傳播者心中有所需要，經過大腦謹慎考慮後加以執行，屬於「蓄意的傳播」。

　　舉凡所有向他人他物主動地先展開傳播，不論突發或蓄意，無非是求情勢好轉及心理平衡，或是滿足求知、好奇等需求，或宣洩焦慮、快樂、不滿等情緒，我們皆可稱之為「需求性的傳播」。

二、回報性傳播

　　回報性的傳播，又可稱為「反應性的傳播」，乃是對他人或他種傳播活動進行的一種回報行動，可稱之為「回饋」(feedback)。所謂「報之以傳播」即是：得到他人求救的訊號、大叫一聲「我來了」、對向自己擠眼的男孩子報以一笑、對老師的問題給予正確的答案、打電話責罵電視歌星忸怩作態的表演，都是回報性的傳播方式。

　　若以圖表示「需求性的傳播」和「回報性的傳播」，會更容易瞭解：

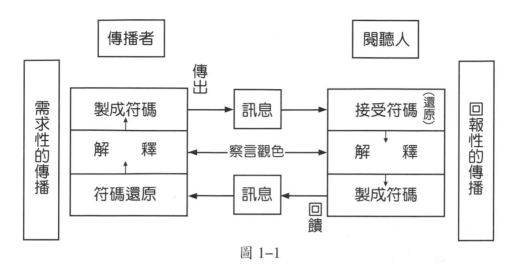

圖 1-1

　　傳播者基於滿足求知、好奇、焦慮、快樂、不滿等心理，製成一種屬於雙方知識領域（共同性的）內的符碼，以最理想的方式進行「需求性的傳播」。閱聽人收到此一符碼，立即透過思考、過濾、仲裁，然後以自己認為理想的方式製成符碼，反傳播回去，這就是「回饋」，傳播者收到對方的回饋，即可視心中的反應，停止或繼續進行下一步的傳播活動。

　　在傳播者和閱聽人之間開始進行傳播與即將回饋之當時，雙方都可能有一瞬即逝的「小動作」──「察言觀色」。閱聽人在收到訊息之時，隨即發生「中間性反應」來對此一訊息做一潛在的思考與反應。此一反應，可能引起小小的動作──惶恐不安、疑惑不解，或是聞訊興奮；而傳播者亦能在訊息發出後，揣測對方可能的反應，做一「下意識」(subconscious) 反省和「潛意識」(unconscious) 收受「回饋」的準備。假如對雙方而言，皆能小心翼翼地「察言觀色」，則傳播過程中的誤失將會減少。茲將傳播行為發生的原因以下圖來歸類：

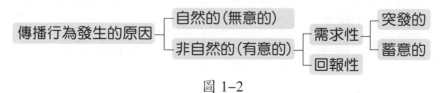

圖 1-2

🎤 第三節　傳播的目的

一、傳播產生和諧

　　傳播是和諧的源頭。1948 年拉斯威爾 (Harold Lasswell) 教授在〈傳播在社會中的結構與功能〉(The Structure and Function of Communication in Society) 一文中，把這種功能分為三個具體內涵：

　　1.偵查環境（瞭解環境）：如記者、偵探、警察、調查者、研究者、氣象人員、使館人員等。其主要職責皆在探測對環境變化的瞭解。

　　2.協調內部，產生和諧的行動（適應環境）：如政府（內政部、外交部……）、法院、主筆、編輯、宗教等。

　　3.生活型態的傳衍（延續文化）：如教育、文化的形成。

　　就個人而言，我們發現大火（感官系統）而知危險（神經系統），而後曉得逃避（由腦發出命令採取行動），亦即產生和諧的效果，稱為傳播。

　　就社會而言，透過意見傳播、思想交換，瞭解環境產生社會和諧，更是傳播。

二、和諧是社會的基礎

　　1.人與人之間交換意見、交流思想，都是交換內容，因此產生了和諧的感覺與觀念。

　　2.發生大火，打電話給警察局、消防局來救火，這是和諧的結果。

　　3.報社寫社論呼籲選民投票支持某人，若有選民因此而影響了其決定，也是和諧的結果。

　　上述事例，均可視為社會因和諧而產生了穩定的基礎。

三、人依靠社會而生存

　　人是群體動物，但每個人的欲望無止盡，必須有更多的傳播、產生更多和諧，才能使社會因協調而減少紛爭、產生共識。

　　新聞傳媒是建構和諧社會最有效的參與者，也是社會運轉的重要環節。所以大眾傳媒必須特別關注社會弱勢群體、調和社會矛盾，做好危機傳播、維護社會穩定，從而完成媒介建構和諧社會的重要使命。

四、和諧語言的重要性

　　人類藉由語言文字形成社會；進一步來說，人類藉由和諧的語言文字達到和諧社會的境界。

　　當我們譴責客運售票員毆打一名中學生時，我們往往忘了分析中學生與售票員之間的語言應答過程。許多事往往是應答不當而導致行為失當，甚至導致暴力行為的發生。

　　因雙方語言不當而產生的衝突，天天都在發生，我們常見語言暴力升級為肢體衝突，而這一切都是無理性意識的，當衝突造成不可挽回的損失時，後悔也來不及。

　　社會從和諧語言始，不實現語言和諧，就沒有日常生活的和諧，而要實現和諧的人際語言，則需要社會各方面共同努力。

　　換言之，溝通不是目標只是手段。而這種手段還不能太超過；過度溝通，有時話題會抽離改變，變成形式文義的空談。

五、和諧是社會協調之結果

　　和諧促進社會的良性運行與協調發展，在向現代化轉型的過程中，社會現代化最基本的組成就是人的現代化，人的現代化簡單來講就是人具備了適合社會需求的多樣素質結構，媒體素養正是現代化的人應具備的一種基本素質。

　　和諧既是結構合理、良性運行與協調發展，則說人與人之間訊息傳播是社會形成的基礎，是正確的。新型人際關係，從重情感轉向理性，這種新型的人際關係更多是通過談判、協議、法律的形式結成的。

　　古今中外的歷史證明，只有在和諧的氣氛中，才能真正達到人與人、人與社會、人與自然的和諧相處，國家發展也才得以保障，人類社會才得以穩定，社會大眾也才得以安居樂業。

　　然而，客觀的現實表明，建構和諧社會任重而道遠。作為訊息溝通與文化交流的公共平臺，某些媒體的科技傳播，或在局部利益的驅動下，或出於某些因素，出現了不少與建構和諧社會相悖的現象，發生了許多不和諧的噪聲、雜音。比如，某些網路媒體上頻頻出現一些假網站，這些網站冒充國家銀行等金融服務機構站的正規網站，他們巧用「高科技」手法進行詐騙，嚴重侵害用戶利益，危害國家金融安全。又如，某些媒體在報導暴力事件時，為了「驚險刺激」，為了引人獵奇，大加渲染血腥化的做案技巧和其它細節，凡此種種，都會造成惡劣的影響。

　　如前所言，拉斯威爾把傳播的基本社會功能劃分為三個，其中一個功能就是社會協調功能。社會協調功能是指「使社會各個不同部分相關聯以適應環境」，而拉斯威爾強調「編輯、新聞工作者和演說家是內部反應起關聯作用的人」。也就是說，新聞工作者是大眾傳播社會協調功能的具體執行者，由此我們也可以判斷新聞的幾種主要類別：消息、通訊、特寫、評論等也必然承擔社會協調的功能。消息、特寫等新聞體裁由於受到新聞客觀性的制約，而不能在其中直接表達記者對新聞事件的看法或傾向，只能通過對於新聞素材的選擇來表示，但是新聞評論則可針對新聞事件直接發表作者觀點，而成為體現社會協調功能很好的途徑。

　　社會協調在任何社會都是非常重要的，在人與自然的關係方面，與大自然相比，人類是十分渺小的，只有許多人聯合起來才有可能去改變自然並利用自然，而許多人聯合起來就需要社會協調的作用；在人與人的關係方面，國家與世界如果要獲得發展，就必須盡量團結所有人，而

社會協調則在其中發揮巨大的作用。

 ## 第四節　大眾傳播的影響

一、大眾傳播的擴大作用

　　所謂擴大作用，是指人類社會觀念的擴大和社會性的加強，由於新聞傳播的擴大作用，使社會價值觀念一致化、道德人性化。

　　因為新聞傳播多元的力量，促進社會各種人際與事務觀念的大量流通，加速了社會的活動和人類的交往，擴大了人際關係、社會化和人的社會觀念，使得社會中各分子，在心理上產生更接近、更踏實的感覺，使個人產生了群體感、價值觀、共同化與人性化，同時更加強了個人對前途的奮鬥能力與決心。

　　在新聞傳播事業未發達以前的人類社會，不同的民族、社會、部落、村莊，對許多事物都有其不同的價值觀，透過傳播交流，他們得以相互靠近對方的價值觀，彼此尊重。

　　由於新聞傳播具有擴大作用，加深也加速了人們社會化的程度，使不同階層、不同種族，乃至不同國度，得以建立若干相同的價值觀，從而增進溝通，使整個文明世界，無論歷史和地理位置的距離如何遙遠，終能有接近的觀念，所以人們不但依賴社會而繼續存在，社會更依賴傳播而擴大。

　　所謂道德的人性化，是指透過新聞傳播媒介，人們不斷從對方的回饋來修正自己的觀念，使雙方價值觀趨於一致。而道德標準也趨於人性化，亦即以人性的觀點、一般人的標準，立為道德的準繩。

　　譬如中國傳統社會的道德觀念，無法容忍「寡婦再嫁」，「貞節牌坊」被視為高尚的道德典範；但以西方道德標準來看，寡婦終身不嫁未必合乎人道，所以，隨著新聞傳播的擴大作用，今天社會顯然已漸接受「寡

婦再嫁」，不再視為異端，這便是道德標準走向人性化。

在古時候的社會中，講道德總是以聖人為標準，責諸一般人；今日社會講求世俗化，必須以常人的標準，責諸一般人，這樣道德體系才得以維持。

傳播雖然只是社會組織行為的一種而已，但傳播實乃形成社會與文化的充分要件之一，更是一切社會行為的動力。社會中的各成員，必須依賴傳播而建立聯繫，由互通訊息而結為組織，並進而使整個社會組織間各個分子產生共同信念、接受共同的社會法則，同時建構和諧的社會行為和組織關係。

由於人類社會觀念和社會性的加強，以及大眾傳播事業高度發展，同時充分發揮了傳播效果的特性，因此使得人類對環境及環境變化的瞭解在時間的效率上大為增進，同時也擴大了空間上的範圍，在內容的品質上也精緻許多。

對於不同族群組成的社會，基本上會有一定程度的族群排斥性，但如能透過傳播，認知與他人共同共存的尊重與必要，則整體的社會觀念乃隨之擴大，同時也終將有益於建構人與人之間更大更新的組織關係。

此外，由於社會觀念的擴大和社會性加強，使得人類的文明世界中，無論生活的訊息以及時空的距離如何遙遠，都能藉由大眾傳播之功能引導產生人類心靈中原始自然的心理共鳴。所謂「地球村」，追求的就是這樣的認知。

價值標準通俗化、人性化的結果，可以形成更為共通而實用的倫理觀念以及行為標準，而這些都能強化社會和諧。

大眾傳播的活動，遍及人類所有的時間和空間，無形當中，已遍布人類社會。因此，大眾傳播不但是社會改變的動力，也是人類社會化的必然途徑；更進一步地說，大眾傳播活動透過每一個人的組織機能，支配共同認知的官能，影響人類的理性過程。

我們可以從古典社會學中的功能理論和符號互動理論來探討其與大

眾傳播的關係。功能理論認為，大眾傳播媒介作為一個社會組織有其正反功能，除傳播學者拉斯威爾的觀點外，萊特 (Charles Wright) 認為還有娛樂的功能。墨頓 (Robert Merton) 則提出，除了正功能外，同時有反功能的存在。例如：麻醉人心、製造假事件、鼓勵人們逃避現實等。

　　功能理論對於大眾傳播的研究意義還包括：大眾傳播被列為社會結構中不可或缺的部分。

　　從符號互動理論的立場來看，社會只不過是一群以符號互動的人群，這些人互相溝通、一起合作、尊重對方，並共同發展一套大家遵守的觀點和法則。這不但說明了傳播是人類互動的過程，同時也說明了通過大眾傳播媒介描述說明而提出的解釋，對閱聽大眾具有潛移默化作用。人們可以從所讀到的、看到的與聽到的內容，發展出對物質現實的主觀及共認的意義構想。大眾傳播媒介提出的解釋，在某種程度上會影響個人和社會行為，也使自我與社會的重要符號具有共享的意義。

二、大眾傳播的活潑作用

　　所謂大眾傳播的活潑作用，是指由於新聞傳播的大量活動，使人類互動增加，個人地位逐漸提高，大眾力量逐步顯現。

　　對於大眾傳播媒介應具有的高度社會教育功能，在學術和社會界甚至大眾傳播界本身，亦瞭解其重要性。楊懋春教授在〈新聞事業的社會教育角色〉一文中曾表達他對於大眾傳播媒介之深切期望。他說，在古代，國家舉辦大事，需要人民參加。但人民大多數未受教育，知識淺薄，很難通曉國家大事。如果他們要通曉，一定要費很多力氣、經過很多周折，所以就不必費事要他們知道。

　　但在今日的時代，要舉辦國家建設事項，不論大小，都必須使人民知道。國家與社會辦理教育，目的之一就是使人民認識很多與國家社會有關的事。但平日所得到的一般知識不能使人民立即知道政府要舉辦的一些特殊事項。不知道就不能直接或間接地參加，也不能直接或間接地

有所貢獻，所以要靠特別的人與機構提供資訊，那些特別的人是誰呢？是新聞記者或新聞從業員。那些特別機構是什麼呢？是新聞事業、大眾傳播媒介或報紙。

新聞事業與新聞從業員在社會上的角色，從某一觀點來看，是教育性的角色。他們所從事的教育是社會教育，不是學校教育。以我們今日的學校教育與今日的社會情況論，新聞記者與新聞從業員所做的教育工作，其重要性實不亞於學校教育，甚或重於學校教育。

綜合上述，在現代社會中，由於大眾傳播媒介的特性，使其重要性逐漸被人們重視。大眾傳播的主要特性，在於它能接觸廣泛大眾，它能對大眾造成深入性、持久性的影響力，它更能利用其娛樂的特性完成教育大眾的目的。自報紙、雜誌、廣播發展到電視，大眾傳播媒介不但報導社會現況的動態，而且影響到大眾的生活型態。

在新聞傳播事業未發達的十九世紀以前，社會主要有三種支配力量：權力階級、財富階級（貴族）及知識分子，社會進步端賴這三種力量的發揮。由於少數人的力量終究有限，社會的進步遲緩。至於一般人民，過著「帝力於我何有哉」的生活，朝代雖有興替，君王也時易其位，但一般人的生活、職業，雖經過幾十世代，大體了無大變。曾高祖是務農的，到了其玄孫代，仍是荷鋤的，這種社會型態是封閉的，社會結構是靜態的，社會流動也很少。

但自新聞傳播事業勃興後，訊息大量流通，知識大量累積，古老社會的藩籬漸次被打破，人們禁錮的心靈在傳播力量的鼓舞下獲得解脫，因此社會趨於開放、人們交往頻繁，大體而論，個人地位提高、舊社會瓦解、新社會形成，使得一般民眾增加了對公眾事務的參與感，一掃孤立、閉塞的現象，造成今日社會多樣化的活潑氣息。

社會的進步，需要來自其成員的動力，這種動力便是「移情作用」(empathy)，也就是一個人能跳出世襲地位，想像擔當其他角色的能力。當一個傳統社會中具有移情能力的人增加時，這個社會便開始轉變，而

傳播媒體便是觸發社會分子移情能力的主要工具，也就是促使社會分子謀求新生活型態的主要媒體，因此它是社會機動性的繁衍者 (mobility multiplier)，提升了社會成員的活潑性。在現代社會中，可以找出三個主要特徵：

1.自尊提高，人格尊嚴受到肯定，人們不再是宿命者，而是具有創新能力的社會開創者。

2.彼此的同情心增加，在人道與平等的基礎上，人們均是一個完整的個體，社會沒有統治者與被統治者之分，因此造成公共救助、社會福利制度的形成。

3.強調大眾智慧，個人主義的英雄時代已經一去不復返，現代社會是個群體的社會，每人均有發言權，每人的意見都應獲得尊重。

簡言之，現代社會講求平等、個人自尊，這正是新聞傳播的原則；在這個原則下，人人擁有「知的權利」與「傳播權利」；在新聞傳播的因勢利導下，上述三項現代社會特徵格外突顯。

第二章 傳播的發展

　　傳播的發展史，源遠流長，由人類混沌無知時期以迄大眾傳播時代，傳播方式循序漸進，傳播的威力也逐漸擴張得驚人；憑著科學新技術和人類的超然秉賦，大眾傳播與人們的生活凝為一體，無形中成為文明史上最神奇的事物。

　　今天可以說我們正走向一個「隨心所欲」的傳播時代。一百多年前，誰也不會夢想到人的聲音，會藉著電子媒介之助，在瞬息之間由太平洋的此岸傳到彼岸，行動的影像，在分秒之間由東京直接傳抵美國本土和歐洲的螢光幕上❶；更不會想到，人類在月球上的活動，藉著「通訊衛星」(communication satellites)，在分秒之間傳遍全世界。自從太空科學發展以來，通訊衛星以及電子儀器創造了人類傳播的新紀元──「太空傳播」；科學技術正領導傳播技術邁向無窮的宇宙，開拓更多的「新傳播方式」。雖然這只是一個開始，但是我們相信未來的傳播，定有更新的突破。回想人類在草昧時期，雖然近在咫尺，光靠聲音與表情猶不能順利溝通，再與今日相比，當知人類傳播發展之驚人。

　　就自然界的成長來說，傳播的進步是根據文明的成熟度而逐漸提高的，「文明」越進步，傳播也相對地更進步。一部傳播史，等於是社會文明歷史的比照。根據歷史學家及傳播研究者依人的行為發展、環境、傳播能力、符號制度、傳播工具等各種角度，及歷史文化觀點上的分析，傳播的發展可就人類先天性本能及後天社會物質文明的影響，分成口語傳播時期、文字印刷時期及電子傳播時期，茲分別就其發展過程及社會

---

❶　人類首次利用衛星進行越洋實況轉播，始於 1964 年在東京舉行的奧林匹克運動會。此次運動會，美國首次利用衛星進行電視實況轉播，在瞬間即傳到美國本土及歐洲。

意義，分述如下。

🎤 第一節 口語傳播時期

在人類創造的所有符號中，最複雜、最有系統，且應用最廣的要算是語言了。

依人類行為發展過程來說，必先有先天的體能反應，而後才有物質的創造能力。在傳播上來說，體能反應最基本的，就是語言 (language) 和聲音 (voice) 的表現。

人類出現在地球上為時甚早，經過生活及環境中的經驗和永無止境的好奇心，學習到簡單的表達❷。最初的表達方式可能是簡單而容易瞭解的。例如有野獸來襲，可能以張大嘴巴長嘯來表示或用其他聲調警告，多屬於訊號式的傳布，沒有迂迴而深度的傳播。而後再經過生理的成熟和經驗的磨練，前者是發音器的進化成熟，包括唇、舌、喉、聲帶等肌肉及其聯動能力的發展，與腦部語言中樞發展；後者即心理上對語意的瞭解，逐漸「發明」了傳布「意見」表示感情的「語言」，雖然也只是非常簡單的音調 (tone) 而已。這種初期的語言，純粹是人類本能的反應加上經驗中模仿、創造而來。隨著語言能力的成熟作用（包括發音器官、腦部語言中樞）以及生活之必需，簡單的傳播訊息無法傳遞複雜的意義，人類為語言運用創造了更多表現的方式和更完整的語言程式，而且人類同時也有智慧來使用這些進步的符號，此即人類語言傳播行為之開始。對整個傳播的發展史來說，具有非常深的意義。這段進步歷程為時甚久，或為數十萬年。據推測，人類之語言符號制度發展至有結構或意義之時間，約在 12,000 年前左右。

人類創造語言符號與聲音訊號❸，一來是因為現代人的祖宗 (home

---

❷ *The Outline of History*, by H. C. Wells.

❸ 人類創造語言，但不是只有人類才有語言符號，有些動物如蜂、蟻等，亦有傳

sapiens) 的生理發展及智慧，已達到此一能力之境界，再則是由於環境的迫切需要，抑或是為符合環境的趨勢，乃有進步的一套語言系統出現，作為溝通思想、意見、謀生、避災，以及和他人建立和諧關係的工具，這種創造語言以求瞭解環境與適應環境的表現，已顯示出傳播和社會之間的關係。

基於生理發展以及環境需要，口語傳播成為人類最早的傳播方式。它具有下列特性：

㈠簡單性

口語傳播是生理本能的反應，當人類進化到某一階段，即由環境的磨練中，學得語言發音、互傳訊息，不需任何物質或其他工具的協助，可謂是「最廉價的傳播方式」，只要傳播者之間知識背景相同或互相溝通即可，發訊方式亦較簡單。

㈡易得性（豐富性）

口語傳播逐漸發展，新的傳播符號不斷產生，符號越多，表達範圍越廣，帶給傳播者無窮的方便，也使他們更樂於使用此一傳播方式。

㈢快捷性

聲音發訊，可以不受環境的限制，在任何情況下，相近的二人可以自由而快速地互相交換訊息，增加了傳遞訊息上無窮的方便。譬如：野獸來襲，以語言傳訊大叫「熊來了」求救，較之臨時找傳訊工具來得快捷多了。

㈣通俗性

口語傳播演變為人類的共同傳播方式，任何人、任何時間、任何地

達意見的能力。如蜜蜂以「動作」的符號來傳遞意見：其跳動的速度代表與花的距離；身體擺動的角度代表花的方向。這和人類有時以手勢表達語言是相同的。狗能夠接受人類的語言傳播，並產生回饋；鸚鵡更能學人講話，不論牠是否瞭解意思。故語言不是人類獨有的，人與其他動物之區別，不在語言的有無，而在繁簡而已（張春興、楊國樞，2001）。

點，都能隨意傳遞所欲傳遞的訊息，符合整個原始集合體的條件。

(五)易於控制性

口語傳播發訊者是人，人有意識控制著自己的思想與言行，可依環境、情況需要、自由發出理想的傳播訊號，語言傳播完全受制於人的意識本能，傳播者可依自認為最理想、最適合的方式，執行口語傳播的行為。例如聲音高、低、快、慢、揚、抑的控制以及解釋性、述說性的口語傳播，皆在人的意識行為控制之下進行。

口語傳播基於以上自然界賦與人類的本能，成為一種最早的傳播方式，也是最基本的傳播方式；中外傳播學者，常把人類語言規律化之開始，視作新聞發生之開始，其來有因。

藉著語言傳播的口語傳播時期演進，人類發展了共同的意識型態，發展了文化的雛形，而語言對環境的順應 (accommodation)，形成了團體，更創造了各種不同文化的特質，文化與口語傳播相輔並進，在社會中孕育了語言傳播的各種型態。

口語傳播為最早的傳播方式，此時期中對於訊號傳遞，雖然只是以看似極為簡單的口語形式交換，然型態則各有不同：

(一)清 談

口語傳播中的「清談」，是最常見的語言傳播型態，包括最初的傳播形式——說話、寒暄、交談。「清談」是在很平常的狀況下進行的，而且傳播的對象極為有限。一般說來，都是相互之間的敘述性對話，傳播者把消息或意見告知他人，屬於單向的傳播，受播者如果欲回報以意見或訊息，則可立刻用口頭回報。由於知識及語言的豐富性不若今日，故而傳播的訊息或內容也不至於太豐富，類似「清談」的傳播，是傳播中最簡單、最便宜、最快速的傳播了。

(二)街談巷議

當社會已漸漸開放，群居成為人們生活的必然形式，由多數個人 (individual) 結合成的「個人的集合體」(aggregates of individual)，能夠對

一件事情廣泛地交談並互換意見，屬於團體的口語傳播，亦為「聚談」的一種；無論街談巷議中所談論者為何，必與眾人有關，而能影響眾人，並產生意見，廣為流傳。這是「口語傳播」時期中進一步的傳播型態。「街談巷議」是人類社會傳播訊息的一種途徑，雖非正式的古代傳播制度，但仍在民間廣泛流傳。

中國古代社會中，很流行「聚談」，這也是傳播的型態之一。自漢代開始，還有另外一種語言傳播型態，是為「清議」。清議主要以臧否人物、議論政治為主，對政治及社會影響甚鉅。此外尚有「流言」、「道聽塗說」、「聞諸道路」、「傳言流語」等傳播型態的名詞。

街談巷議是人類社會古老的傳播方式，其模式或由單向的繁衍，或由多向的集體行為，雖非正式的傳播制度，然也具備了傳播的形式了。

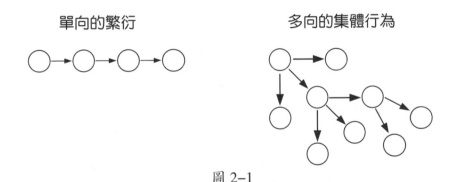

單向的繁衍　　　　　　　多向的集體行為

圖 2-1

街談巷議型態之傳播，緣起的方式可能有二：(1)為事實的述說；(2)為臆測的述說。前者說明了確實發生的事情 (events)，後者在揣摩故事。兩種皆因有對象而產生，不同的是持久性不一❹。此兩種口述性的傳播，不容易明顯分辨。

街談巷議型的口語傳播，在人類社會中，始終風盛不衰，且甚具影

❹ *The News in America*, by Frank L. Mott. 事實的述說，有其所謂的「新聞性」，然時效一過，即可能被淡忘消失；臆測的述說，是一種想像，可能因雋永新奇，長期流傳。

響力，不論社會如何進步，在今天的文明社會中，此一型態的傳播活動，仍是民間互換訊息的主要方式之一，較之古代毫無式微之趨勢。

㈢歌　謠

　　歌與謠是較街談巷議更進步的人類社會傳播方式，是中國古代人民表示意見最普遍的方式，同時也是他們抒發觀感，反映民俗的方式之一；歌謠不但傳遞了訊息，同時它有韻律，有節奏地引吭道出人民的意見。歌、謠之出，與社會背景有關。

　　以中國古代為例：歌、謠、諺、詩，皆因人之有感於社會風情與人事而發，其發訊方式之所以有別於說話、交談、議論，乃是因為各地的風土習俗不同使然，當然也可能因為心理失調 (psychological maladjustment) 所致，歌謠最早起源於何時已無從可考，僅知帝堯時已流行，為時當在西元前 3,000 年以上，延衍至今，歌謠可謂最具歷史意義的口語傳播型態了。

　　人類所能使用的傳播方式最基本的是口語傳播，在人類社會的初期最能廣泛地互相交換訊息的方式也是口語傳播。口語傳播有簡單、易得、快捷、通俗、易於控制五大特性，因此逐漸形成人類社會互相連繫的主要工具，成為維持人與人之間的依存關係、發展精密的組織層次、以至於保障生活的安全、促進社會進步之原動力。藉著口語傳播之助，語言上的傳訊，能轉達各人之間的訊息，並互相交換思想，終而塑造文化的模式。

　　在今日的大眾傳播時期，科學的進步帶來了機械上的文明，人類初期社會中語言所擔當的各種功能，已經被大眾傳播時代的電子儀器所取代，其功能發揮至千百倍，但是口語傳播卻在許多場合，仍不失其重要意義，如意見的交換、反覆的解析，非機器所能圓滿達成。而重大事件的發生，口語傳播的效果較大眾傳播更能使人滿意。至於親身的口語傳播，其傳播的效果及影響，又遠非大眾傳播媒介能及。

　　口語傳播藉語言始得以進行，在人類本能所具有的眾多符號系統中，

語言是符號系統的中堅，如果沒有語言的存在，傳播方式將困難不堪，而傳播內容亦將貧乏，傳播的技術我們也不敢想像。如何運用語言的傳播功能，是不可忽視的問題。

運用語言符號的功能進行傳播，先要能摒除其間的障礙，譬如語言豐富性之不足、語言符號意義的認識領域不同❺；除此之外，在語言符號傳播上，倘能符合席普富 (George K. Zipf) 的「省力原理」(principle of least effect)❻，傳播音訊時充分發揮統一的趨勢，限制變化，簡化語言本身用法，使能符合人類行為需要，才能適應傳訊人和受訊人雙方的需要，則口語傳播必能在最省事、最省時、事半功倍的情況下完成並達到目的。

🎤 第二節　文字印刷時期

繼語言發展成為有系統的傳播符號後，文字繼而出現在人類的傳播之中，成為一種訊息往來的媒介。文字與圖案的發展，使得人類傳播活動中，由聽覺的傳播進步到視覺上的傳播，這種「可保存」的訊號，在人類傳播史及文化上的價值，較語言傳播來得更有意義。

藉語言發音傳播的行為，我們可稱之為「口語傳播」；文字與圖案的傳播行為，我們可稱之為「形象傳播」。早在中石器時代，人類穴居生活圈中，已有圖案出現在洞壁上，這些圖案形象在初期頗為簡單，由摹仿動物或其他物體形象而成，往往初民時期的圖案並不代表什麼意思，只是無意義的塗畫而已。塗畫之時，所表示的意見不一、心理狀態不同，到言語傳播表現進步後，人類思維方式更進步，傳播活動頻繁，圖畫和語言被人類混合運用，兩者間相互的關係是屬於相輔的地位。

語言傳播進步至語言符號完備，語言制度有規則，圖畫才能逐漸與

---

❺ 中國人與美國人對 football 一字，並不能完全溝通，乃由於此符號所代表意義之不同。

❻ 閻沁恆：〈語言傳播的功能〉，《報學》雜誌三卷七期，第一〇──一一頁。

語言分開，單獨被使用，形成一種獨立的形象符號，成為文字的先驅，是為「象形文字」。古埃及於西元前 3,000 年就有象形文字，中國則有結繩、書契、八卦，以及鐘鼎文、甲骨文等。其中以結繩最早當無異議。

一、印刷媒體萌芽時期

　　人類傳播符號的演變，隨著社會的變遷而變動。當早期人們已知運用簡單文字後，由於洪水、野獸乃至農業方面問題的逐漸改良，生活環境開始安定，於是社會活動的往來越呈頻繁，非增加傳播符號、健全符號，不足以應付此一局面。於是文字的運用開始旺盛，文字形式變化增多，由模仿形象，逐漸傾向韻律化、系統化、方便化，字數不斷增多，代表的意義由簡而繁，在這玄妙的變化中，影響非同小可，人類的思想藉增加的傳播符號更能溝通，傳播力量普遍擴大，訊息的表現更具體，同時也創造了文化的特色以及文明的更進步。

　　文字與口語屬於兩種不同的傳播形式，其區別如下：

　　1.表現方式不同：文字藉形象、圖案表現，口語則藉著聲音傳布意見，一種是視覺上的傳播，一為聽覺上的傳播。

　　2.發展歷史不同：人類先有口語，後有文化，口語使用較文字早。

　　3.學習過程互異：由個人或小孩學習過程來說，先學說話後學寫字。

　　4.語句組織不同：文字傳播較口語傳播使用的字彙數量多，組織較繁複，句子比較長；在口語的語句中，重複字數則較多。

　　文字對文明昌盛影響極大，文字本身所含的意義至為深刻，在受到人類極端重視之後，文字的書寫工具也不斷變新，所能傳播的訊息，以及傳播運用的方式逐漸進步。

　　關於文字的發展，中國和西方各有不同的歷史，但在書寫工具方面，西方人較中國要落後近千年之久。文字之產生及其進步，是人類近萬年來的社會發展中，最重要的一件事，也是最了不起的一件事：文字是人類表達心智的一種新工具，擴大心智的範圍，並使其綿延不絕。中國發

展出象形文字，而西方則是由音標制度，發展成字母制度 (alphabet system)。象形文字是標記語言的重要方式，研究歷史的英國學者威爾斯 (H. G. Wells)，在其名著《世界史綱》中曾謂：

> 中國文字乃是一種奇特複雜的書寫制度，必須要學習熟用許多單字，才可以真正實用；對於中國文字所具備的傳播及討論力量，尚暫時無法用西方的標準加以衡量，但我們懷疑此種書寫傳播，是否能夠像西方世界，用簡單的字母建立出今日西方世界廣大普及的民智。中國形成的讀書階級，也是統治的官吏階級，他們必須致力於字句的研究，以及傳統文體的研究，難免疏忽了觀念及事實；儘管中國人具有較高的智慧，但此一事實已大大地妨礙了中國的社會及經濟發展……。

由此可見文字雖然創造了文明和文化，但就社會發展之角度而言，文字之繁簡、多寡及構造，對日後社會及文明型態的發展，亦有相當大的影響。

文字是靜止的，它所代表的意義比較固定；如果沒有造紙與印刷術的相繼發明，則單單文字的發明，對於人類整個進化過程中的文化價值來說，必定要大打折扣了。

紙的發明時期，當在西元 105 年以後，古中國東漢和帝時，有蔡倫以樹皮、麻、魚網混合造紙，取代竹簡的書寫工具，是當時最進步的造紙方法❼。紙的發明在文化上的價值是無價的。勞弗 (B. Laufer) 教授曾謂：「造紙是人類知識發展的一個新階段，是野蠻進入文明的關鍵階段，假如沒有紙，人類便沒有過去的適當紀錄，沒有歷史，沒有科學，也沒有進步。」

---

❼ 李書華：《造紙的傳播及古紙的發明》，1960 年出版。關於蔡倫造紙是否為第一人，史論有爭，然而其方法為最新最進步，則是無可爭之議。西方人曾懷疑中國造紙使用棉花纖維，經古紙的不斷發現，證實中國紙確有破布成分。

　　中國最早發明造紙、印刷、火藥、羅盤，可惜沒有好好利用這些科技的成果，因此，今日中國的科技，尚不及稍晚承襲中國發明的西方人。由此可見，「傳播的技術未必能構成進步之力量，進步之力量有賴於使用新技術的進步觀念及方法。」

　　在人類發明造紙之前，已有文字的傳播行為，即所謂的「新聞傳布」；一般來說，這種文字的傳播皆是藉竹簡、布、紙草❽，將故事寫在上面以便流傳，這種傳播行為可說是報紙的雛形，到印刷術發明之後，人類的傳播行為及傳播能力更向前邁進了一大步。

　　文字是有形的，文字的傳播由於具有保存的價值，故而廣受重視。早期文字傳播時期，手抄新聞並不能滿足廣大群眾的需要，只有少數人能閱讀，且要花很久的時間才能普遍流傳。印刷術的發明，則使傳播史進入了一個新的「大眾傳播時期」。

　　西元 450 年（中國南北朝宋文帝時），中國即有雕版印刷的發明，隋文帝至唐朝以還皆利用雕版印刷經書，而中國宋仁宗慶曆年間 (1041～1084) 畢昇發明了活版印刷，為人類的大眾傳播行為，灌注了一條新的命脈，後由蒙古人傳至歐洲。西元 1450 年，德人古騰堡 (Johannes Gutenberg) 亦發明了活版印刷。中國的活版印刷比歐洲早了將近 400 年。

　　人類與一般動物之不同，主要是因為人類有意識、思想，並透過一套很完整的訊息系統互相傳遞，增加人類彼此之間的瞭解與相互關照。自太古以來，口語即發生，而後有文字的出現。當人類發明了印刷術，人類文明飛躍的速度可謂一日千里。印刷術的發明，為中國、歐洲、整個世界的文明，帶來了曙光，使以往的人類社會，產生了劃時代的改變力量。自十四世紀以來，人類思想逐漸開化，而藉著印刷機的魔力，打破了整個封建城堡。由於消息和知識大量增加，迅速流通，形成一種傳播革命，連帶地牽出一連串思想、政治、經濟、文化和社會的革命，對

---

❽　西元 4,000 年前，古埃及人利用當地所產的一種草當作紙用，將事件寫在上面，以便流傳。此即是所謂的「紙草故事」(Papyrus tales)。

整個宇宙發展及人類文明來說，影響至為深遠。這種「大眾傳播工具」使知識迅速流通，使人類的心靈相互溝通，逐漸豐富。研究傳播的學者曾謂印刷術的發明是一種科技的革命，誠為不假。

印刷術除了能大量複製人類傳播符號並長久保存，亦為彼時的社會帶來了更重大的意義，茲分述如下：

㈠報紙出現

以文字書寫的報紙，雖也能達到傳播的目的，但是不能傳播給多數的大眾；直至印刷術出現，才得以在短時間內，拷貝出較多量的報紙。自從報紙出現於人類社會，閱讀的質與量均有大幅改進，對文明及社會具有擴散性的影響力。

㈡打擊專制政體

中世紀專制政體的統治，原本建立在封閉社會中民愚及愚民的基礎上，但印刷術複製了大量的消息、知識，廣為傳布給大眾，一旦人民得到消息、知識，並能彼此交換意見，必然會造成一種新的思維方式，進而要求改變現狀，威脅專制政體的統治權力。由十五世紀以來，英國及美國殖民地對出版的苛刻限制可見一斑❾。

㈢自由思想的形成

印刷刊物普遍之後，思想意見交流互通，理性主義 (rationalism) 興起❿，啟發人們民主政治思想及理想，因而展開了對自由的尋求，自由主義思想於是萌芽。

❾ 美國殖民時期，維吉尼亞總督柏克萊 (Sir William Berkeley) 在致英政府信中曾謂：「……感謝上帝，我們這裡沒有自由的學校，沒有印刷。我希望幾百年都不會有，因為求知已經給世界帶來了不服從、異端和派別，而印刷又發起了這些情形及對政府的誹謗。上帝使這兩樣事務永遠離開我們。」英國國王亨利八世 (Henry VIII) 下令實行出版登記制、檢查制及出版法庭，克倫威爾 (Oliver Cromwell)、查理二世 (Charles II) 等皆有嚴格的出版限制及檢查制。

❿ 理性主義認為理性思想是指導人類向上的自然法則，尊重理性就是向上求進，違之則是腐化、落伍。

㈣西方社會的根本改變

中世紀西方社會由於造紙及印刷技術的輸入，使社會組成的基本因素發生變化，人的素質亦在變化之內，於是希臘、羅馬時代的思想復活，產生人文主義，取代了神權思想，為後世個人主義、民主思想、自由主義奠定基礎。爾後有文藝復興及宗教革命的發生。

總之，在中世紀的封建社會中，人類能運用文字或印刷物傳遞訊息；由社會型態及政治型態可以瞭解當時傳播的發展形式：(1)垂直式的傳播：以身分高低，採取單向命令的方式，不加修飾地由上往下布達，少有由下而上的回饋，例如皇帝頒布聖旨；(2)直接式的傳播：以表達的方式，將傳播者的意思直接傳給閱聽人；(3)連鎖性的傳播：綜合垂直式、直接式的傳播。所謂連鎖性的傳播即是傳播者收到以上所傳之訊息，傳播給第二者，第二者再傳給第三者，如此次第地傳播不絕。封建時期的傳播，係透過較狹窄、單純的途徑進行的，與現代社會截然不同。

二、印刷媒體的特性

目前印刷媒體包括報紙、雜誌、傳單、海報等，有其較為相同的媒介特性。徐佳士教授曾以報紙為例，說明其五項重要優點為：

㈠讀者可自行控制

無線電、電視和電影等媒介把閱聽人置於被動地位，用一定的速率向他們呈現傳播的內容；反觀印刷媒介，閱聽人可以自行調節閱讀速率，也可隨自己的旨意攔下來或恢復閱讀，較具有選擇的自由。

㈡暴露可重複

無線電和電視節目在大多數情形下只播放一次，如果有觀眾著了迷想再重複閱讀，除非錄音、錄影。但是印刷媒介在任何時刻都可由讀者重複閱讀，重複閱讀可以核正他們的記憶，重新研究其內容，或重複一次閱讀的樂趣，所以印刷媒介比其他媒介較可獲重複暴露的累積效果。

㈢可充分處理議題

印刷媒介的內容較充分而詳盡，被認為是深度媒介；而無線電、電視和電影等媒介則受時間或其他因素等限制，節目時間不能過長，否則製作與收視（聽）兩不相宜。

㈣能適合特殊興趣

除了報紙外，其他印刷媒介沒那般標準化。無線電、電視和電影無論中外，內容同一化的程度都很深；但是，專門化的書籍或特殊化的雜誌，則時常可以表達社會少數人的觀點。因為這類媒介的讀者似乎認為這些書刊可以代表他們發言，而較可能接受他們的意見。譬如拉查斯斐（Paul Lazarsfeld）和他的同事研究美國 1940 年的總統大選競選活動時，即發現農業刊物對勸農民改變投票立場有顯著的效果，而醫生也大多閱讀醫學雜誌。

㈤威望可能較高

印刷媒介在某些文化中，可能比其他媒介享有較高的威望，因為識字代表文化，受教育代表知識，讀書代表一椿「好事」；但威望程度較高，並不意味效果一定較大。

🖐 第三節　電子傳播時期

由口語傳播時期演進到文字印刷傳播時期，人類文明逐漸進步，報紙、刊物、雜誌的普遍，使得人類在歷史過程中，已經走在「大眾傳播」的軌道上了。印刷媒介的特性，發揮了極大的功能，予人類歷史很大的震盪，這是人類社會的一大科技革命，對於「人」的影響非常大。然而，當我們換一個角度來看，文字印刷時期，由於傳播訊息的可存性，以及它能夠大量發行的特性，的確發生了很大的影響，但是彼時囿於社會型態、社會組織、人類思想及生活方式，印刷物雖然傳布知識、消息，但還沒有辦法克服傳播上的自然障礙，所以此一時期，就人類傳播的歷史

及傳播的文明度來說，尚屬「半開化」(underdeveloped) 時期。

一、電子傳播萌芽期

　　提起電子傳播，人們必然會想到廣播與電視。廣播與電視是二十世紀新興的兩種大眾傳播媒介；十五、六世紀的歐洲，受到自由思想 (liberation theory) 與文藝復興運動熱潮的影響，逐漸形成一種開放、進步的社會制度。直至十九世紀，不但上承中世紀的各種社會變革，又有蒸氣機的發明，發動了產業革命及資本主義，促成大都市及文化的加速發展，在人類傳播歷程中，不但形成大眾化的報業，同時因教育的普及啟發了人們運用知識技能，產出傳播史上第二次革命性的發明——電子傳播 (electronic communication)。在十九、二十世紀，電子技術運用在傳播上，結果獲致了突破性的成就，尤以二十世紀最顯著，故而十九世紀末以至二十世紀，被視為大眾傳播時代的濫觴。

　　1844 年美人摩斯 (Samuel Morse) 最先發明有線電報，用符碼傳送消息，各國報社率先採用，為電訊傳播新聞之肇始。新聞藉電訊進行傳達，可稱為一項革命性的進步。在此以前，新聞紙、新聞信，不外依賴步行、驛車、船、信鴿等人力及自然動力，不但速度上有所限制，同時訊息傳遞途中的阻擾（自然或人為）也非常多，效果不彰，時效更無需贅言。

　　1857 年大西洋海底電線架設成功，歐洲大陸與美國本土之間的新聞傳遞，完全改觀❶。1867 年美人蕭萊士 (Christopher Sholes) 發明打字機，撰寫新聞稿變得更方便，甚至對政治、文化、商業上的效用亦大。1876 年貝爾 (Alexander Bell) 發明了電話，增加人們對電訊交通的興趣，從此以後，人類的口語傳播行為不再需要面對面，距離再遠都不是問題。1877 年愛迪生 (Thomas Edison) 利用電話音波發明了留聲機，1895 年義大利人

---

❶　十六、七世紀美國殖民地時代，英國報紙遲則需要一個多月始能抵達美國，為美國報紙轉載。見 *Five Hundred Years of Printing,* by S. H. Steinberg, pp. 275～363.

馬可尼 (Guglielmo Marconi) 又完成了無線電的試驗，對無線電廣播貢獻
很大，在此之前，歐洲各國亦曾展開對無線電之研究，以德國的赫茲
(Heinrich Hertz) 及法國的布朗利 (E. Blanly) 為先驅。世界各國科學家在
馬可尼之後，也相繼起而研究，利用電訊傳遞新聞，已使電子傳播時期
進入另一個新的紀元。1902 年，無線電成功橫越大西洋，於是用無線電
作為傳播工具之趨勢，使得新聞傳播又受到更大的鼓勵。無線電亦在各
國競爭之中，由費森頓 (Reginald A. Fessenden) 及弗瑞斯特 (Lee De
Forest) 在 1906 年分別試驗成功，以前人們只能以聲音傳訊，現因科技之
助，而有了長足的進步，傳播距離變得無遠弗屆，在社會守望上發揮了
極大的效用。

　　二十世紀初，電子技術不僅應用到傳播媒介，還具有娛樂大眾的功
能。1906 年美國第一個無線電節目從麻薩諸塞州的布蘭特拉克 (Brant
Rock) 一個試驗臺發出，節目播達的地區長達數百英里，弗瑞斯特亦於
1908 年在巴黎鐵塔有一次成功的無線電廣播表演，1910 年無線電廣播初
次試驗完成，到第一次世界大戰期間，各國皆進一步研究無線電廣播。

　　真正具有節目形式的商業廣播電臺，始於 1920 年，KDKA 成立於匹
茲堡，開始播送各種節目，揭開了無線電廣播事業的序幕；同年 KDKA
成功地播出哈定 (W. G. Harding) 總統在大選中的獲勝票數，引起熱烈反
應，刺激了其他商業電臺陸續出現。商業電臺的快速發展，連帶地也促
成了廣告事業與收音機製造商的蓬勃，從此以後，由於社會需要與這種
發展趨勢相符合，廣播事業乃一日千里，進步神速。

　　廣播事業在二十世紀初現之時，其神奇速效與擴大的空間，大大震
撼了長久以來穩定成長的報業，尤其當 KDKA 成功播出哈定總統當選的
新聞時，全美報業大為恐慌，咸認廣播電臺藉時效之利，將會使報紙在
新聞報導上大失光彩，甚至可能因此一蹶不振。不過經過半個世紀的證
明，報業並未因為廣播事業的發展而蒙受不利，相反地，報紙和廣播事
業反而在一種互相輔助的關係下，微妙地相存在一起。

二、電影萌芽時代

在電視出現之前，還有一種專為娛樂性的電子傳播媒介，即是電影。最早的電影出現在十九世紀末，到二十世紀始迅速發展，而成為大眾傳播媒介中最具娛樂價值的媒介。最早的電影故事是 1903 年的《火車大劫案》(*The Great Train Robbery*)。此後電影事業逐步擴大，終而風靡全球，並且被認為除了娛樂功能外，還具備了藝術、文化與教育的功能；今日的電影，已經是最具有國際性的一種傳播媒介，同時也是很好的國際宣傳媒介。它不但具有娛樂價值，同時也有很高的商業價值。

電影的優點，大部分與電視相同，但電影參與感更強。政大漆敬堯教授研究發現，電影更常被引為大學生社交活動的一種。

三、視聽雙重媒介──電視的出現

1949 年，英國作家歐威爾 (George Orwell) 曾出版一本名為《一九八四》(*1984*) 的預言式小說，書中預測：由於電視的出現，到 1984 年以後，獨裁者可以利用電視完全控制人們的行為；在當時，世界上只有英、美兩國有電視，而且數量也非常之少，因此人們對歐威爾之言皆嗤之以鼻。不過從近數十年的電視發展情形來看，我們似乎要重新慎重考慮他的預言了。

電視乃是將文字、聲音、形象三種基本傳播符號結合在一起的一種新的傳播媒介。其作業情況是將一個物體形象，透過能感應光線的電板 (screen)，轉變成電子，由電子變成無線電電波傳達各地，再由接收機接收，將電波還原成電子，透過電板而成為螢光幕上的形象。

十九世紀初就已經發明了電視的原理。1817 年瑞典人勃茲列斯 (Jons Berzelius) 發現物體具有一種質光體 (selenium)，1873 年約瑟夫·梅 (Joseph May) 發現這種質光體可以用電能來傳送，這兩項發現可以證明任何物體的形象，在理論上都可利用電子訊號來傳遞。1884 年德國科學

家尼普科 (Paul Nipkow) 發明了旋轉盤掃描式的播送方式 (scanning disc)，此一發明，為現代電視技術奠定了基礎。1897 年布勞恩 (Ferdinand Braun) 發明電波映像原理； 1907 年俄人羅斯恩 (Boris Rosing) 完成第一部電子映像機； 到了 1926 年，英人貝爾德 (John L. Baird) 首先從事電視播出的實驗；1927 年美人法倫華斯 (Philo T. Farnsworth) 發明了電視攝影機；1929 年英國廣播公司與貝爾德簽約合作。從此以後，貝爾德實驗電視經常在倫敦臺播出，1936 年英國廣播公司即經常播出貝爾德的電視節目，此為現代電視的起源 ❶。1930 年代除了英、美外，其他如德國、法國、義大利、日本、蘇俄等均從事實驗電視的播出。1941 年 6 月，第一家領有執照的商業電視臺在美國紐約成立。

世界大戰對傳播事業的發展影響甚大。第一次世界大戰阻礙了無線電廣播的發展，第二次世界大戰則對電視事業帶來了一陣子的阻礙。大戰期間各國電視幾乎陷於停頓，戰後也因為各國經濟困難而無甚作為，唯獨美國，由於工商發達、經濟繁榮，戰後出現了大規模的商業電視臺 ❷。全球電視事業的普遍起飛，大約是從 1955 年以後開始的，當時世界上僅有 20 個國家設有電視臺。

電視的發展歷經了一段相當長的時間；從尼普科在 1884 年首創理論一直到 1935 年正式誕生，其間 50 年內，多少科學家費盡心血，才得以把理論轉變成事實。不過電視之所以能夠突飛猛進，主要原因有四：

　1.二次大戰期間，由於戰爭的需要，電子工業已經建立了極堅厚的基礎，戰爭結束後，這些科技乃轉變用途於工業之上，電視便得天獨厚，邁入了一個新紀元。

　2.戰後電視恢復發展，各國政府統一電視規格，部分國家開始頒布法令，協助電視的發展，造成了有利於電視發展的社會環境。

❶　據德國人所稱，德國電視創始於 1934 年，較英國猶早。

❷　美國在大戰期間由於參戰較遲，且戰爭始終在歐洲大陸進行，美國電視不但未中斷，甚至還用電視來轉播戰爭新聞，發展更形蓬勃。

3.經過長期戰爭，人們對戰爭已深感畏懼，轉而要求一個和平安樂的生活環境。工業此時已逐漸恢復，國民收入也逐年增加，於是擁有電視此一娛樂性頗高的電子媒介乃日漸普遍。此為電視發展的社會基礎。

4.電視本身聲像俱備，條件優越，為印刷及口傳媒介所不及，幾次成功而有意義的重大事件新聞轉播，奠定了人們對電視的高度評價，再加上電視所扮演的角色日益增廣，由娛樂而商業而教育，最後還運用到政治宣傳方面，幾乎所有人際活動都用得著它，於是更加速了它的發展。

徐佳士教授將電視的特性歸納為六點：

1.電視的閱聽眾較為普及，且有聲光影像效果，比較容易傳播。

2.電視容許閱聽眾產生相當程度的參與感，所以我們很容易對常在螢幕上出現的人物感到「熟悉」。

3.在傳播新聞方面，電視的速度有立即的效果，非其他媒介能及。電視媒體是參與程度最高的，所以進行勸服、施教成效很大。

4.電視之閱聽人，經濟能力高於報紙之讀者，所以廣告效益也最大。

5.電視是對兒童施教的最好媒介。

6.電視媒體可以透過團體的規範來加強影響。

我們再回頭談談無線電廣播。無線電廣播具有四大特性：⑴普遍性 (universality)；⑵即時性 (contemporaneous nature)；⑶直接而單獨的吸引性 (direct and individual appeal)；⑷獨有的社會化工具特性 (its characteristic as a unique social instrument)。上述的這四種特性，本來足使它穩定地為人們所運用，但是在 1950 年代以後，由於電視的迅速發展，無線電廣播曾一度飽受打擊，幸得後來電晶體 (transistor) 的發明，由於它體積小、耗電量少，再加上價格低廉，才使無線電廣播復活。廣播與電視遂同時變成人們迅速獲得消息最有效的傳播媒介了。

廣播與電視是電子傳播時期的兩大主要發明，同時也是今日最普及的電子傳播媒介；它們除了具有便利、迅速、容易使用、親切、娛樂等特點，能配合政治、經濟、教育、文化之多種用途之外，同時還具有下

列優點：

㈠沒有時間的限制

印刷媒介之傳播，經過多重步驟始能完成，耗時費事。而廣播電視之傳播，瞬間即可傳達，在時效上頗具優先。

㈡沒有空間的限制

印刷媒介以及電影、幻燈、口語傳播等，深受地域及空間的限制；廣播、電視網之接收機，則能打破空間的隔閡。在電子傳播時代，空間限制已不存在。

㈢沒有人為的限制

在國際傳播領域中，有形的傳播媒介如印刷品等，不易通過新聞檢查；廣播則能滲透此種限制，達到傳播目的。

🎙 第四節　新媒體發展時期

到了目前這個「網路即電腦」(the network is the computer) 的網際網路時代，變化的規模更大，速度更快。透過資訊科技的不斷演化，在資訊互動幾乎無阻礙的網路中，我們不僅實現了電腦和電腦間幾乎沒有距離限制的資訊傳輸，也讓世界許多人串連通訊成為可能。網際網路將家庭、工作場所和公共機構連結起來，我們工作、溝通、學習、娛樂的方式都會因此改變，甚至所有生活方式也會因此產生變化。可以說，資訊時代是以電腦網路為基礎引發的革命，不論我們稱之為「後工業革命」、「資訊革命」，還是「網路革命」，都不是一次完成的革命，而是一發不可收拾的革命。

在社會現象上，資訊時代展現出快速變遷和零距離的特性。時間與空間被急遽地壓縮，「十倍速的時代」正是這個時代的具體寫照；而距離限制的克服，使地球村的理想得以落實。過去可能要花上十年來發展的事物，在網際網路上卻能迅速崛起，在一小段時間內，網站加倍、上網

人數加倍。許多過去習以為常的事物或觀念，似乎都被顛覆和放棄了。網際網路本身擴展得實在太快，所有的觀念、科技都是過渡性的；個人和企業都在嘗試和尋找新的規律，也都不斷修改和丟掉舊的原則。在其他行業裡，建立人脈是畢生職業生涯的事，這個產業卻只濃縮到一個週末來完成。與過去人類建立的各種商業機制比較，網路是劃時代的發明。

　　網際網路是社會、歷史、經濟以及科技進步等力量相互作用下的產物。資訊時代仍在發展中，未來的方向尚未明朗，造成的局面有待觀察，而任何提出解釋和預測的嘗試，必然要面對這個新舊力量相互影響和相互作用的事實。

第三章　大眾傳播過程研究

談到大眾傳播的過程，我們引用美國耶魯大學傳播學者拉斯威爾 (Harold Lasswell) 所提的公式，來說明傳播的程序：

誰→說什麼→透過何種通道→對誰傳播→達到何種效果。

為了要詳細瞭解傳播的整個過程，研究傳播的學者往往將整個過程中各要項分開來一一分析，計可分為控制者分析、內容分析、媒介分析、對象分析及效果分析。大眾傳播的進行，以上五項必須每一要項都能配合得當，如果其中任何一項發生問題，則傳播到終點將是與原意相去甚遠的符號，或者是訊息根本無法送抵終點。

傳播的主要過程是共享：兩個或兩個以上的人共同從事一件事。這共享的過程，以及人與人在這個過程中的關係便是「傳播」。

一項傳播的形式，必須有一開端，此開端前的工作，是訊息的發現，也就是必須經過消息的「發現」、「蒐集」和「整理」。

消息的「發現」，必須有其條件，通常是新鮮的、新奇的，或特別突出的事物較容易被發現。

消息被發現後，必經過一番「蒐集」的手續，把各種消息集合在一起；消息若蒐集得體，將會減少傳播的麻煩，對未來傳播的效果有直接的助力。

資料蒐集完後，則開始判斷其價值而加以「整理」——去蕪存菁，保留有效的部分，以便在進行傳播時，不會因訊息內容缺乏價值或缺乏可傳播性，使得整個傳播活動徒然。訊息的發現、蒐集和整理，是傳播訊息必須的工作，我們常聽說一件事、一句話，「沒有價值」、「顛三倒四」、「不知所云」等，都是在傳播前未經過仔細的整理工作。所以，在傳播之前，訊息內容要經過「發現」、「蒐集」和「整理」三個步驟。

🎙 第一節　大眾傳播過程的模式

　　傳播的內容形成後，傳播者會將此內容，以不同的方式傳播給所欲傳播的對象。傳播者將訊息傳給閱聽對象的程序裡，有三點絕對不可少：(1)消息來源 (source)；(2)訊息 (message)；(3)目的地 (destination)。例如：一位父親對兒子說：「你一定要用功讀書，成績才會進步。」在這個例子裡，我們可以解釋消息的來源、訊息和目的地。

　　來源：父親。

　　訊息：你一定要用功讀書，成績才會進步。

　　目的地：兒子。

　　通常傳播就是如此的單純，一個人對另一個人，發出一條簡單的訊息；但大多數的傳播並不如此簡單，消息的來源往往是一個團體、一個完整的組織，抑或是一個龐大的集合體，如電視臺、廣播電臺。所傳送的訊息也並非三言兩語，而是一大串的符號、音波或具有其他代表意義的訊號 (signal)，如電視畫面，或是行為語言 (body language)。傳播的目的地，可能是個性特異的人、團體、組織，或是有個別需求的眾人，例如對棒球運動有興趣的人，則特別喜歡收看電視轉播的棒球賽事。

　　一項傳播，有了消息來源、訊息內容與目的，才能夠進行傳播。傳播的過程，我們以圖表示：

圖 3-1

　　這是最簡單的一種傳播過程，被人們廣泛地採用，這種傳播，有時連續進行很多次。

一、經驗範圍的相同

　　一個傳播的成功，傳播者和閱聽人必須處在一種「知識領域」相同的情況下才得以達成，也就是傳播者與閱聽人雙方之間，設法建立出彼此經驗的共同性。傳播的訊息必須是雙方都能瞭解或是都懂的東西才可以，否則一個中國人對不懂國語的外國人說了半天，也是無法達到目的；一個居住寒帶的人，向一位居住在熱帶的人說：「你覺得滑雪的滋味如何?」對這位從未滑過雪的人來說，滑雪只是一個名詞，二人沒有共同的經驗範圍，這種傳播將是傳而無用。

　　傳播既要建立雙方的共同性，故而在上圖中，傳播一開始，傳播者（來源）即將他所發出的語言或文字製成一種符號 (encoding)，使之成為一種對方也知曉的訊號，傳送給對方，對方也基於兩人知識領域的相同，把符號還原 (decoding) 接收，知識領域的相同，下圖可表示之：

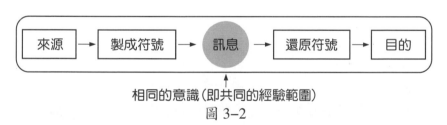

相同的意識（即共同的經驗範圍）

圖 3-2

　　傳播者在傳播的同時，可能會擔心他的訊息是否會被對方曲解、對方是否會順利收到音訊、兩者之間共同性是否已建立。

　　大眾傳播的閱聽人是不定數的個人，想要成功達成一項傳播，尚有重要的問題需要克服：⑴知道對象所需要的內容是什麼；⑵如何使訊息成功而順利地傳到閱聽對象的心裡。如此，傳播者立於攻的立場，他必須運用最得體的策略達成目的。通常大眾是無法估計、無法預知、無法全盤瞭解的。傳播者無法控制每一個閱聽人的意志，他只能盡量設法去瞭解和影響他們，故而傳播者在進行大眾傳播時，常有更積極的責任：

　　1.研究大眾傳播的過程及形成。

2.研究群眾的需求和反應。

3.考察大眾傳播工具和其影響力。

4.謀求大眾傳播技巧。

傳播者做好了本身的工作：仍得注意「線路上的缺陷」(channel noise) 和「語意 (semantic) 上的誤會」。語文運用往往會影響傳播過程的效果，傳播學者將「語言的豐富性」(language redundancy) 視為影響傳播過程的因素之一。

就傳播活動而言，傳播的過程始終是一種動態 (dynamic) 的行為，它的活動無休止，傳播過程並不限始於傳播者，而終於閱聽人，在動態的傳播過程中，傳播者也同時是閱聽人，閱聽人也往往負有傳播的責任，製造符碼，還原符碼，周而復始。人們身為傳播活動中的一分子，正是如此，我們製造符碼，同時也將符號還原，我們傳送訊號，也接收訊息，人的本身，也自成一種傳播系統。如下圖：

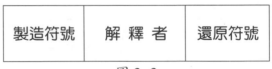

| 製造符號 | 解　釋　者 | 還原符號 |

圖 3–3

當我們研究傳播行為時，必須要有一基礎觀念，就是傳播過程中的一分子——人，他的身分永遠不是單純的一種。

傳播的形式中，由於傳播者也可能是閱聽人，符號製造者可能也是符號的解釋者❶和還原者，奧斯古 (Charles Osgood) 對傳播的行為，有其模式來形容：

---

❶　解釋者：指傳播者或閱聽人，在受到外界事物包括傳播的訊息刺激後，會以自己過去的經驗以及其他種種知識背景，來解釋外界的事物。祝基瀅：《大眾傳播學》，第一八——一九頁。

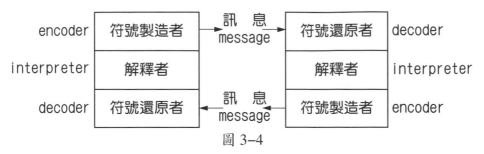

圖 3-4

對於上圖，我們可將傳播者與閱聽人兩方的同時傳播行為，稱之為「回饋」。傳播者將訊息發給閱聽人，閱聽人在收到訊息的同時，也可將訊息傳送給傳播者，這就是「回饋」。當有人對你親切地微笑時，你可能也回饋報以一笑。傳播活動進行時，雙方都可能藉著回饋，隨時注意修改他們所發出的訊息。

回饋可以讓傳播者評價他傳播訊息的效果，以及閱聽人瞭解訊息意義的程度。例如，閱聽人一臉迷惑的表情、一句回話的話，都是回饋。回饋有時是當時的，如醫生與病人的問答；有時是長久的，如個案按照指示一個月後回來取口服藥；有時是不存在的，如個案取了一包口服藥後，不再回來。

傳播並不始於傳播者而終於閱聽人。傳播者就他以前發生的事情來講，他也是閱聽人；而閱聽人就以後可能發生的事情來說，他也可能是傳播者。再說，閱聽人的回饋並不只是對訊息的單純反應，可能還包括他本身所創造的消息在內。換言之，傳播者和閱聽人在傳播過程中的地位不是一成不變的，而是可以隨時交換彼此的地位，使傳播過程成為一種往返式 (switchback model) 的模式，如下圖：

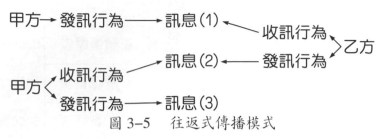

圖 3-5　往返式傳播模式

　　上面模式中，回饋變成另一個發訊行為，創造了另一種訊息。尤其重要的是，甲乙雙方間並沒有直接的箭頭連結，所有箭頭都指向訊息。也就是說，每一方都對訊息作用，有的發訊，有的收訊。這個模式表示，傳播是訊息的共享，而不是傳達。所謂傳達是把一件消息由一方原封不動地傳到另一方；共享則表示每一方對訊息不是消極地發出或接收，而是同時還加上自己的意義，傳播過程於是一再反覆進行。

　　再者，這個模式又表示傳播雙方同時向某一目標移動，而不是靜止的。問題是，他們向什麼目標移動？

　　我們可以用圓圈表示雙方移動的目標。下面便是傳播的「合一式」(convergence model)：

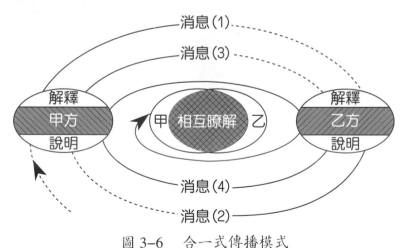

圖 3-6　合一式傳播模式

　　合一 (convergence) 的意思便是，雙方彼此接近，以便對彼此間的意義取得更合而為一的相互瞭解。這個模式由一條虛線開始，表示甲方的

動作接連著過去的經驗。甲方於是將消息(1)與乙方共享，乙方將之解釋後，加上自己的意見，發出消息(2)，如此一而再地下去，直到彼此都認為已經達到相互瞭解為止。中央兩圓圈重疊的斜線部分，表示相互的瞭解。完全一致的相互瞭解實際上是不可能的，所謂相互瞭解實際上所代表的意義是：

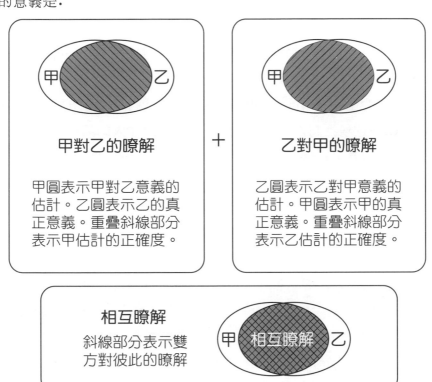

圖 3-7

　　傳播人數增加，上面的情形就要加倍增加。每一「相互瞭解」原是傳播兩方交互作用的結果。如果傳播人數增至 3 人時，便需要 6 個圓；4 個人時需要 12 個圓等。人數若太多時，相互瞭解自然無法達到。

　　所謂相互瞭解指的是傳播的理想結果，但不一定是當然的結果。有些所謂「話不投機」的情形，彼此雙方在不同的方向打轉，結果並沒有達到相互的瞭解，甚至增加彼此間的誤解。

二、對大眾傳播行為的認識

當人類利用知識和科學技能，把傳送的訊息大量製送時，大眾傳播時代已進入起飛的階段，在這些講求大量製送的組織體系裡，如報社、電視臺等協調工作 (team work) 團體，一切訊息是大量複製、配送的，但是它的過程，則和個人傳播大致相同，同樣把收到的符號還原、解釋、製成其他種符號，只不過由更多人同時複製大量的訊號，我們稱這種組織為大眾傳播媒介。大眾媒介本身是傳播者，是一個組織 (organizatoin) 或是組織化的個人 (institutionalized person)，面對著他們的目的地——閱聽人，進行一種包括起端及各項複雜之傳播技術在內的組織的傳播行為，在這個傳播行為中，傳播者對著沒有接觸過的對象，進行內容相同的訊息輸送，例如打開電視機，晚上 7 點鐘在臺北和在屏東，收看同一電臺的同一個節目。在訊息的大量複製送出之時，閱聽人卻很少對傳播者發出回饋，這並不代表所有的閱聽人都沒有反應，而是回饋的不易，不似面對面的交談，可以隨時插嘴，隨時有表情反應，藉反應來修正音訊。大眾傳播的閱聽人，面對著在家中的電視機、報紙、雜誌、收音機，也無法有回饋的行為。大眾傳播媒介對廣大閱聽人進行傳播，處於逐步地摸索情勢，他們始終是一面傳播、一面試驗效果、測驗反應，回饋均由分析反應獲得。由於訊息的修正頗為費時費心，大眾媒介似乎怠於積極地嘗試，如果尋到一種理想的傳播方式，或訊息內容，則會一直重複下去，造成其他或同類媒介的模仿學習，形成媒介的「再複製」。

大眾傳播的媒介與閱聽人關係，我們可以用下圖來表示：

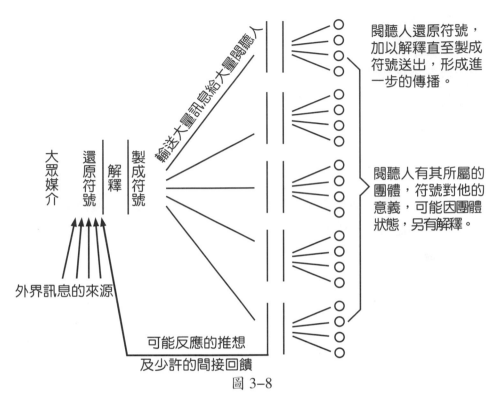

圖 3-8

　　大量訊息要傳送到目的地，不可能每一個音訊都是順達無阻的，它可能經過一陣子阻撓，可能經過其他協助，才可以到達每一個收到訊息的閱聽人手中；一般來說，大眾傳播似乎只能將訊息送達到一部分直接閱聽人，而這些閱聽人，又肩負有訊息的再傳播之責，可以說是訊息的中途站，他們常常會將收到的訊息，再傳播給未收到訊息者，在這多一層的手續上，產生所謂「兩級傳播」、「意見領袖」，此待以後討論。

　　大眾傳播媒介大部分的訊息，從來源送達目的地，往往是歷盡滄桑，面目全非，我們要走向大眾事業時代，善加運用大眾媒介，則必須瞭解大眾傳播媒介的運用原則。

　　大眾媒介為人所操縱，媒介控制者對訊息內容的選擇，是一項重要的工作，不論個人傳播、大眾傳播，線路的好壞會直接影響到效果，怎樣選擇路線，哪些路線最適合傳播的內容，是不可忽視的。

　　大眾傳播媒介不論如何仔細，不論態度多麼積極，都無法將大眾傳播力量完全發揮；但是大眾傳播具有立即性之社會影響力量，例如社會價值與行為模式的改變、文化及思想的轉移延續，則遠非任何傳播可以比擬的。

第二節　傳播符號

　　本章第一節已談到符號在傳播中的運用功能。通常一個傳播活動，傳播者和閱聽人是其中兩個主角，媒介是溝通二者之間的工具。雖有工具尚不足以發生傳播內容，於是需要符號來輔助。

　　符號是傳播中「所傳之物」代表的意義；當來源與目的地的傳播，中間的共同性已建立起來，則傳的一方必須將蒐集整理出來的「訊息」製成符號，把所欲表達的千言萬語，納入一種無形的形式，這些內容所代表的意思，也是他希望對方共享的，將之變成一種訊號。

　　符號的地位，我們用商農 (Claude Shannon) 和衛佛 (Warren Weaver) 的傳播模式，可表現出其地位：

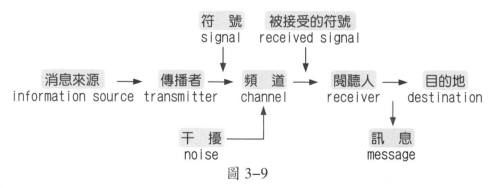

圖 3-9

　　「消息來源」的觸覺系統，在受到外界事物的刺激以後產生了一連串的反應，為了表達這些反應，消息來源將本身所欲傳出的意思以「各種方式」，透過空氣、電子儀器、紙張及表情等媒介通道傳送給他人；各

種方式是指語言、文字、圖畫、動作，我們稱之為「傳播符號」。符號是一件訊息對傳播者的意義，必須介於傳播者和閱聽人共同經驗範圍之內；符號的製造和運送必須正確，傳出去以後，經過其他訊號干擾，到達閱聽人；閱聽人以二人的共同經驗，把符號還原為傳播者原來的「意思」。

符號的製成，是以語言、文字、圖案、表情等為代表，例如傳播者如選用語言為符號，那麼他必須以二人共同的語言，或者是中文，或是英文，為共同經驗範圍，並且靠他使用語言的能力，來從事一項傳播工作。「語言的豐富性」和「語言的能力」(language ability)，可以影響傳播的效果。有些語言，傳播者在使用時，有較大的範圍可以自由運用，將心中意思以多種詞藻與語意表達，有的則不可能。現代人使用語言表達的範圍遠較舊石器時代的人進步；中文的使用範圍，較英文略小。這種現象我們可稱之為語言的豐富性。「語言的能力」指傳播者使用語言的能力。一個會說話的人，擅長使用符號，能夠將心中大部分的意思表達出去，口拙者則使用語言的能力較差。

其他文字、圖案、表情等符號亦然。但以語言最重要；語言是符號系統的中堅，傳播進行時多依靠它，如果沒有語言的存在，可以想像，傳播的技術將格外吃力，而傳播內容也必將減少很多。

語言符號的表達，即使在雙方的共同經驗範圍內，亦不可能使語意對閱聽人的意義完全相同。如果我們說牛肉，必定會想到殺牛所取之肉，不會認為是其他牛皮、豬皮之類，但是在臺灣一個農家子弟和都市成長的人，對牛肉的語意則不同，一個會想到種田的牛，一個則想到可以吃；愛吃清燉牛肉和愛吃紅燒牛肉的人，在語意上的想法也會不同。

在使用同一種語言的社會中，符號的功能易於達成，社會的分子在社會中，擁有二項基本便利：(1)知道從聲韻中辨別語音；(2)知道語音單獨意義及複合體意義，如果我們說「感」以及「動」，我們知道它們分別代表何者，若說「感動」，也可知其意思。「語言的豐富性」和「語言的能力」，可以決定傳播的成功與否，如果一旦傳播內容並沒有藉此而順利

送達，傳播者尚可以用其他方法來補救：(1)符號的重複使用：同樣的符號多次使用，可以使閱聽人注意。例如學生找老師，喊聲：「老師」，當老師沒回頭時，可以再重複地喊；(2)輔助性技巧 (secondary techniques)：語言能力無從發揮，尚可藉動作及文字的傳播來加強。

符號代表經驗中事物的意義，他還原符號，同時也製造符號。當一個人收到了一個傳播符號，心裡必然會發生一種立即反應，我們稱它為「中間性反應」，中間性反應就是符號在知識背景中的代表意義，渴的時候談起水，和游泳時談到水，在中間性反應上則有不同；中間性反應將會決定你接收到符號後下一步的行動；例如當渴的時候談到水，馬上會想找一杯水來解渴，水必定是清甘止渴的，而在游泳池提起水，則會想到要小心，千萬別喝一口了。

在大眾傳播中所使用的符號跟個人之間的傳播符號在本質上是相同的，只是大眾傳播使用的符號是針對多數不相識的對象，符號必定選擇大眾共同意識下最可能被接受的一種。大眾傳播的符號主要是文字（書籍、報章雜誌）、形象及語言（電視）。

人為高等動物，具有創造符號及使用符號的能力，經過長久的沿襲改進，建立了符號制度，人永遠生活在符號的世界裡，不管一個符號對你會產生什麼意義、什麼結果，人始終把接收到的符號加以還原、解釋，再製成符號送出去，故而傳播永不休止，符號也永遠被人活用。

一、符號與對照 (signs symbols and reform)

人類在文化的過程中，不斷創造新的符號，或賦予舊的符號新意義。

關於符號與對照，還有三點必須特別加以說明。第一，同一個符號，因為個人的經驗不同，往往產生不同的意義。「錢」是個符號，有人認為是「萬能」的，有人認為是「醜惡」的，還有人根本無動於衷。再如，山崖上一棵古松，畫家見其清風亮節的氣概與古意蒼然的旨趣；樵夫見了，不免心裡估計將之伐為材，可以蓋屋，可以賣錢；植物學家見了，

立刻研究其所屬科目、成長過程等。同樣一個符號（古松），對於三個經驗不同的人，可以產生截然不同的意義。

　　第二，同一個符號未必每一次對每一個人引起同一件對照。符號與對照間並沒有直接的連結。奧斯古把這個關係畫成：

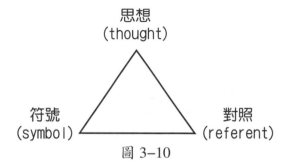

思想
(thought)

符號
(symbol)

對照
(referent)

圖 3-10

　　換言之，符號透過思想，才與對照連結。這時因為思想不同，符號與對照的連結也會不同。比較具體而常用的符號如「桌椅」等，可能與對照的連結比較固定，甚少發生誤解。新而抽象的符號，便可能對每個人產生不同的意義。

　　第三，如果把第二點的符號與對照，從個人方面的關係，擴充到傳播雙邊關係時，便得到如下的情形：

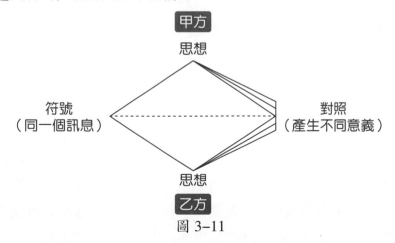

甲方

思想

符號
（同一個訊息）

對照
（產生不同意義）

思想

乙方

圖 3-11

由甲方所創造的訊息，其中用的符號代表某些對照，經傳至乙方後，

它們所代表的對照，可能不同於甲方原先的構想。這是因為每一符號不只代表一種對照，每一方對於對照的選擇，全憑自己的經驗。換句話說，甲乙兩方對同一符號的解釋，可能有共同的地方，但也有個人獨特的地方，如下圖：

圖 3–12

斜線部分代表每個人獨特的生活經驗與見解，中間格子處表示兩人的共同經驗。所以，為使傳播有效，必須先找出雙方共同的經驗，由此出發可收事半功倍之效。

二、符號與狀況 (the context of meaning)

符號因為與對照的連結不同，可以產生不同的意義，已如上述。此外，使用符號當時的情況，也會影響符號的意義。所謂情況，廣泛地指一篇文章的上下文、當事人的心境與態度及當時的社會經濟狀況等。

例如，我們說「向前一直走，一定可以走回原地」，這句話初聽起來很矛盾，尤其對一個不知道地球是圓的人而言，他一定不能接受這句話。英國大文豪培根 (Francis Bacon) 說：「繁榮時少不得有許多恐懼與醜陋；逆境中也有歡樂與希望。」除非身歷其境，否則很難瞭解此中的道理。

再如，一提到「勞其筋骨」，我們便聯想到勞動與苦工，心中十分不願意。《孟子》〈告子章句下〉說「故天將降大任於斯人也，必先苦其心志，勞其筋骨……增益其所不能。」看完了上下文之後，我們知道「勞其筋骨」者原來是考驗我們能不能擔當重要工作的一個步驟，凡是有志於完成大事業的人，都必須經過這個程序，則「勞其筋骨」也不是一件不好受的事情了。

意義是相對的。一件事情的好壞，只有放在某一情況中，才能衡量出來。殺人放火在一般社會下是罪大惡極的，在戰爭中卻是一種英雄式的、值得鼓勵的行為。我們說：「這個人長得很高」，這時雖然沒有把上下文明白地說出來，意思便是「這個人比一般人高很多」，而這裡所指的一般人，就是一般成人（170公分上下）。冬天，韓國人到臺灣，覺得天氣很暖和，看見滿街穿皮大衣的行人，有些不可思議。這便是以韓國人的生活經驗，來解釋臺灣的氣候，當然會覺得奇怪了。

三、意義的抽象層次 (level of abstraction)

符號所代表的意義，有時也會因為抽象層次的高低，而發生莫名奇妙的感覺。所謂抽象層次是指因為個人的興趣、經驗、目的不同，對同一件事物有高低不同層次的看法。

傳播的過程由簡單而複雜；速度由緩慢而迅速；範圍由局部而擴大；種類由單項而多項；密度由稀少而眾多，逐漸形成今天所謂的「大眾傳播時代」。

傳播會影響文化的發展，而變化和發展亦會促進傳播的活動。往常部落時代，人們只能依靠幾種符號──語言、文字和圖畫作為傳播的工具。但到了十九世紀，透過了近代的傳播工具──發射機、印刷機和放映機，更將上述三種符號大量地傳播出去。而這種大量散播符號的行為即為大眾傳播。

我們要將一種思想、一種意見或者一件事情，藉著有形無形的力量，傳達至或散布到某一特定的目標，引起對方對自己意見的認同、共鳴。這種認同和共鳴就是一回饋。

人與人之間，真正的大量傳播是從語言的發明開始。人類何時開始使用語言，很難加以考察，但在人類社會剛形成的舊石器時代，可能已有簡單的語言。在文字未發現之前，知識的傳遞大部分是透過聲音，知識的累積主要是靠記憶。

　　任何一種語言都脫離不了說話人（主體）、符號（語言文字本身）及所指的客體（包括人、事物或觀念）之間的三角關係。語言是對訊息和物體賦予意義的工具。因為有語言，才可以將意義加以傳播，並且透過語言，人們才可以對所感知的事物加以思考和推論。在實際生活層面上，語言的最大功用是使人們的合作成為可能，是一種人際交往的工具。

　　傳播者運用語文的能力會影響他把訊息製成符碼的能力。傳播者在發出訊息時，必須選擇有意義的語言、文字，吸引閱聽人注意，並且使其繼續注意。而且傳播者在使用語言文字時不能只顧自己瞭解某些語言和文字的意義，還要注意閱聽人對他所使用的語言文字是否有共同瞭解。

　　在大眾傳播中，新聞報導的一個重要論題，即是報導的「客觀性」。很多人對它的好壞，及有沒有辦法達成真正的客觀，一直有所爭論。有人認為所謂「客觀」只是一種神話，有的人卻認為客觀性是新聞報導的要件。

　　早川 (S. I. Hayakawa) 所介紹的一些概念，可以幫助我們從這項「客觀性」的爭議中，分辨出一些意義來。早川談到人們的語文敘述有三種形式：報告 (reports)、推論 (inferences) 和評斷 (judgments)。

㈠報　告

　　是一種可以查證的敘述，它不包括推論和評斷的成分。譬如：昨天臺北的溫度，最低 24 度，最高 28 度。這是可以查證的，我們可以去氣象臺查氣象紀錄或訪問那裡的氣象人員。

㈡推　論

　　是以已知推測未知的一種敘述。有關他人的可能想法或感情方面的敘述，即是推論的例子。譬如你看到一個人拉高嗓子說話，並把拳頭打在桌子上，臉色發紅。你接著說：「他生氣了！」這就是推論。但是並不是只有生氣才會做出這些動作，也許這正是他感到得意的舉動。在很多情況下最安全的辦法是抓住已知的現象並加以報導，譬如你僅可以說：「他提高了嗓子說話」、「他把拳頭打在桌子上」、「他臉發紅」，這就是把

看到的事加以敘述，變為是一種報告。

　　然而，如果是要敘述將來則是推論了，將來是一種未知數。譬如你說「總統在星期四要到榮民總醫院做健康檢查」，這是一種推論。但是在這種情況下較周全的說法是：「總統府的發言人說，總統將在星期四進入榮民總醫院做健康檢查」，這就變得可以查證了，因此是一種報告。

(三)評　斷

　　是對一件發生的事、人或物表示贊成或不贊成。讀者就某項報導寫信給報紙的編輯往往也含著評斷的內容。新聞來源或新聞人物，有時也會說一些評斷的話。但是一位警覺性高的記者，有必要提出進一步的詢問，並適切地加以核對。一位報人需要盡量去除推論和評斷，而堅持報告性的報導，以達到新聞寫作的客觀性。即便是「深度報導」的解釋性新聞，仍需要依照事實，說明其背景與影響，不要管其好壞，也不要參雜主觀的意見。

　　學者施蘭姆 (Wilbur Schramm) 對傳播過程提出他的模式和看法：訊息的傳播，首先有傳播者（即來源），將訊息製成符碼，然後為對方所接受後，再把它還原成原來的符碼，賦予意義後才算達到目的地，但是在「製成符碼」和「還原符碼」兩個階段中，有一個很重要的先決條件，即製成符碼者和還原符碼者必須要有共同的經驗範圍（或知識），彼此才能溝通，以產生共識。

　　傳播多半在某一層次進行。有時不妨把層次提高一點，有時反而要把層次降低一些。最重要的是，我們要不時地反問自己：對方能不能瞭解這個層次？要不要把層次升高降低？升高或降低後，對方能跟著調整層次嗎？很多問題與誤解都是因為彼此不瞭解對方的層次所引起的。所謂「對牛彈琴」便是指牛與人對於「彈琴」所處的層次不同，自然不會引起共鳴。

四、符號與情緒 (emotional responses)

符號本身是無意義的。但是，當它與某一對照連結，在某一情況下，不但產生意義，而且還可能連帶引起某種情緒。「桌子」是個符號，當它與一種木器連結時，它便具有意義。當我們在某一特定情況下，聽到或想到這個符號時，我們可能同時聯想到，當年父親為了維持家計，半夜還伏在桌上寫稿的情形，心中不免一酸。

大致上，符號依其特質，可以分為兩大類：指物的 (denotative) 和會意的 (connotative)。指物符號大都具有一定的屬性，彼此排斥，有一定的範圍，用來指一件東西或事情，如桌椅等。會意符號除本身意義外，其內涵亦能引起情緒上的反應，如「家庭計畫」對某些人可能產生無動於衷的冷漠反應（我已經 80 歲了，這不干我的事）；使一些人害羞（這種男女間的事，怎麼可以提出來談）；使另一些人生氣（叫我不生孩子，辦不到）。

會意符號的解釋比較紛歧。下面舉出一種衡量會意符號意義的方法。

以「孩子」這個符號為例。下面有幾對形容詞，每對詞的意義相反，每對間有七個空格，請在你認為最能表示你的感覺的空格內打✓。

例：一般說來，小孩子都是……

乾淨的☐	☐	☐	☐	☐	☐	☐骯髒的
無用的☐	☐	☐	☐	☐	☐	☐有用的
令人厭煩的☐	☐	☐	☐	☐	☐	☐討人喜歡的
溫暖的☐	☐	☐	☐	☐	☐	☐冷淡的
被動的☐	☐	☐	☐	☐	☐	☐主動的
不重要的☐	☐	☐	☐	☐	☐	☐重要的
強壯的☐	☐	☐	☐	☐	☐	☐虛弱的
懶散的☐	☐	☐	☐	☐	☐	☐勤快的
我要的☐	☐	☐	☐	☐	☐	☐我不要的

利用下面的空白，把你能想出來的其他形容詞寫下來。

□ □ □ □ □ □ □
□ □ □ □ □ □ □
□ □ □ □ □ □ □
□ □ □ □ □ □ □

現在，用一把尺由上而下把你所打√的連起來，然後與其他人的結果比較一下。大家對「小孩」的意義有哪些不同？新加的形容詞也有不同的地方嗎？

總之，意義是很複雜的。意義絕不是一對一的單純反應，而是一套錯綜複雜的聯想結果。這套聯想的內容包括過去與現在的經驗，甚至對將來經驗的預期等。我們說過，當我們接到一個訊息時，會利用現有的概念加以選擇與解釋，然後把部分接受下來。對於一個從來沒有見過飛機的原始人，飛機便是一種鳥，因為只有這樣解釋才能符合他的經驗，才能使他認為合理。他的概念中，也只有大鳥這個概念，比較接近當前的情況。再加上符號對照的連結是無數的（飛機是大鳥、是怪獸），又因當時的情況不同而異（狂風暴雨中飄搖不定的飛機像大鳥），加上因此產生的情緒（恐懼、驚慌），能使一個單純的符號產生無數差異的意義。有效的傳播務必需把符號可能產生的誤解，減低至最低程度。

五、拒絕行為

傳播雙方在意義的溝通方面發生誤解時，接受訊息的一方可能會產生拒絕或歪曲訊息的行為。以推廣「家庭計畫」的集會為例，拒絕行為可能有如下的方式：

1. 重新評價對方：「這個城裡來的小子，滿口胡言。看他樣子大概還沒有結婚，他懂得什麼！」

2. 重新評價自己：「我老了。這些年輕人的新玩意，不干我的事。」

3. 重新評價情況：「這種會還不是那麼回事。我早就說過，浪費時

間，不過是大家湊湊熱鬧。」

所謂歪曲，譬如：「家庭計畫，這是什麼玩意兒？叫我不生男孩，還說男孩女孩一樣好。孔子都說不孝有三，無後為大。沒有男孩，叫我怎麼向祖先交代。」

不論是拒絕或歪曲，都是因為對訊息的意義不完全明白或誤解所產生的結果。

🎤 第三節　傳播通道

《牛津英漢辭典》對傳播的解釋如下：利用說話、寫字、形象，對觀念、知識的分享、傳達以及交換。

傳播所用的「說」、「寫」、「形象」，即是傳播的通道 (channel)；莫瑞爾 (John C. Merrill) 教授認為大眾傳播所使用的通道一如平常人的活動，可稱之為「人為的孔道」(artificial channel)，包括了報紙、雜誌、廣播、電視、電影、書刊等組織化的孔道 (institutionalized channel)。

傳播學者施蘭姆認為，一個人有三種媒介可使用：(1)運送自己的訊息（說話、表情）；(2)運送他種訊息（電視、報紙）；(3)雙向的（電話）。

傳播的通道甚為複雜，有語言、姿態、行為模仿、文字等，又有運送語言的聲波、運送形象的光波，甚至古老輔助性傳播技巧，文化越進步，社會越文明，使得傳播的技術越複雜，傳播的通路也越複雜。

傳播通道的選擇，是傳播、也是大眾傳播中一項非常重要的事實，通道的好壞，直接影響到傳播的效果，傳播者在決定內容之後，馬上要決定利用何種途徑進行傳播。以往單純的傳播中，選擇通道倒不是很困難，但是當你計畫對一大群人，對你從未見過面的許多人，進行一次大規模的說服行動就相當困難了。你要把新產品推廣於市面，要在選舉中，為一位候選人宣傳，或是政府的政令宣導，要採取什麼媒介呢？這些都是我們首先要考慮的問題。

大眾傳播行為中的符號由數個意識、態度組成，除了使用一種主要通道發送，還有其他次要通道，可以加強傳播的邊際滲透，在選擇通道時，有三項原則，傳播者不容忽視：

1.通道適合於訊息內容

例如：感性的訊息以形象表現，理性的訊息以語言文字表現，娛樂性的訊息以視聽媒介表現，嚴肅性的訊息以文字媒介表現等。

2.運用的能力

一為經費開支，以節約為原則。二為內容開支，盡可能以最簡單的內容達到最大效果。三為人力開支。

3.效果及影響力

非但為大眾所能接收、認識、信任，並且要瞭解、記憶，記憶力同時要持久。一場盛大的音樂會，用視聽媒介的電視來呈現，能發揮最大效果，對一些閱聽人來說，能造成彌久不忘的效果。

傳播者除了應注意外在的影響，媒介本身的性質，也可列為選擇傳播通道的參考。藉閱聽人對媒介的「暴露程度」，及媒介對閱聽人的「易得性」，可選擇出理想通道。

一、面對面的傳播

人與人最接近的傳播，由於回饋立即，效果最大，限於單獨傳播行為，大眾傳播中，僅意見領袖可以發揮其作用。拉查斯斐 (Paul Lazarsfeld) 等人認為它的優點有五項：

1.富有彈性

遭遇抵抗，可以隨時修正訊息。

2.報酬立即

對於不順從的，予以懲罰，立即產生社交上的愉快或不愉快。

3.選擇對象

可由閱聽人所信賴的親近者進行。

4.直接達到目的

往往不必費口舌去說服，即可由行為影響，直接達到目的。

5.發訊自由

可以在較隨意的情況下進行傳播，閱聽人不會像對大眾媒介一樣地選擇內容。

二、印刷媒介

包括報紙、雜誌、書刊等。特點為：

1.閱聽人選擇自由

印刷媒介使讀者居於主動地位，自行暴露或迴避，讀者可依自己興趣、環境、情況的允許，自由地接近，同時可自由選擇內容來閱讀。

2.持久與重複性

讀者可以自行調節其接觸速度，可以一讀再讀甚至保存，一次再一次的接觸，增加印象的累積，暴露可以一再重複。

3.特殊興趣的適應

印刷媒介由於目標廣大，內容同一普遍，印刷性質的雜誌書籍，可適應少數特殊興趣者，表達少數人意見，對讀者的影響力較大。

4.內容充分處理

印刷媒介有較大篇幅，可充分處理專門論題，達到詳盡的目的，補電視、電影的時間限制之不足。

5.威望較高

由於印刷媒介的論題專一，內容詞藻的運用較富深度，非教育水準低者能時常接觸，故效果不一定大。

三、聲音媒介

無線電廣播的優點：

1.無遠弗屆

無線電使廣播能達到報紙、電視所不能達到的地方。

2.對象普遍

教育水準低者也能夠接受。

3.有參與感

由於聲音的傳播，如同面對面的講話，易於產生親近感及參與感。

4.同時性強

報導新聞或突發事件時，無線電的速度遠非其他媒介可以比擬，能夠在訊號一發生時，即將之傳送給大眾。

由於電視的出現，無線電傳播的部分功能為電視所取代，其報導新聞的功能，在某些方面往往無從發揮❷。

四、視聽雙重媒介

電視的優點：

1.強度參與感

電視比廣播更能產生參與感，更接近面對面的傳播。

2.影響力大

尤其對兒童，電視是唯一常接觸的媒介，是行為模仿之對象。

3.印象的再加強

文字及圖片的提供，雙重滲透，更使人不易忘記。

4.速度快

播報新聞或事件，一如廣播，例如現場實況轉播，在瞬間即將萬里之外的影像，送抵閱聽人。

5.商用效果大

電視的廣告效果，提供具體影像，促進更多的購買活動。

根據大眾媒介的特性，配合閱聽人的要求及傳播本身的要求，我們

---

❷　趙嬰：〈重大事件消息來源、流傳及其反應研究〉，《新聞學研究》第十五集，第　　　四四頁。

不難找出一理想的傳播通道。

　　在大眾傳播中，媒介的單獨運用，固可發揮其特有的功能，然而大眾媒介與面對面傳播的相互配合，更能產生較高的傳播及說服效果，這是身為一個傳播者所不能不知的。

♨ 第四節　傳播過程

一、傳播過程 (communication process)

　　傳播過程中究竟發生些什麼？請看下面這些例子：

孩子半夜裡哭著要媽媽。

機車騎士按喇叭警告人。

賣藥膏的在街上對著觀眾喊叫。

商人午餐時跟朋友說一個笑話。

過路的人看海報。海報上畫著一對快樂的夫妻，旁邊還有「兩個孩子恰恰好」等字。

地主看地價稅單。

司機研究路線圖。

交通號誌由紅變綠。

產婦問醫師：「我們不打算馬上再生，該怎麼辦？」

狗對著另一隻偷牠骨頭的狗低吠。

有人買了一份報，上了公共汽車，坐下來看報。

工作人員對婦女說：「如果你不想再生育，我們有⋯⋯。」

　　這些都叫傳播。

　　在這些例子中，凡是有關的人或物，彼此都在共享消息：譬如，產婦和醫生、司機和繪製路線圖的人、狗和狗、讀報的人和記者。傳播的

基本要素便是消息。傳播過程中的人必需利用各種媒體，如：海報上的圖畫、路線圖、電視、聲波、光波等，來表達他的思想；另一個人，則必需共享這個消息。

因此傳播的主要過程便是共享。共享的意義就是：兩個或兩個以上的人共同從事某一件事。這個共享消息的過程，以及人與人在這個過程中的關係，便叫做傳播。傳播是人類行為中最自然，同時也是最複雜的一種。我們從一出生就在傳播，就像呼吸一樣地自然。當我們要說服別人、要繪製海報的時候，才會深深地體會到傳播是如何的複雜。

現在來討論一下上面這些傳播的例子：

㈠傳播一定只限於人與人嗎？

不一定。狗對著另一隻狗低吠，牠是在傳達警告的消息。動物和動物，在有限的範圍內，也能傳播。人與動物也能傳播。又如交通號誌也能對司機或行人傳達某種消息。換句話說，人也可以創造機器來代替他傳播消息。可見傳播有很多種形式。

㈡傳播過程中的雙方必須同時在場嗎？

過路人看到一張「兩個孩子恰恰好」的海報，繪製那張海報的人並不在現場，那張海報也不是當時畫的。換句話說，這個過程發生於很遠的距離和很長的時間內。再譬如太空人可以在很遠的距離外與地球通訊；孔子的教誨可以永垂不朽，影響我們今日的生活方式；這些都是超越時間和空間的傳播例子。

㈢為什麼傳播能超越時間和空間？

人類創造、貯藏、傳遞、解釋消息的方式很多，用以傳達消息的工具也很多，包括：泥土、念珠、繩子、粉筆、紙墨，以至光波、聲波、電波等無數種。以無限的方式和工具傳播的結果，當然可以超越時空。加上，傳播方式越來越簡潔迅速，今後消息的數量一定大量增加。

㈣傳播一定要依賴文字嗎？

交通號誌、喇叭、路線圖等都表示傳播不一定要依賴語言或文字。

語言增加人類表達意思的能力，但是人類亦可利用其它方式來傳播。例如，講話時的手勢可以加強語氣，朋友們的握手表示友誼，搖頭表示否定，甚至臉上的表情可以表示喜怒哀樂的感情等，都是非語文 (non-verbal) 的傳播。

㈤傳播一定需要兩人以上嗎？

傳播一般都需要兩個動作：發送消息和接收消息。事實上這兩個人也可以是同一個人。

例如，深夜我們在看書，忽然彷彿聽到外面有聲音，於是我們問：「誰?」這時候如果外面有人回答說：「是我。」這便是一種傳播。如果外面沒有回音，我們心裡便想一定是老鼠，還笑自己膽子未免太小了，像這樣的例子也算傳播。這時我們創造消息，發出消息，再由我們自己接收消息，推測外面沒有人，可能是老鼠。我們發出去的消息，由我們自己來分享，也完成了傳播過程。

㈥思考也算傳播嗎？

例如：父親坐在客廳椅子上一聲不響，一會兒看見他忽然站起來，走進浴室，不久手裡拿著一把鑰匙出來，高興地說他找到了他的機車鑰匙。在這例子裡，父親先是創造消息，他對著自己發問：「我把鑰匙放在哪裡?」經過一陣自問自答後，他又對著自己說：「一定是在浴室裡」。這個過程是一種自己對自己的發送與接收消息，是一種內在傳播，因此也算是傳播。

不論是哪一種傳播，都是雙方在共享消息。所謂的消息是廣義的，不一定指新聞而已，也包括了感情等能夠幫助我們瞭解環境的一切事物。

二、消息過程 (information process)

㈠消息過程

一件消息由創造以至被對方接受為止，稱為消息過程。這個過程必需經過四個步驟。先看下面的例子：

有一天我們在海灘上看見一種痕跡，這種痕跡告訴我們某一種東西剛經過。為什麼呢？因為泥沙剛被某一樣東西（人、物或動物）改變過，使我們能覺察到先前所沒有的型態 (pattern)。換句話說，這附近一片泥沙具有兩種顯然不同的外表，有痕跡的和沒有痕跡的。也因此，我們便能容易地覺察到痕跡的存在。

覺察到泥沙的變化，並經過一番檢查後，根據我們過去的經驗，我們斷定這個痕跡是「腳印」。「腳印」是一種概念 (concept)，泛指一切由男女老幼人獸等的腳所造成的痕跡。概念的應用是思考最基本的形式，藉應用概念，我們可以把環境中大小事物分門別類，在處理上比較容易，在傳播上也比較方便。

㈡消息過程的選擇性

消息過程的最大特性便是它的選擇性，選擇性發生於每一步驟。在創造消息的過程中，我們只選擇我們認為值得與人共享的消息。對於媒體的運用，我們也要經過一番選擇。除了媒體之外，以什麼方式或型態來傳播消息，也需要慎重的考慮，及至消息到達對方後，對方未必將之全盤接受，他只選擇最適合於自己的部分，從自己的立場加以最適當的解釋，選擇自己認為最適當的概念將之分門別類後，加以接受。

我們周圍充滿了各式各樣的消息。我們不但無法，而且也沒必要一一加以接受。我們只挑出我們認為重要的部分，把其他部分割愛。這種消息過程的選擇性說明了任何兩個人的經驗不可能是完全相同的現象。即使兩個人同時經歷同一件事（例如同看一場電影），他們也未必同時看到同樣的情節，或是對各情節有同樣的解釋與感受。這是因為其中一個人注意並選擇某些部分，另一個人則注意並選擇另一些部分。他們的經驗或有重複，所選的部分也可能相同，但是他們的經驗總和卻未必完全一致。這個現象在處理傳播的過程中是非常重要的。

消息的選擇性，大約受到三個因素的影響：

1. 需要

譬如有兩個人，一個肚子餓，一個口渴，同時看一份餐單。結果因為需要不同，肚子餓的那一個只看到食物的部分，忽略了飲料；另一個與他相反，因為口渴，只看到飲料部分，忽略了其他餐點。

2.態度

一個人對事情的態度，也決定他選擇消息的方向。一個反對留長頭髮的人，可能非常留意報紙上反對長頭髮的言論；不贊成口服避孕藥的人，特別關心口服藥副作用方面的報導，而且把這些報導信以為真。

3.心情

不同的心情使個體對同一件事情產生不同的看法。心情愉快的人，把滿街熙熙攘攘的行人，看做是經濟繁榮的表徵；傷心的人卻反而有人海茫茫，何處是我歸宿的悲傷。

此外，記憶也有選擇性。我們經過一番選擇後加以接受的消息，最後也只能保存其中的部分。這些保存下來的部分，也是經過選擇，認為重要而有用的部分。

最後，當消息到達對方後，對方處理消息的方式，受到個人興趣與需要的影響，也是有選擇性。例如，沙灘上的腳印，對一般人來說不過是個腳印，沒有太大的意義，有時甚至把它忽略掉。對於一個有經驗的獵人，可能是另外一回事。這個腳印可能關係他的禍福，因此他必需詳加檢查，以便判斷是人或動物的腳印，若是動物的腳印，則再判斷其體積大小、來處去向等，以便決定是否逃避或繼續追蹤。也因此，在處理傳播的時候，除了要設法把消息送達對方之外，消息的內容要能訴諸對方的需要和興趣，方才有被接受的機會。

㈢消息過程的四個原則

關於傳播過程最重要的一項原則便是，不論是具體的或是抽象的消息，個人都要用他從經驗中獲得的概念，或是這些概念的新組合，來加以解釋。個人在人生經驗中學到許多概念，遇到一個新狀況時，他便設法以現成的概念，或是把這些現成的概念重新組合，來解釋與瞭解新的

情況。這就是說，我們在創造新消息時，必須考慮對方的經驗。也就是說，同樣一句話，有許多不同的表現方式。我們不該只管對自己說話，而是應該說對方能瞭解的話。

第二個原則便是，一件消息對一群個人而言，唯有當他們有類似的概念時，才能產生類似的意義。進一步說，唯有當這些個人有類似的人生經驗時，才會產生類似的概念。但是因為兩個人的人生經驗不可能完全相同，因此他們的概念也不可能絕對一樣。這就是我們不用「相同」而用「類似」這個字的道理。問題是，兩個人經過傳播後，能接近到什麼程度。

第三個原則便是，要在媒體上創造一件消息，則這個媒體必需能夠至少保存兩種以上的不同型態（黑與白，文字與無文字等）。換句話說，要使一個型態（圖畫、符號、記號等）能被察覺與解釋，該型態必需存在於一套至少具有兩個以上不同型態的情況中。沙灘上的腳印之所以被看到，是因為另一部分的泥沙沒有腳印，因此很容易把兩種不同的型態分辨出來。也就是說，泥沙這種媒體，必需能夠保持兩種不同的型態（有腳印與無腳印），才能完成傳播的作用。

最後一個原則便是，消息過程是具有選擇性的，包括知覺的選擇（覺察到某部分而不覺察其他部分）、注意力的選擇（只注意到某部分），以及解釋的選擇（根據本身經驗所獲得的概念，加以解釋）。

三、消息的質與量

為了從不同的型態中選出最適當的一個，為了從許多可能性中做最好的決定，我們需要更多的消息。尤其是當這個決定與本身的利益切身攸關時，更是如此。沙灘上的腳印並不引起我們的興趣，因此我們不再去追求更多的消息。可是對於一個獵人而言，這個腳印可能攸關他的生死存亡，在決定逃避或繼續追蹤之前，他需要更多更好的消息，以便做更適當的判斷。

　　再譬如，有一天你在路上遇見一個朋友。你問他：「你好嗎?」他說：「好，你呢?」你也說：「好。」這類例行問候中，你並不期待獲得任何消息，只把它當作待人處事的禮儀之一。可是，如果有一天朋友忽然說：「心裡煩得很，明天一張支票到期了。」你心裡必定為之一震。因為這個消息具有新聞性，有使人震駭的作用。諸如家人的「大小平安」報告，以及朋友間「你好，我好」的問候，不具有新聞性，因此不能提供更多的消息。

　　當我們在做一次決定之前（尤其是這一決定關係本身的利害），除了要有正確可靠的消息，還要有足夠的消息。這便是消息的質與量的問題，以及它和我們行為之間的關係。多少消息才夠，以及消息的正確程度要多高，通常決定於萬一選擇錯誤時所產生後果的嚴重性（例如結紮後能否有正常的性能力），以及消息來源的可靠程度（例如專家的報告、醫師的保證、朋友的經驗）等因素。

第四章　大眾傳播的構成與功能

🎙 第一節　傳播的種類

　　人與人間固然有傳播行為，但事實上在自然界中的各種生物，以及自然現象都有傳播行為。根據語言學家史徒華‧傑斯 (Stuart Chase) 的著作《語言的力量》(*Power of Words*) 中所列舉的傳播五個類型包括：

一、自然界的傳播

　　大自然中的一切物質和現象，例如：日月、空氣、水、風、土壤等，在人類的眼裡看來，似乎是不具生命跡象的，更別說是具備傳播行為，它們不會發出訊息，傳達給收訊者，也不會有任何神經上的反應。但自然界的各種聲音、形象都具備傳播的作用。例如：雷聲大作、烏雲密布等現象，都可以使我們瞭解其意義。當我們見到天空烏雲密布、雷電交加時，我們會意識到快下雨了。我們去海邊，看到漲潮或退潮、海水撞擊岩石激起水花，這表示風和潮汐的影響。在冬天的時候，若空氣中的懸浮粒子增加，我們會知道是沙塵暴來了，出門就會戴口罩。當我們要出門時，若看到天氣陰陰的或出大太陽，我們所穿著的衣服就會隨著天氣不同而改變，會記得帶雨傘或擦防曬油。

　　美國植物科學研究者深入研究植物心靈現象感應本質後，發現植物細胞內藏有一套無人知曉的感官系統，能以奇妙的方式與周圍事物接觸，證明自然界中的植物也能接受外界的傳播反應。例如：曾經有個實驗說到，有兩株玫瑰花，一株每天對它說好話，它就會開出芬芳的花朵，且長得很漂亮；而另一株常不理它，並且對它說不好的話，它就會長滿了

刺。是否說明了植物也有基本的知覺？

　　現在有許多花農，為了能收成更多，或者能提早收成，常會利用人為的方法，如人造光，使植物提早開花，改變了植物原本的生長模式，由此可證明，自然界的傳播和「人」有很大的關係。

二、動物的傳播

　　指動物與動物之間的傳播。動物之間的信號，就如同人類的傳播一樣，有組織和紀律，甚至運用簡單的符號和聲調。例如：雁南飛等。動物與人們最大的不同點在於，動物不需要特別的儀器，就能成為聲音專家或光線工程師，牠們運用光線或聲音的能力是與生俱來的。螞蟻在爬行的過程當中，會散發出賀爾蒙來做記號，並利用其觸角來與同伴傳遞訊息，以尋找歸途。許多動物也會利用牠們的叫聲或翩翩的舞步來傳遞訊息。還有許多會發光的昆蟲，利用發光照明或做交尾的記號。例如：在紐西蘭有一種發光蕈蠅的幼蟲，能像蜘蛛一樣織網，黑暗時便發出亮光，以便誘捕其他昆蟲。另外，有一種雄鳥會在求偶期高唱一曲情歌，在開唱前牠還仔細地把一切可能干擾牠求偶的東西（比方說一些枯枝落葉）統統啣走，平時平順的白色胸毛，在求偶歌唱時，也變得十分蓬鬆，這些動作都是為了引起異性的注意，也是一種動物的傳播行為。

　　此外，動物和人之間也有傳播行為，例如：家中飼養的小狗，能辨別主人的聲音，若遇到陌生人，會狂吠以提醒主人有陌生人靠近；也可以手勢或聲音訓練小狗，讓小狗能聽得懂主人想表達的意思，像是坐下或握手等。

　　地球上有這麼多的動物，雖然這些動物不像人類一樣有文字和語言，但牠們靠著行為也能傳遞出訊息，就如同人類藉由語言文字溝通。

　　時至今日，人類甚至可利用動物的傳播方式和功能，作為促進人類福祉的貢獻。我們可以利用聲納訓練海豚，進行海上探測。利用螢火蟲提煉的螢光素，偵測人類尿道感染病和痲瘋的感染途徑。由此可知，動

物的傳播和「人」也有密切關係。

三、人際傳播

　　現代人常覺得孤獨，彼此間難以交換心情和看法，無法和他人藉由相互分享與回饋而達到彼此瞭解的境界，這都是不瞭解傳播、無法善用「符號」來溝通的關係。當人與人間越來越疏離時，就會形成「溝」，進而造成誤解、破壞社會和諧。就如柏拉圖 (Plato) 所說──「瞭解傳播可以使你成為較佳的傳播者」，瞭解如何有效傳播並身體力行、增進人與人間的瞭解，就是研究人際傳播所希望達到的最終目的。

㈠人際傳播的定義

　　一般人常將人際傳播說成面對面 (face-to-face) 傳播、人對人 (person-to-person) 傳播，其實都可以顯現部分事實──即傳播強調互動性。但人際傳播不一定只限於面對面，回饋也不一定是立即的，有可能是書信、電話、網路即時通訊等交換訊息的方式。洛羅夫 (M. E. Roloff) 認為兩個人經由符號傳播過程，連結成某些關係時，即是人際傳播。所以人際傳播是由一個人發出訊息，由另一個人或個別狀況中的一些人接受訊息，並有一些回饋，達成溝通的效果。

㈡人際傳播的目的

　　人在傳播的過程中是有意識的，經過腦袋思考後才用最恰當的方式表達出來，希望能達到和諧的目的和效果。人際傳播的目的大略有下列四種：

1.個人的發現

　　我們對自己的看法，大多是在和別人互動中認識的。與他人談論自己可以瞭解自我，並朝自我期待的目標邁進；同時也會以自己確認的價值系統為本，篩選、處理、並傳送訊息，促進人際傳播的發展。

2.外在世界的發現

　　我們所有的知識和對這世界的瞭解，有許多是從人際傳播中得到的。

雖然我們可以透過很多的傳播媒介學習知識，但人際傳播還是必要的。許多學者的研究發現，我們的價值觀、態度等受人際傳播影響比受大眾媒介的影響大。如父母師長對我們的影響可能大過書本對我們的影響。

3.建立有意義的人際關係

人最大的渴望是和別人建立並維持關係，我們花在人際傳播的時間和功夫大都希望達到這種效果。我們希望被喜歡、被愛，也希望去喜歡和愛別人。

4.改變態度和行為

人類進行人際傳播的目的既然是為建立有意義的關係，那就不是單純地與別人交換訊息,而會希望藉由傳播過程來影響別人的態度與行為，達到自己的願望。例如政治人物向選民傳播是希望得到選民的支持，老師希望藉由講授課程能讓學生瞭解更多的知識等。

㈢愉快的溝通經驗

人際互動的類型有很多種，其中最令人感到舒適、愉快的是傳播者與受播者雙方站在平等地位，進行雙向的交流。如與朋友的交心，是一種感性的交流，也是一種知識的交換，能讓彼此感到安心、愉悅。

㈣人際傳播的累積性

人際傳播可以具有累積性，並積蓄成文化與歷史傳承給後代，並非傳播完了就結束。曹丕在《典論‧論文》裡曾說:「蓋文章，經國之大業，不朽之盛事。年壽有時而盡，榮辱止乎其身，二者必至之常期，未若文章之無窮。」書和文章可超越肉體壽命和時空的限制，將前人智慧言語保留下來，供後人傳承。

四、人體內部的傳播

一個人接受訊息、還原訊息，並加以解釋，再製造符碼、發出訊號，自成一個傳播系統。人因體內傳播，而會「回憶」、「反省」，因此能「構思」、「聯想」、「創作」。

個人系統的傳播運作，要依賴自己的傳播網，個人的傳播網就是自己的神經系統，神經系統接受刺激、處理刺激，並對刺激做出反應。人體傳播過程十分複雜，五官只是傳播系統的一部分，有時獨自使用，有時多個併用，訊息從單獨的到複合的都有。各個系統間除各自功能的使用，有時也互相依賴，來統合人體，讓人體能順利運作。此種依賴關係大致有下列幾種：

1. 增強功能 (reinforcement)

如眼睛不及之處用耳朵鼻子來補強，例如在遠方只能看到一點點畫面，但可以藉嗅覺和聽覺來補強視覺的不足。

2. 互補功能 (complement)

眼睛與耳朵都可以使用，照常運作，彼此互補。

3. 替代功能 (replacement)

如在黑暗中眼睛看不到，改用耳朵來體察周遭情況。但無法完全替代，只能部分替代。

正常的人體各個子系統間應該要有增強、互補、替代等功能，每一個子系統都應該成為彼此的支援和後備系統，而不是成為其他子系統的累贅。平時系統發揮增強及互補作用，緊急時則啟動部分的替代作用。各器官、系統間要傳播順利，人體才能反應出和諧的效果。

五、人與機器的傳播

人會發明許多機器來滿足我們的需求，幫助人類活得更便利。例如發明機器人替代某些功能、發明了鬧鐘提醒人注意時間、發明電腦幫助人處理資訊等等。但有時機器和人的傳播也會發生一些障礙，使得機器無法順利滿足人的需求，像是機器不准許被使用、壞掉、故障、檔案遺失等，都會讓人期待落空。如新聞記者在採訪時常會遇到不准使用錄音錄影設備的情形，或是使用後無法呈現，這些都是人和機器傳播失敗的例子。

🎙 第二節　傳播的障礙

一、傳播的困難

　　人類透過符號進行傳播。由傳播者將訊息製成符號，受播者再將符號還原，瞭解傳播者所要傳達的訊息。傳播的符號可說是人與人互動之間最大的功臣，但人與人之間傳播的「困難」卻也常是由符號引起。

　　何謂困難？傳播是意圖與人分享消息、思想和態度，企圖成功建立起傳播者與受播者之間的「共同意識」，使閱聽人完全接收來源發出的訊息，就是最有效的傳播。所以在傳播的過程中，為了建立「共同性」，傳播者必須將訊息建立成受播者所能接受的符號。雙方必須有共同的經驗範圍；關於經驗，它包含了日常生活上，兩者所共有的文化背景和教育程度。如果傳播者與受播者的共同經驗重疊範圍越大，傳播的效果也越高；但若是兩者經驗的差距太大，傳播的過程就會產生偏差，造成誤解，傳播的效果就相對降低，於是產生了「傳播困難」。若欲達到希望的效果，就必須降低經驗上的差距，製成人人能懂能讀的內容。例如：想約一個外國朋友看電影，於是打電話去約他。因為雙方語言不同而外國朋友不太會講中文，於是要想辦法將中文意思翻譯成英文給他聽，降低雙方語言的差距，讓他瞭解。他們的共同經驗範圍就是對語言的瞭解程度。

圖 4-1

　　傳播的過程中，傳播者將訊息來源譯成符號傳播出去，對方接受之後再將它還原成原先的訊息，然後再產生效果。傳播的過程由一條簡單

的公式概括，但其過程是極其複雜的，從起端到終端並非完全能順利進行，途中可能發生一些困難阻礙傳播進行。例如：從傳播「發起人」開始，消息的來源可能由於譯送符號的方式不當（如缺乏詞彙與適當的資料）；在訊息內容上缺乏系統，不合邏輯；在通道上，印刷不清、噪音太重；還原符號者在心理上的排斥、對語意不瞭解，都是造成傳播障礙的重要因素。

㈠傳播者製成符號的困難

　　開始的時候，傳播者製成符號的能力不足，意即傳播者在腦海中產生意念，但他不一定能正確無誤地用符號表達出來。傳播者的腦中有了藍圖，並使用語言、文字、圖畫……來表達，但有時候語言、文字很難將情緒、想法表達出來，使意念在轉換為符號時可能產生誤差，使受播者誤解。以前述的電話內容為例，跟外國朋友講電話時，要將中文意思轉換為英文，但可能自己的英文不夠好，表達不佳，使得朋友不能瞭解你想說的話。在這裡語言能力不足（使用符號能力），就成為傳播者製成符號時的困難。

㈡傳播過程中的傳遞障礙

　　意念已經轉變為符號，但能否正確地到達目的地，過程中可能因受到媒體（中介者）等因素而遇到障礙，影響到受播者接收訊息的正確度。因為訊息不是經由傳播者對受播者一對一的方式，而是經由中間的第三者，使受播者接受到的不是最原始的意念，甚至是被中介者中斷，而沒有接收到。例一：透過手機跟外國朋友講話，可能因收訊不好、雜音干擾，而聽不清楚發音。例二：老師請學生將紙條轉交給助教，但學生可能將紙條弄不見或忘記轉交。在此，手機收訊不清楚、學生是否完成任務，就可能是傳播過程中的障礙。

㈢受播者還原符號的困難

　　訊息已經傳達到受播者，但受播者還原能力不足，意即接收者在還原符號的過程中產生障礙，而未能百分之百瞭解傳播者所要表達的意思。

例如：英文中有些發音類似的文字，可能聽錯而誤解意思。如外國朋友跟你約 2 點 15 分，而誤將 15 的英文 "fifteen" 聽成 "fifty"，結果 2 點 50 分才到。在這裡，聽錯發音就造成還原符號時的困難。

㈣效果的困難

受播者已經接收訊息，並瞭解傳播者的意思，但是他的反應未必是傳播者所預期的。例如：已經打電話約了外國朋友，清楚表達要邀約他去看電影，但是朋友可能已經看過，或他對這部片沒興趣而婉拒了，於是沒有約到。在此，邀約失敗就是沒有達到預期的效果，這就是效果的困難。

在傳播的過程中產生的障礙，有些可以避免，有些則不能。我們平時如能時時留意，或多或少可降低障礙的程度。有時傳播障礙的發生，事實上並非傳播者本身造成的，而是緣自於許多環境因素（如自然天象、文化背景）和閱聽人本身的理解程度與心理狀況。在傳播通道上，這些因素是我們必須隨時注意的。

二、傳播符號的困難（來自符號本身的障礙）

符號所代表的意義非常廣泛，是人類傳播活動的要素，並能脫離傳播的雙方而獨存。廣義而言，符號所代表的意義，可以由下列四種方式得知：

㈠形　象

在這一類符號當中，包括文字、數字、音符以及各種圖形等，其中以文字最重要。

㈡聲　音

在這一類符號當中，包括人類的口語、音樂、動物的鳴叫聲、自然現象所發出的聲音（如風雨聲）以及人造工具的聲音（如警笛聲）；其中以人類的語言最重要。

㈢光亮與顏色

在這一類符號當中，包括表示各種意義的燈光（如交通指揮的紅綠燈）、代表一國或政黨或團體的旗幟、增加美觀的圖案、代表某種意義的徽章、記載地形的地圖等。

㈣動　作

在這一類符號當中，包括姿態、眼神、手勢、表情、身體對某些事物的反應動作等。

上述四種符號，都是相互配合使用，以表達複雜的意義，因此變化多端。例如：一個人說話配合手勢和表情，可以將不同的文字由不同的手勢和表情表示出不同的意義。

通常在一個社會裡所使用的符號，大家都必須瞭解，才能達到一定的效果。換言之，社會中的每一分子必須對通用符號的「外延意義」(denotative meaning) 加以認同，否則彼此之間根本無法傳播。所謂「外延意義」是指約定俗成 (conventional) 的涵意，如「莊敬自強」一詞所代表的意義，在任何中文辭典裡的解釋必然一致，也為人所認同。除了外延意義，對於符號的內涵意義 (connotative meaning)，即在內心所產生的意義，同樣地必須有某種程度的類同。

符號雖然協助我們傳播，但符號本身也有許多缺點，舉例說明：

㈠符號與本體間的距離

世界上的人、地、事、物、感情、經驗非常的複雜，我們無法用聽覺、觸覺、嗅覺等去親自體驗每一件事物。例如：無法親自去看球賽只好透過（電視、報紙）符號去得知。符號是象徵性地在數量、性質、質量上代表本體，但不等於本體，用符號是為了迅速掌握事件；但要溝通，可能要付出失真、歪曲的代價。例如：「張三」此名字代表一個人，但不等於本體。

任何符號都可能協助我們瞭解外在事物，我們人類經常使用符號來想像、推測、追尋一個更廣大的世界，但往往這種想像、推測、追尋產

生了事實推論的混淆 (fact-inference confusion)。例如：一般人總認為商標掛的是「新力牌」或者是「福特牌」，就認為一定是日本的電視以及美國的汽車。事實上，「新力牌」電視可能是在臺灣設廠製造的，「福特牌」可能是在英國設廠製造的，未必是真正的日本貨與美國貨。

㈡符號的不足

世界萬物極其複雜，人類所創造的符號不足以描述所有人、地、事、物。符號不足，這在自然科學所發生的問題較小，因為自然科學所使用的符號較具共同性。例如數學符號 2+3=5、物理符號 H_2O （氫加氧等於水）在世界上有共同性；但對於社會科學而言，許多符號卻無法完全表達人類現存的社會現象和制度，而且常因理解不同而有不同詮釋，例如人權、自由等觀念常因理解不同而產生爭議。

㈢符號制度的不同

不同的國家、社會使用的符號皆不相同。例如：日本人使用日文、法國人使用法文、四川人講四川話等，易形成語言上的障礙，人與人之間的隔閡常因不同的專業、年齡、文化、地理而產生。

符號的製成，是以語言為主，其次才是表情、圖案和音樂。對於符號意義的認知，是由學習而來的，由學習積存為經驗，若在腦中沒有某一符號意義的記憶，對這符號是無從理解的。圖畫與聲音符號最大的差別，前者是屬於訴諸感情和審美的；後者卻是約定俗成的，有較固定的意義，是訴諸理性的。

㈣對符號的內向推衍作用 (intentional orientation)

一個人觀察人、事、物，通常以符號特有的意義和字眼，作為觀察的一種傾向，而不是以實際存在的事物和實際運作的情況來觀察。換言之，人常常在符號領域裡，推衍各種事物的含義，通常我們對各種事物都有符號內向推衍的作用。例如：一般總是迷信「四」、「十三」是不吉祥的符號，所以常認為與「四」、「十三」有關的事情一定不好，旅館沒有「四」、「十三」號房間，這與人們通常喜歡用帶有「吉祥」、「如意」

的貨品名稱的道理是一樣的。事實上，冠有好名稱的貨品未必是好貨，「四」、「十三」未必帶來惡運，這些可能與事實相反的符號意義，就是誕生於人類對符號（包含語言和非語言的）的內向推衍作用。

三、傳播符號使用的困難（來自人的障礙）

所謂符號的製成，它是以語言、文字為主，其次才是表情、音樂和繪畫。對於符號意義的認知，是由學習而來，例如以紅色代表消防車，以白色代表救護車，就是一種約定俗成的共識。我們透過學習累積經驗，若在你的腦中沒有對某一種符號的意義有某種經驗上的累積，對符號是無從理解的。就像是電影導演的手勢，演員和燈光師一看到那個手勢，就知道要停；另外，在馬路上一看到速限六十，駕駛就會依之前對於交通號誌的認知而遵守規則。以上幾點如果我們沒有根據經驗認知，即使大量傳播，符號對我們閱聽人也沒有太大的意義。

㈠共同經驗的缺乏與先入為主的排他性

1. 共同經驗的缺乏

符號所使用的範圍是狹隘性的、地域性的，主要是訴諸於共同經驗。中國人有規定所使用的文字符號，西班牙人也有，若是其中兩種不同的種族，使用自己國家的文字互相交談，彼此之間的障礙程度必然最大。

⑴環境的不同

兩人成長經驗、生活背景的不相同，容易造成共同經驗的缺乏。例如兩位好朋友，雖然從小都同班，但是在不同的家庭中成長，父母的教育方式也不太相同，所以會有共同經驗的缺乏。又例如在對日抗戰中浴血的父親，其對日本的觀感與兒子自然不同，曾有過抗戰經驗的父親對日本的印象經常是惡劣的。

⑵文化背景的不同

因為世界上有各種不同的文化，因此成長背景相異，也容易造成共同經驗的缺乏。例如中國人較重視孝道、飲水思源的思想，但是在北歐，

把父母送去養老院由政府照顧，費用是從老百姓的重稅而來。所以在北歐，把父母送去養老院，是件稀鬆平常的事，並非不孝。

(3)知識的不同

知識程度的高低、知識類別的不同也影響人對許多事物的看法。例如不識字的人與大學教授對事通常會有不同觀點。又如學新聞的人與學法律的人，因為知識類別的不同而常產生觀念的差異。

(4)主觀的價值

處在不同的情況，有不同的主觀意見。如果有存錢，會希望銀行利息高一點；如果向銀行借錢，會希望銀行利息低一點。

2.先入為主的排他性

人對自我的經驗有一種優越感，常發生排他性。先入為主的觀念會產生「不調和」的心理障礙。所謂「不調和」狀態即是傳播內容與受播者的既定想法和觀念不相符合，而發生排斥作用。通常我們都認為自己的經驗最優越，所以傳播內容如果與我們的經驗不一樣，常會發生排斥，而堅持自己的經驗，就是障礙。

全球化是必然的趨勢，各國都應該力求融合。我們如果以為自己國家的文化較為優越，而排斥其他國家的文化價值，那如何叫全球化？經驗也是一樣，我們常以自我經驗為優越，而排斥他人經驗，這也會造成傳播上的障礙。像是日本人喝茶，好喝的話就會發出很大的聲音，但是如果是中國人的話，會覺得這樣不禮貌。

我們人類經常使用符號來想像、推測，但是這種推測往往產生了事實推論的混淆。例如一張黑白的海報，有一個人拿刀一直刮另一人的臉，有種族歧視的人來看，他們會認為拿刀子的應是黑人，這就是很典型的先入為主的觀念，這也是傳播何以困難的原因；有人說今天是「天涯若比鄰」，卻也有人認為「比鄰若天涯」，可見傳播的不易。

㈡對符號的依賴與迷信

其實符號畢竟是符號，與本體間必有距離。對符號若產生過度依賴

與迷信，就會產生「不正確的指認」和「不自覺的投射」兩種現象。

正確的指認是指，一般人把自己內在的感覺投射在外在事物上。例如我們說這孩子「好漂亮」，這東西「好貴」，就是把我們的內在感覺投射到外在事物上，這是一種正常的「反應」。而不正確的指認並不是客觀的事物，而是主觀的心理。例如喝酒醉了，感覺地在搖，他以為是地震，其實只是他自己的主觀感覺，而非「客觀」事物。這也就是新聞從業人員要「求證」，不能主觀地「自己認為」的原因。

所謂自覺投射是理性的，為精神狀況正常時對事物的投射及判斷。而不自覺的投射則是不理性，為精神狀況異常時對事物的投射及判斷。

㈢使用符號能力的缺乏與不當

符號在每個部分常有不同意義，不能隨便濫用；使用符號不當是指文法有誤。詞句用得正確就能讓受播者瞭解你在說什麼；如果你對符號的涵義瞭解不夠徹底，傳播內容就可能會被誤解。所以對新聞人來說，寫得對比寫得好更為重要。

曾任立法院長的張道藩先生，有一次與女兒去南投日月潭度假，某報記者在其採訪報導中竟寫出了「張道藩與女兒享齊人之福！」而鬧出了笑話。怪不得當事人最後會被開除。

㈣符號的不良使用

符號的創作有其傳播的正當目的，但別有居心者，會為了達成某種目的而故意欺騙、誇大甚至說謊。例如使用符號前未思考如何使用才恰當，就算明明知道涵義，卻故意做不良使用。不良使用又分兩種：

1.個人的不良使用（為了某種居心而將符號做不良使用）

例如：

⑴上課睡覺被老師抓到，欺騙老師說是昨天晚上為了趕報告熬夜沒睡，但實際上是因為熬夜打麻將而沒睡，這就是個人對符號的不良使用。

⑵孩子打破花瓶，為了躲避責罵，說是小花貓撞破，這是用欺騙來隱瞞事實。

欺騙、說謊、誇大，都是符號的不良使用。

2.國家的不良使用

例如：

(1)希特勒 (Adolf Hitler) 政府的宣傳部長戈培爾 (Paul J. Goebbels) 說：「謊話說上一百遍，就會成為真理。」在選舉投票期間，許多人都會藉機抹黑對方，醜化對方。

(2)政府在《紐約時報》買廣告宣傳臺灣，對內卻報導世界對我國的評價很高，但這其實是用老百姓的錢去買新聞版面，並不是《紐約時報》主動的真實報導。

四、傳播的機械性障礙

機械性障礙涵蓋的範圍非常廣闊，通常指的是自然形成的通道雜音 (noise)。機械性障礙又分為幾種，第一種是印刷媒體。對印刷媒體而言，最常見的機械性障礙為印刷不良、字體模糊。現今的報紙大多採用平版的彩色印刷，由於製版時油墨與潤溼系統裝置不適當，套色印刷時紙定位不準確，致使報紙起了浮印和版面模糊。我們偶可發覺一張印刷不良的報紙，不是互相錯開，要不然就是色彩模糊，使色彩紊亂，造成視覺上不快。

書籍雜誌裡的紙張破損，或是裝訂不良、脫線落頁、倒裝，裁紙的開數不一、高低不平，甚至部分漏印或重複，都是屬於機械性障礙的一種。這種障礙往往對於讀者產生了干擾，而不能稱心快意地閱讀。

第二種是電子媒介。對電子媒介而言，廣播聲響的干擾，也有常見的兩種障礙情況：一種是人為的，另一種是大氣壓的。人為的干擾比如說電臺與電臺之間，所使用的頻率非常接近就會產生非常大的干擾。無線電報 (radio-telegraphy) 的信號發射，尤其是分配的頻率範圍邊緣，常會有收聽的困擾。在大氣壓中，引起干擾的是傳播靜電、地方性靜電和假性發射、太陽與宇宙靜電等。傳播靜電會產生爆炸似的雜音，以及太

陽的爆炸 (solar explosions)。所以這些大自然的不利因素，都會嚴重影響廣播收聽。電視畫面模糊，出現雙影，有的是人為的干擾，如電視臺和發送臺的設備故障、高樓阻礙電波的傳遞，甚至大氣壓中所產生的前述情形，無線電的靜電也同樣會干擾電視的畫面。

而個人對團體面對面地直接傳播，也會有機械性障礙的出現。演講者使用的麥克風故障，或麥克風的雜音太重、擴音機產生震盪的回聲，都是屬於機械的障礙與干擾。

人為因素的機械性障礙，通常稍加注意就可以排除；大氣壓所引起的障礙卻很難克服。我們頂多學習如何區別各種形式的干擾，用儀器查出主要原因做適當修正；或者改用較好的設備，再不然，改換頻道和頻率。其他的原因則很難清除，只能忍耐了。

🎤 第三節　大眾傳播的現代社會作用

一個國家、社會的文化、經濟或社會型態之形成，大眾傳播能提供現代化所需要的協調和精神動力上的支持。以世界上的已開發國家為例：歐美已開發國家，在社會、政治、經濟、文化、教育的進步或改進，以及促進這些進步所需借助的原動力，都是緣自於大眾傳播的影響。反過來說，社會發展至某種程度，也會影響到大眾傳播。不論社會制度是獨裁專政或是自由民主，大眾傳播必定有其功能，如果有所不同，也是程度上的不同罷了。

任何一個組織體，包括國家、社會、團體，不論是大是小，是繁是簡，我們都可稱之為一個有生命的「系統」，或是「行為系統」。在這個行為系統中的各個分子，彼此息息相關，相互倚賴、相互影響；由於分子間的個性不盡相同，如果其中一分子發生行為異態，即會影響到他人甚至整個系統；以社會來說，一個分子影響到社會平衡，一定會進一步地造成社會失調 (social maladjustment) 現象。傳播行為在不同型態的社

會組織中，性質上大體是相同的，只是在程度上有別。大眾傳播在現代社會中，扮演的角色極為重要，在它潛移默化的思想滲透下，極易造成閱聽人態度的突轉 (attitude conversion) 以及社會整個的定向 (social orientation)，它的作用不但是對社會的，也是對個人的。大致說來，大眾傳播經過長久的發展，已經形成它今日在娛樂、教育、觀察、決策等的功能，如同傳播先驅拉斯威爾 (Harold Lasswell) 所說：觀察環境、調和反應和經驗傳遞的作用。

大眾傳播與現代化有密切的關係，現今世界上各個國家，無不促進各項建設，極力推展現代化 (modernization)。所謂現代化，就是把以往的傳統生活方式，轉變為一種科學進步、機械技術化、高水準、錯綜複雜的生活形式 (style of life)。現代化在短時期內，急速地造成人類生活的改變，更進而形成社會的改變 (social change)，其中，傳播是造成這些改變不可或缺的因素。

德國傳播學者曾經就大眾傳播對第三世界（亦指開發中國家）的重要性做過一番研究。根據他們的看法，大眾傳播在第三世界邁向現代化的過程中，將扮演一個中心的角色；對於那些生活在傳統的社會裡，卻又同時面臨著新時代衝擊的人們來說，大眾傳播有助於他們瞭解並承擔新的責任，並且協助他們認識古老的生活型態是不合時宜的，必須吸收新的觀念和做法。

另外，大眾傳播媒介的傳播對象越多，越能引起人民注意並積極參與政治活動。雖然目前世界各國的政治體制不盡相同，但是就政治活動的傳播功能而言卻是一致的：政治領袖為國民所熟知，民眾對他們的信任感也因此而加強；同時一般人民對於他們身為公民的意義也更明瞭。在致力達成國家團結的目標時，大眾媒介也可以影響某些分離分子或暴力組織，放棄自己的路線，共同支持全面性的國家意識。

美國麻省理工學院教授勒納 (Daniel Lerner) 在研究中東國家的現代化過程時，亦發現大眾傳播媒介是促成社會改變的主要工具。大眾傳播

對現代社會的影響，正如同時代潮流進步之不能遏止。

🖐 第四節 大眾傳播的普遍功能

為使社會維持穩定狀態 (steady state)、加強對事物的約束、緩和大眾在現代化生活中的緊張情緒、決定維持社會系統完整的方式、傳遞社會遺產……，大眾傳播發展到今日的局面，過程非常漫長，隨著歷史的發展和社會的變遷，形成多項社會功能，我們可將之歸納為四項來討論：

一、守望 (surveillance)

一個社會、團體的發展，朝著一定方向平穩地前進，在複雜的環境中，個人或集合體為探尋方向的正確與否、增加對環境的瞭解、加強對事物的經驗或處理能力，都會隨時發出各種不同的訊號，並能隨時收回各種不同的訊號。這些訊號範圍極為廣泛，一旦遇到緊急、威脅或足以令人滿足的機會出現，就會特別受到人們的注意；大眾傳播媒介能夠適時協助社會提高警覺。

人類及社會組織，始終是一個開放性的系統，不時會有內部的壓力、失調、危機、不和諧的情況發生，以及來自外界的各種威脅，這內外交迫的壓力與威脅，足以使社會組織系統混亂，並且造成某種程度的損害。各個系統都有一套對抗壓力、威脅的鬆弛度，也是一種支撐能力。社會系統如果發生弊端，必定有一緩和的力量來支撐維持，使系統不致崩潰，正如同人發高燒，有三十七度到四十度的支撐範圍。支撐力的強弱耐度，各個系統並不相同。一個完整健全的組織系統，也多少會有一些威脅或壓力存在，倘使沒有這些威脅壓力，系統支撐力會逐漸變弱或消失，遇有特殊情況，就不能及時做有效的權宜措施，或適時的性能調整。

行為系統的伸弛能力（也就是它對壓力、威脅因素的支撐力）來自傳播。各種威脅或對行為系統不利的外來訊號一旦出現，傳播組織網和

系統就會發出訊息,方便系統中的個體採取某種措施來提防或緩和情勢,更進一步發揮守望相助的精神,進而保持系統穩定。

大眾傳播又由於大量複製訊息且發訊時間迅速,對系統個體之間的相互觀望,功用頗大。

舉國外著名的例子,即可見大眾傳播觀察功能之大及影響之深:

水門醜聞 (Watergate Scandal):1972 年的美國總統大選,民主黨競選總部遭共和黨竊聽事件,大眾傳播界本著社會觀察者的身分,猛掘猛扒,將事件內容全盤揭露,致使共和黨籍總統尼克森 (R. M. Nixon) 不能脫罪,確保了民主自由制度下的公平競選原則。大眾傳播界在此完全發揮了其瞭望的功能,觀察周遭環境,揭發腐敗汙濁 (muckrake),是大眾傳播觀察功能的實例之一。

事情的檢討,常為大眾傳播所樂此不疲。大眾傳播對事件的進行能詳盡報告,而在事後的修正與檢討,作用更大。將過去的種種做一論斷,作為將來行事的指標,雖無補於前,然而可作為日後之鑑。

大眾傳播不但可以達到整體性的系統守望功能,並可在守望功能中,滿足個體單獨的需求。例如市民由氣象報告中得知何時轉寒、颱風何時登陸;由傳播媒介得知百貨公司週年慶已到;因為雨季,蔬菜供應量不足,價格猛漲;某種調味料或化粧品在市面上出現大量的膺品,呼籲消費者購買時要特別小心;或是國外某地區列為疫區,當地食品不可食用;甚至環繞地球運行的人造衛星,何時將因機件故障,墜回地球;種種與人切身相關的事,皆可由大眾傳播媒介先行通知,閱聽人可預做準備,以求防患於未然。

二、政策的決定 (decision)

對一個組織化、系統化、機械化的現代國家或社會來說,各種機關、團體、組織,層層分布,團團密結。各分子的思想方式不同、背景各異,組織起來已屬不易,如欲造成意志合一更是困難。一件事或一個問題的

演變，發展到某一地步，必有決定性的時刻；此時，有各種意見出現，
經過團體的討論、仲裁、決定，而後才有一致的方針。

　　一般人隨時暴露在大眾傳播媒介之下，對媒介所灌輸的知識與概念，
會有大概的認識，面臨一個決定性的問題時，首先會想到他所接觸過之
媒介所賦予的符號意義，再將其他因素併入考量，做一全盤性的思考，
下一結論。幾乎每一種傳播，在有意無意中，對意見的傳達都有相當的
影響。傳播者利用其權威性，試圖影響閱聽人，以建立二者之間的和諧
關係。團體中的各分子易受大眾傳播媒介的影響，形成一種團體意志。
而個人在做決定時，也容易受到大眾傳播的影響，形成獨立的個人意志。
例如中國因食用有毒奶粉而使幼兒大量患病，在媒體強力報導下，造成
國內乳製品滯銷。

　　當團體行為系統遇到特殊情況時，傳播活動會增加，造成各種意見
的出現，經過大眾傳播的加速活動，使各方意見互相妥協，逐漸達成一
致的決定。如果大眾傳播媒介有參與意見，則此意見付諸實行的可能性
將會增加，否則對於政策的決定，大眾傳播僅具有客觀的協調作用。

　　在個人意志的決定方面，大眾傳播能發揮強而有力的說服能力。以
往由於人們剛接觸大眾傳播媒介不久，對於媒介的傳播內容深信不疑，
且由於傳播媒介所形塑的意見氣氛與意見領袖的形成，使得大眾傳播更
能製造決定的氣氛。惟近數十年來，人類生活的環境擴大，生活方式改
變甚多，更由於全球化的影響，世界事物日趨複雜，人們從各個角度接
觸事物，再加上思想力、組織力的成熟，以及對傳播媒介的熟悉，這種
種因素使得大眾傳播的決定力量有稍減的現象，對意見決定的影響，不
似以前重要。

三、教育 (education)

　　傳播媒介的傳統功能，除了發布消息給大眾外，另一功能就是教育
大眾。現代的大眾傳播，除了大量發送訊息，並能擴大其影響，比如說，

在閱聽人的意識裡，產生一種內心的印象 (impression)，這種印象，可能會成為日後行為的參考憑藉。

　　大眾傳播媒介的內容，始終是為眾多閱聽人的共同意識、共同興趣，和共同的教育程度而準備的。對這些閱聽人而言，他們除了獲得想知道或不想知道的消息，還從媒介中學到一些行為模仿模式和知識技能。

　　以今天盛行的網路而論，雖然根據尼爾森公司的一項調查發現（2009年7月），有越來越多的美國人透過手機或網路來欣賞影片，但美國電視觀看人數和收視時間也在持續成長中。

　　以 2008 年第四季為例，約有 2.85 億的美國民眾在家收看電視，平均每人每月收看電視的時間超過 151 小時，都比第三季有所成長。在一天二十四小時中，除了睡覺外，美國人大部分空閒的時間，都花在電視上。青少年除了上課之外，電視是最常被接觸的家庭教育工具，電視內容的表現及影射，在青少年未成熟的心理上，往往會增加其模仿作用。家庭主婦的購物行為，會受到大眾傳播媒介的影響，如物價的高低；百貨公司什麼時候有大拍賣；什麼時候天氣不好，要多準備些衣服；什麼時候又是連續性的乾旱；美容保健的方法；醫藥衛生方面的常識……，這些訊息一般大眾都藉由最常接觸的傳播媒介來獲得。

　　一個逐漸步入現代化或發展中的國家，大眾傳播媒介亦可發揮甚大的功能，舉凡經濟的發展、教育的擴展、外來科技知識的推廣、外援技術人才的訓練等，皆可藉大眾傳播，達到事半功倍的效果。這種功能，對於開發中的國家來說尤其顯得重要。例如在印度或亞非一些落後國家，由於人口過多，教師以及教育設備乃呈現不足現象，在這種情況下，如果沒有大眾傳播媒介來加以輔助，第三世界將無法承擔教育與教養兒童方面的責任。另外，在很多開發中的國家裡，人們往往因面子問題，在婚喪慶典時大肆鋪張，像這樣的思想、態度與價值觀，都有待大眾傳播去加以糾正，以符合現代化的要求。

　　在一個進步中的國家或社會裡，大眾傳播媒介能發揮極大的教育功

能。民眾求知的欲望逐漸提高，知識水準也普遍上升，一般大眾對大眾傳播媒介的教育功能，也要求越甚。有研究發現，閱聽人對於大眾傳播媒介的需要，以「增加新知見聞」、「知道國家和世界大事」、「瞭解地方事情」為最重要。而大眾傳播媒介本來可以協助民眾培養現代化的人格，可惜大眾傳播媒介只是假定一般閱聽人需要軟性消息，並且對這一假定充分迎合，大量提供這類傳播內容，並沒有真正符合閱聽人的需要。

由於大眾傳播媒介水準之低俗化，近年來人們對大眾傳播媒介的教育功能，起了很大的懷疑，並且逐漸失去了信心，責難不絕。在美國，電視媒介逐漸步入「放縱時代」(permissive)，有人將此媒介比擬成毒品，充斥社會。而今更令人擔心的是，傳播媒介，尤其是電視，更成為「犯罪的教科書」。由於媒介對大眾思想、言行的感染力很強，能嚴重影響社會和家庭，故極力改善媒介的內容，發揮媒介的真正教育功能，是刻不容緩的事。

英國教授柏爾遜 (Bernard Barelson) 曾經對電視暴力節目做一研究，其結論是如果要防止暴力鏡頭所造成的不良影響，不如自己少去接觸它。對此建議，似乎可以擴及其他的大眾傳播媒介；在無法對所有的媒介淨化之前，閱聽人對媒介的接觸，應當有一明智的選擇。

四、娛樂 (entertainment)

社會趨於現代化，社會的行為系統逐漸活動頻繁，各分子活動緊湊，在一個忙碌而嚴肅的社會體系裡，精神的調劑成為一種不可或缺的要項。

大眾傳播媒介作為娛樂之功能，由來已久，而此種娛樂之功能，也最常引發議論與責難；本來，傳播是一種單純的社會行為，訊息的發出、送達，以某種方式進行，達到某種目的，產生某種反應。但是當傳播訊息刺激到收訊者，引起對方一種強烈的感性作用，而這種作用可以滿足欲望，協調思想行為，對焦躁的心情有調和與催眠作用時，人們開始竭力去尋找這種傳播媒介，並且想盡辦法使用它；於是，媒介逐漸形成其重要的精神調劑功能。

　　克拉柏 (Joseph Klapper) 對傳播的娛樂作用有所解釋，認為娛樂內容可以使閱聽人忘卻煩惱及問題，從而得到心靈上的舒暢。娛樂最主要的功能，在於調節心理上的不平衡，產生一種和諧的狀態，以便能再面對更多生活上的外在壓力。

　　傳播中的娛樂行為，遠早即有，以往的戲謔文詞、笑話，以及戲劇歌唱均可能引起心理的舒暢。到現代緊張單調的社會，確實也有此需要，尤其大眾傳播媒介大量輸送的訊息，不但能迎合大眾的口味，並可以達到媒介本身的營利目的，大眾傳播媒介娛樂的供應更因此逐步地增加。由最早的文字傳播，進步到電影、電視的發明，傳播者不但提供給社會大眾視聽雙重的享受，並且能在最快速度下，以重新安排過的完美內容，來迎合大眾的需要。而社會的活潑化、現代化，也給予傳播媒介發掘更多娛樂題材的機會，或是昔日侷促於某種限制下的娛樂題材，今日能藉媒介之助，而提供給所有的大眾。

　　在這裡我們舉出一個例子來說明大眾媒介為了發揮觀察、教育以及娛樂的功能，所展開的空前激烈的競爭。

　　1980 年在莫斯科舉行的奧運會，美國三大電視臺 (ABC, CBS, NBC) 為了爭奪這次比賽的實況轉播權，使出渾身解數，從蒙特婁奧運期間，就已經展開競爭，一開始蘇俄開出的轉播費用是二億一千萬美元，還連帶要求替蘇俄進行政治宣傳，三家電視臺雖因蘇俄的無理要求而同進同退，但是私底下仍不死心，透過各種途徑，以冀獲得轉播權，最後 NBC 終於以 8,500 萬美元的破紀錄天價買到了轉播權。近些年的世界盛事，例如奧運、世界盃足球賽、奧斯卡金像獎等，各家媒體為爭取轉播權，付出了非常大的代價。

　　因大眾傳播的媒介不同，功能各異，使用方法不同，效果有別，我們將大眾傳播媒介中的印刷、廣播、電視等之娛樂功能分別討論於下：

㈠**報紙雜誌**

　　是最早能發揮娛樂性的媒介，舉凡趣味性、人情味、諷刺性、警惕

性的新聞或內容，報紙雜誌均可以利用文字的描述或漫畫圖畫的方式，提供給大眾。以今日來說，我們不難發現有人看報，娛樂性的文章如武俠小說、漫畫等，是他閱覽的重點之一。

㈡廣播、電視、電影

廣播補充了文字上的不足，更具有接近感與實在感，使閱聽人有親身的感受，而電視和電影的出現，更是將傳播媒介的娛樂功能，發揮到極致。這兩種視聽雙重的媒介，由於能讓閱聽人有強烈的參與感與親身體驗感，故而在排除心理壓力、緩和緊張情緒上，都有卓越的功效。而大眾傳播媒介在相互的競爭與模仿中，提供了更多的娛樂內容。

一般的閱聽人，對於大眾傳播媒介的娛樂功能，到底收到了多少效果，我們不敢確定，至少在精神上，大眾已由此獲得了宣洩，例如閱聽人的某種不滿情緒或不平衡狀態，由一個劇情上的曲折和結局，獲得了認同，從而產生心中的和諧；意志薄弱的人或心理失調的人，可能由此學習到若干的行為，重新強化自己的意志。

媒介的娛樂功能，也可能造成精神上不良的逃避現象。有些傳播學者擔心媒介可能造成閱聽人因畏懼面對現實，而對媒介中的表現，產生幻想或理想化，使自己暫時脫離一切的煩惱，造成妨礙其個人或整個團體行為的進化。同時閱聽人也可能自媒介的娛樂中，產生不良的反應，例如，閱聽人自我牽制於誇張、虛妄的娛樂節目中，或是過分誇大的內容對閱聽人產生恐嚇作用或刺激行為，如暴力節目可能會助長社會暴力行為的擴張。

大眾傳播媒介的娛樂功能越大，所引起的問題越多，尤其是電視，不同於一般媒介，它可以自由送入每一家庭，對大眾尤其是未成年人的言行，有極強的感染力。它不但影響個人，更影響到家庭、社會，有人稱之為「二十世紀的魔鬼」。由於電視娛樂節目的內容逐漸趨向暴力，引起若干家長和社會人士的隱憂，認為必須要有一套完善的管理辦法，以避免可能引起的不良後果。

美國名廣播家莫洛 (Edward R. Morrow) 曾說:「假使我們把電視和廣播拿來當作大眾娛樂的工具,那麼我們所供應的將是人們的鴉片。」如果電視的娛樂功能,對社會弊多於利時,我們是把電視機關掉而遠離媒介,還是繼續讓自己麻木地暴露在媒介的渲染下呢? 這將是傳播學者和社會問題專家所必須深思的事。

大眾傳播的功能,不外是社會守望、做決定,教育大眾與娛樂等。美國新聞自由委員會歸納出大眾傳播的五種功能❶:

1.對每天的事情提出真實、明智、可以瞭解的內容,並加以解釋,使閱聽人能夠明瞭事態的意義。

2.提供一個交換評論與批評的場所。

3.對社會中之集體,設計一種有代表性的描述方式。

4.闡明社會的價值與目的。

5.使閱聽人對每天的訊息均能充分接觸。

在美國這個大眾傳播事業最發達的國家,抑或是包括臺灣在內的其他國家,大眾傳播媒介最普遍的一種現象,便是其經營方式逐漸走向過度關心自己的利潤問題,而漸漸淡忘它本來的功能,甚至忽視對公眾的服務。而媒介如為私人所擁有,其控制者往往利用媒介作為工具來左右整個社會的風氣。長此以往,不但媒介的各種正功能不易發揮,反倒因媒介發展的某些偏差,造成整個社會氣氛異常,以及行為系統的緊張狀態。因此,閱聽人培養正確識讀媒體的能力變得越來越重要。

大眾傳播事業既是大眾企業之一,與大眾自有密切的關係,必須往理想的方面發展,順應社會的情勢與大眾的需要,強化守望、決策、教育、娛樂等各種功能,社會的組織才會穩固,對人、對事、對內、對外才能協調折衝,個人意識會更和諧,社會系統會更健全,社會的價值會更堅固,大眾傳播事業也才能因此邁向更理想化、功能化的新境界。

---

❶ Chapter 2, *The Commission on Freedom of the Press*, A Free and Responsible Press, pp. 20～25.

第五章　大眾傳播研究

🎤 第一節　大眾傳播研究範圍

傳播的演進，由以往簡單的形式，逐漸發展至複雜的「大眾傳播」，形式變化極大，足令傳播者絞盡腦汁去從事此項大眾說服的工作。而且由於社會組織的龐大複雜，人類階層的分等細密繁複，不但我們要應付「物的傳播」，同時也要更費心地去設計「人的傳播」。

物的傳播是將傳播媒介視為傳播的主體，例如影像、聲音、符號的傳播，由一個地方運送到另外一個地方，突破形體和空間的障礙，這種傳播的發訊體是物，收訊體也是物，「物的傳播」雖然是物與物之間的傳播，控制者卻是人。以往限於科學技術，往往無法達到理想效果，近代由於傳播工具的進步，而「物」又不具有如人類一般的自我意識，因此突破傳統性的物之傳播，乃成為司空見慣的事。科技的迅速進步，使我們發現昔日的夢想如今已成事實；無線電的出現，使我們可以免去兩地相思之苦；電視及傳真可以把實況送到千里以外；人類登陸月球，更是科學技術的登峰造極；而電腦之精密，更可以取代人類許多工作。由於科學發展幾乎無所不能，物的傳播在這種情況下，為人完全地控制了，其收發之準確，令人十分滿意。

物的傳播雖然為人所操縱、控制，但是人的傳播，也多需要物的協助；研究傳播的學者，對於傳播行為的研究，卻往往將這二者分開來，把「物的傳播」和「人的傳播」分成二項主題，這倒也無可厚非，因為物的特性和人終究不同，況且研究這二者的時候，所必需具備的背景知識也不同；「物的傳播」在技術上已進步神速，面對於「人的傳播」——

行為研究，學者們剛完成準備的工作，正在起步的階段。要想突破障礙，達到如「物的傳播」一般的傳播效果，還有待我們共同去努力。

　　一切的學問和行為標準，皆需要理論作為基礎。傳播學這門知識的研究，尚未達到專門性的理想標準，故我們對傳播的研究，只能稱之為「理論」(theory)，尚待各種科學方法的研究來證實這些理論。目前世界上研究傳播的學者，已經由各個出發點開始，著手去研究這些理論並求證；甚至心理學、社會學等多種行為科學 (behavioral science) 研究者，也在傳播問題上，與研究傳播的學者見面，共同為奠定「大眾傳播學」的學問而努力。

　　今天，研究傳播及大眾傳播的學者，在傳播行為的研究中，似乎有數種趨勢，每一種趨勢，代表一種方向，但其中心目標則一致：「瞭解過去，計畫將來」；要求能夠知己知彼，並建立一種完善的社會制度和個人行為。茲將研究努力之方向一一分析如下：

一、背景的研究

　　對以往的傳播行為，做基礎性的研究，採用歷史法，將以往的傳播雛形、傳播方式、影響，做一系統性的分析並檢討，包括「理論性質」與「實務性質」的探討。納粹德國在二次大戰時的宣傳，為人人所畏懼，它發展了「傳播的子彈理論」(bullet theory of communication)，也可以稱為「直接效果論」，意即傳播的內容，像子彈打到靜止而沒有反抗力的對象一樣，效果是絕對的、直接的。但是此理論已被推翻了。其他如「滿清末年報業的內容，對革命思想的醞釀，有多大的影響力」、「古代人類傳播的方式」等等，亦不乏學者對之做有系統而詳盡的研究。

二、現代型態的研究

　　研究傳播的目的，即是為現在與未來的社會，提供發展的參考資料；近代從事傳播研究者，其研究目標多放在人際社會中的微妙關係。如：

1. 人際的關係

討論人在社會中的地位與價值。

2. 大眾傳播對人的影響

包括行為的誘導（如少年受大眾媒介影響而形成行為）、購買行為與媒介說服之間的關係。

3. 社會功能團體與組織團體的型態探討

分析團體的特性，以及人類征服或適應的方式（如市場調查）、輿論的分析與調查。

4. 大眾傳播的社會功能

包括大眾傳播的一般功能探討——守望、政策決定、教育、娛樂；大眾傳播與經濟發展、大眾傳播與政治制度、大眾傳播與文化之關係。

三、大眾媒介本身的功能研究

目的在探討傳播媒介的型態、特性及運用方式，以求有效駕馭各種媒介。我們也可以將之視為傳播事業的功能研究。

口頭傳播的特點及功能何在？個人交談、廣播的技巧何在？視聽傳播的特點何在？電視的理想形式、文字的說服功能何在？報紙如何以理想方式，提高影響高水準分子的能力。

1. 傳播的內容

其中包括理想的表現方式，以及傳播表現中，通道的環境觀察。

2. 控制者分析 (control analysis)

傳播者的角色、對整個傳播行為的影響，以及對其他社會行為的影響，亦可稱為來源分析。

3. 內容分析 (content analysis)

傳播的內容，也就是訊息。包括訊息的特性、影響力以及理想訊息的標準。

4. 通道分析 (channel analysis)

包括各種媒介的效果、特性。

5. 對象分析 (audience analysis)

瞭解對象是大眾傳播學研究最重要的工作之一。

6. 效果分析 (effect analysis)

效果是大眾傳播研究之中心議題。如何達成效果、效果的邊際擴散作用如何，也是我們研究的重點。

由於大眾傳播具有強烈的擴散和衝擊作用，當人類活動越趨活潑，社會的變化也越多，傳播為了要馴服社會，不得不一一解決突出的問題，於是傳播問題發展得越快也越多。今日在世界各國，對於傳播的研究，仍以美國為領導者，由於美國社會活動的形式，較以往任何一個時代、今之任何一個國家都要頻繁，而美國有許多學者，獲得政府及私人團體的補助，從事各項研究工作，其成果對社會的助益也最大。

國內的傳播學術研究近來也發展得頗蓬勃，以前的傳播研究均是研究者單獨去做學術上的探討；近年來，政府也開始輔助學者們在傳播與社會問題上多下功夫，這不但有助於社會守望功能的加強，對學術界來說，也是值得慶幸的事。

前香港中文大學傳播研究中心主任余也魯先生，早年主持該中心的一項工作──「傳播研究的中國化」，大力整理我國的傳播遺產，以期能夠推出一套完備的「中國的」理論，並將我國傳播經驗「回饋」給外國。

余也魯認為，像大眾傳播這類的社會科學，是在各種型態的文化背景下產生的，彼此間的差異自然很大，美國學者對傳播學方面的研究，其學理是否適合中國的環境，頗值得懷疑。同時他認為，2,000 年前，傳播學在中國已是非常進步，只是分散在許多東西裡，因此他曾想邀集中外歷史學家，研究中國哲學、文學、倫理學等，打造中國傳播學的架構，為中國的「傳學」找出範圍。

他指出，中國的傳學可以回溯到數千年前，例如在戰國時代，七雄爭霸，蘇秦、張儀說服六國一起抵抗秦國，他們用了什麼說服的策略？

鄭和七下南洋，沒有發過一槍一砲，而震威番邦，所用的傳通技巧為何？運河溝通了中原與南方，促進了文化的交流，而所有的歷史研究大都著重在軍事、經濟、文化上，卻沒有人研究運河對整個中國文化與傳播的貢獻，也許從這些歷史文化的成就上，可以探討出中國傳播學的脈絡。

把這些散佚在歷史、文學、地理、工藝等領域中的傳播行為加以記載並研究整理，找出中國人自己的一套傳播原理與原則。王洪鈞教授生前也曾有此努力，但因受限於人力、物力，未再擴大，十分可惜，但這種研究方向仍然值得國內新聞界與傳播教育界重視。

第二節　大眾傳播研究方法

傳播研究 (communication research) 是一種行為科學。早期的社會行為科學均以推理來預測結果，如今已以數字統計 (statistics) 取代，傳播研究自不例外。因此，現代的大眾傳播研究方法，就是利用行為科學的理論和研究方法，從主觀的、純技術的新聞學研究，拓展到客觀的、科學的大眾傳播研究❶。

由以上可知，大眾傳播的研究是以科學方法行之，尤其晚近電腦發展迅速，更促進統計工作在大眾傳播研究上的分量，也使傳播研究從純粹敘事主觀式的推論，轉為客觀的研究。這種發展型態使得傳播因素對於社會的作用力，其憑據不只是主觀的認定，而有了具體的證據。這種具體資料的引證，對於傳播研究的被重視和發展，自然有很大的助益❷。

一、大眾傳播研究的過程

用科學方法進行大眾傳播的研究，應說明自變數 (independent variable) 與應變數 (dependent variable) 二者之間的相互關係，所以在做

---

❶ 楊孝濚：〈傳播研究在臺灣的發展〉，《視聽教育雙月刊》十六卷六期。

❷ 楊孝濚：《傳播研究方法總論》，第二頁。

研究之前，先要有問題 (problems)，再形成假設 (hypothesis)，然後設計問卷 (questionaire)、抽樣 (sampling)、進行訪問 (interview)、統計、分析 (analysis)、推論結果。一般問題形式大致有三種❸：

    A. Is A related to B?

    B. How are A and B related to C?

    C. How is A related to B under conditions C and D?

  1.問題的形成與提出。

  2.經由這些問題形成假設，也就是問題的預期答案❹。

  3.有了假設之後，開始編製問卷。一般問卷在結構上分為有結構項目 (structured item) 及無結構項目 (unstructured item) 兩種，「有結構項目」是指答案固定，「無結構項目」的答案則是開放性的，讓受訪人自由回答。以問卷的使用方式分則有問卷、問答表 (schedule)、訪問指南 (interview guide) 及郵遞問卷 (mailed questionaire) 四種。

  4.問卷擬定後的工作是抽樣，抽樣的原理是根據或然率 (probability)；其類型有隨機抽樣 (random sampling)、分層抽樣 (stratified sampling)、目的抽樣 (purposive sampling)、複合抽樣 (double sampling) 及混合抽樣 (mixed sampling)。抽樣以適當為原則，一個大小適當的抽樣，應該是大到不浪費，小到無偏差，其有效性、可靠性均足以使測驗得到的資料，不僅在統計上產生意義，而且使研究的結果正確無誤。

  抽樣的意思就是以少數個人的意見，來調查出母體中大多數人的行為趨向或思想潮流❺。

  5.訪問：是整個研究的中心，訪問之前須對所有訪員施以必要的訓練，因每一訪員的口才、態度、長相、身處的環境均截然不同，會造成極大的誤差，況且訪問是一種社會交互作用的行為 (social interaction)，

---

❸ *Foundations of Behavioral Research*, p. 17.

❹ 閻沁恆：《大眾傳播學研究方法》，第八頁。

❺ *Foundations of Behavioral Research*: Random Numbers.

訪員與受訪人之間會因某一點小動作、衣飾、口吻而影響訪問過程，稍有不慎，就會使訪問結果變質。赫伯特·海曼 (Herbert H. Hyman) 整理出一些原則可供訪員參考：(1)掌握訪問過程；(2)保持受訪人的妥適；(3)友善的接觸；(4)信心與安慰；(5)求得自然反應；(6)誘導與誇讚。

　　問卷收回之後，先檢查資料，取消不符、矛盾的問卷，重訪或另訪預備樣本。

　　6.統計：是大眾傳播學者的研究工具之一，近年應用尤廣。統計對象甚多，最通用的是數目和頻數，我們要計算選擇某答案的人有多少，亦即計算同一現象或文字內容出現的次數。以方式來說，有分類統計及綜合統計❻。

　　假使問卷中問道：「你會投票給哪位候選人？①甲②乙③丙」，我們得到答案後，即分別計算甲、乙、丙三位候選人被圈選的數目，這是分類統計。然後再就各類目求得之數目、百分比及平均數做一全盤的統計，藉以作為結論的證據，此即為綜合統計。此法多用於民意調查。

　　內容分析法則計算頻數，然後以量的多寡賦予在研究主題中占的比重及具有的意義。

　　7.分析：分析的工作在依據資料及統計數字以說明其所代表的意義，而在闡述各變異數字之外，還要參考他人同類及相關的研究成果，以找尋支持與否定某些意見的看法及資料。

　　由於研究資料和研究目的的差異，資料分析方法亦有不同；一般而言，以資料分析之複雜性、資料分析之方法分成「單因素分析法」(uni-variable analysis)，如百分率 (percentage)、平均數 (mean) 及標準差 (standard deviation)；「雙因素分析法」(bi-variable analysis) 包括一個自變數的分析法，如卡方法 (Chi-square analysis)、單項變異數分析 (one way analysis of variance)、簡單相關和迴歸分析 (simple-correlation and regression analysis)；「多因素分析法」(multi-variable analysis) 包括多個自

❻　同❹，第七二頁。

變數、一個應變數或多個應變數的分析法，如複相關及迴歸分析法 (multiple correlation and regression analysis)、逐級迴歸分析法 (stepwise regression analysis)、因素分析法 (factor analysis) 及因徑分析法 (path analysis)❼。

二、大眾傳播研究方法

大眾傳播的研究方法，目前大致有下列幾種，茲概述如下：

㈠社會調查法

社會調查法 (social survey research) 起源於對於社會病態現象的探討。換言之，由於社會有許多危害人類生活的情況，使人感到有加以改善的必要，於是從事實地考察，把社會的病態做詳盡的描繪，並做出報告公諸社會，以引起社會人士的注意，進而採取改革社會的行政措施❽。

社會調查法其實也就是一般所謂的訪問。早期，文化人類學家和心理分析家就開始採用訪問，以蒐集研究分析的資料，但並未銳意改進，後來社會學家、心理學家以及大眾傳播學者等漸漸認識到訪問方法的重要，在原則和技術方面不斷加以改進。

在今日傳播研究的社會調查研究包括：⑴直接觀察傳播行為；⑵訪問；⑶自我填寫問卷；⑷利用以上各種方法的綜合體，至於使用何者方式，完全取決於問題之性質，因事制宜。

社會調查法是今日最常被使用的傳播研究方法，如：廣告的市場調查、民意測驗等，都是使用社會調查法，以發現消費者的行為、心理動向，去判定廣告策略，或訂出民意趨向，配合民意施政，發表政見。

社會調查法的研究步驟如下❾：

1.制訂問卷。

---

❼　楊孝濚：《傳播研究方法總論》，第一六九頁。

❽　龍冠海：《社會研究法》，第二四一頁。

❾　徐佳士、楊孝濚、潘家慶：〈臺灣地區民眾傳播行為研究〉。

2.抽樣。

3.訪問。

4.統計。

5.分析。

㈡實驗法

實驗法是科學研究的主要方法之一。將所欲研究的事項用特別的人為手段，在一定的條件下，從事觀察研究。它可以說是所有科學方法中最明確可靠的方法。但是在傳播研究中使用實驗法時，一般均同時透過訪問在其中做相互的配合❿。這種實驗式的傳播研究，無論是質和量方面，近年來有增加的趨勢。這種趨勢形成的主要原因，在於傳播媒介對社會和社會大眾所發生的影響力有正負兩個面向，尤其是負功能，必須要有直接具體的證據，才能認定傳播媒介的社會價值。

採用實驗法的傳播研究與心理學，兩者都是把樣本分為控制組與實驗組，一組給予傳播內容的刺激，然後再觀察或以訪問方式調察其結果，接著再和沒有給予刺激的另一組加以比較其差別。但是實驗室裡的情境無法與真實社會完全相同，因此大眾傳播研究學家，仍將此法趨向於自然或社會環境 (natural or social setting)，以增加其結果的社會價值，更稱之為「社會實驗研究法」(social experimental research) 或「實地實驗研究法」(field experimental research)⓫。這種方法不似實驗室的靜態實驗，而是實際參與社會的動態實驗。因此，其可信度也較高，富社會特性，但是在樣本的選擇上有相當的困難，因為地點的選擇不同，也影響研究的有效性和社會性，所以一般採用典型 (typical) 的抽樣，即實驗地點是顯示研究地區之典型的地點，由於該地區的典型特性，使實驗結果的外在效度 (external validity) 很高，而較具代表性。

社會實驗法步驟如下：

---

❿　許永德：《心理學入門》，第四頁。

⓫　楊孝濚：《龍子與浪子──青少年犯罪意識之分析》。

1. 選定實驗地區。

2. 實驗前調查。

3. 給予傳播媒介。

4. 實驗後調查。

5. 統計。

6. 分析比照結果。

㈢內容分析法

內容分析法最初為社會學家所使用。開始與大眾傳播研究發生關係是美國學者對報紙內容的分類分析 ❷，其後廣泛應用到對各種語言傳播內容 (verbal communication)、非語言傳播內容 (nonverbal communication) 之音樂、姿態、圖片等，及傳播來源的分析，以瞭解其相互關係。

根據柏爾遜 (Bernard Barelson) 在《傳播研究的內容分析》(*Content Analysis in Communication Research*) 一書中的定義，內容分析是「客觀、系統及定量的敘述傳播內容中一些語言的特性」，他著重於內容分析的單位 (unit)；包爾斯 (J. W. Bowers) 則認為：內容分析不只針對其方法是否客觀而有系統，或其資料是否經過量化，而是注重內容分析的價值。

由以上學者的定義來看，可知內容分析是：

1. 在方法上

注重客觀、系統及量化的一種研究方法。

2. 在範圍上

不僅分析傳播內容的訊息，且分析整個傳播的過程。

3. 在價值上

不是針對傳播內容做敘述性的解說，而是在於推論傳播內容對於整個傳播過程所發生的影響。

4. 在分析單位上

主要在於分析傳播內容中的各種語言特性。

---

❷　同❹，第七六頁。

　　內容分析是一種量化的分析過程，但並不表示是一種純粹的「定量分析」，它是以傳播內容「量」的變化，來推論「質」的變化；因此可以說是一種「質」、「量」並重的研究方法。

　　內容分析方法之步驟如下❸：

　1.抽樣。

　2.決定類目 (categories) 和分析單元 (unit of analysis)。

　3.統計。

　4.分析。

　　除上述的研究方法外，尚有因素分析及因徑分析，屬於一種複雜的統計方法，尚在研究發展階段。

　　大眾傳播媒介在今日是與人息息相關的，任何一個人無意間就會接觸到，因此在研究上，不易控制所需的理想情境。再者這種研究是以活生生的人為對象，不同時候的人，有不同的心理狀態，往往推論的結果，會與實際情況不符，所以效度 (validity) 與信度 (reliability) 是極重要的因素。謹慎的工作與電腦的應用，是增加效度與信度的不二法門。大眾傳播研究者，也多向這方面努力，以使研究結果更精確地推論出人類的傳播行為，藉此改善人類生活，並減低傳播媒介的負功能。

---

❸　參考黃順利：《新聞天地的內容分析》。

第六章　大眾傳播閱聽人研究

第一節　閱聽人研究起源

　　社會科學典範以社會科學及社會學、心理學和社會心理學等為基礎，以訊息、閱聽人及社會情境來代表大眾傳播過程的重要組件，並以既定程序來研究傳播過程並將之以圖示或統計的形式呈現出來。而人文典範則以文本論域、接受者、情境來代表大眾傳播過程的重要組件，有系統，但不以既定的程序研究傳播，主要描述媒介論域（內容結構）如何使其接受特定的意義。

　　至於社會科學和人文典範所採取的方法，已有相當大的差異。社會科學要求研究遵循一定的研究程序，亦即強調客觀原則，要求研究者依理論、假設形式、觀察、分析、解釋，並呈現研究結果，亦即所謂「量」的分析。人文典範的研究則重「質」的分析，強調研究時應置身其中，以行動者 (actor) 的觀點來瞭解現象的全貌，亦即韋伯 (Max Weber) 所謂的「瞭解」(verstehen)；因此，舉凡資料的蒐集、分析與解釋並不被視為分立的部分。

一、效果研究

　　整部大眾傳播研究史，是因應各種新媒介的出現、運用而產生，例如書籍、雜誌、報紙、電影、廣播與電視，以及與電腦科技結合的電訊傳播工具，例如有線電視、電傳電視。回顧歷史，一有新的傳播媒介出現，即會引起大眾、學者、專家對這些新媒體效果的恐懼，害怕它們會為人類帶來負面的影響。

效果研究通常有以下三個特色：(1)將訊息內容視為可辨識、並可測量的符號；(2)認為閱聽人的心理因素會影響其對訊息內容的反應；(3)社會情境會影響閱聽人對訊息內容的注意程度。

二、文學批評

約 2,500 年以來，西方藝術與科學的發展都與文字的傳播形式有著密不可分的關係，其中最重要的就是在文本中所蘊含的認知與美學經驗，這些經驗與認知還影響了西方文學的發展，直到十八世紀，瑞士開始有學者以量化的內容分析法對《聖經》進行文本詮釋。

隨著社會的發展，文學被視為是個人休閒中的一種傳播模式，也因此對文學批評抱持不同的看法：

1. 強調文學傳達的是一種超越時空的美學經驗。

2. 文學是對讀者的一種教育。

學者對當代的文學批評有三個主要概念：

1. 承襲過去對讀者角色的分析架構，採巨觀角度，檢視歷史與文學主題的傳承發展，特別是一些德國的文學批評者，強調閱讀的美學理論，即將文本的主題變遷與文學理解的情境合而觀之。

2. 採取微觀的「文本─讀者互動」取向，以讀者反應理論為基礎，強調讀者的經驗才是意義塑造的中心。

3. 近數十年以來，心理學與社會學取向的實驗研究也被運用在文本的解讀上。

三、文化研究

文化研究淵遠流長，內容豐沛，不過，一般都以 1964 年成立「英國當代文化研究中心」的伯明罕大學為重鎮，代表人物則有威廉 (Raymond Williams) 博士、何嘉特 (Richard Hoggart)、湯普森 (Edward Thompson)、霍布森 (Dorothy Hobson) 及賀爾 (Stuart Hall) 等人。

　　英國文化研究大師賀爾為文，詮釋文化研究立下的兩大典範：文化主義及結構主義 (Hall, 1986)。

　　文化研究關心的是文化與社會，不論是文化主義或結構主義都企圖以宏觀的角度來解釋社會權利的運作，或多或少都受馬克思主義的影響，但又努力超越馬克思 (Karl Marx) 僵化的教條。但是在面對文化、意識型態、情境等概念時，文化主義與結構主義的觀點完全不同。

四、使用與滿足

　　1974 年伊卡茨 (Elihu Katz) 在其著作《個人對大眾傳播的使用》(*The Uses of Mass Communications*) 中首先提出該理論，他將媒介接觸行為概括為「社會因素—心理因素—媒介期待—媒介接觸—需求滿足」的因果連鎖過程，提出了「使用與滿足」過程的基本模式。經後人的補充與發展，綜合提出「使用與滿足」過程：

　　1. 人接觸使用傳媒的目的都是為了滿足自己的需要，這種需求和社會、個人的心理因素有關。

　　2. 人們接觸和使用傳媒的兩個條件：(1)接觸媒介可能性；(2)媒介印象，即受眾對媒介滿足需求的評價。

　　3. 閱聽人選擇特定的媒介與內容開始使用。

　　4. 接觸使用後的結果有兩種：一是滿足需求，一是未滿足需求。

　　5. 滿足與否，都將影響到以後媒介選擇使用行為。

　　人根據滿足結果來修正既有的媒介形象，不同的程度上改變對媒介的期待。

五、接收分析

　　接收分析是閱聽人研究最新的發展趨勢，約在 1980 年代中期才開始出現，接收分析在理論部分企圖整合社會科學和人文科學的理論觀點，在方法學上則同時針對閱聽人與媒介內容蒐集資料，而研究旨趣則在閱

聽人解碼的探討。

此派學者認為，閱聽人有其自主的主動性，因為每位閱聽人都受到社會、文化和自身經驗影響，能自我去理解他們所接收到的訊息。

在 1950 至 1960 年代，美國學者發現「緩衝體」(buffers) 之說。亦即有幾個主要因素影響了不同閱聽人對同一訊息有不同解讀，「緩衝體」又譯「過濾器」(filters)，可以把媒體訊息加以扭曲、壓制。

人有先天性格，且遭遇不同，致對同一事件常有不同的體會與理解，形成固執之成見或意見的優越感。康垂爾 (Hadley Cantril) 發現，不同性格的人常對同一事件有不同的反應。

人類常可按年齡、性別、受教育情況、職業、不同民族和經濟狀況，分為不同的社會類別與組合。不同社會類別的人在選擇傳播媒介和傳播內容方面表現出明顯的差異性，對接收到的訊息也會出現不完全相同的反應。根據對廣播劇「火星人來襲」事件所做的研究，就已發現教育程度不同的閱聽人會對廣播劇產生不同的反應。

🎤 第二節　傳播與索引作用

雖然每位閱聽人皆能傳播，但事實上卻不必然是直接的。因為傳播就像一個超級市場，閱聽人每天一醒來，就如同進入市場，成了準顧客。傳播內容複雜而多樣，所以閱聽人進入市場，常常視而不見，聽而不聞；閱聽市場「資訊」何其多，而閱聽人的時間與精力皆有限，事實上每天在傳播市場中能夠真正「閱」與「聽」的皆很有限。

我們只有在已準備好接受訊息(如上課)，和對某訊息有極端需求(如上街買藥) 時，才會聚精會神去接受傳播內容。正同我們口渴，走進商店想買水，對店內的其他商品常常視而不見，只有看到冷藏庫裡的水才注意它。

所以，電視節目表、報紙標題、電影預告，都是索引；我們常事先

找索引，再進一步接受傳播內容。

一個線索如何發生索引效用，有幾點心理原則是要掌握的：

一、有效性（availability，又稱易得性）

基本上人是好逸惡勞的，所以傳播內容要盡量讓閱聽人容易瞭解，產生俯拾即得的效果，例如報紙要送上門，省去讀者親赴便利商店購買的麻煩；廣播頻道電波越強，收聽越清晰，聽眾自然樂於收聽。當然，如果有強烈的動機，閱聽人就會到處尋找，有些論文資料只有中央研究院有，研究生只得跑一趟中研院。

二、對照性 (contrast)

對照分為兩種：

㈠變　化

例如講話由快而慢，或由慢而快，聲音由響亮轉趨低沉等，都是一種變化。

㈡相　反

上課時老師突然停止講課，打瞌睡的學生因而驚醒，否則必繼續酣睡。講課聲讓他睡得有安全感，所以一片寂聲中的一聲巨響、一片喧譁中的突然寂靜、一片漆黑中的一絲光亮、一群中國人中的一個金髮藍眼的外國人、「萬綠叢中一點紅」，都因為「對比」作用而特別能引人注意。

不過，利用對照時不能過度強烈，否則容易產生反效果。例如老師利用成績「威脅」學生認真上課，如果過激，有時不但不能增加學習效果，反而可能引起學生極大的反感。

三、報酬 (reward) 與威脅 (threat)

人是貪圖報酬和害怕威脅的。閱聽人如果從一個訊息上找到線索，顯示能給他某些報酬，或警告他某種威脅，他就會注意到這個訊號。

　　所以，使對方注意此一訊息，必須與對方的需要、興趣、習慣、地
位和經驗產生密切的關係。

　　有些電視節目利用寄明信片抽獎的方式、報社以剪報上印花購物享
折扣的方式、歌唱選秀節目以傳簡訊為參賽者投票可參加抽獎的方式等，
都是以貪圖報酬的心理維繫著收視率。

第三節　報紙讀者的動機研究

　　報紙讀者研究始於哥倫比亞大學實用社會科學研究所。1945 年 6 月
30 日紐約因報工罷工事件，有長達兩週無報紙可看，哥大實用社會科學
研究所掌握這機會做研究，結果發現報紙讀者的動機可分為兩種：

一、自覺性的動機

　　民眾看報是因為報紙上有重要的消息及意見，例如報紙上的社論和
言論，能滿足讀者生活上的需要，例如：氣象、電視節目或電影節目等。
越能滿足讀者需要就越受歡迎，報紙能成為讀者生活上的輔助。過去一
般認為喜愛參與事務的人才會讀報，但研究結果發現，人們在面臨現實
壓力時，也常以閱報尋求精神解脫，排解生活壓力。另外，有閱報習慣
的人擁有豐富資訊，常會成為團體中的意見領袖，因為領導者必須要比
被領導者擁有更多的資訊與知識。

二、非自覺性的動機

　　讀者不自覺地讀報，是一種無事可做的「無聊」或內心孤獨的補償
作用，讀者希望時時看到新的觀點、不同的意見，獲得解惑和瞭解，而
報紙剛好滿足了讀者的需求。

　　「主動的閱聽人」就是強調讀者不要被動地被媒體所控制，反而應
主動地選擇符合切身需求的媒體內容。拜科技之賜，網路媒體目前已經

躍升為主流媒介，開始借重資訊科技發展網路民主，在網路上建構所謂的「公共論壇」。網路是媒體的一種，而傳統大眾媒介如廣播、電視、報章雜誌等是否因為自身與網路平臺結合後就能視為一體，部分學者有所懷疑。他們認為，網路媒體漸漸與實體媒體匯流的未來，將使民眾與媒體互動的生態，產生結構性的改變。

第四節　廣播聽眾的動機研究

廣播有其他媒介沒有的優勢，像是聲波獨具的強迫接觸性，人們大可以轉移視線不去看電視畫面或是報紙版面，卻很難杜絕聲音的滲透。再加上廣播媒體的易得性、可攜帶性及一對一的傳播效果，都是其他媒體無法相比的。

過去許多研究發現，廣播最能滿足聽眾的動機，分別是打發時間、尋求快樂，以及尋求解決困難的方法。在許許多多的媒介中，為何人們會選擇廣播為接收資訊的來源呢？或許廣播有著其他媒體所沒有的優點。

廣播，「利用無線電普遍傳播消息者」，廣播媒介以傳播聲音為主，所以接收裝置收音機的普及與否，直接影響其傳播效果，由於收音機越來越便宜，再加上可收聽廣播的產品越來越多，這也是人們選擇廣播媒介為接收資訊來源之一的原因。再加上收聽設備的演進，小型收音機、隨身聽的發展，提高了使用的方便性。廣播並且具有廣泛性、適時性、接近性、回饋性、簡易性等特質。

在電視興起前，報紙和廣播是大眾媒體中最吸引人的媒體。收音機能讓聽眾快速地獲取新的消息，又便於攜帶、陪伴性高、獨占性低，可以在人們工作的時候，增加人們的工作效能，同時聽眾能花最少的勞力和金錢，擴大生活範圍及充實生活內容，尤其在許多第三世界的貧窮國家，雖然面對強勢的媒體電視，廣播至今仍歷久不衰。

閱聽人收聽廣播也有兩個動機：

　　1. 自覺性動機

包括獲得興趣、新聞，又可作生活的輔助、教育的機會等。

　　2. 非自覺性動機

包括滿足「親自參加的需要」、便宜以及易得性。

　　現今又有網路廣播出現，使用網路收聽廣播已是趨勢所致，而網路廣播又有許多特性是其他媒體所沒有的，像是：無遠弗屆、整合性、影音資料庫、隨點隨聽、節目彈性大、節目多元化、個人化特色，也就是因為這樣，廣播在多元化的媒介中依然保有一席之地。

🎤 第五節　電視觀眾的動機研究

　　對於閱聽眾為何看電視，過去的研究已有具體且相似的結論。早年被認可的研究主要有格林堡 (B. C. Greenberg) 與羅賓 (A. M. Rubin) 的研究。格林堡以英國倫敦 9 至 15 歲的兒童為研究對象進行調查，發現兒童收看電視的動機有：⑴習慣；⑵打發時間；⑶陪伴；⑷刺激；⑸學習；⑹放鬆；⑺忘卻現實生活。羅賓於 1978 年接續格林堡的研究，把閱聽眾的範圍擴大至 4 至 89 歲，發現人們收看電視的動機不外乎以下九種：⑴打發時間／習慣；⑵陪伴；⑶刺激；⑷為了資訊／學習；⑸放鬆；⑹逃避／忘卻；⑺看某種內容；⑻娛樂；⑼社交互動。

　　研究發現，臺灣的閱聽人在不限定節目類型的情況下，觀賞電視節目的動機包含以下五個明顯的類別，分別是：⑴因文本而衍生出的動機：如電視節目很有趣、因為節目內容好或題材好、節目製作技術好、節目中有喜歡的演員、主持人、歌手等；⑵社交方面的動機：如陪伴家人朋友、間接與社會接觸、從電視節目中找到一些和別人談話的資訊；⑶資訊性的動機：為了獲得消息及學習新事物、瞭解別人對各種事物的看法；⑷休閒娛樂的動機：為了娛樂、消遣、放鬆心情、忘卻煩惱；⑸習慣與消遣寂寞的動機：可以打發時間、看電視已成為一種習慣、可以讓自己

不孤單等。

一、觀看電視新聞之動機

王小惠 (1990)《青少年收看電視新聞的動機、主動性及收看程度三者關聯性之研究》所統整之觀看傳統新聞節目之收看動機，反映出電視新聞節目在閱聽眾生活中扮演的角色，這些動機圍繞著電視新聞節目的特性，如電視新聞被賦予正面價值，讓閱聽眾認為收看電視新聞節目是應該的、必需的，是現代國民的責任。而且新聞節目因其以帶狀方式每天於固定時段播出，形成了閱聽眾在固定時間收看的習慣，更甚者會與新聞主播神交，將他們視為自己熟悉的朋友。而專業新聞臺二十四小時播新聞，隨時可以提供重要簡潔的訊息給閱聽眾，更養成閱聽人隨時觀看電視新聞的習慣。

美國羅賓研究電視新聞節目——「六十分鐘」(*60 minutes*) 的收看動機，發現可分為四種層面，按其重要性依次為 (Rubin, 1981)：

1. 替代性動機 (substitution)

人們為了驅除孤獨感、忘卻煩惱而收看「六十分鐘」，並以電視為伴。

2. 尋求訊息 (information seeking)

收視者希望能獲知與自身有關的訊息、增廣見聞，以及發現新奇刺激的事物。

3. 娛樂 (entertainment)

觀眾認為「六十分鐘」具娛樂價值，因而喜愛收看。

4. 打發時間 (time consumption)

觀眾因無事可做，藉收看節目來打發時間。

雷本 (J. D. Rayburn) 等人 (1984) 針對晨間新聞性節目——「早安，您好」(*Good Morning America*)、「今天」(*Today*)，從事收看動機調查，他們發現收看動機可分為三個層面：

1. 守望政治環境 (political surveillance)

觀眾希望獲得可靠的消息，與明瞭政治議題對自身的影響。

2.人際交流效用 (interpersonal utility)

人們收看是為了增加與人交談時的話題。

3.娛樂 (entertainment)

人們認為該節目具有娛樂價值，因而喜愛收看。

二、觀看電視節目之動機

根據陳雪霞 (2003) 對電視節目收看動機之相關研究，閱聽眾對不同節目類型的收看動機有明顯的差異，且與節目的取向和性質密切相關。舉例來說，財經節目的收看動機就以資訊搜尋、學習理財動機為主，人際互動和娛樂消遣所占的重要性就較低。而收看烹飪節目最重要的動機類別是「學習事物」，如想瞭解詳細的菜餚製作過程、想學習健康的飲食概念等，社交動機則是烹飪節目收看動機中重要程度最低的動機類別(如想獲得和他人談話的題材、想陪家人朋友觀賞、想增加和他人之間的互動等)。至於收看體育性節目的閱聽眾，其收看動機就較偏向於休閒娛樂。由以上可推知，不同的節目類型之收看動機會有所不同。

麥奎爾 (Denis McQuail) 透過問卷調查閱聽人為何選擇及收看電視節目，並將其動機分為四類 (McQuail, 1990)：

1.蒐集資訊 (information)

瞭解社會及世界、尋求建議、滿足好奇心及興趣、學習等。

2.尋求個人認同 (personal identity)

強化個人價值、尋找行為模式、個人參考等。

3.整合及社會互動 (intergration and social interaction)

尋求歸屬感、各種友誼的社交活動、社會角色的扮演。

4.娛樂需求 (entertainment)

為逃避問題、放鬆心情、打發時間、發洩感情等。

三、涵化理論

涵化理論 (cultivation theory) 也就是所謂的「累積說」(cumulative theory)，涵化理論是由賓州大學學者葛伯納 (George Gerbner) 所提出，亦可稱為「圖像建構說」，他認為人們日常生活在一個大眾傳播中介社會 (mass-mediated society)，尤其電視更是我們生活的重心。

根據林東泰教授的《大眾傳播理論》表示，人們天天都有觀看電視的大眾儀式行為 (mass ritual)，更顯示電視為閱聽大眾建構社會真實 (social reality) 的影響力。其主要功能就是「涵育」，故以後都以「涵化理論」(acculturation) 這個詞為代表（林東泰，1997）。

🎤 第六節　電影觀眾的動機研究

電影技術的發明不過是百年之前，但是電影工業的影響卻從十九世紀延續到廿一世紀，並且帶來社會思潮的種種變革。在十九世紀初期，電影仍是件時髦、新鮮的玩意兒，都市中的電影院更是時尚流行與高科技的先進場所，對於當時的城市規劃者來說，電影院代表著一座城市的現代與進步。無論過去或現在，對許多民眾而言，看電影仍是日常生活中重要的娛樂之一。

1970 年代，臺灣不僅有許多人看電影，且那時也是臺灣影評人的養成年代，水到渠成帶動起 1980 年代的臺灣新浪潮電影運動。

我們回顧過去有關電影的研究，最早像是國外的潘氏基金會 (Payne Foundation, 1929) 所從事的電影內容、觀眾組成及電影效果研究，還有國內的各大小研究，例如到電影院看電影的動機等研究，結果發現，民眾到電影院看電影的動機有：逃避型、知識型、電影獲得好評型和娛樂型四類。看電影是一項有選擇的活動，且看外片的頻率高於國片（包括港片）。在電影消息來源方面，人際親身傳播的管道、他人推薦，比大眾媒

介更受到重視。至於不看電影的理由包括：票價、習慣、興趣，及看電影時的同伴等等。政大漆敬堯教授曾研究大學生看電影的習慣，發現電影院中的大銀幕使人有身歷其境的感覺，且看電影是自身的決定與選擇，因此參與感更高；此外，電影也是年輕人社交生活的重要一環。

此外季節與節日對電影觀賞率也有影響。研究結果指出，4 月中旬至 6 月第三週為觀賞率最低的時候，其平均票房收入亦最低；最高峰為 6 月底至 8 月中旬，原因可能和學生放暑假及各項入學考試結束有關。從節日來看，元旦、農曆春節、春假、中秋節之電影觀賞率最高，其中又以連續假期之票房成績最佳。

🎙 第七節　廣告消費者的動機研究

廣告對於大眾傳播媒介而言，是它的生命線，今天的報紙能價廉，無線電視能免費收看，主要是因為報紙、電視的最主要收入是廣告。

廣告的作用是在強調，購買某種商品可以達到業者的目的；或者，讓消費者感到某種商品對他們非常重要。

波雪夫 (Christo Boshoff, 2002) 指出，消費者每天暴露在廣告的環境中，廣告可以是為一種「訊息產品」，也可視為一種「消費者情境」，消費者在廣告的情境下，吸收資訊、價格、功能等訊息，也在廣告的刺激下，影響了購買產品的決策。

大量的實踐經驗顯示，消費者的購買動機變換不定，即所謂「蘿蔔青菜，各有所愛」。

1943 年，美國明尼蘇達州的「明尼亞波里斯論壇」曾經做過調查，顯示 84% 的受訪者願意閱讀有廣告的報紙。因為許多廣告也具有告知（新聞）與娛樂價值。且廣告的影響力是建立在媒體的權威上。

一般來說，消費者選擇廣告的需求不外乎是：

1. 瞭解商品內容。

2.瞭解商品上市消息。

3.作為選擇的參考。

4.提升生活水準。

5.獲得知識。

6.使人對商品產生更大信心。

7.促使消費降低成本。

第八節　閱聽人選擇媒介之原理

個人的媒介使用行為是為了滿足各種不同的需求，個人意識到需求產生以後便採取行動來滿足需求，羅森袞 (K. E. Rosengren) 的研究中就曾發現閱聽人有自我實現、尊重、愛與隸屬等三大需求。

不同生活風格的人由於有不同的需求與動機，所以也會有不同的使用方式來滿足需求。克蘭 (F. G. Kline, 1971) 曾指出，閱聽人的生活型態是決定他如何使用媒介的中介變項，雖然生活型態也會受到人口變項影響，但生活型態更直接地決定了媒介使用的情形。格林堡 (1974) 同樣也認為不同團體成員會依其不同的需要與興趣來使用媒介，因此不同生活型態風格的人其媒介暴露量與內容選擇都會有所差異。

大眾傳播的受播者是異質的，他們存在於各個角落，來自各個社會階層，具有不同的特質與背景。因此，他們對媒介的選擇自然不同。受播者選擇媒介的現象依彼得森 (Theodore Peterson) 等人的研究可歸納為下列幾個原理：

一、熱心與孤僻原理 (all-or-none principle)

美國哥倫比亞大學教授拉查斯斐 (Paul Lazarsfeld) 及肯達爾 (Patricia Kendall) 曾經發現閱聽人選擇媒介的行為，有以下的情形：當一個人對某種媒介有一定程度以上的愛好，則在一般情形之下，他對於其

他的媒介也會有一定程度以上的喜愛。拉氏等發現一個廣播迷往往也是一個電影迷；同樣道理，不喜歡看電影的人，往往也不喜歡收聽廣播。經常閱讀一般大眾化書籍的人，往往也會變成電影院的常客。若喜歡閱讀某一種雜誌，往往會喜歡其他的雜誌。喜歡閱讀報紙的人，他一天可能看好幾份。常常閱讀小說的人，也不會放過報紙副刊的連載小說。喜歡體育活動的人，不僅對電視的體育新聞感興趣，當然也不會錯過報紙的體育新聞報導，也會常收聽廣播的體育節目。相同地，關心股市消息的人，不但會收看電視的股市分析，也會注意閱讀報紙的股市報導。總之，一個人會從不同媒介去獲得他所關心的訊息。

　　根據拉查斯斐的解釋，「興趣」與「機會」兩個因素影響閱聽人對媒介好惡的熱心與孤僻。當一個人對某項訊息有興趣時，他會想辦法從各種媒體去追尋有關的報導與分析，來滿足個人的興趣與需求。如果一個人在逃避某些訊息時，他也會盡量不去接觸各種媒介，想辦法避開不同媒介對該項訊息之傳播。

　　總之，一個人會運用許多媒介來滿足他的興趣。在另一方面，若由於某些原因，如工作忙碌，少有機會使用某種媒體，就可能少有機會運用其他媒體。

二、教育原理 (education principle)

　　教育程度為個人學習能力之指標，教育程度越高，其學習能力也越強。教育程度越高，涉獵的知識領域越廣，他能接受知識性、學術性傳播內容的能力也越高。受過較好教育的人更會使用傳播媒介，尤其是印刷媒介。許多的調查均發現印刷媒介與教育程度有正相關的關係，個人教育程度的提高，使用印刷媒介的頻度亦隨之增加，教育程度較高的人，他們的閒暇時間幾乎多用於閱讀書籍、雜誌或報紙。

　　教育程度是促進媒介發展的重要因素，尤其高等教育的發達是促進大眾傳播媒體專業化時期來臨的加速器。就印刷媒體而言，大多數的書

籍是被大學程度的人讀的。

《消失中的傳統社會》(*The Passing of Traditional Society*) 一書作者，曾任麻省理工學院教授的勒納 (Daniel Lerner) 在中東地區的研究發現，影響傳播媒介的擴張有三項主要因素：現金、閱讀書寫能力及動機。他認為一個人使用傳播媒介必須要有產生行為的原動力動機，他才會花時間去使用它。同時他的口袋中也必須有多餘的零用金，才會去購買媒介物。除了具備動機與現金外，他也一定要有閱讀能力，才能夠有意義地使用媒介，所以只有具讀書能力的人才會買書讀、看報紙，和閱讀雜誌。

三、經濟原理 (economic principle)

個人所得為消費能力的指標，所得提高，個人消費水準隨著提高。個人或家庭的收入增加，媒介的使用也會隨之增加，尤其是印刷媒介，如報紙、雜誌、書籍。

勒納的研究指出，在任何社會中，傳播媒體的擴張速度，在上述三個因素中，其中以經濟因素最為重要。一個人需要現金購買報紙、雜誌，或電影票，個人經濟能力提高，除了購買與閱讀的機會隨之增加外，對於硬性新聞的注意力，如社論、公共事務報導、國家政治與社會問題、金融或財經新聞等的傳播內容，也會隨個人經濟能力的增強而增加。例如，在美國雜誌讀者中，高收入的讀者人數低於低收入的讀者人數，原因就在於此。

四、年齡原理 (age principle)

一般說來，人們使用媒介的習慣與頻率會受到年齡的影響。年輕人喜愛輕鬆的傳播內容（如娛樂、運動），年紀大的人則關心較為嚴肅、硬性的內容（如經濟、國際情勢、社論等）。人們使用傳媒的頻率也會隨著年齡而有所不同，年紀大退休的人在家無事，常以報紙與電視節目做消遣，而年輕人活動多、體能好，就不是那麼安於固定的活動與模式了。

第七章 大眾傳播的回饋與民意

🎤 第一節 大眾傳播的雙向交流——回饋

研究大眾傳播的學者霍夫蘭 (Carl Hovland)、詹尼斯 (Irving Janis)、凱萊 (Harold Kelly) 等人，在論及傳播效果與閱聽人之關係時，談到「個人的性格」(personality)，謂人的個性互不相同；有的人容易說服，有的人則非常頑固。這種性格可稱為「聽從性」(persuasibility) 或是「一般聽從性」(general persuasibility)。

人際傳播或大眾傳播的過程中，傳播者、訊息、頻道、閱聽人及回饋是其中五大要項。閱聽人是傳播的目的，傳播訊息有無「效果」，端視閱聽人的態度而定。我們不必理會閱聽人的「聽從性」如何，是容易說服或是不易說服。但是當閱聽人收到、看到、聽到各種訊息之後，會立即將之送進大腦，經過「中間性反應」反芻消化，然後產生了自己的意見，傳送回原傳播者身上，傳送的媒介是語言，或是行為語言，這整個訊息由傳播者送到閱聽人，閱聽人再傳達給傳播者的過程便是「回饋」(feedback)。

一、傳播與回饋

傳播與回饋的整個過程可以圖形來表示：

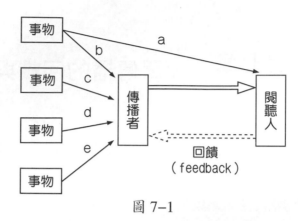

圖 7-1

　　傳播者在收到外界的各種活動訊號或刺激後，以自己的知識背景、綜合興趣、需要、欲望來察覺、判斷、選擇這些事物，並將之重新解釋後，綜合成傳播內容，傳給閱聽人。閱聽人在收到傳播的內容後，他以自己對事物的觀察力、對傳播訊息的瞭解和自己對外界的接觸（如訊息a），也經過自己知識背景的過濾，產生一種「反應」，他會將此反應，以各種可能的方法傳遞給原來的傳播者，回饋可說是一種反傳播作用。

　　上圖回饋作用在面對面的傳播中最常見，也是最多的。在面對面的傳播中，回饋作用的發生是立即的；閱聽人在收到傳播訊息後，可能會在心裡產生和諧或不和諧感，將這種心理以形色、語言表達出來，傳播者可以馬上察覺閱聽人的反應。如果發現閱聽人曲解傳播內容，或者訊息內容不佳，因而不能達到預期的效果時，傳播者可以適時地修正自己的訊號，所以面對面的傳播，應該是最有效的傳播方式。

　　「回饋」是傳播過程中新加入的單元，有了回饋，整個傳播過程就會生生不息，傳播學的觀念也因此為之一變。任何傳播，不論是人際傳播或是大眾傳播，都有傳播者、訊息、頻道、閱聽人、回饋五要素，其中只有從回饋才能窺知訊息是否完全地傳到對方，傳到後被瞭解了多少，瞭解後又被實踐了多少。一項傳播如果沒有回饋的發生，那麼說者與聽者等於站在一條線的兩端，彼此遙遙相望，對一方所說的話、所傳的訊

息和發出的訊號「相應不理」或「視若無睹」，這種傳播不但缺乏人情味，而且效果低落。反過來說，有了回饋，傳播者和閱聽人在遙遙相望之餘，還有一分融洽的「相互參與」感，這種情況使上情下達或下情上達大為方便。閱聽人的回饋，產生了價值，為傳播者重視，傳播者亦可使訊息傳達的成功率提高。如以社會為喻，人與人之間的感情與日俱增，社會也呈現一片和睦的氣息。

回饋在傳播過程中，非但是要項之一，其所占分量亦頗重要。回饋方式和傳播者之關係，我們可以圖形表示：

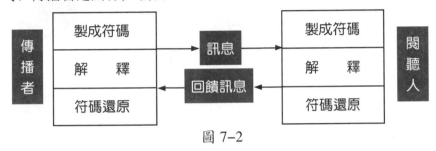

圖 7-2

——當你試圖在向對方傳播一項新訊息時，可以由對方臉上的表情，察知他對這個消息是覺得驚奇還是平淡？是表現得急欲知道更多還是左顧右盼？

——音樂會的來賓為演奏者的精彩演出，報以起立鼓掌還是稀疏的掌聲。

——電視節目低俗、無意義，收看的人會關掉電視。

——報紙讀者不滿該報的言論政策或是新聞內容，會停止訂閱。

以上種種都是回饋的行為。在我們瞭解回饋的重要性後，不難知道它是傳播必然的一種反應，不是傳播者所能控制的。所以一個經驗豐富的傳播者，會時時刻刻注意回饋，並且會隨時依據回饋修正他的訊息。如果傳播者一味拒絕理會回饋，則此傳播者太過於獨裁，必定會因此而失去一個閱聽的對象。

回饋大部分是由外來的力量加以形成。我們從閱聽人那裡得到回饋，

同時可以由自己的訊息中得到回饋。譬如我們在對別人說話時，可能會發現自己的讀音不對，或是自己經過訊息的再思考，覺得內容不符合自己潛在的意識，可能會加以修正，重新強調一番。寫文章時亦同，寫完的同時，重新斟酌字句，發現文章中有部分文句欠妥，而重新改過，這種情形可以用下圖來表示：

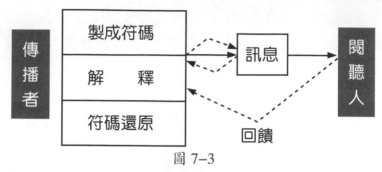

圖 7-3

　　一般大眾傳播的回饋，在所有閱聽人所做的回饋（反應）中，所占的比例不大；又因為閱聽人各人的個性不同、理解力不同，我們如果將所有閱聽人的回饋，拿來合在一起共同處理，則對於回饋的意見可能會發生偏差，為了要預防此項偏差，理想的方法是把大眾意見調查的結果分門別類，並予以比較。

　　回饋的原理應用很廣，它是「一個控制的系統，以上一步的行動，來調節下一步的行動」，也是「一個系統的輸出部分，根據反應來控制輸入部分」。

　　在會議桌上，主席問大家還有什麼意見？與會人員沒有聲音，這也算是回饋；寄給朋友的信，得到回信；學生舉手問問題，表示對老師的講解不懂；報社的讀者投書；電視臺的觀眾來信，批評某演員臺詞念錯；這些都是回饋。

　　中國古代的社會型態是閉塞的，君臣父子之觀念左右他人，是單向的傳播，回饋幾乎等於零。現在實行民主政治，人民向政府、子女向父母、學生向老師反映的機會漸多，換句話說，下情上達的道路大開，但

是許多傳播者對於閱聽人的回饋，仍是置若罔聞或相應不理，如此雖有回饋，亦是有名無實。如此循環下去，傳播的過程，還是不夠健全。

近年來父母親們的觀念逐漸隨時代而有所改變，給子女們表達意見的機會日益增多，但是父母卻仍持有「小孩子嘛! 說說罷了!」之心理，對孩童的意見，往往束諸高閣。

老師鼓勵學生多提問題，但是當問題提出後，老師常答非所問，甚而顧左右而言他，學生會因而更加迷惑，從而減少日後發問的動力。

以上兩者是沒有回饋的傳播交流和有名無實的回饋。一個良好的傳播者，一個良好的閱聽人，都必須要注重「回饋」，才可以使傳播成功。

二、回饋與守門人

在報紙、雜誌、廣播、電視等大眾傳播媒介中，傳播者通常也擔任著守門 (gate keeping) 的工作，我們稱之為「守門人」(gate keeper)。

大眾傳播的過程中，閱聽人可以用讀者投書、拒絕訂閱、停止收聽收看等行動來表達回饋，但是大眾傳播為一種間接的傳播，「回饋」往往被延緩，傳播效力也因此減弱。

守門人理論是社會心理學家黎文 (Kurt Lewin) 所創，他研究「群體的生活途徑」(channels of group life) 時發現，人類的群體生活中存在著許多不同的途徑，每一條途徑上，都有一道「門」，這「門」可能是開放的或關閉的，也可能是受公平待遇 (impartial) 或是由「守門人」決定的。「守門人」通常可能是一個人，也可能是一群人，如同過濾網一般，將事物、觀念等各種訊息一部分使之通過，一部分摒除於門外。守門人在傳播過程中的功能，敘述如下：

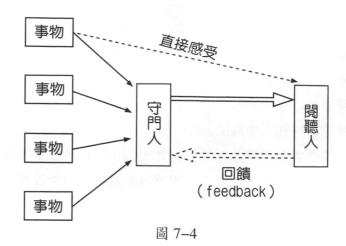

圖 7-4

　　黎文將「守門人」的觀念，運用到傳播過程的研究中。在此傳播過程中，守門人往往立於事物與閱聽人之間，或傳播者與閱聽人之間，負責消息的「轉送」。守門人由於身居關鍵地位，往往依自己的意願取捨消息，對閱聽人的知識、意見、態度等，有相當的影響力❶。

　　在傳播過程中，守門人的選擇難免會偏於主觀，但他不能完全僅憑本身的好惡，來決定訊息的去留，而不顧閱聽人的經驗、興趣、態度和願望。換言之，守門人是否稱職，要看他是否能滿足閱聽人的需求、欲望及興趣。

　　傳播是一種相互交流的社會現象，如果一方不能滿足他方所需，傳播不可能繼續順利進行。

　　以上圖來說，守門人將外界各種事物，綜合過濾後，傳給閱聽人，閱聽人對這些事物也可能有直接的感受，守門人如果不能滿足閱聽人的需要，閱聽人可能會以回饋通知守門人改換訊息內容，也可能會另選其

❶　懷特 (David Manning White) 在有關新聞編輯選擇新聞電訊的研究論文中指出，編輯人員選擇稿件，會根據自己的經驗、態度和願望來取捨，具有「高度的主觀性」。祝基瀅：《大眾傳播學》，第二三頁。David Manning White, "The Gate Keeper: A Case Study in the Selection of News," *Journalism Quarterly*, Fall 1950, pp. 383～390.

他守門人。如果閱聽人對外界事物都沒有直接感受，則守門人的選擇對閱聽人有很大的影響力，在此情況下，守門人擴大了閱聽人的知識領域。

　　傳播者將部分事物（事物 A、B、C、D）加以組織解釋後，以各種符號傳給守門人；守門人以自己的觀察力、理解力、組織力再加上他本身對事物的直接接觸（事物 D、E），組成新的傳播內容，經過其他媒介傳給閱聽人，在此過程中，閱聽人不但可以對守門人回饋，甚至可以對傳播者回饋，同樣地，守門人亦可以將意見回饋給傳播者。

　　意見領袖，在傳播中也是守門人之一。守門人涵蓋甚廣，以一條報紙上所刊登的消息來說，消息由警局傳出，透過記者（守門人一）的筆寫出；記者所寫出的稿件需經過編輯（守門人二）的審核才可發出，有時甚至總編輯、社長也是守門人（守門人三）。一條消息，從頭傳到尾，往往面目全非，都是守門人的影響，任何一個大眾傳播組織，均無法避免守門人的作用。

　　當報紙送到讀者手中，讀者會有回饋；諸如寫信給記者本人，或投書報社、社長、編輯，這都是回饋。

🎙 第二節　大眾傳播的效果

　　——一個做父親的，想盡所有可能的言辭和理由，對他那吸菸的小孩講述尼古丁對人體的害處，希望他的孩子能夠戒菸。

　　——一位候選人，在政見發表會中，想盡各種可能的言辭和理由，進行說服傳播，希望群眾能將神聖的一票投給他。

　　——夜市擺地攤的人，用各種可能吸引來往行人的言辭和動作，引起熙熙攘攘的人們注意，並購買他的東西。

　　——電視廣告以優美的影片畫面、知名度極高的模特兒，配上理想的音響效果和具吸引力的文詞，希望大眾能產生購買欲望。

　　以上種種傳播行為，雖然傳播的方式不同，目的和對象各異，但是

對於其最終的目的——效果，則為相同，都是希望達成行為的誘導。

不論是簡單的傳播，或是大眾傳播，其訊息是否真如子彈理論中所言「通行無阻，百發百中」：做父親的真的能有效阻止兒子吸菸？候選人能夠確定選民一定投他一票？擺地攤的是否能夠使多數的路過者停下來買東西？電視廣告是否一定能夠使商品在銷售上突破？這些都不是容易確定的事。傳播不是一件單獨的行為，也不是一廂情願的事。大眾傳播以人為目的，人各有其性格，性格又是傳統、文化、風俗習慣等培養而成，人同時有個別的思想、態度、價值觀念、社會背景等，所以人的因素非常複雜，而人的周遭環境也並不簡單，何況在傳播過程中還有其他種種因素的影響。

我們不可否認，傳播必然有它的效果。它能改變一個人的觀念、態度，以至於行為。對於一種行動的推展，倘若我們能將傳播的內外因素加以融合，方式使用得當，則能發揮最大的功能。

由於大眾傳播有暗示作用和加強作用 (reinforcement)，使得一般的效果也可分為立即性效果及延遲性效果。

政客譁眾取寵，贏得選票；做父親的使兒子真正瞭解吸菸之害，同時心中產生羞愧感，可能會馬上立下決心，從此戒菸，這是立即的效果。

電視廣告吸引觀眾的注意，在日後的購物行為中，可能會按媒介的指示，作為選購時之參考；大眾媒介家庭計畫的消息，在日後也可能會成為都市婦女的依循方針。此類傳播所產生的效果，屬於遲緩的效果。

一般人在討論大眾傳播的效果問題，不外乎注意其因果關係，如前所述，父親的忠告能否得到兒子行為的認同；候選人是否得到選民的擁護，換言之，閱聽人對傳播內容的反應，是我們所關心的問題，也就是所謂「刺激與反應」的問題；如同柏爾遜 (Bernard Barelson) 所說：某種「傳播」對某一「問題」，在何種「情況」下，引起「什麼人」的注意，產生什麼「效果」❷。

---

❷ Bernard Berelson, "Communication and Public Opinion." in Schramm,

傳播的內容，對閱聽人來說，是一種刺激的來源，閱聽人在接受此種刺激後，將會引起何種反應，則難預料，其中牽涉到許多因素。

拉查斯斐 (Paul Lazarsfeld) 的學生克拉柏 (Joseph Klapper) 對傳播的效果曾仔細地研究過，他認為：一般而言，說服性的大眾傳播 (persuasive mass communication) 對傳播對象的意見和態度，僅具加強作用，即使有改變 (conversion) 的作用，也是微乎其微❸。例如在選舉中，要想利用大眾傳播媒介，將早已是甲候選人的熱誠擁護者說服成擁護乙候選人，將是一件困難的事。除非是具中間性格的大眾，媒介才可以藉內容的加強作用，說服他們熱誠擁護某候選人。

我們也可以說傳播的效果並非來自直接的內容，而係取決於閱聽人對傳播內容的解釋，閱聽人的性格、文化背景、社會背景、風俗習慣、教育程度、價值觀念、需要動機等，都可能影響閱聽人對傳播內容的解釋。有部分學者假定：某種傳播內容，可能改變閱聽人的行為，或可能引起新的行為。因此，研究方針專注於閱聽人的某一特定行為，這種說法並不是絕對的❹。羅柏教授 (Donald F. Roberts) 指出，這種想法如果付諸實施，必定困難重重。例如，欲知某項傳播內容是否對某種行為具有影響力，只有在此種行為可以觀察的條件下，才可進行研究的工作。

對於一個意念、一種心像，傳播有加強和改變的可能，而訊息對這些意象的影響，可能產生兩種不同的效果：⑴意念（觀念）的重造 (redefinition of the image)；⑵意念的維持 (maintenance of the image)，前者指觀念的改變，後者意味著某一外在的環境依舊，無須改變針對此一環境所造成的意念，這並非表示傳播沒有效果，它表示我們不必重造對

Communication in Modern Society, University of Illinois Press, 1948.

❸　有一研究顯示：每天美國人平均暴露於 1,600 件廣告訊息下，但僅支持其中 15 件，即可見說服或改變之不易。"Media, Messages and Men," by John Merrill, & Ralph Lowens Tein, pp. 137～338.

❹　祝基瀅：《大眾傳播學》，第三五——三六頁。

外在環境已經形成的意念。一般而言，人類社會的各種傳播，都必定有其效果的。

傳播效果的形成，是廣泛而且複雜的。傳播的效果如何形成，正如同電視廣告能夠影響一位對洗衣粉毫無概念的主婦，購買他們所宣傳的廠牌；某候選人的支持者，受傳播的影響，會更加強對此候選人的支持，我們可將此種影響效果的力量，分兩大類來討論：一類是傳播的外在因素，另一類則是與傳播的內在因素。

一、傳播的外在因素

㈠預存立場 (predisposition)

閱聽人在接觸到訊息之前，原來就已有態度、觀念、想法、經驗、價值觀等等，亦即李普曼 (Walter Lippmann) 所說的「塑形」(stereotype)，大眾傳播能否對一個人產生說服性的效果，個人預存的立場很重要。

閱聽人的內心意念，通常都有自我控制 (self-control) 的能力，對於那些和他立場一致，而能引起他興趣的消息，他都願意接受（加強的作用）。而與他原來立場相左的消息，他會視若未睹，或聽而不理，即令是已經接收到了該項不合興趣的訊息，他可能會遷就自己，或斷章取義，使該項訊息合於自己的觀點，或者是不將之記在心頭，「過目即忘」。克拉柏把閱聽人的自衛行動分為三過程：

1.選擇性暴露

閱聽人會選擇接觸其喜歡聽、喜歡看、喜歡讀的，將自己的注意力暴露於與自己意見相同的訊息之下，而不願理會自己不感興趣的訊息，例如：甲候選人的支持者，多半會對恭維乙候選人的言論、嗤之以鼻、充耳不聞，充分保護自己不要被其他意見影響。

2.選擇性理解

閱聽人對傳播內容的解釋，會依自己的看法，將符合自己「塑形」之意見解釋還原，而將不合的意見，摒除於門外。例如對某人先懷有極

大偏見，而見媒介中有利於他的報導，則予以不正確理解。

3.選擇性記憶

合乎閱聽人的意念所報導的訊息內容，多半能被閱聽人接受而經久不忘。

㈡團體與團體規範 (group and group norms)

個人是團體的一分子，團體是個人精神的支持者和依歸，團體的意向往往影響個人的意見和態度，團體可以決定個人行為的方式，有時為了避免受到團體的排斥或歧視，個人總是自覺或非自覺地跟著團體走。

團體可分為兩種：功能性團體 (functional group)，為了某種目的和藉口而形成的團體，如班級同學、社團團員等；統計性團體 (statistical group)，依年齡、性別、教育程度、職業等分類所形成的團體。

一般功能性團體的存在，恆久不一，有的可能永遠關係密切，有的則可能一下子即消失。

團體內的成員對傳播內容有相同的選擇和反應，例如：小孩子喜歡看電視卡通影片和漫畫書；年長的人喜歡聽家鄉戲；知識水準高者，對一般嚴肅性問題的興趣比低知識水準的人要高。

團體規範常決定一個人暴露在什麼傳播下，同時決定一個人對傳播做何種反應；當個人越重視他與團體的關係，則越會排斥那些促使他改變團體立場的傳播內容。團體關係除了能使閱聽人抵抗與團體立場相左的意見，同時可能如同預存立場似的，使閱聽人對傳播內容做選擇性暴露或理解，並可增加其記憶。

㈢個人親身影響 (personal influence)

在所有傳播的形式中，面對面的親身傳播是參與感最深，影響力最大的。媒介是死的，人是活的，在個人傳播進行時，不但可以用語言，還可以用動作輔助，以立即的回饋，達到最佳效果，同時個人傳播往往會收到意想不到的效果。

我們可以確信，個人親身影響的說服性比大眾傳播來得有效。但並

非一切的意見及態度之轉變，都有親身影響參與其中。

在大眾傳播中，意見領袖能供給閱聽人某些訊息和觀念，影響到傳播的效果。研究大眾傳播的個人親身影響，意見領袖是最不容忽視的人。

㈣個人性格 (personality)

心理學上的人格，也能影響傳播效果，人格包括性格、氣質、能力、興趣、態度等❺。

霍夫蘭和詹尼斯等人曾做過許多實驗，發現人的個性有倔強、有順服。對於一般性的訊息，一般人都有「一般聽從性觀念」(concept of general persuasibility)，但不同的性格差異卻又決定他選擇的內容，有人喜歡「硬」新聞（如法治新聞、國防新聞、新聞評論），有人喜歡「軟」新聞（如娛樂新聞、社會新聞、體育新聞），大致說來，教育程度又影響傳播內容的接受。根據研究，智商或教育水準低的人，事件的單面陳述 (one-sided presentation) 較為有效；而對於智商和教育水準高的人來說，則以兩面俱呈的雙面陳述 (two-sided presentation) 較有效，因為這些人教育高、有智商，寧願自己判斷，不願被人左右。

根據傳播學者的研究，受過良好教育的人，單面傳播很少有效，他們比較喜歡各種意見都有的分析；而對受教育較少的人，在批評某種想法時，不必太注重技巧，只要強調一面之詞就可以了。

如果我們同時考慮到預存立場和教育因素時，並呈方式的雙面傳播對教育良好的人比較有效，而不必考慮他們的預存立場；而單面傳播幾乎完全被那些受教育少而本來就持相同意見的人所確信。因此，要決定哪一種是最有效的傳播方式，首先需要瞭解的就是閱聽人的教育程度和信仰。

詹尼斯的聽從性研究，其發現之一是「恆久的個別差異」(consistent individual difference)❻，即聽從者永遠會聽從，不從者亦永遠固執己見。

---

❺　張春興、楊國樞：《心理學》，第三八頁。

❻　"Personality as a Factor in Susceptibility to Persuasion," *The Science of Human*

他將人格和聽從性歸納如下：

1. 公然對他人有敵意的人，聽從性小

多具有偏執狂和反社會行為；處處要強過他人，不願被他人左右。

2. 自我退卻者，聽從性小

多有乖離、自戀的傾向，對事物一味冷淡、迴避。

3. 缺乏想像力者，聽從性小

因為缺乏想像力，對傳播內容提不起興趣，反應小。

4. 自卑感重、低估自己者，聽從性大

對自己沒信心，怕受到打擊，在自我意識中，沒有能力抗拒別人，這種人對任何事情都較易聽從。

5. 外導傾向者比具內導傾向者易於說服

外導 (outer directed) 係指重視團體服從及環境適應；內導 (inner directed) 指重視個人目標和行為標準。有外導傾向的人都不是一個好的「聽從者」，雖然容易被說服，但是今天聽你的，明天又會去聽從別人的。

以上假設的實驗對象，詹氏只限男人，女人尚未求證。

二、傳播的內在因素

當傳播的訊息發出後，送往閱聽人之時，閱聽人將會以他的「預存立場」、「團體的規範」、「個人的性格」以及「別人對他的親身影響」等因素作為參考模式，並決定如何接受訊息，做何種反應，這些因素能夠決定一項傳播的效果如何。它們雖與傳播者有關，但是並非傳播本身，故而是屬於傳播的外在因素。

傳播的內在因素，則是與傳播本身有關係的，這些因素包括：「傳播的來源」、「傳播的媒介」、「傳播的內容」、「傳播的環境」四項，這些因素足以增加傳播的說服能力，分述於下：

Communication, by Irving L. Janis, New York: Basic Books, Inc., 1963.

㈠傳播的來源

　　傳播的來源是否權威，可靠性 (credibility) 如何？關係著說服能力和效果。在閱聽人心目中，來自崇高地位者或以專家姿態發出的訊息，比較容易被接受。霍夫蘭等人曾做過實驗，發現「立場公正的電影」的效果比「有企圖的宣傳影片」來得大，這是兩種不同的來源，故所發生的影響力亦有不同❼。

　　霍夫蘭等亦做過其他「來源」方面的實驗，發現「來源的威望可能會隨時間而消失其促進傳播效果的潛力」。

　　來源通常被重視者有二：專門性來源及以往已被熟知的來源。對特殊的閱聽人，專門性的來源符合他們的意願，可能容易被接受。如政府機關發言人，或是專門性雜誌，都具有高度的權威性，易被接受。

　　而以往已被熟知的來源，說服力亦大。美國 1930 年 CBS 的「火星人來襲」(*The Invasion from Mars*) 廣播，及二次大戰時凱特・史密斯 (Kate Smith) 小姐的勸募債券，都發揮了極大的效果。

㈡傳播的媒介

　　大眾媒介具有不同的運用方式、威望，所產生的效果亦各不相同。由於傳播效果太大，大眾媒介本身具有威望，同時亦可製造威望，如各行各業「明星」、「大師」的出現，大部分是媒介所賜。

　　傳播媒介性質不同，電視有電視的長處，報紙有報紙的特點，它們本身的傳播效能各有不同，都具有不同的權威。如艾波特 (Gordon Allport) 和康垂爾 (Hadley Cantril) 由實驗中證實：面對面演說的說服力優於透過機器的聲音，又優於印刷媒介。

　　傳播媒介的使用技巧也能造成效果的不同，如美國軍事運輸單位對新進人員講解汽車零件及各部位功能，將各部位人格化，以卡通電影的放映方式，較用掛圖的效果大得多。社會學家及宣傳家皆相信，使用多

---

❼　*The Process and Effects of Mass Communication,* edited by Wilbur Schramm, and Donald F. Roberts, Urbana: University of Illinois Press, 1971, pp. 273～276.

種媒介 (multimedia) 及各種傳播方法，可以增加傳播效果。

㈢傳播的內容

訊息的內容，是否能引起閱聽人的注意力和興趣，這與傳播的效果有十分重要的關係。

施蘭姆 (Wilbur Schramm) 認為訊息如欲達到可能的傳播效果，必須具備幾個條件：

　　1.訊息的發出，必須能立刻引起對方的注意，人都是喜歡東挑西選和好逸惡勞的，如何在天時、地利、人和之情況下發出訊息，是制勝的第一步。

　　2.在共同的經驗範圍內，於閱聽人認知的體系裡選擇理想的訊息，注意閱聽人的知識、經驗、符號認識、文化背景，組織出理想的訊息，否則超出經驗範圍，傳播的效果也是微弱的。

　　3.注意閱聽人之團體規範。

　　4.引起閱聽人之需要並滿足此需要。

此外，傳播的內容若能疏導閱聽人的意見，也可達到其效果。

㈣傳播的環境

閱聽人所處環境的氣氛，也能影響傳播效果，一如團體會影響個人，個人總是希望能以團體或環境來作為支持，他對於周圍環境的態度，有幾分順從感。在一項意見的表決時，即令有一群意志未定的游離分子，在「吾從眾」比較安全的心理影響下，最後還是非常可能被多數的一方給拉攏。大眾傳播所產生的效果，各有不同，影響效果的因素，我們已討論如上，關於傳播媒介對現代社會及組織體制中所可能產生的社會效果及影響，將於第八章中再討論。

🎤 第三節　大眾傳播與民意

大眾傳播所加強的是意見的滲透，所要求的是態度的形成或改變。

通常，任何傳播的目標必定是人，民意 (public opinion) 形成的基本結構，似是放在人之上。

人的個性彼此有異，意見亦然，意見是態度的表達，態度是一種心理的預期準備，也是行動的定向 (orientation)。大眾傳播對於人的個性，有強烈的滲透作用；個人的情緒興奮與否；團體充滿鬥志，或是毫無生氣，都可能由傳播的訊息來決定。大眾傳播影響個人的意見，亦影響大眾的意向；我們可說，大眾傳播是形成大眾意向的決定性力量。

民意也可稱之為輿論，是大多數人對某一問題的集體態度表徵。民意支配了社會習慣、國家的政治。任何一個問題的討論，必定有其正反兩面不同的意見相對立，全體一致的情形甚少。民意學者派克 (Robert Park) 認為「輿論包括了一切反對者的意見」，德國學者湯尼斯 (Ferdinand Tonnies) 亦說「輿論無法完全一致，因個人之地位、立場不同，其所形成之意見自然不可能完全一致」。

十七世紀以前，民主思想尚未成熟，沒有輿論的存在。在神權思想被否定以後，布朗奇利 (Johann Kaspar Bluntschli) 和威廉‧鄧普 (William Temple) 提出「神不能統治人民，只有人民才能創造法律」，民意始成雛形。到了洛克 (John Locke) 時期，有「大眾意願」(public will) 的存在，至孟德斯鳩 (Montesquieu) 提出「三權分立」的主張後，民意始形成。

一般來說，民意的傾向如何，是藉著調查統計得知的；社會上的輿論，也靠分析、調查、統計，才知其中正確的情況。民意的形成必須具備下列因素：

1. 多數人的意見 (majority opinion)
是多數人的自然意願而非脅迫的。

2. 少數人的意見 (minority opinion)
少數人的意見，可能受到格外重視。分析何以會有此種少數意見。

3. 合成的意見 (coalition opinion)
少數意見的合成，也會形成民意，但是立場不穩。

4.一致的意見 (consensus opinion)

環境及認知背景相同下產生一致的意願，自然是民意。

上述四種形成民意之因素，並非皆是正確民意形成的因素。正確民意的形成，尤須注意下列數點，倘若民意形成非屬正確，對社會的穩定狀態，將形成威脅：

1.經過自由討論和發表

由各種角度剖析事由，才能有徹底的討論與周全的看法，同時亦可使意見得以淨化。

2.經過深思熟慮與判斷

以大眾利益為出發點。

3.配合自己對正確事實之認識

真正認識事實，才能發表真正確實的意見。

4.積極的行動

民意形成必須要有表示方式，才能顯現出民意的存在，倘使大眾對選舉的看法，沒經過選舉行動，也表現不出民心之所在。

「民意」的個性多變，有人說民意是「意見的氣候」，有人說民意是「意見發展的程序」；說它是氣候，因為像氣候一樣捉摸不定；說它是一個發展的程序，是由於它沒有一個固定點。這兩項比喻，說明民意的多變性和可塑性。而其多變性和可塑性，又說明了民意的本質。由此我們可以瞭解，民意的數量，並不能保證其影響決策的分量，可是民意「質」的估計，卻多少能夠左右決策者。

民意能夠影響到政治，可說是民主政治的基礎。民意通常透過民意測驗或民意調查來得知。一般在選舉時，候選人最常利用民意測驗。通常民意調查是靜態的、定期的、沒有固定目的；而民意測驗都是在針對某一「重大事件」，或是某一「突發事故」所做的「大部分人意見的徵信」。民調首先要依據科學方法選出「樣本」，以客觀的態度，再加上科學化的訪問、分析、判斷，以求出答案。

　　美國是當今世界上，民意最能被表現的國家，這也歸功於其民意測驗的發達和普遍。

　　民意測驗、民意調查或是其他途徑對民意的分析，對政治、社會、經濟、教育，都有很大的影響力。

　　前面談過，民意以個人的意見為基礎。個人意見的形成因素包括性別、教育程度、年齡、宗教信仰、社會背景、收入、政治信仰等。本章第二節中已討論過，美國民意學專家李普曼認為「個人意識型態」──「塑形」為支持意見的主要力量。這些「塑形」是由個人生活經驗、教育程度及思考方法構成的。

　　大眾傳播對個人意見的形成，有最迅速、最直接、最具感染性的作用。個人的意識型態、環境等因素，對意見形成固然有影響，但到底不是絕對的，而且效果亦不明顯。而大眾傳播媒介能將現實環境中各種變化，藉相同之內容及在同一時間，以最易於被接受之形式、最合適的符號，針對大眾的興趣傳播給大眾，對個人基本意識型態造成潛移默化之影響。

　　大眾傳播不但能造成大眾討論的氣氛，並且能技巧性地將問題貼近大眾，使之具有高度價值，同時也灌輸某種程度之理性意見，包括評論、座談會等，有助於輿論之衡量，藉此發揮大眾傳播的領導作用。同時大眾媒介之言論，或為鼓吹性、或為呼籲性、或為批評性、或為析述性，都是經過一再的研判，具有高度的被接受性。此外大眾傳播媒介能經常向大眾提供表達意見的回饋機會，促成意見討論或辯論，亦是對形成民意之一大貢獻。

　　當代的民意測驗權威美國的蓋洛普 (George Gallup) 博士曾指出，民意測驗的方向，常可作為政府決策的方針，一個真正的政治家，決不會輕易改變他的理想或主張，以求符合任何一個集團的意見，但是他卻會說服社會，接受他的主張和目的。事實上作為一個領袖，他的成就之大小，多半要看他能否以他的意見說服社會，說服到什麼程度，而進行說

服工作，亦是要靠大眾傳播來完成的。

　　至於一項成功的民意調查，必須把握兩個重要因素。其一是完整的作業程序，也就是我們前面所提到的抽樣、訪問、統計等工作。其二是要能注意時效，因為動態不易掌握，人的感情隨時會變。

　　至於民意調查工作的進行，大眾傳播媒介實占有天時、地利、人和等優秀條件，因為它們擁有廣泛的閱聽人、迅捷的聯繫系統。

　　大眾傳播對民意的形成，有不可忽視的助長作用，至於其影響力大小，則需視媒介和訊息型態、主題，以及傳播者與閱聽人之間的配合情形而定：

　　1.就傳播媒介而言：可見的、專門的、直接的、感情的，較常轉述的、一般的、間接的及理智的易於生效。

　　2.就訊息性質而言：新的、小的、以人為中心的，較舊的、大的、以事為中心的易於生效。

　　3.就閱聽人而言：經常接受傳播的、無預存立場的，較從不接受傳播者，或較少接受傳播者，以及閱聽前已有預存立場的人易於生效。

　　4.無目的的閱聽人較有目的的閱聽人易於生效。

　　媒體不僅是提供消息及娛樂，更是意見及思想的交換市場，所以較具規模的媒體都有健全的民調單位，並擁有嚴謹處理民調的態度，若以民調作為政治或商業的工具，就減損其對社會的公信力了。

第八章　大眾傳播與社會

🎙 第一節　大眾傳播與社會的關係

社會，是個人的組合，是個人在一個組織體內依著社會定向目標 (social orientation)，有系統地分工合作，並藉著社會互動 (social interaction)，達到協調與進步。

大眾傳播，是一種個人意識和行為的影響過程，也是一種社會的行為。任何社會有其組織特性，有簡單與繁複之別，社會中的分子，在社會組織體中，為求觀察環境，而產生訊息吞吐的運動現象。故我們可以說，傳播的行為發於任何型態的社會，而與社會有極密切的關係。

當我們研究大眾傳播的作用時，我們不能否定它在這個社會中，含有極大的動力。由原始時代開始，大眾傳播就成為人類社會中，不可缺少的一環，它協助人類由草昧進入到文明階段；尤其到近代，大眾傳播活潑的運用，縮短了「社會距離」(social distance)，以致這種現代社會特殊形式的傳播，更為人們注意而顯露出來。

人類為了要維持一個完整健全的集合體，必須要具備一項中樞能力，以期控制社會，如同人體的神經中樞負責全身的運動。社會的中樞能力，是人的思考模式與行動，可以將複雜的社會加以整理而趨於規則化。

社會的複雜化，可以由兩方面觀察：⑴社會機能與構造方面，逐步邁向特殊化與分化的情形；⑵個人才能的特殊化，形成專長的技能。現今在一體系的工作裡，有分工的傾向；而各種特殊的人才，也有專找特殊工作的傾向，社會中職業的分工和特殊技術化，形成了特殊團體。為了使特殊機能有所發展，於是有公司、行號、學校、銀行以及資本家團

體的成立。

另一方面為了要與政治、經濟、宗教，或教育等活動相互照應，社會的構造乃呈現區分的現象，於是形成階級的區分，以至幾個階層的區分，此可稱為「社會分化」(social differentiation)。在社會分化的過程中，或在分級化的社會型態裡，傳播活動相當於社會繁榮的促進劑；或可為穩定劑，抗拒環境中外來的壓力，並與內部的壓力相協和，造成社會的穩定狀態；也可以是在社會過程 (social process) 中，一種「社會調適」❶行為的引發者。

表面上看來，傳播是一種很普遍的社會現象，實際上，傳播是社會行為的動力，它是社會精神的支持者、社會文化的形成者、社會穩定的維持者。社會中的各種分子仰賴傳播連繫情感，建立共同的信念，接受共同的法則，產生和諧的社會關係，大眾傳播亦然，當我們討論社會的形成、延續、擴大等社會化過程，傳播扮演著相當重要的角色。

現代社會最大的特徵，是大眾傳播媒介的普遍化。過去，當大眾傳播媒介尚未出現時，傳播即已深深影響人的行為、意識、思維方式，而大眾媒介出現後，影響更是深遠。據估計，臺灣一個年輕人在高中畢業後，消耗在電視機前的時間，多於小學到中學待在教室內的時間，其他國家亦然。在臺灣，一個有正當職業的人，下了班後的消遣，通常便是接觸大眾媒介。這說明大眾傳播已成為現代社會生活中重要的一環；對人、對社會、對文化，自有其短期和長遠的影響。

人類具有累積知識與傳播知識的獨特能力，大眾傳播能影響人的信仰、意見和生活習慣，使之成為社會中潛伏的行為因素，時時會找到理想對象予以感染。

---

❶　人與人之間、團體與團體之間、文化與文化之間，彼此互相結合、互相滿意謂之。調適二字應用於生物學、教育學、心理學、社會心理學、社會學，史賓塞 (Herbert Spencer) 認為「生活即是內在與外在的調適。」張鏡予：《雲五社會科學大辭典：社會學》，第一一一頁。

　　依照大眾傳播的性質推論，大眾媒介對人、對社會可能有下列幾種影響❷：

　　1.藉發布消息，大眾傳播可以牽引人們的注意力，進而影響社會。

　　2.可能產生正確的印象或不正確的印象，例如國人因接觸到好萊塢影片，而對歐美社會產生過分的幻想。

　　3.對一個人在新環境或變動環境中，產生極大的影響力，例如傳播媒介對於孩童初接觸媒介訊息時的影響力之大，異常驚人。

　　4.大眾媒介忽視或故意漏掉的訊息，可能產生重大的社會意義，而影響社會秩序和人的行為。

　　在社會形成、社會延續、社會擴大、社會活潑、社會導進 (social telesis) 的過程中，大眾傳播可能發生下列諸種現象：

㈠使個人或團體經整合 (integrate) 而形成社會

　　社會並非一個虛無的空殼，而是許多個人的結合，這種結合並不單純，而是一種互相牽連交錯的綜合體。大眾傳播，維持彼此之間的溝通，保持彼此之間的和諧，集成無數的和諧關係，構成人類社會。倘無此種關係，即無人類社會的存在。

㈡人類依賴社會而生存

　　人生不能無群，對環境的陌生感藉著適應作用，漸漸地熟悉調和。在社會中，傳播能讓人與家族更加親近社會，在此同時，大眾傳播能夠消弭因競爭或衝突所導致的緊張關係，形成和諧，更增加人類生活於社會中之信心。

㈢創造大的社會

　　大眾傳播的擴大作用，助長了人類社會觀念的擴大，和社會性的加強，使社會經由傳播活動，逐漸擴散、擴大，形成一個大的社會。

　　由於大眾傳播事業的發達，充分發揮了傳播的特性，人們對環境及環境變化的瞭解，時間上速度加快了，空間上領域擴大了，程度上也精

❷　祝基瀅：《大眾傳播學》，第四四──四六頁。

確了，人們於是從很小的生活範圍中脫離出，而和更大、更多變化的社會發生接觸。人類社會觀念擴大和社會性加強，使人類整個文明，不論地理距離如何遙遠，都能藉大眾傳播的功能，產生如原始部落社會的心理共鳴，甚至使世界各地的人類在心理上更為接近；易言之，大眾傳播使地理界線消失，而在人類心理上重新劃分了世界。地理界線的消失，即社會性擴大。

㈣提高了人在社會中的地位

在昔日封建社會制度下，個人知識觀念的狹窄，使得社會中部分的人民心智愚昧。大眾傳播活動展開後，人皆能夠由傳播中獲得足夠的消息和知識，重新選擇其努力的方向，改善生活，增加財富，提高社會地位，以致舊社會逐漸瓦解，新社會因而形成。大眾智慧的普遍發展，使得社會趨於活潑，增加了無限的新希望和生機。此時大眾消息公開，民主政治制度發達，人類理性的意見隨時被注意，社會地位無形地提高。

現代社會的形成過程中，傳播負有神聖的使命，使得社會組織嚴密，人類的生活圈亦充滿了機能；而不論是個人社會機能還是社會的團體機能，也都有助於大眾傳播的成長。

往日的語言傳播、訊號傳遞，時至今日雖仍有其必要的地位，但是新的媒介卻在社會發展中逐步演進，形成今日媒介的廣大性，這是現代社會對媒介的一種回報。媒介的控制者與媒介本身的性能都進步了，使傳播媒介能在社會再發展的過程，人類智能再提高的同時，發揮相互牽制的激勵作用。杜威 (John Dewey) 曾說「社會不但依靠社會而繼續存在，我們還可以說是依賴傳播而擴大。」

現代化社會，是一個為了因應環境變化，始終保持均衡，並向特定目標前進或發展的過程，這種過程，也可以稱為「社會過程」。在這種因應與自動調整的過程中，無一不仰賴傳播活動來完成。我們來討論社會過程範疇與影響因素：

社會過程是社會互動的一種循環往復型態，派克 (Robert Park) 與柏

吉斯 (Ernest Burgess) 對社會過程的定義為「凡屬團體生活的變動，均名之曰社會過程」。具體言之，人類社會的動能或變遷，統稱為社會過程❸。此種動態，包括突變、轉化、衝突、順應、控制、分化等方式，社會過程則包括有五種不同的方式：⑴自我內在的；⑵人與人的；⑶個人與團體的或團體與個人的；⑷團體與團體的；⑸結構功能的過程。大眾傳播的活潑作用與擴大作用，能夠協調上述社會過程中的各種情況與環境，對自我的內在互動產生協調、平衡、價值感、自我觀；對人與人、人與團體、團體與團體由訊息互傳及教導，造成相互的和諧及彼此的認同，達到團體調適或社會調適。而社會結構功能的過程，則由傳播的社會整合功能 (social integration)，協調出理想的社會整合層面。

1. 文化的整合

即規範模式的脈絡相關狀態。

2. 規範的整合

即規範模式與動機過程的相關狀態；此狀態促進社會構成者之間的順應。

3. 意見的整合

社會構成者分享與傳遞規範模式的狀態。

4. 功能的整合

主張期待及外表行為的連貫一致狀態。

大眾傳播既對社會發生莫大的影響，而社會亦造成一種氣氛與大眾傳播相互配合，故而今日大眾傳播注重於大眾傳播過程，包括傳播者、傳播工具、閱聽人分析、內容分析及效果分析。在研究這些過程的同時，社會科學家對於大眾傳播與社會，有下列研究重點及觀點❹：

---

❸ Park, and Burgess, *Introduction to the Science of Sociology*, Chicago University Press, 1924, 9. 51. 張鏡予：《雲五社會科學大辭典：社會學》，第一〇六頁。

❹ Shannon, and Weaver, *The Matheustical Theory of Communication*, Urbana: University of Illinois Press, 1949, p. 28.

　　1.視大眾傳播為一社會制度，研究方向在於其結構、功能、閱聽行為、責任及表現。

　　2.注重傳播效果的因果分析，並由各方面研究其效果。經常研究的因素主要有傳播工具、消息的性質、閱聽人的性格與閱聽習慣、傳播技能以及團體的影響。

　　3.視社會為整體，並從制度或現象去研究大眾傳播的影響。即除了研究大眾傳播對個人的影響外，又分析大眾傳播與社會結構的關係，以及大眾傳播對社會變遷的影響。

🎤 第二節　大眾傳播與社會變遷

　　在討論此問題之前，我們先把社會變遷 (social change) 這個名詞做一番解析：人不論是何種性格、何種才能，必定是存在於一個團體社會中，社會給人庇護，給人謀生的環境，而人得以將其所能貢獻於社會。

　　社會既是由人組成，社會的態度、價值觀念等，往往也如同人一般，是有理性的，可變動的。社會變遷是指社會現象的變動，任何社會過程或社會型態的改變，統稱為「社會變遷」。社會學上所稱的社會變遷，是各種社會運動結果的綜合名詞；此種變遷不論是進步的、退步的、永久的、暫時的、有計畫的、無計畫的、有益的或有害的，均是社會變遷的現象。

　　二次大戰結束以來，人類即逐步在安定的生活中，致力於精神生活與物質生活的重建，也就是致力於「現代化」。世界各國在發展的過程中，始終藉著傳播的活動，一來維持環境的平衡，二則在社會的變遷中，逐步建立現代化社會與現代化國家。所謂現代化，是一種開放社會中的改變形式，像是結構、機能、價值觀念等的改變，有下列數種特徵：

　　1.工業化

　　科學技術的進步，帶動生產的進步，一改舊社會的產銷方式，將經

濟導向高度發展，造成工業化的新社會型態。

2. 社會化

社會組織趨於複雜，分工制度形成，以致個人必須與他人合作，才可共存共榮；形成人們熱心公益、貢獻才能之新價值觀。

3. 都市化

新的社會結構及經濟發展趨向，造成農村、都市型態逐漸不同，並動搖了家庭倫理制度與個人價值觀。

4. 民主化

風氣的開放和教育事業的發達，形成政治及社會民主思潮的興盛，傳播事業的發達，更擴大了自由思想和人的求知慾。

5. 理性化

科學的思想和知識，創造了理性的新觀念，各種行為模式，摒除了感情用事的習慣，而以理性的思維方式判斷事理。

6. 大眾化

大眾傳播的普及、工業化的躍進，使得人們在思想上與物質的享受上，均有大量的進步。

7. 交流化

思想、觀念由於交通和傳播事業的發達，而能相互溝通，也創造了改變與更新的希望。

現代化的社會，分子之間關係複雜，社會關係一變動，分子間的行為亦隨之變動，人們隨時應付因變動而產生的環境；社會變動的範圍，不出大眾傳播所能影響的範圍，包括：

1. 人群

社會中分子的態度、觀念、行為的改變，必有大眾傳播的影響，大眾傳播對人的影響，我們已討論過。

2. 制度

大眾傳播對意見氣氛的形成，包括量的影響、制度的形成或改變，

都可能承受外界環境和內部人為的壓力,這些壓力的形成,也可能是傳播所傳授或教導的。

3. 社會結構的突變

社會的分層、分等,各層結構和功能都有可能受外界訊息影響而發生突變。

4. 發展

新的理論、進步的理論、改革後的措施,可能對社會或國家造成發展的趨勢。一個社會,隨時都在進步與發展,傳播能提供發展中所需要的技術。

5. 衰落

由於某種打擊,或是措施的失敗,可能造成一時衰落的現象,衰落的現象需要緩和、需要恢復,有賴社會的守望及協助。

以上各項都是可能發生社會變遷的功能團體或行為系統。社會變遷大致不出此範圍,而大眾傳播的影響範圍,都可及於此,造成新的環境與新的思想型態。

大眾傳播對社會變遷所能造成的影響,包括:新技術的發明、新的生活方式、新的思想方式、新的社會價值等。在開發中國家的發展,大眾傳播能盡更大的力量。我們知道開發中國家所進行的發展,是一種有計畫地加速現代化運動;現代化是把傳統的生活方式轉變為一種比較複雜、技術水準較高,並且急速改變的生活型態。換言之,現代化過程是促成生活的改變,而形成社會的改變,也就是「現代生活型態的建立」。

改變生活型態是無法單獨用生產方法的改變來完成的,甚至生產方法的改變都必須以生活型態改變為先決條件。換言之,物質的、經濟的、制度的改變,必須伴之以行為的、社會的、個人的改變,才會有效果。美國麻省理工學院社會學家勒納 (Daniel Lerner),長期研究中東國家之現代化過程,發現大眾傳播媒介,是促成社會改變的主要工具。他認為社會改變的原動力是「精神機動性」(psychic mobility),這是一種「人想脫

離傳統角色而欲擔任一新角色」的能力。勒納又將此精神機動性稱作「移想力」(empathy)。當一個傳統社會中這種人多起來時，這個社會便會開始改變。精神動機可以使人做廣度與深度都足夠的轉變，而令社會改變可以自行持續下去。

大眾傳播媒介便是觸發社會分子「移想力」的主要工具，也是促使社會分子謀求新的生活型態的主要工具，故勒納將大眾傳播媒介稱為「機動性的繁衍者」(mobility multiplier)。如果一個社會的人，在一種傳統的「制度的惰性籠罩下」(institutional inertia)，只能夠做些例行公事，生活在封閉的生活方式下，仍以古老的生活方式為依憑，沒有移想力、機動性與參與感，久之則形成目光短視的人格，社會則不易徹底地變遷。

大眾傳播如欲能發揮改變社會的功能，必須要由社會的基本組織者「人」來著手，要先改變人。哈佛大學教授殷克利斯 (Alex Inkeles) 在他〈人的現代化〉一文中，舉出現代人的九種特徵：

1.願意接受新經驗，樂於創新與變革。

2.對自己身邊之事有興趣，並能提出意見。

3.對現在及未來的興趣，大於對過去的興趣。

4.重視計畫與組織，並視為一種生產做事的方式。

5.相信從學習中去控制環境，而不為環境所控制。

6.不相信命運，相信人的力量能建立一較好的世界。

7.顧及他人尊嚴，尊重他人。

8.對科學技術有很大的信心。

9.贊成分配公平的原則。

由以上特徵中，可以察覺出「變」是受人歡迎的。

通常人的改變可以分為三種：(1)質的改變：知識及水準的提高，有待教育界的努力；(2)人力結構的改變：如將城市鄉村人口、農工人口重新分配，使符合工業化的需求；(3)人格結構的改變：是信仰、習俗、價值判斷的改變。三種改變中，以人格結構的改變最難，卻也是最根本，

最花時間的工作，也只有這種改變，才能使人放棄傳統的權威觀念，容易對新觀念加以接受、試驗與採納。

至於說改變人的途徑，不外二種：⑴正規學校教育；⑵大眾傳播媒介。何者之改變效力最大，我們不敢斷言，但有一點可以想見，教育是長時間的投資，效果來得慢。而有計畫地集中使用大眾媒介，其效果與成果都可能比學校教育來得快。

社會變遷的過程，我們由傳播的觀點，可以分為四步驟：

1. 發明 (invention)

一種新的理論或新的觀念之發明、創造與源起。

2. 擴散 (diffusion)

新觀念在社會系統中，開始推展；這是一種傳播的過程。

3. 衝擊 (impact)

新理想、新觀念與社會中之組成分子的價值觀相摩擦。

4. 結果 (conclusion)

摩擦的結果，新的理論是被接受了？還是被抗拒了？

當一個人受到新的理念衝擊時，既存的認知體系遭受到挑戰，就會產生「不安」的現象。解決不安現象的方法，是抗拒新的理念，或修正認知系統接受新理念。通常人的性格中有分「閉鎖型性格」（不喜歡改變的人）及開放型性格（求變心強的人）。前者對與既存認知系統衝突的新理念會將之簡化、歪曲、抗拒，以消除不安；後者對新理念的接觸，由於其認知系統對於澄清的需求很強，則可能會心平氣和地考慮新舊理念的異同和優劣，然後決定是否接受新理念，或是調整原來的認知系統。因此，從社會變遷的過程來看，社會中分子改變的「意願」和「傾向」越強，則社會變遷越快速，而社會變遷是現代化的必要條件。

大眾傳播在現代社會中，除了協助或抗拒社會的現象、奠定現代化人格外，施蘭姆 (Wilbur Schramm) 將傳播此「推動者」(mover) 在國家發展中的重要功能，歸納如下：

㈠形成發展的氣氛 (climate)

大眾傳播由於具有監視環境的功能，可以擴大人們的眼界，供輸消息新知，同時可以將環境中某些理想的現象，提供予大眾討論，在發展之初期，掀起熱潮，並能鼓勵人們突破現狀。

㈡協助發展計畫的擬定

大眾傳播可以溝通政府與大眾之間的意見，促進相互的瞭解，一則使政府的措施取得人民的信任和支持，同時大眾亦可經由意見的表達和回饋，將意見供給政府作參考之用，並以互相協調的方式合擬一套理想的發展計畫。

㈢傳授新知，培養人才資源

大眾傳播的教育功能，可以將新知識、新理論、新觀念，傳送給大眾，提供人民獲得新知的機會，提高大眾的素質，並協助教師的教導，造就更多的人才，使人才能夠在國家建設中，擔任其他角色。

㈣協助參與、加強監督

大眾傳播既然能鼓動人民對公眾事務的興趣，則必能提高人民對國家發展事業的參與機會，同時，在參與中，多少能夠作為監督者，以利國家發展計畫的修正及改善。

㈤現代人格的奠定

大眾傳播能夠在平日傳訊的過程中，以持久的內容形式，引發潛移默化的作用，奠定大眾對事物的觀點與價值觀。

上述第五項，對人格及價值觀的奠定，就國內大眾傳播界來說，是嫌弱了一點，觀乎當前臺灣許多大眾媒介，對於社會風氣及社會人格的觀察角度，已有極大的偏差，一窩蜂地走向歪曲的路途，媚外、崇洋、笑貧不笑娼的說法，似乎在這個社會中逐漸醞釀成一種普遍的價值觀，至於奠定真正現代人格所需的資訊，仍是貧乏，此有待檢討，否則長此以往，欲突破今日瓶頸，恐非易事。

在社會變遷與進步中，大眾傳播的力量非常微妙，雖然我們不能完

全肯定其效果的絕對性，但是它的重要性卻是不容否定的。社會問題千頭萬緒，大眾傳播所能發生影響的，只是其中一部分，雖然這一部分有時只能發生微渺的作用，但是對於變異，有時也能發生極大的震撼，當前我們討論大眾傳播在社會變遷中所扮演的角色問題，必須要澄清三種觀念：

㈠事實的真實反映

在開放的、高低水準不同的社會，大眾的表現與要求形式不一。大眾傳播得天獨厚，有其特有之力量和權力，並為大眾信賴、喜愛，大眾媒介往往為了遷就大眾，或是遷就能看見的大眾，以大眾的興趣為前提，而忽視了真正的意義，將並非有益社會發展的訊息傳給大眾，加深了對他們的毒害；或是只注意到表面的大眾，而忽視了沉默的大多數，使得社會中堅分子或是潛在的分子沒有受到媒介真正的照顧，對於此一社會教育的失職，大眾媒介難辭其咎。

㈡服務是否公正？

現今的大眾傳播事業，不論是國內，抑或是國外，往往因其基於商業的出發點，而忽視了教育、守望等功能，一味地做商業的附屬事業。同時，大眾媒介所重視的也只是具有商業能力的大眾或是某些特殊的媒介寵兒，使得部分同屬社會的人受到忽視。故而我們可以說，大眾傳播事業的服務，常常並不公正。

㈢建立大眾信心，增加希望

在一個工業社會中，由於衝擊的速度快、生活單調、機械的強大力量，使得人對自己的力量，產生了懷疑；看到機械取代人力，看到物性取代人性，往往產生不知何去何從的失落感。大眾傳播媒介在以往的服務中，對社會大眾信心的建立，並未盡到多少職責。理想的大眾傳播事業，應該既是訊息發出者，也是希望與信心的建立者。

以上針對大眾傳播社會變遷及發展做一番討論，我們都希望大眾傳播媒介在社會的漸變中，能夠往好的地方發揮領導作用，同時以公益為

先，多所貢獻社會，如此大眾傳播將能由國家社會的進步中，取得有利其發展的各種環境，故而傳播和社會未嘗不是互惠的。

傳播學者施蘭姆在〈傳播與改變〉一文中曾提出了一些方法，作為大眾傳播在協助國家社會推動現代化時的參考步驟：

㈠有計畫地注意改變的「動力」

心理的、社會的因素都要列入傳播的考慮中，以發掘人們改變的真正意願與責任。

㈡改變內容應配合本地文化背景

任何一個社會文化變遷過程中，外來文化必須與本國國情適合，否則即使引進了新文化，依然不能立足生根。

㈢傳播內容必須確實到達傳播對象

傳播必須講求效果，許多傳播工作只有傳播，而無成果，最後發現傳錯了人，或是閱聽人本身並不宜接受這種內容。

㈣傳播方式必須採取雙面傳播

為使效力增加，應考慮並重視「回饋」，這種有「傳播」也有「回饋」的方式必能改善雙方的關係，也因此可使任何改變計畫在雙方努力下得到修訂改正，止於至善。

㈤重複、信賴，與引起注意

這往往是說服理論中常常強調的，大眾傳播為加深人們的認識，也必須要在這方式下加深大眾應有的印象。

㈥示　範

推動一項新事物及改革，示範比較容易增進記憶力，傳播媒介應盡可能實地操作，讓閱聽人能有百聞不如一見的效果。

㈦練　習

大眾媒介應提供人們實地練習的機會，來加深學習的印象與興趣。

🎤 第三節　大眾傳播的社會責任

　　由前二節中所述，大眾傳播對於個人的心理影響與維持社會的平衡 (social equilibrium)，有巨大的力量。自十九世紀以來，當大眾傳播事業為人所控制，發展為龐大的企業組織以後，一度曾經走入了歧途，黃色新聞的氾濫、犯罪事件的渲染、事業所有權集中、私人欲望支使，都減低了它對大眾的責任和服務大眾的能力，這種情形，到了二十世紀的初期變本加厲。它的貽害之處，使人們在不知不覺中受其感染。1950 年代以後，由於社會責任論的倡導，才廣泛地注意到此一問題，不僅大眾對於大眾媒介有所要求，大眾傳播的從業人員，也多有自律的主張，甚至於有些政府和國家，會主動地從旁協助，使得大眾傳播事業在迷失方向之中，多少找到了一些目標。

　　不論是以往的大眾媒介，或是今日的大眾媒介，都有其對社會行為系統的一般功能和反功能 (dysfunction)，綜合今日國內及國外的大眾媒介，由其表面及潛在的表現，可分析出下列數種反功能：

㈠報導的失實

　　大眾傳播媒介往往為了迎合大眾的口味，因而有低趣味性的報導及激情主義 (sensationalism) 的報導，不論是由於個人觀點的偏差，抑或對事物的喜愛度不同，傳播者往往對訊息自充守門人，以不實但合於己意的內容傳給大眾。另一種可能是媒介所有人的好惡，可以控制新聞內容，壟斷整個消息市場。歷史上的「美西戰爭」，即是由於大眾傳播媒介一味地進行煽動性失實報導所引起的。

㈡教責之未盡

　　大眾傳播對社會大眾的教育並未做好，反倒是對反社會行為的不良傳導，發生了相當大的影響；社會上奢靡風氣、言語放蕩的增加，都是在大眾媒介中可以常常學到的東西，兒童及青少年心理畸形發展，尤其

令人擔憂：⑴兒童及少年犯罪行為的誘導；⑵少年道德觀念的降低。這種對青少年及兒童的影響，將來可能會形成整個社會觀念的改變。

㈢對大眾麻醉

大眾媒介的傳播者，使用訊息不當，於是形成對社會大眾的麻醉。⑴娛樂材料的過多；⑵大眾媒介所供應的材料過多，占去了人們對其他事務思考、專心、創造的時間，對於社會事務的處理，逐漸失去其進取心；⑶問題描述及解決辦法之過分簡單，使人被這些例子誘導，逐漸失去對事物複雜性及嚴重性的注意，因而失去了積極性。

㈣娛樂未發揮

大眾傳播事業在娛樂功能方面，最為社會各界所指責，廣告操縱節目內容、低級節目充斥、一再對暴力及惡作劇型鬧劇的強調，使部分社會分子沉迷於低趣味娛樂中，而忽略了其它美好的事物。

㈤新聞自由的濫用

大眾傳播的自由採訪與報導，是自由社會與民主國家的基本構成因素之一，但是新聞自由不應妨害到國家安全，否則就未盡報業對國家的責任了。大眾傳播家雷德 (Richard Reid) 說：「《憲法》對新聞自由之保證，並非特許報界肆無忌憚，為所欲為……，新聞自由主要是屬於全體人民，而非報業，當此自由權利與更高的權利發生衝突時，人民有權去節制它。」

㈥重商主義的盛行

大眾傳播逐步傾向商業化，是現代社會造成的直接影響。大眾傳播機構成為龐大的商業組織，而其擁有者即是大商業家，因此在言論上已從傳統的大眾意見的領袖地位，轉變成傳播謠言和新聞的承辦商。在重商主義下的報業所信奉的教條是：「給公眾所需要的東西」，於是新聞的定義乃變成了「女人」、「錢」及「犯罪」。這是大眾傳播界的危機，若不及早設法挽救，大眾傳媒很可能會淪為少數人控制社會大眾的利器。

傳播是一個社會產物，它能夠代表一個社會的特徵，反映一個社會的型態，以往的世界各國，由於國家體制、社會形式不同，美國威廉

(Raymond Williams) 教授曾將傳播分為四種制度：

1. 極權傳播制度 (authoritarian system)

極權政府下的產物，傳播事業由政府或指定者辦理，替政府做宣傳，實行嚴格新聞檢查，其目的在鞏固統治者之權力。

2. 父權傳播制度 (paternal system)

與極權制度相類似，傳播事業由政府經營，宣傳統治者「認為」對大眾有益的東西。共產主義與社會主義的傳播制度如是。

3. 商業傳播制度 (commercial system)

此制度源於自由主義，主張傳播事業完全由人民經營，政府不得參與，媒介享有「絕對的自由」。此種行為後來導致媒介的偏差以及野心者的壟斷。

4. 民主傳播制度 (democratic system)

主張傳播事業雖脫離政府管制，亦需消除商業集團的擺布，將傳播方針建立在真正為大眾服務、達成民主政治的崇高原則之下。

近代民主思潮所趨，除了少數共產國家外，大眾傳播事業都朝著社會責任論的方向前進。

大眾傳播在一個理想的社會中，除了能盡守望、決策、教育、娛樂的功能外，尚有很強的商業功能（幫助推銷商品、確保經濟制度健全）；大眾傳播對社會的功能亦是如此。

拉查斯斐 (Paul Lazarsfeld) 及墨頓 (Robert Merton) 認為大眾傳播的力量有三：⑴給予身分與地位的力量；⑵實踐社會某種規範的力量，其方法為把規範的偏差公諸世人；⑶幫助維持現狀的力量，其方法為麻痺閱聽人的感覺，使自由行動為被動接受。

當報紙發揮驚人的影響力量時，社會責任的理論已逐漸形成，美國十九世紀五〇年代至十九世紀末葉，報業因過分自由，使美國總統傑佛遜 (Thomas Jefferson) 對報業有所感言：「報紙由於過分虛偽放任，以致危害了它應有的功能；報紙如果虛偽放任，其為害之烈，將甚於獨裁者

設計的所有枷鎖。」

　　他認為報業應負有下列功能：

　　1.教育人民，提高人民品質，加強自治能力。

　　2.客觀、公正而充分地報導新聞，建立「意見自由市場」，服務民主政治。

　　3.監督政府，保障人民之自由權利。

　　這是早期言論談及大眾傳播與社會責任的關係，其後有威邁爾 (Lambert A. Wilmer) 及艾爾溫 (Will Erwin)、辛克萊 (Upton Sinclair)、賽爾滋 (George Seldes) 等對報業的批評，報業諸君子宜虛心省思。

||||||||||||||||||||||||||||||||||||||||||||||||||||||||||||||

第九章　大眾傳播的未來

🎙 第一節　人類文明與大眾傳播

　　人類的歷史，從比較的研究法來看，可分為原始社會與文明社會。
湯恩比 (Arnold J. Toynbee) 把文明社會稱為文明，因為只有文明社會才
會產生文明。

　　原始社會因為人際活動不頻繁，是靜止的，不可能產生加速的進步；
而社會在演進的過程中，由於受到「挑戰與反應」衝突的影響，人類由
模仿創造中，推動社會發展，使得物質環境和人文環境在內外的激勵、
壓迫下，有一連串的成功反應，而形成人類文明的躍進❶。從往昔的傳
播活動，到近代的大眾傳播活動，都能夠造成種種變化、反應、衝突與
挑戰。我們可以如此說，人類文明在直接上與間接上都受到大眾傳播的
影響。

　　十五世紀印刷術的發明,到十七世紀印刷媒介——報紙已逐漸普及。
十九世紀廣播的出現以及二十世紀電視的普及，種類越來越多的媒介，
配合著社會分化所造成的社會活動環境。我們每天暴露在報紙、書籍、
廣播、電視、網路等媒介中，最少會親自接觸其中一至二種以上的媒介。
而當思考某一問題或是著手做一件事情，一定會以曾經接觸過的相類似
問題，或是把此事物與現在或過去有關的其他因素，拿來作為行為或思
考的「參考架構」(reference frame)，而這些參考架構的形成，大眾傳播
在日常重複傳播中所直接或間接賦予的訊息，都有很深的潛在影響力。

　　我們常會聽到人說：這是一個大眾傳播的時代。的確不錯，大眾傳

---

❶　黃大受：〈湯恩比論文明〉,《文藝復興月刊》七〇期。

播媒體活躍於大眾社會中，大眾傳播事業變成人人不可少的事業，生活在現代社會中的人們，也可以說生活在大眾媒體活躍的力量之下。過去的世界，有無心於世事的隱居者，可以經年累月地把自己置於無訊息傳送的孤僻處，不與大眾媒體接觸；有些人經濟能力差、教育程度不夠，無法接觸到大眾傳播，是以這種情況越普遍的時代和社會，其社會文明的進步則越慢，人們文明程度也越低。

今天，在一個開發中乃至已開發的國家，報紙、雜誌、書籍、網路，幾乎遍及每一家庭，電視機成為家庭客廳中的必備品，甚至成裝飾品，這些大眾傳播的媒介物，甚至可以和人們的日常生活用品，並陳在市場中。我們在休閒時、下班後、入睡前，不翻翻報紙、不打開電視機、不看看書、不上網，總會有一種失落的感覺，覺得好像少了什麼東西似的。

在另一方面，大眾傳播在現代社會中，無時無刻不引導、影響人們的生活，並能做適當的服務，如果缺少大眾媒體，我們會覺得無法與外在世界取得聯繫，我們會生活在摸索的環境中，沒有新聞報導，我們無法知道國內外所發生的大事、氣候的變化、市場的情況，甚至於災難的來臨、應付的措施等，而這些都是由廣播、電視、報紙、網路等大眾媒體中獲得。其他應用知識、生活索引知識、專業知識，也都是由大眾媒體中獲得。現代的世界變化太大，如果沒有大眾傳播的協助，人們會為了獲取某些消息、知識，整日疲於奔命，不但對環境覺得陌生，同時也無法武裝自己。如此一個現代人將是脆弱而不堪一擊的。

現代社會，大眾傳播具有守望、決策、教育、娛樂的功能，這些功能可以穩定一個國家、協調一個社會；當國家有重大事件發生時，當一個社會有不尋常的緊張狀況發生時，傳播活動會大大增加，而在經濟發展、社會定型、社會變遷時，大眾傳播都能夠發生超自然力量，使人類潛在意識得以被馴服，而逐步達到它所欲達到的目的。

傳播的研究者，近來研究的目標亦指向大眾傳播與現代化的關係，咸認為傳播的功能所及，已經成為人類的「改變氣質」及追求「成就的

欲望」之偉大導師。西方人由於先受大眾傳播之惠，在心理上已具備了現代性，而同時影響所及，現代性也在世界各地展開。

我們先談大眾傳播對國家或社會現代化的影響力：

人類由以往的生存環境逐漸進步到今日，一個國家從「傳統」歷經「過渡」，邁向「現代」，都有多元的因素相配合，就是都市化、教育水準、傳播媒介、經濟發展和國民的民主自由❷，大眾傳播對這些因素都能發生相當的影響：

㈠都市化

都市指的是人口較為稠密、工商業較為發達的地區。在歷史發展的初期，都市就已存在，都市內的人有相互接觸的機會，透過組織化的系統，能夠共同促進生產，都市的發展同時帶動了工業化。人們互相的交往接觸，易於刺激新的欲望產生，以及習得滿足欲望的方法。大眾傳播媒介的出現，使得都市的人，成為其當然的消費者。大眾傳播不但能訓練人們，使其能適應複雜的環境，提高對環境的警覺性，供給工業化所需要的知識和技能，它同時更教導都市中的居民如何增加接觸大眾傳播的機會，充分利用傳播媒介，間接地也提高了人們對媒介的依賴性。

㈡教育水準

識字能力是現代化過程中，個人的基本技能之一，人們可以利用文字的能力，來接觸許多事物，以利自己經驗的吸收。識字能使人類接觸不同的經驗世界，同時利用複雜的科學機械；它是人類心理成長的橋梁，有了識字能力，才可以逐步地成為現代人。

人們的識字能力，不外是由學校中得來。然而學校本身在現代化過程中的功能發揮不足，大眾傳播是另一種社會力量的支持，識字能力成為接受大眾傳播媒體的必備條件，在相互的影響下，大眾傳播的教育功

❷　邱勝安：〈大眾傳播與國家現代化〉，《報學雜誌》五卷三期，第九──一八頁。
Lucian W. Pye, *Communication and Political Development*, Princeton University Press, 1963.

能，可使識字的比例普遍提高。

(三)傳播媒介

　　一個和都市化及識字能力相關，又是獨立的現代化的影響力量，就是大眾傳播。在關於個人現代化過程的研究中曾顯示出，越接近大眾傳播媒介的人，越有現代化的觀念，大眾傳播媒介擴大了人類的經驗領域，對人們的思想方式影響至大。

　　大眾傳播媒介既然能產生如此大的力量，發生這麼大的影響，一如水能載舟，但亦能覆舟。假如傳播媒介未能發揮理想功能，反而提供了反社會、反人性的傳播內容，後果將不堪設想。大眾傳播之於傳播媒介，唯有當它能發揮自我控制的功能，善加運用，才能提供良好的傳播內容，形成現代化國家的主要推動力量。

(四)經濟發展

　　經濟發展與現代化，曾被一起討論，二者之間有連帶的關係。不但能加速生產、形成生產專業化，而且還能促進工業化、交通以及市場活動的繁榮，對城市的形成有莫大的助益。

　　國家經濟的發展，大眾傳播扮演了重要的角色；新觀念、新技術的引進，要靠傳播媒介，商品的消費也要靠它，勞動力和就業機會的增加更要靠它。而經濟的發展，國民所得增加的結果，有助於大眾傳播的發展。我們可以說經濟的發展和大眾傳播之間，有唇齒相依的關係。

　　另有一種跡象顯示，在世界各國中，經濟發展較快的國家，傳播媒介的消費量和普及率就越高；而媒介發達的國家，經濟發展也更快速。

(五)民主自由

　　國家邁向現代化，必然賦予人民適當的民主自由，其中也包括了參政權。參政權的運用得當與否，大眾傳播媒介負擔著重大的任務；它提供了公共事務的各種消息，使民眾對政府的施政能夠不斷地瞭解，也使民眾對於他們選出的政府首長及代議士的作為,是否符合眾望有所瞭解；同樣地，透過大眾傳播媒介，政府也能知道民眾所需為何。簡言之，大

眾傳播媒介在民主政治中，形成了政府和民眾之間的橋梁❸。

以上是大眾傳播在現代化的社會或現代化的國家中，所擔負的功能和所扮演的角色。我們如果由人類文明演化的過程來看，將更能顯示出大眾傳播對這個組織嚴密的人類社會，所具有的重大功能。

1.大眾傳播與文化的關係

人類的歷史發展至今，有 90% 以上的時間，是處在一種混沌的狀況中，直到距今 25,000 年以前，南方猿人時代，文化的演進才跟著學習能力的加強而向前邁進。自然選擇（淘汰）的結果，保留了那些有系統的說話能力，並且能夠利用社會共同累積經驗來適應環境的人們。文化的發展，使得人們的神經系統日趨複雜，決定學習能力的生理因素，和文化演進的因素相互作用，這是文化演進最初階段的特徵。文化的演變隨時代而加快，到今天這種變遷的速度是呈現快速跳躍的狀態前進的。

由西方與中國文化的發展型態看來，它們分別受到戰爭、商業往來以及政治、社會體制的不同而呈現差異❹，也可以說它們都是藉傳播的作用而形成。以往社會的傳播，形成社會的精神規範及體制，進而形成獨有的文化。文化的固持力甚強，非輕易可以改變的，以往的傳播以及今日的大眾傳播，對文化的規範，具有穩定及維持的作用。

2.大眾傳播與人類社會的關係

由人類考古所得之資料顯示，世界上幾項主要的技術創新，都是由於傳播，或是在不同地區各自獨立的發明成果。各項重大技術的發明，改變了人類的生活方式，也影響到社會文化的結構和思想方式。傳播與技術和人類環境中土壤、氣候、地形、河川、湖泊、海岸、叢林等相互作用，促成不同的社會結構和生活方式。

---

❸ 宋光宇編譯：《人類學導論》，第一七一──一七二頁。

❹ 唐君毅：《中國文化之精神價值》，第一一──一二頁。Marvin Harris: "Culture, People, and Nature Chap", *Archaeology and the Evolution of Culture*, The Second Earth, pp. 208〜230.

　　傳播的逐漸發展，在人類生態環境及能量攝取方面，有其重要的影響力；以往的傳播發生在生存環境間的作用，以及在生態系統 (ecosystem) 中所能發揮的教導功能和連繫功能；今日已由大眾傳播的普及，發揮至現代社會中，對人口密度、農業生產量、工業化社會的工作效率及食物系統，都能發揮影響力。

　　大眾傳播對人類經濟的發展，如生產組織、生計經濟中的分配及消費情形、交易買賣、共生性的交易關係，以及階級社會中的消費型態，有活潑的作用。

　　法律、秩序和政治組織，可能由於大眾傳播之助，而呈開放、公平、民主的趨勢。大眾傳播能夠維持社會生存的基本力量，規範政治組織的本質和形式，能夠協調政府與人民建立一個理想而有秩序的體制。

　　其他文化與人格、對人類行為的影響、對兒童心理影響以及行為傾向的誘導、青少年問題等，大眾傳播所能產生的影響，亦是相當深遠的。

　　大眾傳播對文化變遷、宗教活動、婚姻制度，表面上似無直接影響，然而由於大眾傳播無遠弗屆、無孔不入，故都會產生潛移默化的功能。有人說廿一世紀是一個大眾傳播的時代，我們根據過去的經驗，徵諸今後人類文明的進展，深信大眾傳播在這方面的影響力，將會有增無減，繼續不斷下去。

🎤 第二節　傳播產業的未來

　　1927 年法倫華斯 (Philo T. Farnsworth) 試驗傳送電視影像以來，人類即開始領悟，消息的傳散對於個人和社會生活具有深遠的影響。大眾傳播的逐漸發展，到今天已經到達人類傳播巨變的一個轉振點，這一巨變，俟電視的出現與網路普及後，更顯得銳不可當，它的來勢比以往消息傳遞技術的革新，在意義上顯得更為重大。因為電腦、訊號的發射技巧，以及將影像裝入此一系統中，並從此一系統中取出；將這些新發明結合

在一起，即可把人與人的交往方式，以及人與遠方傳達的方法，做一大幅度的改進。使消息傳遞速度增加的各種發明，一直都在改變世界。

　　傳播系統的力量日益強大，使傳播工作者的責任也更加艱難。對任何形式的社會而言，凡是能控制傳播媒介的人，都具有雄厚的力量。中古時期，貴族和國王為了鞏固自己的地位，對於類似現在的所謂大眾媒介，無不全力控制，以免產生對自己不利的言論。互相依賴的人群越廣，傳播的技術也就更重要，而那些能夠控制傳播媒介的人，勢力也就會越強。傳播活動的加強，則其傳播範圍亦能觸及世界最偏遠的地方；消息來源激增，使得傳遞消息的媒介在傳播內容上也必須隨之增加，越來越多的消息可以傳遍世界每一個角落；個人獲得消息的方式日趨簡便，於是人類便可經由更多的媒介，去接觸到更多有關人類活動的消息。消息遽增的結果，非但不能滿足人類對知識的欲望，反而刺激了他們對知識的渴求。這些都是大眾傳播引導人類進入文明所帶來的現象，也是現在的社會現象。

　　然而，臺灣媒體托拉斯的誕生，卻使媒體發展生態產生變數，也蒙上陰影。這種近似壟斷性的併購案，對未來國家推動數位化電視政策以及媒體生態發展、有線電視收視戶權益，都可能發生不利影響，NCC 身負重任，不能不慎。

參考書目

上　部

一、中文部分

F. F. Bond 著，陳諤、黃養志譯 (1964)，新聞學概論，正中。

中華民國民意測驗協會編印 (1964)，民意測驗之理論與實踐。

中華民國新聞評議會 (1994)，中華民國新聞評議會：簡介、組織章程、規範，新聞評議會。

戈公振著 (1990)，中國報學史，上海：上海書局。

文大政治所新聞組 (1982)，新聞學的新境界，國立編譯館。

王岳川主編 (2004)，媒介哲學，河南大學。

王洪鈞 (1987)，大眾傳播與現代社會，正中。

王洪鈞 (1996)，新聞採訪學，正中。

世新大學新聞系 (1999)，傳播與社會，揚智。

成舍我 (1956)，報學雜著，臺北：中央文物。

何吉森、吳孟芸 (2005)，媒體自律與他律制度研究：一個由公民社會角度探討之觀點，行政院新聞局（編），行政院新聞局九十三年度研究報告。

呂光、潘賢模著 (1973)，中國新聞法概論，正中。

宋乃翰 (1962)，廣播與電視，臺灣商務。

李國雄 (2005)，比較政府與政治，三民。

李瞻 (1983)，新聞原理，三民。

李瞻 (1988)，新聞道德，三民。

李瞻 (1993)，世界新聞史，三民。

杜峻飛 (2001)，網路新聞學（簡），中國廣播電視。

金耀基 (2000)，大學之理念，香港牛津。

美聯社編輯人協會的報業倫理規範，新聞評議，第七期。

孫如陵 (1976)，報學研究，臺北：臺灣學生。

徐佳士 (1991)，大眾傳播理論，正中。

徐耀魁主編 (1998)，西方新聞理論評析（簡），新華。

袁昶超 (1957)，中國報業小史，香港：新聞天地。

馬起華 (1989)，政治學原理，大中國圖書。

馬驥伸 (1997)，新聞倫理，三民。

崔寶瑛 (1966)，公共關係學概論，臺北市新聞記者公會。

張文瑜 (2003)，海峽兩岸廣告教育之比較研究：回顧、現況與展望，中國廣
　　告學刊，第八期。

莊克仁 (1998)，電台管理學，臺北：正中。

陳建云主編 (2005)，中外新聞學名著導讀（簡），浙江大學。

曾虛白 (1967)，新聞自由與社會責任，新聞學研究，第一期。

曾虛白 (1993)，中國新聞史，三民。

程之行 (1966)，新聞工作中的探索，臺北：新聞天地。

童兵 (2002)，比較新聞傳播學，中國人民大學。

童兵、林涵 (2001)，20 世紀中國新聞學與傳播學（簡），復旦大學。

黃浩榮 (2005)，公共新聞學：審議民主的觀點，巨流。

漆梅君 (2003)，廣告的批評與反思，中國廣告學刊，第八期。

劉行芳 (2004)，西方傳媒與西方新聞理論（簡），新華。

劉建明編 (2003)，當代新聞學原理（簡），清華大學。

劉駿嘉、周柏均 (2007)，民主參與式的共管自律，臺灣民主季刊，第四卷，
　　第一期。

樂恕人 (1970)，名記者的塑像，臺北：莘莘叢書。

歐陽醇、徐啟明合譯 (1968)，新聞採訪與寫作，香港：碧塔。

鄭貞銘 (1966)，新聞採訪的理論與實際，臺灣商務。

鄭貞銘 (1976)，大眾傳播學理，華欣文化中心。

鄭貞銘 (1989)，低調與忠言，正中。

鄭貞銘 (1995)，新聞原理，五南。

鄭貞銘 (1999)，中外新聞傳播教育，遠流。

鄭貞銘 (2001)，民意與民意測驗，三民。

鄭貞銘 (2002)，新聞採訪與編輯，三民。

鄭超然、程曼麗、王泰玄 (2000)，外國新聞傳播史，中國人民大學。

賴祥蔚 (2005)，媒體發展與國家政策——從言論自由與新聞自由思考傳播產業與權利，五南。

賴福來，新聞學知識基礎之探究，中國文化大學哲研所新聞組研究論文。

錢震原著，鄭貞銘、張世民、呂傑華增修 (2003)，新聞新論，五南。

謝然之 (1963)，新聞學的發展與新聞教育之改革，大眾傳播學論叢第一輯，中國文化大學新聞系。

羅文坤 (2006)，廣告、公關教育的回顧與前瞻，21 世紀廣告公關教育教學研究會。

二、英文部分

Bruce H. Westley, & Malcolm S. MacLean, Jr. Foundations of Communication Theory.

Charles Steinberg. Mass Media and Communication. New York: Hastings House, 1966.

Colin Sparks. Tabloid Tales-Global Debates over Media Standards. Colin Sparks, & John Tulloch eds. USA: Rowman & Littlefield Publishers, Inc., 2000.

Daniel Lerner. Toward a Communication Theory of Modernization: A Set of Considerations, in Communications and Political Developement. Princeton: Princeton University Press, 1963.

DeFleur, & Melvin L. Theories of Mass Communication. New York: David McKay Co., 1970.

Edwin Diamond. Reporter Power Takes Root. Columbia Journalism Review, Summer 1970.

Elihu Katz, & Melvin L. Personal Influence.

Fraser Bond. An Introduction to Journalism. New York: Macmillan, 1961.

Fred Kerlinger. Foundations of Behavioral Research. New York: Holt, Rinehart and Winston, 1986.

Fred S. Siebert. Communication and Government.

Frederick Kappel. Communication Today and Tomorrow, in The American Behavioral Scientist, 1960.

Friedrich-Ebert-Stiftung. Mass Media in the Future. Reinhard Keune, Gunter Lehrke, ed. Bonn: Friedrich Ebert Stiftung, 1976.

Hall Edward. The Silent Language. New York: Doubleday, 1959.

Harry J. Skornia. Television and the News. Palo Alto, Calif.: Pacific Books, 1968.

Joe Alex Marris. Deadline Every Minute. New York: Doubleday & Company, Inc., 1957.

John C. Merrill, & Ralph L. Lowenstein. Media, Messages and Men: New Perspectives in Communication. Longman Publishing Group, 1979.

John C. Merrill, Carter R. Bryan, & Marvin Alisky. The Foreign Press. Louisiana State University Press, 1964.

Joseph Klapper. The Effects of Mass Communication. Glencoe, Ill: The Free Press, 1960.

Lyman Bryson, ed. "Speech and Personality," The Communication of Ideas. Institute for Religious and Social Studies, 1948.

Peter M. Sandman, David M. Rubin, & David B. Sachsman. Media: An Introductory Analysis of American Mass Communication. Illinois University, 1976.

Raymond B. Nixon. Freedom in the World Press: A Fresh Appraisal with New Data. Journalism Quarterly 42, 1965.

Robert MacNeil. The People Machine—The Influence of Television on American Politics. New York: Harper & Row, 1968.

Sig Mickelson. The Electric Mirror: Politics in an Age of Television. Dodd Mead, 1972.

Walter Cronkite. Freedom Must Be Taught. School Press Review, 1973.

Walter Lippmann. Public Philosophy. Transaction Publishers, 1989.

Wilbur Scharmm. Communication Development and the Development

Process. New Jersey: Princeton University Press, 1963.

Wilbur Schramm, & Donald F. Roberts. The Process and Effects of Mass Communication. Urbana: University of Illinois Press, 1971.

Wilbur Schramm. Responsibility in Mass Communication. New York: Harper & Brothers, 1957.

William H. Turpin. Newspaper Circulation Growth and Rise in Personal Income.

William Rivers, Theodore Peterson, Jay Jensen: The Mass Media and Modern Society. San Francisco: Rinehart Press, 1971.

下　部

一、中文部分

Wilbur Schramm 著，蔡榮福編譯，傳播基本原理。

大眾傳播的責任 (1970)，臺北市報業新聞評議委員會。

中國文化大學政治研究所新聞組 (1982)，新聞學的新境界，國立編譯館。

李文朗 (1978)，社會學，學生書局。

李長貴編著 (1969)，社會心理學，臺灣中華書局。

李瞻 (1977)，國際傳播：有關太空傳播的部分，臺北市新聞記者公會。

林東泰 (1997)，大眾傳播理論，師大書苑。

邱瑞惠 (2008)，俄羅斯傳播體系：變遷與發展，風雲論壇。

徐佳士 (1966)，大眾傳播理論，臺北市新聞記者公會。

徐佳士編譯 (1972)，大眾傳播的未來，臺北市新聞記者公會。

徐耀魁 (1998)，西方新聞理論評析（簡），新華。

祝基瀅 (1978)，傳播制度與社會制度，國魂，第三八七、三八八、三八九期。

張春興、楊國樞 (2001)，心理學，三民。

陳本苞 (1968)，電視發展史，自由中國。

報學，中華民國新聞編輯人協會。

雲五社會科學大辭典 (1970)，第一冊「社會學」，臺灣商務印書館。

新聞學思潮與報業趨向 (1971)，聯合報叢書。

新聞學研究，國立政治大學新聞研究所。

新聞學彙刊一──二期 (1969)，中華學術院中華新聞學協會。

楊孝濚 (1974)，傳播研究與社會參與，華欣文化中心。

劉行芳 (2004)，西方傳媒與西方新聞理論（簡），新華。

劉秋岳譯 (1970)，大眾傳播學導引，水牛。

鄭貞銘 (1976)，大眾傳播學理，華欣文化中心。

賴祥蔚 (2005)，媒體發展與國家政策：從言論自由與新聞自由思考傳播產業
　　與權利，五南。

錢震著，鄭貞銘、呂傑華、張世民增修 (2003)，新聞新論，五南。

二、英文部分

Ben H. Bagdikian. The Information Machines: Their Impact on Men and the Media. New York: Harper & Row, 1971.

Charles S. Steinberg, ed. Mass Media and Communication. New York: Hastings House, 1966.

Claire Selltiz, Marie Jahoda, Morton Deutsch, Stuart W. Cook. Research Methods in Social Relations, Revised. New York: Holt, Rinehart and Winston, 1963.

Colin Cherry. On Human Communication. Boston: M. I. T. Press, 1959.

Curtis MacDougall. Understanding Public Opinion. New York: The Macmillan Co., 1952.

Daniel Lerner. Toward a Communication Theory of Modernization: A Set of Considerations, in Communications and Political Developement. Princeton: Princeton University Press, 1963.

David B. Sachsman, Peter M. Sandman, & David M. Rubin. Media: An Introductory Analysis of American Mass Communication. Illinois University, 1976.

David Krech, & Richard Crutchfield. Theory and Problems of Social

Psychology. New York: McGraw-Hill, 1948.

David Riesman. The Lonely Crowd. New Haven: Yale University Press, 1950.

DeFleur, Melvin L. Theories of Mass Communication. New York: David McKay Co., 1970.

Edward T. Hall. The Silent Language. New York: Doubleday & Co., Inc., 1959.

Elihn Katz, and Paul Lazarsteld. Personal Influence: The Part Played by People in the Flow of Mass Communication. Glencoe Illinois: The Free Press, 1955.

Frederick Kappel. Communication Today and Tomorrow, in The American Behavioral Scientist, 1960.

J. A. C. Brown. Techniques of Persuasion: From Propaganda to Brainwas Hing. Baltimore: Penguin Books, 1963.

John C. Herrill, & Ralph L. Lowenstein. Media, Messages and Men: New Perspectives in Communication. Longman Publishing Group, 1979.

Joseph Klapper. The Effects of Mass Communication. Glencoe, Illinois: The Free Press, 1960.

Leon Festinger. "The Theory of Cognitive Theory," in Wilbur Schramm, ed.. The Science of Human Communication. New York: Basic Books, 1963.

Marshall McLuhan. Understanding Media: The Extensions of Man. New York: McGraw-Hill, 1964.

Robert S. Cathcart, & Larry A. Samovar. Small Group Communication: A Reader. Dubugue, Iowa: Wm. C. Brown Company Publishers, 1970.

Wilbur Schramm, & Donald F. Roberts. The Process and Effects of Mass Communication. Urbana: University of Illinois Press, 1971.

Wilbur Schramm. Communication Development and the Development Process, New Jersey: Princeton University Press, 1963.

Wilbur Schramm. Responsibility in Mass Communication. New York:

Harper & Brothers, 1957.

Wilbur Schramm. Who is Responsibility for the Quality of Mass Communication.

William Rivers, Theodore Peterson, Jay Jensen. The Mass Media and Modern Society. San Francisco: Rinehart Press, 1971.

Wright, Charles R. Mass Communication: A Sociological Perspective. New York: Random House, 1959.

人情趣味新聞料理　　徐慰真／著

榮獲91年金鼎獎優良圖書出版推薦

　　本書是顛覆傳統新聞教科書寫法的有趣著作，文字生動，內容絕妙；作者凝聚中外新聞學有關人情趣味的精華，以二十多年的採訪經驗，加上細心蒐集的新聞實例，是第一本「人情趣味新聞」的中文專著。以人情趣味為素材，用巧文妙句作調味，且看五星級大廚徐慰真為您獻上色、香、味俱全的新聞料理！

大眾傳播理論與實證　　翁秀琪／著

　　本書第一部分按年代先後介紹歐美的各種大眾傳播理論。舉凡各理論之源起、理論內涵、理論中重要概念之介紹及對各理論之批判與反省等，均予著墨；第二部分則收錄作者歷年來在大眾傳播領域所作之研究及學術論文，俾以實例輝映理論之探討，並藉此提供讀者大眾傳播理論較完整之面貌。

我們在玩蹺蹺板——電視兒童節目實務與理論

李秀美／著

　　電視兒童節目的創作，融合了兒童發展需求與影像媒體的藝術表現，是一門有趣又任重道遠的領域。本書將實務與理論比喻為蹺蹺板的兩端，探討兒童節目呈現的相關議題，並深入介紹與剖析國內外知名兒童節目。是實務界人士、傳播與教育相關科系學生，以及關心兒童教育的一般讀者必備的案頭書。

電影剪接美學——說的藝術　　井迎兆／著

　　本書乃電影剪接藝術概論性的書籍，從電影敘事簡史、影像敘事邏輯的策略、剪接的理論，到當代新世紀的剪輯特點，都在討論的範疇內。事實上，就是藉著剪輯美學的論述來凸顯電影藝術的特點。鑑於電影風貌的日新月異，本書希望在以往歷史的基礎上，繼續拓展電影剪輯藝術的新疆界，提供初學者作為認識電影的基礎工具。

新聞採訪與寫作

張裕亮／主編　張家琪、杜聖聰、趙莒玲／著

　　本書的四位作者皆曾在大學教授採寫課程，且亦於新聞界工作多年，累積了豐富的實務經驗，本書的特色即在於將四位作者的實務心得予以整合，其範圍橫跨平面媒體與電子媒體，以豐富的範例說明新聞採寫的實際操作。本書用詞淺顯易懂，舉例新近，教學、自修皆宜，是修習採寫課程者的不二選擇。

現代媒介文化──批判的基礎　　盧嵐蘭／著

　　本書呈現當代媒介文化的主要批判觀點，它們皆是探討傳播媒介時的重要基礎，包括文化工業理論、霸權理論、意識型態理論、論述理論、文化社會學、女性主義與後現代主義等。本書說明各個理論的主要內容，並分別闡述這些觀點所彰顯的媒介文化特性。

文字追趕跑跳碰──如何製作漂亮標題　　馬西屏／著

　　本書為第一本研究臺灣標題用字變遷，並建立規則的專著。馬西屏教授在舊作《標題飆題》的基礎上重新改寫，補充討論了許多新例證和新趨勢，內容更加豐富多樣而實用，不僅記者、編輯或從事廣告、宣傳、網頁製作、文案撰寫等從業人員及學生可以受用無窮，一般讀者也能從中增長見識，並得到欣賞、品評的樂趣。